Knaur.

Im Knaur Taschenbuch Verlag sind folgende Bücher von Evelyn Sanders erschienen:

Radau im Reihenhaus
Mit Fünfen ist man kinderreich
Jeans und große Klappe
Das hätt ich vorher wissen müssen
Werden sie denn nie erwachsen?
Muss ich denn schon wieder verreisen?
Schuld war nur die Badewanne
Menschenskinder, nicht schon wieder!

Bitte Einzelzimmer mit Bad
Das mach ich doch mit links!
Hühnerbus und Stoppelhopser
Pellkartoffeln und Popcorn

Eigentlich wollt ich Blumen kaufen. Geschichten
Alle Jahre wieder … der gleiche Stress! Weihnachtsgeschichten

Über die Autorin:

Evelyn Sanders' erster Roman entstand, als sie zum Geburtstag ihres ältesten Sohnes ein Fotoalbum zusammenstellte und die Bilder »mit ein paar Zeilen« kommentierte … Die geborene Berlinerin, gelernte Journalistin, fünffach gestählte Mutter und vielfach gekrönte Bestsellerautorin lebt in der Nähe von Heilbronn.

Evelyn Sanders

Geht das denn schon wieder los ...

Roman

Knaur Taschenbuch Verlag

Besuchen Sie uns im Internet:
www.knaur.de

Vollständige Taschenbuchausgabe August 2007
Knaur Taschenbuch

Umschlaggestaltung: ZERO Werbeagentur, München
Umschlagabbildung: Andrea Dölling
Redaktion: Jürgen Bolz
Satz: Ventura Publisher im Verlag
Druck und Bindung: Clausen & Bosse, Leck
Printed in Germany
ISBN 978-3-426-63510-0

2 4 5 3 1

Kapitel 1

»Was weißt du über Wüsten?«

»Sie sind groß, bestehen überwiegend aus Sand und sind sogar zur Rushhour relativ unbelebt«, rekapitulierte ich meine Erinnerungen an die Durchquerung der Negev-Wüste, allerdings nicht hoch zu Kamel, was wenigstens stilvoll gewesen wäre, sondern bequem im klimatisierten Bus. Außerdem lag die Sache mindestens fünfzehn Jahre zurück, doch ich vermute, dass sich die Wüsten seitdem nicht sonderlich verändert haben. »Und weil wir gerade beim Thema sind: Bekomme ich noch eine Tasse Kaffee? Sonst kriege ich den Kuchen nicht runter, der ist ja so was von trocken ...«

»Ist doch auch Sandkuchen«, kalauerte meine Tochter, »und ich habe ihn genau nach Rezept gemacht. Jedenfalls fast!«

Das glaubte ich ihr aufs Wort. Stefanie ist eine hervorragende Köchin, nur mit dem Backen hat sie nichts am Hut. Trotzdem versucht sie es immer wieder, obwohl Ehemann Hannes sie ständig damit tröstet, dass Konditoren letztendlich auch leben wollen und es am Ort sogar einen gebe, der über die Stadtgrenzen hinaus als Meister seines Fachs hoch gelobt werde. »Natürlich habe ich die fettreduzierte Variante genommen, man muss sich ja nicht schon *vor* den Feiertagen Pölsterchen anfressen!«

Das ist zwar richtig, erklärt aber auch, weshalb der

Kuchen krümelt und wir schließlich die Kuchengabeln zur Seite legten und zu den Teelöffeln griffen. »Jedenfalls schmeckt er besser als er aussieht«, versicherte ich, »und er knirscht auch kein bisschen. Weshalb also deine Anspielung auf Wüstensand?«

»Na ja, langsam wird es Zeit, dass wir unseren Urlaub planen!«

Das allerdings stimmte. Bis zum kalendarischen Winteranfang war es nicht mehr lange hin, Steffi hatte vorhin die zweite Kerze auf dem Adventskranz angezündet, und zu diesem Zeitpunkt pflegen wir jedes Jahr Kataloge zu wälzen und uns exotische Reiseziele auszusuchen, die dann doch wieder nicht infrage kommen, weil sie entweder zu weit weg liegen oder zu gefährlich sind (wer plant schon vor dem Urlaub seine Entführung ein?), keine Tauchmöglichkeit bieten, gerade Regenzeit haben und vor allem viel zu viel kosten. Aber Wüste war noch nie dabei gewesen! »Wollt ihr etwa in einer Oase gründeln?«

»Es geht ja auch mal ein paar Tage ohne Korallenriffe«, sagte Stefanie, einen relativ dünnen Katalog durchblätternd, »ich habe da nämlich was gefunden. Hier …« Sie reichte mir das aufgeschlagene Heft herüber. »Das wäre doch mal was.«

Zumindest wäre es etwas absolut Neues, denn statt der sonst üblichen Strandkulisse mit Meer vorne, Palmen am Rand und im Hintergrund das grundsätzlich weiße Hotel mit Terrasse, Pool und bunten Sonnenschirmen gab es hier lediglich eine Zeichnung. Jemand mit nur mäßiger Begabung hatte eine Rotunde hingestrichelt, die auf den ersten Blick einem komfortablen, weil außergewöhnlich großen Klohäuschen ähnelte, wie man es gelegentlich auf Autobahnparkplätzen findet. Erst auf den zweiten Blick war eine Art Zeltdach zu erkennen. Weiteres Gestrichel deutete Grüngewächse an und der Rest bestand aus Text.

Er war länger als sonst in Katalogen üblich und besagte, dass es sich bei dieser Zeichnung um ein neu errichtetes Hotel mitten in der Wüste handele, das bei Drucklegung des Katalogs noch nicht fertig gewesen war und deshalb auch nicht fotografiert werden konnte. Nach seiner Eröffnung im Februar würde es allerdings allen nur erdenklichen Luxus bieten, angefangen vom eigenen Pool vor jedem Zelt bis zu einer der Umgebung angepassten Freizeitgestaltung wie Falkenjagd, Wüstenrallye, Bogenschießen, Kamel-Safari und was man sonst so mit nichts als Sand drumherum offenbar zu treiben pflegt.

»Sag mal, tickst du nicht ganz richtig?«, war alles, was mir im ersten Moment einfiel. »Weder hast du jemals Karl May gelesen noch als Kind im Sandkasten gespielt. Stattdessen hast du in jeder Regenpfütze gesessen und bist sogar mal durch den Abwasserkanal gekrochen. Also woher kommt dein plötzliches Interesse für Sandwüsten?«

»Drüber geflogen sind wir ja schon öfter, und immer habe ich mir gewünscht, das Ganze auch mal hautnah zu erleben«, ergänzte sie im Hinblick auf die Strapazen, mit denen bei einem Fußmarsch wohl zu rechnen sein würde.

»Und an welche hattest du gedacht? Da wäre zunächst mal die Sahara, meines Wissens die größte Wüste, aber wenn es auch eine kleinere sein darf, dann empfehle ich die Namib in Südwestafrika oder gleich dahinter die Kalahari, schön abgelegen ist auch die Gobi …«

»Ach hör doch auf!«, unterbrach sie mich ärgerlich. »Warum musst du immer gleich so übertreiben? Hast du dir denn mal den *ganzen* Text durchgelesen?«

»Wozu? Wenn du glaubst, ich verbringe meinen nächsten Urlaub in einer überdimensionalen Buddelkiste, dann irrst du dich! Was soll ich in der Wüste? Sandflöhe dressieren?« Aber weil gerade das Telefon klingelte und Steffi mit einer ihrer zahlreichen Freundinnen die Frage erörtern musste, ob man einer anderen Freundin zum bevorstehenden Geburtstag den Handmixer oder besser einen Gutschein fürs Nagelstudio schenken soll, vertiefte ich mich doch ein bisschen intensiver in die Beschreibung des Wüstenhotels. Das alles klang ja wirklich sehr exotisch. Oder sollte ich sagen orientalisch? Diese Touristen-Herberge stand nämlich in Dubai. Nur – wo in aller Welt liegt Dubai?

Nach etwa einer Viertelstunde Palaver hatte man sich am Telefon endlich geeinigt – auf eine Einladung zum Sunday-Brunch in einem beliebten Szene-Café, da hätten die Spenderinnen auch was davon, denn sie würden natürlich mitkommen. »Ihren Lover muss sie aber zu Hause lassen«, verlangte Steffi noch, »das soll ein reiner Weiber-Treff werden. Und überhaupt wird es sonst auch zu teuer.« Sie schaltete den mobilen Hörer ab und legte ihn auf die Sofalehne, von wo er irgendwann abrutschte, zwischen den Kissen verschwand und später verzweifelt gesucht wurde. Früher wäre so was nie passiert, als es noch diese geschmackvollen bunten Kästen in Grün, Ocker oder Mitternachtsblau gab mit der Korkenzieherstrippe, die immer zu kurz war, und dem dranhängenden Hörer. Jetzt habe ich natürlich auch so einen transportablen Apparat, zum Glück aber nebenher noch ein Handy, und mit dem kann ich mich selber anrufen und akustisch orten, wo ich das andere Teil mal wieder liegen gelassen habe.

Während Steffi telefonierte, hatte ich nicht nur die ausführliche Beschreibung dieses seltsamen Hotels gelesen, sondern auch herausgefunden, wo Dubai liegt. Nämlich in den Emiraten am Persischen Golf, rechts von Saudi-Arabien, unter dem Iran – also dort, wo es auf einem Haufen viele kleine Länder mit vielen ergiebigen Ölquellen gibt. Das erklärt natürlich so manches! Sogar ein Hotel mitten in der Wüste mit privatem Pool und persönlicher Betreuung, was immer man darunter zu verstehen hatte.

Die Sache mit dem Zelt hatte ich schon mal gründlich missverstanden, wie mir Steffi später klar zu machen versuchte. Man würde zwar in offenbar weit auseinander liegenden »Rundhäusern« wohnen, doch die schienen nur optisch einem Zelt nachempfunden; laut Katalog bestanden sie aus Holz und Sandstein. Lediglich das Dach vermittelte den Eindruck eines Zirkuszeltes, denn hierbei handelte es sich um eine riesige Plane, die anscheinend von vier Pfosten innerhalb des Raumes gestützt wurde. Sie reichte weit über die Wände hinaus, so dass die umlaufende Veranda im Schatten lag. Einschließlich Pool. Wurde zumindest behauptet, denn auf der Zeichnung gab es keinen, und von dem »in orientalischem Stil errichteten Hauptgebäude mit klimatisierten offenen Terrassen, Speisesaal, Tea-Room, Bar und Bibliothek« war auch nichts zu sehen.

»Bist du sicher, dass wir unsere Unterkunft nicht selber aufbauen müssten, bevor wir zum ersten Mal drin schlafen könnten?« Ich deutete auf das hingestrichelte Zelt, das nun wirklich sehr provisorisch aussah und nur in einem Punkt mit der Beschreibung übereinstimmte: Es war tatsächlich rund! »Was soll diese vermeintliche Luxusherberge eigentlich kosten?«

»Das isses ja, die ist gar nicht so teuer. Jedenfalls nicht teurer als ein Mittelklassehotel in St. Tropez oder am Wörther See. Wahrscheinlich handelt es sich um das Eröffnungsangebot.«

»Da ich noch nie in St. Tropez übernachtet habe, weiß ich nicht, was dort als angemessen gilt.«

»Ich doch auch nicht«, winkte sie ab, »aber man kann sich's ja ungefähr denken. Und überhaupt kommt dort noch der Sehen-und-gesehen-werden-Zuschlag hinzu.« Sie wandte sich wieder dem Katalog zu.

»Darauf können sie in der Wüste verzichten, da gibt's

nur Kamele. Und wenn ihr tatsächlich hinfahrt, sogar zweibeinige!«

Ärgerlich knallte sie den Prospekt auf den Tisch. »Du *musst* ja nicht mitkommen! Vielleicht hast du inzwischen doch das Alter erreicht, wo du deinen Urlaub in Bad Gastein verbringen, im Kurpark spazieren gehen und statt Campari Orange lieber Brunnenwasser trinken solltest!«

Das hatte gesessen! Dabei stimmte es überhaupt nicht! Auch heute noch antworte ich auf entsprechende Fragen, dass ich die dem Seniorenalter angemessenen Ferienziele erst dann ins Auge fassen würde, wenn die mitgeführte Reiseapotheke umfangreicher wäre als das übrige Gepäck. Zurzeit genügen aber noch Aspirin und Kohlekompretten. Empfindlich bin ich auch nicht. Immerhin habe ich schon einen Beinahe-Absturz mit einem kubanischen Hubschrauber hinter mir, habe einen Segeltörn auf dem Indischen Ozean bei ich weiß nicht welcher Windstärke überlebt, denn es war immer mehr Wasser ins Boot geschwappt, als ich hatte rausschöpfen können, und damals in Kenia hatte es ebenfalls eine heikle Situation gegeben. Gefährlicher konnte die Wüste auch nicht sein – sofern man sich überhaupt in eine solche begibt! Und genau das war der Knackpunkt! Was macht man denn da? Trotzdem lenkte ich ein.

»Wie viele Tage habt ihr für den Sandkasten eingeplant?«

»Fünf. Kostet genau einen Tausender – alles inklusive. Auch die ganzen Ausflüge. Für ein paar Tage kann man das doch mal machen, meinst du nicht? Und überhaupt sind wir da unten schon so dicht am Indischen Ozean dran, dass wir anschließend noch auf unsere Lieblingsinsel fliegen können. Da wollten wir doch sowieso hin, und die Malediven liegen quasi vor der Haustür. Irgendwo müssen wir den vielen Sand ja wieder abspülen.«

Letzteres klang natürlich sehr verlockend, nur – »dir scheint entgangen zu sein, dass die Bewohner der Emirate zwar mit dem Dirham zahlen, von Touristen jedoch Dollar erwarten, und zweihundert Dollar pro Wüstentag finde ich ein bisschen viel!«

Das fand sie auch, aber nur vier Minuten lang. Dann nämlich hatte sie sich überzeugt, dass im Katalog nicht von Dollar die Rede war, sondern von D-Mark (der Euro war zu diesem Zeitpunkt noch nicht im Umlauf gewesen, war nur Bankmenschen ein Begriff und vermutlich solchen Leuten, die ihre Geschäfte in sämtlichen Währungen der Welt tätigen und ihr Geld nicht mehr zählen, sondern wiegen). »Steht nicht überhaupt noch deine Belohnung aus? Warum gönnst du sie dir nicht mal in Form von …«

»… Sand? Wenn's wenigstens goldhaltiger wäre!«

Vermutlich ist hier eine Erklärung fällig: Als vor vielen Jahren mein erstes Buch erschienen und ich der Meinung gewesen war, nun würde der Grundstock zu meiner ersten Million gelegt werden (nie wieder im Leben habe ich mich so sehr geirrt!), der fehlende Rest käme dann mit der Fortsetzung, hatte ich mir vor lauter Euphorie einen nicht ganz billigen Ring gekauft, obwohl meine fünf Nachkommen ganz andere Pläne gehabt hatten; angefangen beim eigenen Auto (Sohn Sven) über ein neues Fahrrad mit ich weiß nicht mehr welchem Sattel und mindestens 12-Gang-Schaltung (Tochter Stefanie) bis zu ganz bestimmten Schulmappen, die gerade en vogue gewesen waren und dem Preis nach aus Gazellenleder bestehen mussten (Zwillinge). Nur Sascha hatte keine Wünsche gehabt; er wohnte nicht mehr zu Hause, gratulierte mir aber zehn Minuten lang per R-Gespräch aus England. Schließlich hatte Ehemann Rolf ein Machtwort gesprochen und seinem maulenden Nachwuchs klar gemacht, dass ich ja wohl das Recht hätte, von meinem selbst verdienten Geld auch mal etwas für mich selbst zu kaufen. Quasi zur Belohnung.

»Ist denn Berühmtwerden nicht Belohnung genug?« Die Zwillinge schienen mir ab sofort den gleichen Prominentenstatus zuzubilligen wie Astrid Lindgren und Onkel Dittmeyer aus der Fernsehwerbung.

Millionärin bin ich noch immer nicht, dafür sorgt schon das Finanzamt, doch die Sache mit der Belohnung habe ich trotzdem beibehalten und nach jedem neuen Buch etwas gekauft, das ich mir normalerweise nicht gegönnt hätte – einen Dreitagetrip nach Malta, einen verrückten Hosenanzug, den ich nur einmal getragen habe und dann nie wieder, ein Wellness-Wochenende im Schwarzwald – alles kleine Wiedergutmachungen für unzählige zerrissene Manuskriptseiten, für Papierkörbe voll handschriftlicher Notizen, für die Anfälle von Verzweiflung, wenn im Computer mal wieder ein Dutzend Seiten verschwunden und erst dann wieder aufgetaucht waren, als ich sie nicht mehr brauchte, für schlaflose Nächte und verheulte Tage, weil überhaupt nichts mehr ging ... kurz gesagt, für monatelange Einzelhaft mit PC, Laserdrucker und täglich drei Kannen Früchtetee Johannisbeer-Kirsche mit Honig statt Zucker.

Im Übrigen hatte Steffi Recht: Die Belohnung für mein letztes Opus hatte ich mir tatsächlich noch nicht gegönnt! Und der erwähnte Hosenanzug war seinerzeit noch teurer gewesen als fünf Tage Wüste und darüber hinaus rausgeschmissenes Geld, es sei denn, er fände noch mal Gnade vor den Augen eines weiblichen Familienmitglieds und käme wenigstens bei einer Faschingsveranstaltung zum Einsatz. Warum also nicht mal Sand statt Seide? Wohlwollend betrachtet wäre dieser Abstecher nach Dubai sowieso nur ein etwas längerer Zwischenstopp auf dem Flug zum vermutlichen Urlaubsziel. Sie waren dann ja wirklich nicht mehr so weit weg, die Malediven ...

»Gleich morgen früh rufe ich Juli an«, versprach Stefanie beim Abschied und reichte mir eine oben zusammengedrehte Papiertüte ins Auto, »abends weiß ich schon mehr.«

Juli heißt eigentlich Juliane und ist auch eine von Steffis Freundinnen, nur hat sie im Gegensatz zu den meisten anderen einen sehr nützlichen Beruf: Sie ist Touristik-Kauffrau oder wie auch immer man diese im Umgang mit Kursbuch und Katalog-Preislisten versierten Damen nennt, leitet ein gar nicht mal kleines Reisebüro, weiß viel, und was sie wirklich nicht auf Anhieb weiß, kriegt sie raus. Wir verdanken ihr einen mehr als nur preiswerten Vier-Tage-Trip nach New York, und dass Steffi und Hannes ihren fünften Hochzeitstag in einem Traumhotel auf Ibiza feiern konnten, war auch Julis Verdienst gewesen; sie hatte ein Last-Minute-Angebot auf den Tisch gekriegt und sich sofort ans Telefon gehängt.

Während ich mich vorsichtig in den Adventsonntagnachmittagskaffeerückfahrtstau einfädelte und in flottem Sechzig-Kilometer-Tempo die Autobahn entlangzuckelte, stellte ich mir vor, ich säße mit einem Glas eisgekühltem Wodka-Lemon am Rande meines privaten Swimmingpools auf der mit Teakholz ausgelegten Terrasse (stand alles im Prospekt!), vor mir die unendliche Wüste, hinter deren Horizont eine rote Sonnenscheibe versinkt, in der Ferne das Gebrüll eines wilden Tieres (was läuft da eigentlich so herum außer Kamelen?), und eine Art Sarotti-Mohr in Turban und Pluderhosen steht hinter mir und fächelt mit einem Palmenwedel die Insekten weg (gibt es dort überhaupt welche? Muss mich gleich morgen genauer informieren!).

Plötzlich hupte es sehr aufdringlich hinter mir, rechts überholten mich drei Autos, deren Fahrer deutlich demonstrierten, was sie von mir hielten, und da erst merkte ich, dass sich das »hohe Verkehrsaufkommen« wieder normalisiert hatte und ich die linke Fahrspur blockierte. In der Wüste könnte so etwas nie passieren!

An die Papiertüte wurde ich erst drei Tage später erinnert, als ich im Wagen das heruntergefallene Fünfmarkstück suchte. »Für die Schlosspark-Enten« hatte Steffi draufgekritzelt, und drin befand sich – na was wohl? Richtig, der restliche Sandkuchen, nunmehr nur noch aus Krümeln bestehend. Die Enten wollten sie nicht mehr, aber im Teich leben ja auch Fische.

Kapitel 2

Wer schon einmal ein Buch von mir gelesen hat oder vielleicht sogar mehrere, der kennt natürlich die Sanders-Sippe, bestehend aus Haushaltsvorstand Rolf nebst Ehefrau Evelyn und fünf Nachkommen. Eigentlich hätten es nur vier sein sollen, nämlich zwei Jungs und zwei Mädchen – in genau dieser Reihenfolge. Hatte ja auch geklappt, allerdings nur sieben Minuten lang! Seitdem ist die weibliche Komponente in der Überzahl.

Dass unsere zweite Tochter Nicole heißen würde, hatte schon lange festgestanden, ein anderer Mädchenname war gar nicht in Betracht gekommen. Jetzt brauchten wir aber noch einen! Wäre es nach dem frisch gebackenen und einige Tage lang ziemlich verstörten Zwillingsvater gegangen, hieße Katja jetzt Carolin. Das allerdings hatte die große Schwester Stefanie verhindert. »Im Kindergarten haben wir auch eine Carolin, die ist ganz doof. Ich will aber keine doofe Schwester haben!«

Sven und Sascha, immerhin schon zehn bzw. acht Jahre älter als der jüngste Nachwuchs, betrachteten die Zwillinge mit einiger Skepsis und beschlossen erst einmal abzuwarten, was sich daraus entwickeln würde. Besonders Sascha schien nicht erbaut von der Aussicht, sich in Zukunft einer dreifachen Phalanx weiblicher Gegner stellen zu müssen, denn mit seiner vier Jahre jüngeren Schwester Steffi lag er schon jetzt dauernd im Clinch – ein Zustand, der noch weitere fünfzehn Jahre anhalten sollte. Dass Katja sich jedoch häufig auf seine Seite schlagen würde, konnte er seinerzeit noch nicht ahnen. Ich auch nicht. Mir fiel im Laufe der folgenden Jahre lediglich auf, dass die weibliche Übermacht bei scheinbar demokratischen Abstimmungen über Ausflugsziel, Fernsehprogramm oder auch nur den obligatorischen Sonntagskuchen (»immer den blöden langen, mach doch mal einen runden mit Rosinen drin!«) oft den Kürzeren zog, weil Katja grundsätzlich das wollte, was Sascha auch wollte, wenn's sein musste, sogar Rosinen im Kuchen oder – noch schlimmer! – Wirsingeintopf.

Seit damals sind einige Jahrzehnte vergangen. Die Kinder sind längst aus dem Haus, zum Teil verheiratet, der Rest noch unschlüssig, ob die gegenwärtige Partnerschaft schon stabil genug ist fürs Standesamt, oder ob man doch noch abwarten soll nach der Devise: Drum prüfe, wer sich ewig bindet, ob sich nicht noch was Bess'res findet. Sascha gilt als Experte, hat er doch nicht nur als Erster von den Fünfen geheiratet, sondern bereits eine Scheidung hinter sich und eine zweite Hochzeit. Inzwischen gibt es einen vierjährigen Knaben namens Bastian Alexander (diesen Bandwurmnamen kriegt der später nie in die immer viel zu kleinen Kästchen amtlicher Formulare – im Land der Fragebogen muss man so was doch *vorher* berücksichtigen!). Ihm habe ich die etwas unübliche Bezeichnung *Oma Evelyn* zu verdanken. »Ich habe doch noch eine andere Oma, aber die heißt so komisch, da sage ich immer bloß Oma zu!« Na ja, dann …!

Steffi war Nummer zwei. Sie hatte ihren Hannes zwar im Schein der untergehenden Sonne an einem karibischen Strand heiraten wollen, aber dann war es doch beim heimischen Standesamt geblieben und einem Beamten, der offenbar nebenberuflich Trauerreden bei Begräbnissen hält. Er hatte da anscheinend etwas verwechselt und musste erst nachdrücklich an den erfreulicheren Zweck dieser Zusammenkunft erinnert werden.

Sven will nicht heiraten, und Katja will *noch* nicht, obwohl sie mit ihrem Tom schon seit etlichen Jahren Wohnung, Bett, Kühlschrank und gelegentlich auch das Auto teilt, wenn seins mal wieder in der Werkstatt steht. Bestimmte Anzeichen wie das ungewohnte Interesse für Schaufenster mit Festtagskleidung oder die harmlos klingende Frage nach dem Vorhandensein eines Familienstammbuchs lassen gewisse Rückschlüsse zu. Außerdem haben unlängst zwei gleichaltrige Freundinnen geheiratet, gar nicht zu reden von ihrer Zwillingsschwester Nicole, bei deren Hochzeit mit Jörg sie Trauzeugin gewesen ist und in Kürze Patentante werden will – präzise gesagt: Anfang des kommenden Jahres, also in knapp drei Wochen. *Oma Evelyn* zum Zweiten!

Enkel Nummer zwei soll übrigens Tim heißen. Dieser Name passt mit Sicherheit in *jedes* amtliche Formular.

»Kannst du das Ding nicht mal grade halten!«, schimpfte Steffi. »Der steht doch schon wieder schief!«

»Der steht überhaupt nicht schief! Du hast von da unten bloß die falsche Perspektive!«

Gemeint war der Weihnachtsbaum, den Steffi vergeblich in den Ständer zu praktizieren versuchte. Sie kniete auf der schneebedeckten Terrasse, neben sich ein handliches Beil und um sich herum diverse bunte Holzklötzchen aus Bastians Baukasten. »Die Dinger sind zu dick, hast du nicht was Dünneres?«

»Wenn du vom Stamm nicht zu viel abgehackt hättest, dann müssten wir jetzt nicht …«

»Und wenn du einen von diesen modernen Ständern gekauft hättest, in dem der Baum auf Anhieb gerade steht …«

»Die gibt's hier noch nicht!«, unterbrach ich sie. »Du solltest doch aus langjähriger Erfahrung wissen, dass technische Neuheiten mindestens eine Saison brauchen, bis sie sich bei uns in der Provinz durchgesetzt haben. Novitäten sind meistens teuer und Schwaben sparsame Menschen.« Ich lehnte den Baum vorsichtig an die Hauswand, worauf er sich prompt zur Seite neigte und in den Schnee kippte.

»Na bravo!« Missmutig betrachtete Steffi die zwei Meter lange Nordmanntanne. »Jetzt können wir wieder von vorne anfangen! Wieso muss *ich* das eigentlich machen? Das Einpflanzen von Christbäumen gehört doch seit jeher zu den eindeutig männlichen Tätigkeiten! Wo ist Papi?«

»In die große Stadt gefahren! Ihm ist vorhin nämlich eingefallen, dass morgen Weihnachten ist! Und was den Christbaum betrifft – soweit ich mich erinnere, hat sich dein Vater zum letzten Mal darum gekümmert, als wir noch kurz vorm Schwarzwald gewohnt haben und den Baum mit försterlicher Genehmigung selber schlagen durften. Der war ungefähr so groß wie dieser hier gewesen, doch als er endlich im Ständer steckte, war er nur noch halb so lang, die Säge kaputt, die Cognacflasche fast leer und Rolf restlos betrunken.«

Steffi kicherte. »Wann ist das denn gewesen?«

Ich rechnete zurück. »Das müsste jetzt vierundzwanzig Jahre her sein …«

»Und seitdem hast *du* immer den Baum …?«

»Natürlich nicht! Dein Vater hat überall nette Nachbarn gefunden, die dem zwar künstlerisch begabten, jedoch in praktischen Dingen sichtbar hilflosen Familienvater geholfen haben. Man nennt das ›Arbeit delegieren‹.«

»In Ordnung!« Steffi war aufgestanden und klopfte den Schnee von ihren Jeans. »Dann delegiere ich das Eintopfen dieses Gewächses an meinen Bruder. Wenn mich nicht alles täuscht, ist er gerade vorgefahren. Oder gibt es noch jemanden in der Gegend, der einen rosa Panda fährt?«

Nein, den gab es mit Sicherheit nicht! Wer kommt schon auf die Idee, ein technisch zwar noch einwandfreies, vom Lack her jedoch unansehnliches Auto ausgerechnet pinkfarben umspritzen zu lassen? Als Mann! Das Argument, seitdem würde er seinen Wagen überall auf Anhieb finden, lässt sich allerdings kaum widerlegen. Obwohl sich Sven normalerweise durch nichts aus der Ruhe bringen lässt und Hänseleien mit stoischem Gleichmut begegnet, wurden ihm die Anspielungen auf sein »Barbiemobil« wohl doch zu nervig, jedenfalls prangte eines Tages ein deutlich lesbarer Aufkleber an der Heckklappe: *Ich bin nicht schwul, sondern farbenblind!*

Sven lud seinen Koffer aus und gleich noch ein bisschen Bügelwäsche, muss man ja ausnutzen, wenn man ein paar Tage lang zu Hause bleibt, nein, Hunger hätte er nicht, Durst eigentlich auch nicht, schon gar nicht auf Tee, aber vielleicht ein Weizenbier ...

Potenzielle Helfer muss man bei Laune halten, also bekam er sein Bier und wurde anschließend zum Tatort geführt.

»Schön gewachsener Baum!«, stellte er nach der ersten Besichtigung fest. »Nur hättet ihr ihn besser aufrecht hingestellt, jetzt klebt doch der ganze Schnee dran!«

»Na und? Der fällt auch wieder runter!« Steffi verlor allmählich die Geduld. »Fang endlich an! Heilig Abend ist nämlich schon morgen!«

»Wozu braucht ihr eigentlich die ganzen Bauklötze?« Er schob das Sammelsurium von unterschiedlich starken Hölzchen zur Seite. »Zum Fixieren des Stamms?«

»Nein!«, blaffte Steffi zurück. »Zum Anzünden der Grillkohlen natürlich. Die Gans passt nämlich nicht in den Ofen!«

Auch Sven stellte sehr schnell fest, dass der von Stefanie auf schlanke Linie getrimmte Baumstamm definitiv zu dünn war, ein Bauklotz zu dick, Zeitungspapier zu weich und Vogelfutter zu instabil. »Hast du noch die Hausärztin?« Fragend sah er mich an.

»Ob ich *was* habe?«

»Na, diesen dicken Wälzer, der fast ein Jahrzehnt lang das abgebrochene Bein von meinem Bett ersetzt hatte. Irgendwann hast du ihn mal gebraucht, ich glaube, das war damals, als Katja den Bänderriss hatte und du nachgucken wolltest, ob's nicht vielleicht doch bloß eine Verstauchung ist – oder so ähnlich«, setzte er erklärend hinzu. »Jedenfalls haben wir das Buch kaum noch unterm Bett vorgekriegt, und als wir's schließlich hatten, waren ausgerechnet die Seiten über Beine gar nicht mehr drin.« Er schüttelte den Kopf. »Weißt du das wirklich nicht mehr?«

Natürlich konnte ich mich an das Buch erinnern, auch an den Bänderriss (einen Tag vor Katjas Tanzstunden-Abschlussball!), nur nicht an die Kombination von beidem. *Die Frau als Hausärztin* hatte das umfangreiche Werk geheißen und war im neunzehnten Jahrhundert erschienen, als man Zahnschmerzen noch mit aufgelegten Kamillesäckchen bekämpfte (bei dem damaligen Stand der Zahnheilkunde vermutlich das kleinere Übel) und Babys in den Zuständigkeitsbereich von Klapperstörchen fielen.

Jenes Buch also hatte ich nach dem Tod meiner Großmutter als vermeintliche Antiquität an mich genommen, es war dann – von niemandem vermisst – in irgendeinem Schrank verschwunden, durch Zufall wieder aufgetaucht, von einem Antiquar als »hübsch, aber kaum etwas wert« eingestuft und daraufhin nur noch zweckentfremdet worden. Eine Zeit lang hatte es als Sockel für Rolfs Schreibtischlampe gedient, bis er sich eine neue kaufte mit einem längeren Arm; es eignete sich zum Beschweren von Herbstlaub, das für den Bio-Unterricht gepresst werden musste, ich hab's mal einem aufmüpfigen Knaben hinterher geworfen, wahrscheinlich war's Sascha gewesen, er beschuldigt mich nämlich noch heute des versuchten Totschlags, und Katja hatte es gelegentlich als Trittbrett benutzt, denn wenn sie sich draufstellte, kam sie an den Einschaltknopf vom Fernseher.

Irgendwann hatte es jedoch wieder seinen endgültigen Platz als vierter Pfosten von Svens Bett gefunden. Und stand das nicht immer noch oben in der Mansarde …?

»Wozu um alles in der Welt brauchst du jetzt dieses Buch? Ich bin mir sicher, dass es nichts enthält, was dir beim Eintopfen des Weihnachtsbaumes helfen könnte. Es sei denn, du möchtest seinen Stamm fachmännisch mit einer Mullbinde umwickeln, aber das würdest du bestimmt auch ohne Bildvorlage hinkriegen.«

Sven fing an zu lachen. »Ich kann mich noch dunkel erinnern, dass dieses voluminöse Werk einen sehr stabilen Einband hatte, dunkelrot war der, richtig dick und nicht kaputtzukriegen. Ich glaube, der hätte genau die richtige Stärke für – *was* hast du eben gesagt? Mullbinde? Das isses doch! Wir verpassen dem Stamm einfach einen Verband! Den können wir so dick wickeln, wie wir ihn brauchen!« Er schüttelte den Kopf. »Darauf hätte ich wirklich schon eher kommen können!«

Zum ersten Mal wurde der Deckel des genormten und in jedem Kraftfahrzeug mitzuführenden Verbandkastens DIN A 13 164 geöffnet und ihm nach längerer Suche eine gedehnte Kompressionsbinde von acht Zentimeter Breite entnommen, um damit den Stamm des Weihnachtsbaums so lange zu umwickeln, bis er kerzengrade und bombenfest in der wirklich schon sehr antiquierten Halterung stand.

Ich hatte gerade die letzte auberginefarbene Kugel an den Baum gehängt (dank meiner inzwischen den meisten Lesern bekannten Beziehungen zu einem Dekorations-Großhandel bin ich natürlich immer über die jeweiligen weihnachtlichen Trends nicht nur informiert, sondern auch mit den entsprechenden Utensilien ausgestattet), als es klingelte. »Das wird Nicki sein, die will ihre Geschenke schon heute abladen, weil sie doch morgen Abend zuerst bei Jörgs Eltern antreten müssen. Vor zehn sind die nicht hier.«

Stefanie trabte zur Haustür, während ich ein paar Schritte zurücktrat und den Weihnachtsbaum in seiner violettsilbernen Pracht beäugte. »Lila – der letzte Versuch!«, murmelte ich vor mich hin eingedenk des Protests meiner Großmutter, als ihr seinerzeit die Verkäuferin in der Stoffabteilung des KaDeWe einen preiswerten Restposten pflaumenfarbener Seide hatte aufschwatzen wollen, während Omi genau wusste, dass Tante Else sich weigern würde, aus dieser »unmöglichen Farbe« ein Theaterkleid für ihre Kusine zu schneidern.

Bei mir war Tante Else nie so wählerisch gewesen. Abgesehen von dem verhassten Bleylekleid, das jedes Jahr einmal zum Anstricken in die Fabrik geschickt worden war (heute unvorstellbar, damals durchaus üblich), hatte ich nur Selbstgenähtes besessen, und dafür war eben jene Tante Else zuständig gewesen, ihres Zeichens Hausschneiderin und mehr auf solide Verarbeitung programmiert als auf modische Finessen. Das weiß ich deshalb so genau, weil mein dunkelgrün kariertes Taftkleid (ich habe es nie ausstehen können!) erst dann ausrangiert worden war, als es trotz des schon zweimal herausgelassenen Saumes nur noch knapp über den Po reichte. Zu diesem Zeitpunkt hatte es allerdings bereits zwei Weihnachtsfeste, eine Hochzeit und mindestens ein Dutzend Kindergeburtstage schadlos überstanden – es war nämlich mein Sonntagskleid gewesen! So was haben Kinder heutzutage gar nicht mehr, für die jetzt üblichen Geburtstagspartys bei McDonald's wären wasserfeste Overalls sowieso am vorteilhaftesten, aber dunkle Jeans tun's auch.

»Meine Güte, ist der hässlich!«, war alles, was Nicole beim Anblick des Weihnachtsbaums herausbrachte. »Warum denn lila?«

»Weil das in diesem Jahr ›in‹ ist, frag Steffi, die muss das schließlich wissen, und weil ihr euch oft genug darüber mokiert, dass ich in manchen Dingen angeblich in den frühen Achtzigern stehen geblieben bin. Damals hatte ein deutscher Christbaum aber rote und goldene Kugeln zu haben«, trumpfte ich auf, »und die hatten wir nie!«

»Stimmt!«, bestätigte Sven, einen Korb mit eingewickelten Päckchen hereintragend. »Du wolltest immer blaue haben. Und weil jedes Jahr welche kaputtgingen und die nachgekauften nie den gleichen Farbton hatten, sah unser Baum schließlich aus wie die Farbtafel im Malergeschäft. – Wo soll ich denn jetzt hin mit den Liebesgaben?« Er setzte den Korb ab und musterte Nicki kritisch. »Wird das nicht langsam gefährlich oder kann das gar nicht platzen?«

»Wenn du nicht sofort verschwindest, dann platzt gleich dein Kopf!« Drohend griff sie nach dem metallenen Kerzenständer. »Bring den Korb in den Keller und bleib am besten auch gleich unten!«

Sven trabte ab, während Nicki sich in den nächsten Sessel plumpsen ließ. »Er hat ja Recht«, seufzte sie, jenen Körperbereich betrachtend, der noch vor einem halben Jahr in Leggins der Größe 38 gesteckt hatte und nun von einem sackförmigen Pullover der Gattung »prénatal«

verhüllt wurde, »ich komme mir ja selber vor wie ein Fesselballon!«

»Weiß ich, aber in zwei Wochen hast du's überstanden, und ich garantiere dir, dass du dich noch so manches Mal zurücksehnen wirst nach den letzten Wochen, als du nachmittags gemütlich die Beine hochlegen und ein Buch lesen konntest, nachts durchschlafen durftest und alle Welt auf dich Rücksicht genommen hat. Die Schonfrist *nach* der Geburt ist nämlich wesentlich kürzer als die vorher – glaub's mir, ich habe da meine Erfahrungen!«

Natürlich glaubte sie es nicht. »Jörg hat aber gesagt, er wird …«

Ganz egal, was der künftige Vater zugesichert hatte, halten wird er es sowieso nicht, weil Männer schon aus physischen Gründen manches gar nicht *können,* selbst wenn sie es wollten, und für das, was sie später auch nicht *wollen,* haben sie im Laufe der Jahrhunderte einen kaum zu widerlegenden Grund gefunden: Sie müssen jetzt nämlich noch mehr arbeiten als vorher, um den erhöhten finanziellen Anforderungen gerecht zu werden. Was allein schon die Windeln kosten …

Dass Väter ihre Babys nicht stillen können, ist ein gravierender Fehler der Natur, der leider auch im Laufe der Evolution nicht behoben wurde; genauso wenig wie die Notwendigkeit, allen Müttern ein zweites Paar Hände wachsen zu lassen, die mit der Volljährigkeit ihrer Nachkommen wieder verschwinden oder vielleicht auch nur zu jeweils einem sechsten Finger mutieren könnten als Beweis dafür, dass sie zumindest *einen* künftigen Rentenzahler in die Welt gesetzt und damit ihren eigenen Versorgungsanspruch gesichert haben (sollten).

Männer reichen ihrem Nachwuchs zwar gern das Teefläschchen, stecken ihm den ausgespuckten Schnuller in den Mund zurück und schieben stolz den Kinderwagen, aber die Windeln ihres Babys wechseln sie nur höchst ungern, was sich außerhalb ihrer vier Wände jedoch ganz anders anhört. Da machen sie das nämlich täglich und mit links und lassen sich sogar mit anderen Vätern auf längere Diskussionen ein, ob die kostengünstigeren Windeln von Aldi genauso gut sind wie die aus der TV-Werbung. Die junge Mutter hat aber schon alle einschlägigen Marken durchprobiert und sich auf eine festgelegt. Ihre Mahnung »... und vergiss nicht, heute Abend zwei Großpackungen *Babysoft* mitzubringen, die kriege ich nämlich nicht in die Ablage vom Kinderwagen!«, wird der stolze Papi jetzt regelmäßig hören. Nur ist er weit weniger stolz, wenn er sie wieder umtauschen muss, weil er die falsche Größe gebracht hat. »Peer Magnus ist nämlich erst zwei Monate alt.«

Die Nachtruhe ist den meisten Männern allerdings heilig. Vielleicht sind sie ja wirklich in den ersten Nächten noch mit aufgestanden, aber da sie die natürlichen Bedürfnisse ihres Kindes nicht befriedigen können (siehe oben), kriechen sie gern wieder ins Bett, nicht ohne der gähnenden Mutter noch schnell das Stillkissen gereicht zu haben. »Ich muss doch gleich morgen früh in diese Sitzung, muss also spätestens um sieben aus dem Haus, aber du bleibst natürlich noch liegen!« Dass der kleine Schreihals schon um halb sechs sein Frühstück haben will, bekommt Papi gar nicht mit, er freut sich später nur über den bereitstehenden Kaffee und das weich gekochte Ei.

Genau genommen sind Babys für die meisten Väter eigentlich erst dann so richtig vollwertig, wenn sie gar keine Babys mehr sind, sondern schon Papa sagen und allein aufs Klo gehen können.

Es gibt natürlich auch Ausnahmen, doch inwieweit Jörg eine sein würde, blieb abzuwarten.

»Steht jetzt eigentlich fest, wo wir essen gehen werden?«, wollte Nicki wissen, nachdem sie ihren derzeit herausragendsten Körperteil in eine bequemere Lage gebracht hatte, »Erika hat mich nämlich danach gefragt.«

Richtig, das Familiendiner! Lange Jahre Hauptbestandteil des Weihnachtsfestes, zu dem sich regelmäßig auch die bereits in der Ferne angesiedelten Sippenmitglieder eingefunden hatten, bis ich eines Tages genug hatte von dem Stapel fettglänzender Teller, von Gänsebratengerippe und kalten Klößen, von den Rotweinflecken auf (Leinen-, was sonst?) Servietten, von überall verteiltem Kerzenwachs und dreimal Kaffeemaschine munitionieren, bis alle versorgt waren. Gar nicht zu reden von den kleineren Pannen wie dem steif gefrorenen Dessert (bei neun Grad minus sollte man die Terrasse besser nicht als Ersatzkühlschrank benutzen) oder dem Salz in der Zuckerdose, wobei ich mir bis heute nicht sicher bin, ob es sich tatsächlich um ein Versehen gehandelt hatte.

»Das nächste Mal *gehen* wir essen!«, hatte ich der noch mit dem Verdauen beschäftigten Familie angekündigt, nachdem ich die Spülmaschine mit der ersten Ladung Geschirr bestückt und eingeschaltet hatte.

»Zu teuer!«, hatte mein Ehemann sofort gekontert. Offenbar hatte er sich schon des Privilegs beraubt gesehen, eine halbe Stunde vor Beginn der Abfütterung die Weinflaschen zu öffnen und ihren Inhalt zu verkosten – er könnte ja nach Kork schmecken oder gar überlagert sein (speziell das war mir immer höchst unwahrscheinlich vorgekommen!).

»In diesem Fall würde natürlich *ich* die Rechnung übernehmen«, hatte ich zugesichert in der Hoffnung, bis dahin das zu jener Zeit noch sehr dünne Manuskript für das neue Buch fertig gestellt und somit Anspruch auf einen Teil meines Honorars zu haben.

»Na ja, wenn das sooo ist …«

Damit war das Thema erledigt gewesen – aber nicht vergessen! Bereits im Oktober hatte ich von verschiedenen Seiten dezente Hinweise bekommen, dass ein First-Class-Hotel ganz in unserer Nähe gerade den zweiten Michelin-Stern bekommen habe, oder dass es sich lohnen würde, ruhig mal ein bisschen durch die winterliche Natur zu fahren, und so sehr weit weg sei der Schwarzwald ja gar nicht. »Weißt du, Määm, die *Traube* in Tonbach …«

»Habt ihr denn Schneeketten für eure Wagen?«

Haben wir natürlich nicht, im Flachland mit rundherum Bundesautobahnen braucht man so was nicht, da genügen Winterreifen.

Wir hatten uns dann aber doch auf ein Restaurant hier in der Gegend geeinigt, das zwar keinen Stern vorweisen konnte, dafür jedoch diverse Kochmützen und ein halbes Dutzend Referenzen in Form von Blechschildern rechts und links vom Eingang. Der Serviettenknödel war auch wirklich ausgezeichnet gewesen.

Im Laufe der folgenden Jahre hatten wir eine ganze Reihe Lokalitäten durchprobiert, und diesmal hatte ich eins in Heidelberg ausgeguckt, von dem Hannes behauptete, es biete am ersten Weihnachtsfeiertag ein ausgezeichnetes kalt-warmes Buffet, und das sei doch besser als immer bloß die verschiedenen Variationen von Gans. Völlig richtig! Gänsebraten enthält viel Fett, Fett macht dick, und seit unserer gemeinsamen Nikotin-Abstinenz üben Stefanie und ich auch in diesem Punkt Enthaltsamkeit. Also hatte ich in jenem Fresstempel einen Tisch bestellt.

Nicht gerechnet hatte ich allerdings mit Nickis Protest. »Dann müsst ihr auf uns verzichten! Ich fahre doch jetzt nicht mehr in ein Restaurant, das mindestens eine Autostunde vom Krankenhaus entfernt ist! Das Baby kann praktisch jede Minute kommen, damit muss man immer rechnen, wir haben nämlich Vollmond, und Frau Jansen hat gesagt …«

Frau Jansen war Nickis Hebamme, das wusste ich bereits, und was sie gesagt hatte, konnte ich mir denken. Nach Ansicht fast aller vor dem 20. Juli 1969 ausgebildeten Hebammen übt der Vollmond auch heute noch eine große Anziehungskraft auf ungeborene Babys aus, doch seit Neil Armstrongs Besuch auf demselben hat unser Mond zumindest bei den jüngeren Geburtshelferinnen seine mystische Aura weitgehend verloren. Ich habe die Sache mit der Beeinflussung sowieso nie geglaubt, denn Steffi hatte seinerzeit den in leuchtendem Gelb am Himmel stehenden Vollmond glatt ignoriert und sich noch weitere sechs Tage Zeit gelassen. War auch vernünftig gewesen, sie ist nämlich nicht nur ein Sonntagskind geworden, sondern hat darüber hinaus immer an einem Feiertag Geburtstag – jedenfalls solange sie in Bayern oder Baden-Württemberg lebt.

»Du willst dir das Essen im trauten Familienkreis entgehen lassen bloß auf die vage Möglichkeit hin, dein Sohn könnte es besonders eilig haben?«, zweifelte Stefanie. »Soviel ich gehört habe, dauert es vom Beginn des Countdown bis zu Zero etliche Stunden, also halte ich es für ziemlich unwahrscheinlich, dass Tims Geburtsort mal Bundesautobahn Nummer sechs, Kilometerstein 209 oder so ähnlich lauten könnte.«

»Abgesehen davon besteht halb Heidelberg aus Krankenhäusern und Uni-Kliniken«, warf ich ein, »im Falle eines Falles wärst du dort sogar besser aufgehoben.«

Nicki schüttelte den Kopf. »Während der Feiertage haben die doch überall bloß einen Notdienst sitzen, und wer garantiert mir, dass das nicht ein Medizinstudent im letzten Semester ist?«

Da gab ich es auf. Werdende Mütter sind ähnlich sensibel wie Bräute kurz vor der Hochzeit, man sollte ihnen in allem zustimmen und dann das tun, was man selbst für richtig hält!

Nicki bekam also ihr Kännchen Roibusch-Tee (keine Ahnung, welche schwangerschaftsverträglichen Inhaltsstoffe der hat, bis dato hatte ich nicht mal gewusst, dass es ihn gibt, jetzt steht der Rest immer noch irgendwo hinten im Vorratsschrank) und die Zusicherung, ich würde mich noch im Laufe des Abends um ein näher gelegenes Restaurant kümmern: »Wenn ich das richtig verstanden habe, sollte es möglichst in Rufweite vom Krankenhaus gelegen sein, keinesfalls jedoch weiter entfernt als fünf Kilometer und mit Parkplatz direkt vor der Tür.«

»Ich weiß gar nicht, weshalb du eine Frühgeburt überhaupt für möglich hältst«, bemerkte Steffi grinsend, »schließlich ist das auch Jörgs Kind, und der ist doch noch nie pünktlich gewesen …«

Kapitel 3

Nun ist es nicht ganz einfach, vierzig Stunden vor Beginn der weihnachtlichen Schlemmerorgie ein Restaurant zu finden, dessen Ambiente nicht nur aus rustikalen Holztischen mit karierter Tischdecke und in Plastik eingeschweißten doppelseitigen Speisekarten besteht; nicht zu vergessen die Papierservietten und den großen Porzellan-Aschenbecher mit Reklameaufdruck. Ein bisschen Stil sollte es schon haben.

Doch nach dem sechsten Anruf und dem höflichen Bedauern, man sei schon seit Wochen restlos ausgebucht, war ich drauf und dran, das ganze Unternehmen abzublasen und die Familie einfach mit Hähnchenbrust in Sahnesoße abzufüttern; das wäre zwar kein Drei-Gänge-Menü und schon gar nicht festlich, aber zumindest die Zutaten dafür hatte ich im Haus. Vier Packungen Hähnchenbrust für Notfälle froren schon seit längerer Zeit in der Kühltruhe vor sich hin, und die zwei dauerkonservierten Sahneschachteln mussten auch langsam weg. Ich hatte sie irgendwann im Herbst mal mitgenommen, weil sie bis Silvester halten sollten und man hundertfünfzig Milliliter Sahne immer gerade dann braucht, wenn man sie nicht hat.

»Wenn ich die beiden Tütensuppen aus dem Vorratsschrank mit einer Dose Spargelspitzen verlängere und die Tassen nicht ganz voll mache, könnten sie sogar als Vorspeise reichen. Was meinst du?«

Rolf meinte erst gar nichts, doch dann fiel ihm ein, dass am Heiligen Abend die Geschäfte vormittags alle noch geöffnet und die Tiefkühlgänse bestimmt nicht ausverkauft seien. »Die letzten davon kriegt man doch immer zu Ostern als Sonderangebot.«

»Das stimmt nicht! Die Ostergänse sind welche aus der Frühmast!«

»Aus der – *was?*«

»Na ja, Frühmastgänse – die sind auch nie so fett!«

Er sah mich an mit einem Blick, in dem Mitleid gepaart war mit männlicher Überheblichkeit. »Wann hast du als Großstadtkind denn jemals eine lebendige Gans gesehen? Außer im Zoo vielleicht.«

»Immerhin bin ich anderthalb Jahre lang mindestens einmal täglich vor diesen Viechern getürmt, wenn sie mit gereckten Hälsen hinter mir her waren!«

»Wo denn? Auf dem Kurfürstendamm?«

»In Ostpreußen, Kinderlandverschickung nach Harteck, Kreis Goldap! Da sind diese Vögel nämlich frei auf der Dorfstraße rumgelaufen!«

Das hatte er vergessen, räumte jedoch ein, dass er von ostpreußischen Gänsen keine Ahnung habe, er sei schließlich gebürtiger Braunschweiger, folglich habe seine Mutter nur Gänse aus der herzoglichen Geflügelzucht auf den Tisch gebracht, und die seien mit Hafer gemästet worden, und zwar im Herbst und nicht im Frühjahr. Jawohl! »Frühmast! So ein Blödsinn! Seit wann isst man Gänse im Sommer?«

»Seitdem es Tiefkühltruhen gibt!« Bevor sich Rolf wieder dem Studium des Fernsehprogramms widmen konnte, drückte ich ihm den Hörer und den Zettel mit den Nummern der noch nicht abtelefonierten Restaurants in die Hand. »Versuch du mal dein Glück! Bisher habe ich nur Frauen an der Strippe gehabt, und die hätten bei einer männlichen Stimme bestimmt weniger abweisend reagiert. Wenn du vielleicht deinen früheren Charme ein bisschen reaktivieren könntest …? Nur kurzfristig natürlich!«, beteuerte ich sofort. »Hier zu Hause brauchst du ihn ja nicht.«

Die Tür flog auf, und hindurch schob sich Steffi mit einem Tablett, auf dem ein Teller mit Weihnachtsgebäck und drei Tassen Cappuccino standen. Ein Tritt mit dem Fuß, dann war die Tür wieder zu. »Kann es sein, dass ich eben was von Charme gehört habe?« Sie stellte das Tablett ab und verteilte die Tassen. »Und zwar in Verbindung mit Papi? War doch ’n Irrtum, oder?« Fragend sah sie mich an.

»In gewisser Weise ja. Es begab sich nämlich schon vor langer langer Zeit, als im siebenten Stock des Düsseldorfer Pressehauses ein charmanter Mann …«

»Au ja, ein Weihnachtsmärchen!«, unterbrach sie mich sofort, setzte sich und sah mich auffordernd an.

Nun hatte Rolf endgültig genug und das konnte ich ihm nicht mal verübeln. Zähneknirschend stand er auf, griff aber doch noch zu Telefon und Zettel und stürmte aus dem Zimmer durch die Essdiele in die Küche. Wieder donnerte die Tür ins Schloss, und diesmal flog sogar der Schlüssel heraus, im Regal kippten ein paar Bücher zur Seite, und meine blaue Majolika-Vase, ein Mitbringsel von unserer abenteuerlichen Wohnmobiltour durch Südfrankreich, begann heftig zu wackeln. Ich konnte sie gerade noch festhalten, bevor sie kippte.

»Könnte es sein, dass wir Papi etwas verärgert haben?« Stefanie schälte sich aus dem Sessel. »Ich trage ihm besser den Kaffee wieder raus, so schnell kommt er bestimmt nicht zurück.«

»Nimm ein paar Kekse mit!«

»Nicht nötig, auf dem Küchentisch steht doch die halb volle Dose.«

»Jetzt ist sie garantiert nicht mehr halb voll! Bring wenigstens den Rest noch mit rein, Weihnachten ist erst morgen!«

Ihre in wechselnder Lautstärke geführte Unterhaltung dauerte genau fünf Minuten, dann kamen Vater und Tochter vereint wieder ins Zimmer und wollten die Versöhnung begießen. Mit einem Glas Sekt. Während Steffi in den Keller stieg und im dort aufs Altenteil gesetzten Getränkekühlschrank (Baujahr 1981) nach einer geeigneten Flasche suchte, meinte Rolf nachdenklich: »Manchmal vergesse ich einfach, dass sie inzwischen vierunddreißig Jahre alt und verheiratet ist. Ich sehe sie immer noch in ihren Lederhosen vor mir, wie sie mit den Jungs Fußball spielt oder in der Spitze vom Apfelbaum sitzt und nicht mehr runter kann!«

»Und du kämst heute nicht mehr rauf, um sie zu runterzuholen!«

»Das hat er doch schon damals nicht gekonnt!« Steffi stellte die Flasche ab und suchte im Schrank nach passenden Gläsern. »Runtergeholt hatte mich Sven, aber Papi hat die Leiter gehalten! Und mir hinterher eine Mark in die Hand gedrückt, damit ich nichts sage. Sven hat sogar drei gekriegt.«

Es ist doch merkwürdig, wie sehr Ereignisse, die seinerzeit einen regelrechten Familienkrach heraufbeschworen hatten, an Bedeutung verlieren, wenn sie Jahrzehnte zurückliegen. Sascha hatte eins hinter die Ohren gekriegt, weil er seine Schwester zu dieser Klettertour herausgefordert hatte, und ich hatte mir von meinem Mann eine halbe Stunde lang anhören müssen, wie sehr ich meine Aufsichtspflicht vernachlässigt hatte, und was dem Kind nicht alles hätte passieren können.

»Dieses Kind wird in dreizehn Jahren und zwei Monaten volljährig«, hatte ich zurückgeblafft, »also sollte es langsam anfangen, Verantwortung für sich selber zu übernehmen!« (Seine schwereren Blessuren hat es sich auch erst geholt, als es bereits über achtzehn war!).

Als wir beim Rückblick auf ihre jugendlichen Heldentaten, von denen die meisten in einer Arztpraxis geendet hatten, bei Stefanies neuntem Geburtstag angekommen waren, einschließlich des unbeabsichtigten Freudenfeuers im Garten, dem drei frisch gepflanzte Bambusbüsche zum Opfer gefallen waren, erinnerte ich an das noch immer nicht gelöste Problem, wo wir denn nun übermorgen das Familien-Weihnachtsessen zu uns nehmen könnten.

»Versuch's doch mal im Burg-Hotel!«

»Lieber nicht!«, warnte Stefanie. »Da war ich mal mit Hannes, und hinterher sind wir bei McDonald's gelandet, weil wir noch Hunger hatten. Das Ambiente in dem Restaurant ist spartanisch-edel und das Essen ebenfalls. Nouvelle Cuisine mit riesigen Tellern und dreiteiligem Besteck: Messer, Gabel, Lupe!«

Also doch Hähnchenbrust in Sahnesoße? Geht aber nicht, denn mir war inzwischen siedend heiß eingefallen, dass ich ja Nickis Schwiegereltern ebenfalls eingeladen hatte, nur nicht an den heimischen Herd, da kann ich mit den Kochkünsten von Frau B. nicht konkurrieren, sie hat's einfach besser drauf! Das hatte ich im Frühjahr wieder feststellen können, als wir den ersten Spargel der Saison bei ihnen auf der Dachterrasse gegessen hatten – mit einer Vinaigrette, die garantiert nicht aus einer Fertigpackung zusammengerührt worden war. Bei dieser Gelegenheit hatte ich auch mit einem kleinen bisschen Neid die neue Einbauküche bewundert – da verschwindet sogar der elektrische Allesschneider auf Knopfdruck irgendwo in der Tiefe eines Unterschranks, und vor allem die gläserne Dunstabzugshaube hatte mich restlos begeistert – sieht richtig futuristisch aus, soll aber sehr pflegeintensiv sein, also werde ich wohl doch besser bei meiner alten bleiben.

Nun erfordert es die Etikette, eine derartige Einladung zu erwidern, und deshalb hatte ich einen gemütlichen sommerlichen Grillabend im Garten geplant, mit Windlichtern rundherum inklusive Mücken, mit verschiedenen Salaten (wir haben einen sehr guten Metzger!), frischem Baguette und diversen Flaschen leichtem Wein, doch irgendwie hatte es den ganzen Sommer über mit den Terminen nicht geklappt. Mal waren die Schwiegereltern verreist, dann wieder hatte Rolf keine Zeit oder Nicki und Jörg hatten nicht gekonnt, und geregnet hatte es auch oft genug. Doch nun stand Weihnachten vor der Tür und damit die letzte Gelegenheit, meinen Gastgeberpflichten nachzukommen – aber nicht unbedingt mit Selbstgekochtem!

Gestärkt mit inzwischen kalt gewordenem Cappuccino, ungefähr einem halben Pfund Plätzchen und zwei Gläsern Sekt fühlte sich Rolf stark genug, die noch übrig gebliebenen Nummern der Reihe nach abzutelefonieren. Wenn er sachlich blieb, war zweifellos ein Mann am Apparat, begann er jedoch Süßholz zu raspeln, dann musste es ein weibliches Wesen sein, und in diesem Fall räumte ich uns größere Chancen ein. Ich sollte Recht behalten!

»Also dann übermorgen um dreizehn Uhr«, beendete er das Gespräch, »und nochmals vielen Dank, gnä' Frau, Sie haben uns aus einer ganz großen Verlegenheit geholfen.«

»Na, sooo groß war die Verlegenheit nun auch wieder nicht«, behauptete ich, nachdem Rolf den Hörer aufgelegt hatte, »schlimmstenfalls hätte ich immer noch die Tütensuppen und die Hähnchenbrüste gehabt!«

Wann Sven am späten Abend oder sogar erst in der Nacht nach Hause gekommen war, weiß ich nicht, jedenfalls war er noch nicht aus seiner Mansarde aufgetaucht, als der Weihnachtsbaum umkippte. Die nur angelehnte Terrassentür war nämlich aufgeflogen – weil der Postbote geklingelt hatte, musste ich die Haustür öffnen, und da die Zimmertüren offen standen und es draußen ziemlich windig war, gab's Durchzug. Ich quittierte gerade den Empfang des Päckchens, da knallten gleichzeitig mehrere Türen zu, irgendetwas klirrte und im selben Moment hörte ich Steffi schreien: »Neeeiiiin!«

»Frohes Fest!«, wünschte der Postmensch und machte, dass er wegkam. Nicht mal auf das Trinkgeld hatte er gewartet. Ich drückte die Haustür zu, warf das Päckchen auf den Schuhschrank und lief ins Wohnzimmer. Und dort sah ich eine sperrangelweit geöffnete Terrassentür, durch die munter der Schnee ins Zimmer wehte, und zwei Meter davor eine entsetzte Stefanie, mit einer Hand die sich immer weiter zu Boden neigende Spitze des Weihnachtsbaumes hochstemmend, während sie mit der anderen die flatternde Gardine von den Zweigen fern zu halten versuchte. »Hilf mir doch mal! Ich kann das Ding nicht mehr halten!«

»Lass es doch einfach fallen, da ist eh nichts mehr zu retten!«

Ein weiteres Mal klirrte es, dann schlängelte ich mich an dem Tannen-Torso vorbei und schloss erst einmal die Terrassentür.

»Wie kann man den Baum aber auch genau vor die Tür stellen!« Mit spitzen Fingern sammelte Steffi hängen gebliebene Tannennadeln von ihrem Pullover. »Dort stand er doch noch nie!«

»Richtig! Aber da hatten wir auch noch nicht den großen Fernseher, und weil der nicht in das Regalfach passte, in dem der alte gestanden hatte, mussten wir das ganze Ding ein bisschen umbauen – allerdings konnte ich den früheren Standort des Weihnachtsbaums dabei nicht berücksichtigen. Entweder ungehinderter Zugang zur Terrasse und Zweige vor dem Bildschirm, oder freier Blick zur Glotze, dafür Betreten des Gartens vorübergehend nur außen herum. Und wann muss ich um diese Jahreszeit überhaupt da rein? Gar nicht! Die Petersilie wächst nämlich zurzeit im Blumentopf unten im Keller.« Dann fiel mir etwas ein. »Wieso war die Terrassentür überhaupt offen?«

»Woher soll ich das wissen? Ich war's jedenfalls nicht!«, kam es zurück, und damit wurde auch diese Frage vorerst zu jenen vielen anderen und bis heute unbeantworteten Fragen gelegt, wie zum Beispiel die, wohin der Duden mit den neuen Rechtschreibregeln verschwunden ist, wem ich diesen scheußlichen Kratzer auf der Tischplatte zu verdanken habe, wieso nach einer angeblich nur dreißig Kilometer weiten Fahrt der Sprit in meinem vorher voll getankten Auto am nächsten Tag gerade noch bis zur Tankstelle um die Ecke gereicht hat und – last, not least – wer im Sommer das knallrote Polohemd zu den ganzen Badetüchern in die Maschine gesteckt hat. Seitdem besitze ich ein halbes Dutzend rosa Frottiertücher und ein Poloshirt, das niemandem gehört.

»Wo fangen wir denn jetzt hier an?«, wollte Steffi wissen, mit spitzen Fingern die lila Überreste einer Kugel vom Boden klaubend. »So kann's ja wohl nicht bleiben.«

Damit hatte sie zweifellos Recht, zumal der Christbaumständer mit umgekippt war und sich das darin enthaltene Wasser überall verteilte. »Erst mal müssen wir Platz schaffen und den Teppich trockenlegen!«

»Wenigstens ist der Baum ganz geblieben!«, bemerkte Steffi, nachdem sie ihn auf der Terrasse abgestellt hatte. »Von den Kugeln dürfte knapp die Hälfte überlebt haben, und dass die Beleuchtung noch funktioniert, bezweifle ich.«

»Ich auch! Deshalb solltest du jetzt schleunigst deinen Mann anrufen, damit er nachher noch zwei Lichterketten mitbringt!« Wozu hat man schließlich einen Schwiegersohn, der mit so was handelt? »Und ein paar Kartons mit Kugeln, aber bitte keine violetten mehr.«

»Die sind schon lange ausverkauft.«

Richtig, diese Farbe war ja heuer en vogue.

Während Stefanie am Telefon hing und ihrem Hannes wortreich die vorweihnachtliche Katastrophe nebst ihren Folgen schilderte, sammelte ich die Scherben zusammen, wischte den Boden auf, tupfte den Teppich einigermaßen trocken, saugte Glassplitter und Tannennadeln weg und dachte darüber nach, dass Weihnachten irgendwo an einem karibischen Strand auch seine Reize haben musste, zumal man dort gar keine Weihnachtsbäume kennt, sondern – falls überhaupt – bunte Lichtlein an die in diesen Breitengraden üblichen Grüngewächse hängt. Und die bleiben draußen und dürfen im Gegensatz zu unseren Tannen sogar weiter wachsen und groß werden.

»Schönen Gruß von Hannes, und ob er nicht vorsichtshalber noch einen von unseren künstlichen Bäumen mitbringen soll? Der ist standfest, braucht kein Wasser, nadelt nicht, und man kann ihn jedes Jahr wieder verwenden.«

»Aber vorher steht er elf Monate lang in einer Kellerecke als mietfreies Domizil für diese fetten schwarzen Spinnen! Nein danke!«

Als Sven schließlich leicht verpliert auf der Bildfläche erschien, wirkte das Zimmer beinahe so wie vor dem Desaster, nur mit dem einen kleinen Unterschied, dass der am Vorabend noch in lila Pracht erstrahlte Tannenbaum plötzlich aussah, als habe man vergessen, ihn rechtzeitig für die alljährliche Christbaum-Sammelaktion der Jugendfeuerwehr vor die Tür zu stellen.

»Was ist denn mit *dem* passiert?«, stammelte Sven verblüfft. »Ich gebe ja zu, dass ich mit Wolle, Chris und Manni ein bisschen sehr intensiv unser Wiedersehen begossen habe, aber ihr wollt mir doch nicht erzählen, dass ich zwei Tage lang geschlafen und Weihnachten verpennt habe ...«

»Doch«, sagte Steffi, »und wir haben dich überhaupt nicht vermisst!«

Diese Liebe unter den Geschwistern erfreut doch immer wieder das Mutterherz!

Wenig später kam auch Rolf zurück, der noch irgendwo einen Entwurf zur Begutachtung hatte vorbeibringen müssen, und dann war schon wieder Zeit zum Mittagessen, von dem ich noch nicht mal wusste, wie es aussehen würde. Warum muss man überhaupt zu bestimmten Zeiten immer etwas essen? Nur deshalb, weil man das als Kind tun musste, obwohl man oft genug gar keinen Hunger hatte? Ich hatte auch jetzt keinen. Also versammelte ich meine Lieben in der Küche.

»Es ist jetzt genau dreizehn Uhr und somit jener Zeitpunkt, zu dem eine vorbildliche Hausfrau und Mutter ihrer Familie das Mittagessen vorsetzt. Eine vorbildliche Hausfrau bin ich noch nie gewesen, Mutter bin ich nur noch bedingt, heute Abend gibt es traditionsgemäß Kartoffelsalat und Würstchen, der ist fertig, aber wehe, jemand vergreift sich schon jetzt daran, und wer nun unbedingt was essen will, der muss sich selbst was machen. Er kann's aber auch bleiben lassen und mir helfen, die ganzen Kalorienbomben auf die bunten Teller zu verteilen.«

Stefanie erklärte sich mit mir solidarisch, angeblich war sie auch nicht hungrig, während die beiden Männer von der Aussicht, selber aktiv werden zu müssen, offensichtlich wenig begeistert waren. »Komm, Sohn, ich lade dich ein! Hier hat unlängst ein neuer Döner-Snack aufgemacht, der soll richtig gut sein!«

»Hat er denn heute nicht geschlossen?«, erinnerte Steffi.

»Der ist Moslem, bei denen gibt's kein Weihnachten«, behauptete Rolf, stand kurze Zeit später zusammen mit Sven vor der verschlossenen Tür und entschied sich für den Chinesen, der aber auch gerade schließen wollte, doch den beiden wenigstens noch zwei in Styropor-Schachteln verpackte Take-away-Portionen über den Tresen reichte. Eine davon enthielt gebackene Calamares, die Rolf verabscheut, Steffi aber liebt (wenigstens eine, die schließlich satt wurde), während der Inhalt des anderen Kartons wie Hühnerfutter aussah und wohl auch so ähnlich geschmeckt haben muss, jedenfalls ist eine Menge davon übrig geblieben.

Nach und nach trudelten die Besucher ein. Als Erster fuhr Jörg vor und lieferte zwei Blechdosen mit Plätzchen ab. »Die hatte Nicole gestern mitzubringen vergessen.«

Abgesehen davon, dass er als Einziger in der Familie seine Frau korrekt mit *Nicole* anredet, während sie für uns nach wie vor *Nicki* heißt, möchte ich nur ein einziges Mal erleben, dass er in seiner Freizeit in dem bei Männern doch allgemein so beliebten Gammel-Look herumläuft. Gibt's einfach nicht! Er ist immer so angezogen, dass er jederzeit seinem Chef, unserem Stadtoberhaupt oder sogar dem Bundespräsidenten die Tür öffnen könnte. Bei ihm gibt es keinen zerfransten Bademantel, keine ausgeleierte Jogginghose und auch kein Sweatshirt, das vor vier Jahren mal gepasst hat, inzwischen jedoch so lang wie breit geworden und zum beliebtesten Kleidungsstück des Besitzers aufgestiegen ist. So etwas hat doch fast jeder Mann im Schrank hängen oder – noch schlimmer! – als ewiges Streitobjekt im Bad liegen, damit es immer gleich zur Hand ist.

Nicht so Jörg. Er trug auch jetzt wieder zwar bequeme

und trotzdem wie maßgeschneidert sitzende Freizeithosen, ein Polohemd und darüber einen farblich abgestimmten Pullover. An den Füßen Sportschuhe und nicht solche ausgelatschten Treter, in denen Rolf speziell zu Hause gern herumläuft. Soweit ich mich erinnere, hat er sie mal irgendwann in den achtziger Jahren des letzten Jahrhunderts aus Irland mitgebracht. Angeblich mussten sie aus einem nicht nachvollziehbaren Grund vor dem ersten Tragen mit Guinness ausgegossen werden, und genauso sehen sie auch aus. Die Frage, ob das Bier hinterher vom Besitzer der Schuhe getrunken werden musste, habe ich mir allerdings verkniffen.

Jörg warf einen Blick ins Wohnzimmer, wo Sven bäuchlings auf dem Boden herumrobbte und die verhedderte Lichterkette auseinander fieselte – *eine* hatte wunderbarerweise überlebt –, äußerte sein Erstaunen, da doch sonst immer schon am Vorabend ein gemeinsames Baumschmücken angesagt war, an dem er sich allerdings noch nie beteiligt hatte, und zog schließlich mit dem Hinweis ab, man käme dann am späteren Abend vorbei.

Pünktlich zum Kaffeetrinken trafen Tom und Katja ein – irgendwann mussten wir ja doch mal etwas essen, weshalb also nicht ein paar Plätzchen, selbst gebackene hatte ich nun wirklich genug vorrätig, voraussichtlich würden sie wieder bis Ostern reichen – und nur wenig später fuhr Hannes vor und begann auszuladen: Drei Lichterketten à hundert Birnchen (welche Vorstellung hatte er eigentlich von der Größe unseres Baumes?), ungefähr ein Dutzend Packungen Kugeln in unterschiedlichen Farben, allerdings keine silbernen, dafür welche in Dunkelgrün-Hochglanz und als Kontrast dazu kakaofarbene, ferner zwei Schachteln voll kristallener Glitzersternchen, die ich ganz vorsichtig behandelte, bis ich dahinter kam, dass sie aus Plastik waren, und als Krönung schließlich eine große braune Tüte, die er eigenhändig in die Küche trug. »Ich habe seit dem Frühstück noch nichts gegessen!«

»Warum hast du nicht vorher angerufen und gefragt, ob du uns was mitbringen kannst?«, moserte Stefanie. »Der brave Mann denkt bis zuletzt an sich selbst, nicht wahr? Muss schon zu Schillers Zeiten so gewesen sein!« Dabei schob sie sich ein Kartoffelstäbchen nach dem anderen in den Mund.

Irgendwie knurrte mir ja auch der Magen, doch ich hatte mir vor den kulinarischen Verlockungen der kommenden Tage etwas Zurückhaltung verordnet, und die fetten Fleischklopse zusammen mit den aus Papptüten ragenden Pommes frites fielen bestimmt nicht unter diesen Begriff. Dabei wird man entgegen der allgemeinen Auffassung gar nicht mal zwischen Weihnachten und Neujahr dick, sondern überwiegend zwischen Neujahr und Weihnachten!

Dank vorbildlicher Zusammenarbeit und mithilfe geistiger Getränke war es uns dann doch noch gelungen, die malträtierte Tanne wieder in einen Weihnachtsbaum zu verwandeln und sogar noch rechtzeitig vor der Bescherung damit fertig zu werden. Reichlich bunt hatte er ausgesehen, und ein bisschen sehr gewöhnungsbedürftig war er auch gewesen, doch sogar Nicki hatte zu später Stunde festgestellt: »Sonst war er eigentlich immer etwas langweilig, also irgendwie zu symmetrisch dekoriert, aber das kann man diesmal wirklich nicht sagen!«

Genau deshalb haben wir ihn ja auch fotografiert!

»Ist Wintereinbruch eigentlich strafbar?«, grummelte Sven vor sich hin, als er durchs Küchenfenster in das Schneegestöber starrte. »Gestern habe ich noch nachgeguckt, ob die Schneeglöckchen schon rauskommen, und jetzt sieht es draußen aus, als ob man bald gar nichts mehr sieht. Wo kommt denn so plötzlich das schlechte Wetter her?«

»Es gibt kein schlechtes Wetter, es gibt nur unterschiedliche Arten von gutem!«, erinnerte ich ihn an seine früheren Erkenntnisse, wenn er zusammen mit seinem Bruder auch dann noch auf die Rodelbahn gezogen war, wenn die Schneeflächen sich zusehends in grauen Matsch verwandelten und die weißen Flocken in kalten Sprühregen übergingen.

»Ich befürchte ja auch nur, dass wir bei null Sicht dieses komische Restaurant nicht finden werden. Oder weißt *du* genau, wo das ist? *Zum Schwarzen Schimmel* – das klingt doch, als hätte uns jemand ganz gewaltig auf den Arm genommen!«

Stimmt! Dieser Widerspruch war mir noch gar nicht aufgefallen, aber Sven hatte Recht: Schwarze Schimmel gibt es nicht, die haben weiß zu sein, sonst sind es keine. Und schwarze Pferde heißen Rappen. Das war schon immer so. Eine logische Begründung für den seltsamen Namen dieses Restaurants fiel mir nicht ein, aber mir hat ja auch noch niemand erklären können, weshalb man »auf Schusters Rappen« unterwegs ist, wenn man mal zu Fuß geht.

Kurz nach zwölf fuhr der Konvoi dunkler Wagen vor, angeführt von Tom und Katja, die aus Platzgründen bei Nicki übernachtet hatten; wir beherbergten ja schon Stefanie nebst Ehemann, gar nicht zu reden von Sven, der die Mansarde hatte räumen müssen und nun in Rolfs Arbeitszimmer kampierte.

Im zweiten Auto saßen Nicki und Jörg, im dritten die Schwiegereltern.

»Reden die nicht mehr miteinander?«, wunderte sich Hannes. »Wohnen nur ein paar hundert Meter auseinander, haben dasselbe Ziel und brauchen trotzdem zwei Autos?«

»Ist doch logisch!« In Kurzfassung schilderte Steffi jene Bedenken, die ihre Schwester offenbar schon als unvermeidbar ansah. »Die Wahrscheinlichkeit, dass das Baby ausgerechnet in den nächsten drei Stunden kommt, ist zwar äußerst gering, aber ich gehe jede Wette ein, dass Nicki ihr Bereitschaftsköfferchen dabei hat und Jörg eine genaue Wegbeschreibung vom Restaurant zur Klinik.

»Hoffentlich hat er auch eine von hier zum Restaurant!«, ergänzte Sven, denn schon gestern hatten sich die halbwegs Ortskundigen überlegt, auf welchem Weg dieser Fresstempel am besten anzufahren sei, denn nach Svens Ansicht gab es überhaupt keine Straße dorthin, während Steffi sich dunkel zu erinnern glaubte, es müsse dort sein, wo früher die alte Sägemühle gestanden hatte. »Da war so ’n Waldweg, auf dem sind wir öfter mit den Rädern zum See gefahren. Für Autos war der aber gesperrt, nur Reiter durften durch!«

Der See ist inzwischen zum Tümpel vermodert, im Wald dürfen noch immer keine Autos fahren, und dass aus jener mir unbekannten Sägemühle ein Lokal geworden sein sollte, erschien mir denn doch sehr unwahrscheinlich. »Zwar habe ich schon mal als *Rissole* getarntes, sehr dunkel gebratenes Sägemehl serviert bekommen, jedenfalls hat’s danach geschmeckt, doch das war irgendwo in England gewesen, und da ist man ja auf so etwas vorbereitet.«

Abgesehen davon ist es manchmal auch hierzulande besser, wenn man nicht so genau weiß, woraus Frikadellen bestehen!

Wenig später bewegte sich der Konvoi zunächst rückwärts auf die Straße und dann – nunmehr um zwei weitere Wagen verlängert – vorwärts bis zum Stoppschild an der nächsten Ecke, weil Tom nicht wusste, ob es nun rechts-

oder linksherum weiterging. Also erst allgemeiner Halt, Wechsel des Spitzenreiters, sodann mit zunehmender Geschwindigkeit Richtung Westen, denn Jörg war sich absolut sicher, dass der *Schwarze Schimmel* ganz in der Nähe vom Fernheizwerk zu finden sei. Da ich nicht mal wusste, dass es bei uns ein Fernheizwerk gibt, geschweige denn, wo es steht, musste ich mich auf unseren selbst ernannten Cicerone verlassen. Im Gegensatz zu sonstigen gemeinsamen Ausfahrten saß ich diesmal selbst am Steuer, weil Rolf es vorgezogen hatte, im viel größeren, bequemeren, sitzbeheizten und klimaanlagentemperierten Auto von Hannes mitzufahren statt in meiner japanischen »Reisschüssel«, die aber wenigstens den Vorzug hat, in der deutschen Pannenstatistik auf dem vorletzten Platz zu stehen. Und Sven lasse ich nur ungern ran, weil sein Fahrstil dem von Heinz-Harald Frentzen ähnelt.

Man erspare mir eine genauere Schilderung meiner Irrfahrt, denn an irgendeiner Abzweigung musste ich wohl vorbeigefahren sein; es schneite immer noch heftig, und als ich meinen kurzfristig aus den Augen verlorenen Vordermann wieder eingeholt hatte, war aus dem BMW plötzlich ein Beatle geworden, obwohl nicht anzunehmen war, dass Hannes' Auto trotz permanenter Nässe inzwischen geschrumpft sein sollte. So was passiert nur mit neuen Pullovern, die versehentlich in den Wäschetrockner geraten sind.

Bei derartig unfreundlichem Wetter findet man natürlich keinen Fußgänger, den man fragen könnte, schon gar nicht um die Mittagszeit, also die nächste Tankstelle angefahren, doch dort kannte man keinen *Schwarzen Schimmel,* nur einen *Wilden Eber.* Erst nach dem vierten Hinweis kam uns der Verdacht, dass aufgrund von Metamorphose das Schwein wohl inzwischen zum Pferd mutiert sein musste. Immerhin erreichten wir unser Ziel noch früh genug, bevor sich der schon im Aufbruch begriffene Suchtrupp auf den Weg gemacht hatte.

»Wozu hast du eigentlich ein Handy?«, begrüßte mich Steffi, die im Gegensatz zu mir nie ohne diesen transportablen Kontrollapparat das Haus verlässt.

»Hab ich denn jemals eins haben wollen?«, blaffte ich zurück, obwohl sie ja Recht hatte. Ich hasse diese Dinger zwar, weil sie langjährig bewährte Ausreden ad absurdum führen (»Natürlich hätte ich dich angerufen, aber es gab ja weit und breit kein Telefon!«), doch in gewissen Situationen sind sie natürlich nützlich.

Wenigstens beruhigten sich die Gemüter relativ schnell, was wohl auch daran lag, dass alle Hunger und jetzt auch die Hoffnung hatten, er werde in Kürze gestillt werden. Und genau das war ein Irrtum.

Der *Schwarze Schimmel* hatte tatsächlich mal *Wilder Eber* geheißen und war ein ländlich-rustikales Wirtshaus gewesen, bevor es einen neuen Besitzer bekommen hatte. Der konnte wohl nicht so mit Schweinen, Rösser sind eben edlere Tiere, aber *Gasthaus zum Pferd* klingt nun auch nicht gerade nach gehobener Küche, doch genau diese sollte dem Haus nun die nötige Reputation bringen. Wohl zum besseren Verständnis wurde auf dem Vorsatzblatt der in Leder gebundenen Speisekarte erläutert, wie es denn zu der Bezeichnung *Schwarzer Schimmel* gekommen war. Demnach hatte im achtzehnten Jahrhundert der Erbauer dieser damals noch *Schenke* genannten Lokalität von einem Händler ein Pferd gekauft, einen Schimmel, und zugesichert, ihn nach der Ernte zu bezahlen. Anscheinend war das seinerzeit üblich gewesen (ich gehe mal davon aus, dass der Begriff »Dispo-Kredit« damals noch unbekannt war), nur hatte der Wirt trotz wiederholter Mahnungen auch zu Mariä Lichtmess seine Schuld noch nicht beglichen. Vielmehr behauptete er, das Tier sei ihm gestohlen worden, vermutlich sogar von seinem früheren Besitzer, jedenfalls habe er ein neues Pferd kaufen müssen, einen Rappen diesmal, und der stehe hinten im Stall. Nun soll es zu diesem Zeitpunkt jedoch heftig geregnet haben, und so richtig wetterfest war das Dach des Stalls wohl auch nicht, jedenfalls muss das Pferd inzwischen mehr einem Apfelschimmel geähnelt haben als einem schwarzen Rappen, was wohl in erster Linie daran lag, dass es vor zweihundert Jahren noch keine wasserfeste Farbe gab. Der betrügerische Wirt wurde in den Schuldturm gesteckt, aber es ist nicht überliefert, ob und falls ja, wann er ihn wieder verlassen durfte. Und so richtig weiß soll das Pferd ja auch nicht mehr geworden sein.

Ob die Geschichte nun wahr ist oder nur gut erfunden, sei dahingestellt, inzwischen war aus dem ehemaligen Wirtshaus jedoch ein ansehnliches Restaurant geworden, in dem – zumindest damals am ersten Weihnachtsfeiertag – jeder Stuhl besetzt war. Deshalb verbannte man uns auch in den früheren und sehr spartanisch renovierten Weinkeller, wogegen Rolf wohl heftig protestierte, dann aber doch einsehen musste, dass wir nicht nur sehr spät reserviert hatten, sondern darüber hinaus auch noch elf Personen waren, für die man im eigentlichen Restaurant beim besten Willen keinen Platz mehr fand. Wenigstens waren wir nicht die Einzigen in diesen Katakomben, schräg gegenüber saß noch eine Familie, allerdings nicht ganz so groß wie unsere. Dort löffelte man bereits die Suppe, während wir auch nach zehn Minuten noch keinen Kellner zu Gesicht bekamen.

Stefanies Bierdeckel-Viadukt war schon zum vierten Mal zusammen gebrochen, Tom hatte gerade den zweiten Papierservietten-Flieger durch den Raum segeln lassen und sah sich nach einer neuen Beschäftigung um, als plötzlich eine sonore Stimme durch das Gewölbe hallte:

»Hast du dort droben vergessen auf mich? Es sehnt doch mein He-he-he-herz nach Nahrung sich ...«

Es klang grauenvoll! Jeder zweite Ton war falsch, hätte er es gehört, Maestro Lehár wäre in seinem Grab rotiert oder sogar demselben entstiegen, um Hannes den Hals umzudrehen – aber es wirkte! Mit fliegender Serviette über dem Arm eilte ein Kellner die Treppe herunter, sich schon auf der untersten Stufe wortreich entschuldigend: »Wir haben zwei Ausfälle, ein Kollege hat die Grippe, der andere einen toten Onkel ... pardon, ich meine natürlich einen Todesfall in der Familie ... es tut mir Leid, dass Sie warten mussten. Haben Sie schon gewählt?«

Natürlich! Immerhin hatten wir lange genug Zeit dazu gehabt!

»Wir nehmen alle das Menü, nur ohne Suppe.« Als zahlende Institution war ich offenbar auch gehalten, die Bestellung aufzugeben.

»Ich möchte aber keine – wie war das noch mal?« Katja blätterte die Speisekarte von hinten auf, »Prager Lebkuchen als Dessert, lieber das Eis mit heißen Himbeeren.«

»Und ich die Crème caramel«, entschied Stefanie.

»Die nehme ich auch!« Wer weiß, woraus diese Lebkuchen bestehen würden, Imitationen gegenüber bin ich immer etwas misstrauisch, und bis dato kannte ich nur die aus Nürnberg.

Unser Kellner nickte zustimmend, notierte die Sonderwünsche, denn inzwischen hatte jeder – bis auf Rolf – die zum Menü gehörende Nachspeise geändert, aber Rolf probiert ja grundsätzlich alles aus, was er noch nicht kennt, und das am liebsten im Ausland. Seinetwegen hält unser Apotheker auch immer einen Vorrat an Kohlekompretten bereit! Die wirken am besten gegen Durchfall.

Sven und ich hatten das Restaurant zehn Minuten nach

eins betreten. Kurz vor halb zwei hatte der Kellner die Bestellung aufgenommen, um Viertel vor zwei brachte er die Getränke und kassierte gleichzeitig die Gäste an dem anderen Tisch ab, doch dann geschah lange Zeit gar nichts. Schließlich platzte Rolf der Kragen! »Ich gehe jetzt rauf! Und wenn es oben gleich etwas lauter werden sollte, dann bitte ich schon jetzt um Entschuldigung, aber so geht es nun wirklich nicht!«

Es wurde tatsächlich etwas lauter, hatte aber zur Folge, dass nicht nur der Kellner sofort erschien, sondern vorneweg ein sehr verlegener Smokingträger, der sich als Geschäftsführer vorstellte und noch einmal die außergewöhnlichen Umstände aufzählte, die zur Dezimierung des Personals geführt hatten. »Jetzt fällt auch noch eine Köchin aus, weil sie sich den halben Arm mit heißem Öl verbrüht hat. Sie ist gerade mit dem Rettungswagen abgeholt worden.«

Davon hatten wir in unserer Katakombe natürlich nichts mitgekriegt.

»Darf ich Ihnen – selbstverständlich auf Kosten des Hauses – eine kleine Vorspeise servieren lassen? Ich habe da an eine Fischterrine gedacht.«

Logisch, die wird kalt gegessen, steht bestimmt schon seit Stunden im Kühlschrank und kann jederzeit auf den Tisch gebracht werden.

Der Herr Geschäftsführer durfte. Und tatsächlich saßen wir wenig später vor unseren Tellern und beäugten die von Dill umkränzte und auf ein Salatblatt gebettete zwiebackgroße Scheibe einer weißlichen Masse.

»Sieht ein bisschen aus wie zu Hause mein Rumfort-Auflauf«, sagte Katja und probierte vorsichtig, »schmeckt aber viel besser.«

»Was für 'n Auflauf? Den kenne ich noch gar nicht.« Stefanie ist immer auf der Jagd nach neuen Rezepten, besonders nach solchen, deren Fertigstellung man dem Backofen überlassen kann. »Was kommt denn da rein?«

»Na, alles was in der Küche *rum*steht und *fort*muss!«

Ob es nun an Rolfs vermutlich bühnenreifem Auftritt gelegen hat oder – was wahrscheinlicher ist – an dem sich allmählich leerenden Hauptrestaurant, sei dahingestellt, jedenfalls folgten der Fischterrine umgehend die Gans nebst Knödeln und Rotkraut, wobei die Knödel offenbar abgezählt waren – jeder bekam einen, und der hatte auch noch Untergewicht. Der Rotkohl war lauwarm, und die Soße hatte man vergessen. Sie wurde allerdings zusammen mit weiteren Knödeln nachgeliefert, nur waren die inzwischen abgekühlt und hatten die Konsistenz von ausrangierten Tennisbällen angenommen. Kurz gesagt: Das Essen war ein Reinfall, der auch dadurch kaum gemildert wurde, dass zumindest das Dessert ausgezeichnet schmeckte und der Wein ebenfalls. Nur Rolf meinte später, in Prag müsse man unter Lebkuchen etwas anderes verstehen als hierzulande. Die tschechische Variante habe ihn an gebratenen, vorher in Eigelb und Puderzucker gewälzten Pumpernickel erinnert, und ihr eventuell ins Auge gefasster Import sei nicht gerade empfehlenswert.

Den Espresso bekamen wir auch als kostenlose Zugabe, doch nachdem der Geschäftsführer sich nochmals entschuldigt, für den Besuch gedankt und der Hoffnung Ausdruck verliehen hatte, man möge das Haus doch recht bald wieder beehren, lächelte Rolf nur freundlich und meinte: »Damit sollten Sie besser nicht rechnen.«

Peinlich war nur, dass wir gleich darauf um einen Handfeger bitten mussten, um die inzwischen dick verschneiten Autos wieder startklar zu machen. Dass stattdessen gleich drei mit Besen bewaffnete dienstbare Geister antrabten, ließ Rolf noch einmal in das Restaurant zurückgehen, aus dem er erst wieder herauskam, nachdem ich mehrmals auf die Hupe gedrückt hatte. »Ich soll gleich nach Neujahr mal vorbeikommen und mir bis dahin einfallen lassen, wie man den Laden besser bekannt machen kann.«

»Ich weiß ja, dass ein *art director* (früher hieß das »Werbeberater«) sein Licht nicht unter den Scheffel stellen sollte, aber wenn du für diesen Pferdestall die Werbung übernehmen willst, dann solltest du dir ein Pseudonym einfallen lassen!«

Weil es immer noch heftig schneite, beschränkte sich der allgemeine Abschied auf ein »Kommt gut nach Hause!« – »Ruft an, wenn ihr da seid!« – »Schönen Gruß an deinen Vater!« – »Sag Trudchen, dass ich mich in den nächsten Tagen melde!«, und was man sonst noch so sagt, wenn sich die Wege trennen. Tom und Katja wollten gleich weiterfahren zu seinen Eltern, das Gleiche hatten Hannes und Stefanie vor, obwohl sie überhaupt keine Lust dazu hatten, und Nickis Schwiegereltern waren irgendwo eingeladen und eigentlich schon viel zu spät dran. Die werdende Mutter wollte natürlich nach Hause, um zu ruhen, wofür ich durchaus Verständnis hatte, und so verlief der Rest des ersten Weihnachtsfeiertages entgegen früheren Jahren ungewohnt friedlich, denn auch Sven seilte sich ab und ward nicht mehr gesehen.

»Das ist jetzt die Ruhe vor dem Sturm!«, prophezeite Rolf, als er mir eine Tasse Kaffee brachte. »Genieße sie! Wenn am Donnerstag die Düsseldorfer einfallen, ist es damit vorbei!«

»Und wenn schon! Kinder sind doch ein Trost im Alter! Jedenfalls wird das immer behauptet.«

»Möglich«, räumte der noch nicht ganz doppelte Großvater ein, »aber sie sind auch ein Mittel, es schneller zu erreichen!«

Kapitel 4

Wenn heutzutage von Überbevölkerung die Rede ist, dann denkt man in der Regel an Entwicklungsländer wie Indien oder Bangladesch und gelegentlich auch an den Kinderreichtum der Familie im Haus vis-à-vis; wird jedoch in der eigenen Familie Zuwachs erwartet, dann spricht man vom freudigen Ereignis.

Das freudige Ereignis namens Tim erblickte das Licht der Welt zehn Tage zu früh und auch relativ schnell am zweiten Weihnachtsfeiertag, was in seinem künftigen Leben sowohl Vor- als auch Nachteile haben würde. Natürlich wird er an diesem Tag nie arbeiten müssen, es sei denn, er tritt mal zum Islam über oder wird Hindu, aber zumindest in den ersten zehn bis zwölf Jahren wird er die Party für seine Kindergarten- und später für die Schulfreunde immer verschieben müssen, weil die potenziellen kleinen Gäste mit Mama und Papa beim Skilaufen sind oder hundertfünfzig Kilometer weit weg zu Besuch bei den Großeltern oder – noch schlimmer – weil Tante Merle mit Kusine Lara kommt und die Mama gesagt hat, dass man zu Hause bleiben und mit ihr spielen muss. Weihnachten gilt nun mal als Fest der Familie, das ist schon immer so gewesen, und wer sich diesen Zeitpunkt als Geburtsdatum aussucht, ist selber schuld!

Seine Mutter sah die ganze Sache wesentlich pragmatischer.

»In den ersten Jahren kann *ich* mir den passenden Termin für die Party aussuchen und später er selber.«

Auch wieder wahr.

Den plausibelsten Vorteil für die so dicht aufeinander folgenden »Geschenktage« fand Tim an jenem Heiligen Abend heraus, als der Weihnachtsmann die ersehnte Lego-Tankstelle nun doch nicht gebracht hatte. »Was ich nicht zu Weihnachten gekriegt habe, kann ich mir ja zum Geburtstag gleich noch mal wünschen!«

Doch zunächst einmal brachte sein verfrühtes Erscheinen die ganze vorweihnachtliche Planung durcheinander. Übermorgen sollte ja der Düsseldorfer Teil unserer Sippe einreiten, bestehend aus Sascha, Gattin Nastassja sowie dem zweieinhalbjährigen Bastian und den beiden angeheirateten Enkelinnen Sunny und Michelle, sechzehn und dreizehn Jahre alt. Und Nicki mit ihrem noch von keinerlei Erfahrungen mit Teenagern getrübten Optimismus hatte sofort gesagt, die beiden Mädchen könnten doch bei ihnen im Gästezimmer schlafen. »Da oben unterm Dach stört sie niemand, und ein eigenes Bad haben sie auch.«

Das kam jetzt natürlich nicht mehr infrage! Teenager sind nun mal von Natur aus auf einen sehr hohen Lärmpegel programmiert, können keine Treppe leise betreten und keine Tür geräuschlos schließen, und wenn sie gleichzeitig reden, was sie meistens tun, dann übertreffen sie sogar eine Herde schnatternder Affen im Zoo. Und sehr viel anders hört es sich auch nicht an!

Junge Mütter brauchen aber Ruhe. Das behaupten auch die Nachbarn und stehen trotzdem gleich nach der Heimkehr von Mutter und Kind mit dem professionell verpackten Jäckchen/Strampler/Pullöverchen samt Glückwunschkarte vor der Tür (Standardfrage in einschlägigen Geschäften: »Soll es ein Geschenk werden?«) und wollen nur mal ganz kurz das Baby sehen. Schläft es, dann genügt ein einziger Blick zu der Feststellung: »Ha noi, des hat aber ein herzig's Göschle« (oder etwas anderes Allgemeingültiges); sollte der neue Erdenbürger allerdings gerade schreien, dann beginnt die Ursachenforschung, und die gipfelt meist in der Erkenntnis, das Kind habe entweder Hunger oder Blähungen. Prompt folgen ein paar Ratschläge, was dafür beziehungsweise dagegen zu tun sei, aber dann wird der Besucherin das Gebrüll allmählich zu viel, hat sie ja lange genug selber im Haus gehabt, jetzt geht die Jüngste endlich in den Kindergarten, und mit einem »Ich muss aber widder in mei Kich!«, verschwindet die Nachbarin in ihr stilles Haus, wo auf dem Herd nur das überkochende Kartoffelwasser zischt.

Aber noch hatte Nicki ja eine wenn auch knapp bemessene Schonfrist. Im Gegensatz zu früher, als man sich mindestens eine Woche lang in der Klinik erholen und die Betreuung des Babys versierten Schwestern überlassen konnte, wird man heute schon nach längstens drei Tagen nach Hause geschickt und sehnt sich nach spätestens vier Tagen in die sterile Umgebung zurück, wo man den kleinen Schreihals nur zur Fütterungszeit angeliefert bekam und nachts noch durchschlafen konnte. Nicht mal *das* ist einem jetzt mehr vergönnt, seitdem beim *Rooming-in* das Baby in einem durchsichtigen Schneewittchensarg (ohne Deckel natürlich!) neben dem mütterlichen Bett steht und brüllt. Zu Hause tut es das zwar auch, aber wenigstens im eigenen Zimmer.

Sascha wurde also umgehend per Telefon von den sich vorzeitig veränderten Familienverhältnissen unterrichtet, und was fiel dem frisch gebackenen Onkel als Erstes ein? »Dann kriegt der arme Kerl ja ein Leben lang seine Geburtstagsgeschenke in übrig gebliebenes Weihnachtspapier gewickelt!«

Seinen Besuch wollte Sascha zunächst verschieben und dann doch nicht, weil nämlich die beiden Mädchen nun das tun konnten, was sie schon von vornherein viel lieber getan hätten: zu Hause bleiben beziehungsweise ein paar Tage lang zur jeweils besten Freundin ziehen. Angeheiratete Großeltern, die man gar nicht so richtig kennt, weil man sie zu selten sieht, haben nämlich einen anderen Status als »richtige« Omas und Opas, die im vorgegebenen Fall auch noch den Vorzug haben, irgendwo auf dem Land zu wohnen, wo es noch richtig ländlich ist mit frei herumlaufenden Hühnern und Enten, mit Wiesen ohne Zäune drum herum, mit einem zahnlosen Hund und einer Großmutter, die noch selber Brot bäckt und handgemachte Knödel auf den Tisch stellt statt welche aus der Packung, und die alles erlaubt, was nicht ausdrücklich verboten ist.

Nun ist der erste Tag nach der Geburt eines Stammhalters dem stolzen Vater vorbehalten, jedenfalls sollte es so sein, und die junge Mutter ist auch froh, wenn nicht gleich die halbe Verwandtschaft zur Begutachtung des Säuglings einfällt. Zu diesem Zeitpunkt sind nämlich weder Mutter noch Kind fotogen genug, um dauernd in die diversen Kameras zu lächeln. Großväter fühlen sich in einer Entbindungsklinik sowieso etwas fehl am Platz, vor allem angesichts solcher Frauenthemen wie Milcheinschuss, Rückbildungsgymnastik und Stillprobleme; immerhin liegt die eigene Jungvaterzeit schon mehrere Jahrzehnte zurück, und so richtig hatte man seinerzeit von dem ganzen Drumherum ja doch nichts mitbekommen.

Jedenfalls war Rolf gar nicht böse, dass ich allein fahren wollte, zumal er auch nicht als Fotograf gefordert war, denn der andere Opa hatte bereits ein Dutzend Fotos geschossen und einige Meter Videofilm belichtet. Sogar auf ein Geschenk hatte ich verzichtet, vielmehr hatten wir uns vorbehalten, später das zu kaufen, was nicht schon in mindestens siebenfacher Ausfertigung vorhanden war beziehungsweise in den nächsten Tagen von allen Seiten noch kommen würde. Soweit ich mich erinnere, besaß Kronprinz Tim in den ersten Wochen seines Lebens so viele Strampelanzüge, dass Nicki bequem Zwillinge hätte ausstatten können.

Die stille Hoffnung, am frühen Nachmittag noch die einzige Besucherin zu sein, bestätigte sich nicht, denn außer Jörg, der natürlich Urlaub genommen hatte, waren noch Tante Katja und zwei Freundinnen da, die allerdings wenig später von einer resoluten Schwester an die Luft gesetzt wurden. »Jetzt warten Sie mal schön vor der Tür, bis ich die junge Mutter versorgt habe!« Dann beugte sie sich über den Schneewittchensarg, hob das Baby heraus und legte es mir in den Arm. »Da, Oma, halt mal!«

Tim hatte fest geschlafen, öffnete jetzt aber halbherzig die Augen, plierte mich kurz an und gelangte dann wohl zu dem Schluss, dass sich eine weitere Betrachtung nicht lohne. Jedenfalls schloss er die Augen wieder und schlief weiter. Auch gut, im Laufe der Zeit würden wir uns bestimmt näher kommen.

Mit Enkel Nummer eins ließ sich schon mehr anfangen – jedenfalls theoretisch. Praktisch lief erst mal gar nichts, denn Bastian verstand nicht, dass Oma und Opa jetzt ganz anders aussahen als noch im Herbst, seine Spielwiese war weg, die Hühner und sogar der Hund. Zwar hatte ihm Sascha wohl auf der Fahrt zu uns noch einmal ausführlich erklärt, dass kleine Jungs meistens zwei Omas und zwei Opas haben, aber irgendwie hatte ihm das nicht eingeleuchtet – wieso auch? Er hatte uns ja monatelang nicht gesehen. Wenigstens seine Tante Katja erkannte er wieder, denn sie war erst unlängst in Düsseldorf gewesen und hatte ihm einen ganz großen Wunsch erfüllt; ein Zweieinhalbjähriger wird sich nämlich noch lange daran erinnern (und erst recht seine Eltern!), wer ihm die schöne laute Hupe fürs Bobbycar geschenkt hat. Oder die Trommel …

Jedenfalls hatte Katja auch noch einmal versucht, ihrem Neffen die doch recht komplizierte Sache mit den doppelten Großeltern zu verklickern, und so bekam ich schließlich den für Bastian einzig begreifbaren Status, nämlich den einer *Tante Oma*. Aber weshalb Rolf nicht mal vorübergehend zum *Onkel Opa* ernannt, sondern gleich als Opa akzeptiert worden war, habe ich nie verstanden. Vielleicht hatte es ganz einfach daran gelegen, dass der beruflich noch engagierte Großvater doch ein bisschen in den Hintergrund gerückt und erst dann richtig interessant geworden war, als er dem inzwischen etwas älteren Enkel heimlich alles das erlaubte, was die Tante Oma nur ab und zu mal gestattete, Mama und Papa dagegen nie; also Gummibärchen zum Frühstück essen und Cola trinken, trotz Husten Eis am Stiel lutschen und mit den neuen weißen Shorts in der Regenpfütze spielen.

Vielleicht sollte ich der Vollständigkeit halber doch noch erwähnen, dass ich meinen Tanten-Status bei Bastian schon im darauf folgenden Jahr verloren habe – wie übrigens auch Katja, denn offenbar werden sogar echte Tanten heutzutage nicht mehr betitelt. Inzwischen sagt auch Tim nur noch »Katja, kannst du mal …« und – für mich immer noch etwas gewöhnungsbedürftig – »warum ist denn Tom nicht mitgekommen?« Onkels gibt es also auch nicht mehr!

Aber so weit sind wir ja noch gar nicht! Jetzt ist Weihnachten gerade vorbei, das neue Jahr hat angefangen, Timmi ist längst zu Hause und natürlich das hübscheste Baby weit und breit, der Alltag hat uns alle wieder, nur Steffi, Hannes und ich zählen allmählich die Tage bis zum Abflug. Die Wüste ruft!

Kapitel 5

Anruf von Stefanie: »Du kriegst doch ein Einzelzimmer, nicht wahr? Würdest du dich eventuell bereit erklären …«

»Ich bekomme kein Einzel*zimmer,* sondern ein einzelnes *Zelt!*« So ganz klar waren uns die Modalitäten dieses Wüstenhotels noch immer nicht, obwohl Reisebüro-Juli sich redlich bemüht hatte, unsere Bedenken auszuräumen. Natürlich würden wir in festen Räumen schlafen und nicht in einem Zelt, natürlich brauchten wir keinen Campingkocher mitzunehmen, auch keinen Kompass, und das Wasser bekämen wir etwa nicht halbliterweise zugeteilt, denn es gäbe sogar richtige Duschen. Nicht zu vergessen den eigenen Pool vor jedem Zelt.

»Es gibt nämlich jemanden, der ganz gerne mitkommen würde, und du könntest dadurch den Aufpreis sparen«, bohrte Steffi weiter.

Das allerdings war ein nicht zu unterschätzendes Argument. Da es mein Ehemann seit Jahrzehnten ablehnt, mich dorthin zu begleiten, wo *ich* mich richtig erholen kann, während *er* seinerseits Gegenden vorzieht, in denen eigentlich nur Pinguine und Eisbären überleben können, keinesfalls jedoch ich, haben wir uns schon vor langer Zeit auf getrennten Urlaub geeinigt, und der ist immer teurer als einer zu zweit. »Einzelzimmer-Zuschlag« heißt das Zauberwort bei den Hotelbetreibern, obwohl doch eine einzelne Person weniger Arbeit macht als zwei! Sie braucht lediglich *einmal* Bettwäsche und Handtücher, es steht und liegt nur die Hälfte von dem herum, was sich sonst regelmäßig in Zimmer und Bad verteilt, also ist der *Room-Boy* doch viel schneller mit dem Aufräumen fertig, und dass jemand tatsächlich für zwei isst, habe ich schon immer bezweifelt.

Weshalb also muss ich für ein nicht benutztes Bett, für nicht gebrauchte Handtücher und eingesparte Verpflegung nur geringfügig weniger bezahlen als Steffi und Hannes zusammen?? Und warum gibt es noch keine Lobby für Alleinreisende ohne Ambitionen auf einen Urlaubsflirt mit daraus resultierender Benutzung des zweiten Betts?

»Also, wie isses?«, drängte Steffi. »Würdest du denn ausnahmsweise mal mit jemandem dein Zimmer teilen?«

»Wenn dieser jemand weiblich ist, nicht schnarcht und mir nicht gleich am ersten Abend seine Lebensgeschichte erzählt und später auch noch die seiner Verwandten einschließlich der angeheirateten, miteinander verkrachten und bereits verstorbenen Familienangehörigen, dann lasse ich mit mir reden. Wer ist es denn?«

»Susanne!«

»Aber sofort! Weshalb fragst du überhaupt?«

»Der Form halber! Ich habe mir ja gleich gedacht, dass du nichts dagegen haben würdest. Also kann ich Juli sagen, dass wir statt drei jetzt vier Personen sein werden? Mit dem Hotel scheint es kein Problem zu geben, hoffentlich klappt es nun auch noch mit dem Flieger!«

Vermutlich ist erst einmal eine Aufklärung fällig, wer Susanne überhaupt ist, nämlich eine aparte, intelligente Frau mit Mannequin-Figur, zwei Jahre jünger als Stefanie, an Lebenserfahrung jedoch zehn Jahre älter dank Internat in England und Studium ich weiß nicht mehr, wo überall – jedenfalls hat sie ihr Examen exzellent abgeschlossen und inzwischen auch einen Doktortitel geholt – mit summa cum laude. Englisch spricht sie fließend, und das, was sie in Bezug auf Französisch und Spanisch mit »radebrechen« bezeichnet, würde Unsereiner als »für den Hausgebrauch reicht's allemal« beschreiben.

Kennen gelernt habe ich Susanne, als sie noch mit Steffi und Hannes im selben Haus wohnte und oft genug abends »nur mal auf eine Zigarettenlänge« nach oben kam. Ich mochte sie auf Anhieb. Sie verfügt über einen sehr trockenen Humor und ist ungeheuer schlagfertig, doch bei aller Offenheit wahrt sie immer eine gewisse Distanz. Wir haben auch relativ lange »Sie« zueinander gesagt, bis Hannes an einem feucht-fröhlichen Sommerabend meinte, nun sei der Förmlichkeit Genüge getan, und es wäre an der Zeit, dass sich Vize-Mutter und Vize-Tochter endlich duzen. Was wir von da an auch taten. Rolf arbeitet noch daran, aber das wird noch eine Weile dauern, die beiden sind sich auch erst drei- oder viermal über den Weg gelaufen.

Ich freute mich richtig auf meine Mitbewohnerin! Auch wenn ich sonst mein Einzelzimmer genieße, weil niemand morgens lauthals singend das Bad blockiert und abends pausenlos meckert, wenn ich im Bett noch ein paar Seiten lesen möchte, so habe ich andererseits oft genug jemanden vermisst, mit dem ich vor dem Schlafengehen noch ein bisschen hätte quasseln können.

Zweiter Anruf von Stefanie, anderthalb Stunden später: »Es hat geklappt, die Maschine war zum Glück nicht ausgebucht. Wir fliegen übrigens mit den *Emirates,* die werden doch immer so hoch gelobt wegen der luxuriösen Ausstattung, der tollen Verpflegung und der angeblich auf Mannequin-Schulen getrimmten Stewardessen, die im Designer-Outfit Drei-Gänge-Menüs à la carte servieren.

Jetzt bin ich neugierig, ob wenigstens die Hälfte davon stimmt!«

»Kenner nennen diese Airline sogar ›fliegende Teppiche‹«, fiel mir ein, »das hab ich mal irgendwo gelesen, nur haben sie nicht geschrieben, ob man darin eingerollt wird oder aufrecht sitzend in zehntausend Meter Höhe über den Persischen Golf fliegt.«

»Haha«, meinte sie und legte auf. Aber nur, um wenig später ein drittes Mal anzurufen: »Kommst du am Freitagabend rauf? Dann gehen wir am Samstag in Mannheim ein bisschen shoppen! Ich habe überhaupt nichts mehr anzuziehen!«

Hat sie nie! Und falls doch, dann ist es inzwischen unmodern.

Andererseits ist die Mode seit einiger Zeit so scheußlich, dass man sie jedes Jahr ganz einfach wechseln *muss!* »Warum fahren wir nicht nach Heidelberg? Da gibt es doch auch schicke Geschäfte.«

»Stimmt, aber auf dem Schloss wurden die ersten japanischen Touristen gesichtet, und was das bedeutet, weißt du ja!«

»Volle Straßen, volle Geschäfte und Speisekarten in vier verschiedenen Sprachen, zwei davon unleserlich.«

»Welche ist die zweite?«

»Na, Russisch! Aber du hast Recht, in Mannheim isses jetzt billiger!«

Wenn man im März in ein Land fliegen will, in dem um diese Jahreszeit Temperaturen zwischen fünfundzwanzig und dreißig Grad normal sind, während man hierzulande schon froh ist, den Wintermantel endlich gegen den etwas leichteren Trenchcoat wechseln zu können, erhebt sich weniger die Frage: »Was nehme ich mit in die Wüste?«, als vielmehr das Problem: »Wo kriege ich so was überhaupt her?«

Nachdem in den hiesigen Schaufenstern endlich die Faschingskostüme der überwiegend in Apfelgrün und Orange präsentierten Frühjahrsmode Platz gemacht hatten, die aber auch nicht so richtig zu Kamel-Safaris und Wüstenrallyes passt, beschloss ich einen Besuch in jenem Geschäft, das laut Prospekt auf »sportliche Außenseiter« spezialisiert ist. Sportlich bin ich überhaupt nicht, Außenseiter schon eher, denn wer sonst fliegt regelmäßig mit ambitionierten Tauchern in Urlaub, wenn er selbst noch nicht mal richtig schnorcheln kann? Es wäre also angebracht, bei gezielten Fragen eines so genannten Fachverkäufers nicht allzu sehr ins Detail zu gehen.

Dazu hatte ich auch gar keine Gelegenheit! Schon auf den ersten Blick wurde mir klar, dass ich weder einen hautengen Anzug mit integrierter Sicherheitsleine zum Bungee-Jumping gebrauchen konnte noch einen dreifach gehärteten Helm zum Rafting auf dem Colorado, und die sowohl bequemen als auch äußerst dekorativen, weil handgenähten Cowboystiefel zum Rodeoreiten waren ebenfalls nicht das, was ich suchte. Das Einzige, womit ich eventuell etwas hätte anfangen können, war ein Tropenhelm, aber der war erstens viel zu groß und zweitens viel zu teuer; eine Baseball-Kappe würde bestimmt den gleichen Zweck erfüllen! Und so was hatte ich zu Hause, FedEx steht vorne drauf, was immer das auch heißen mag.

Außerdem war mir aufgefallen, dass alle Kleidungsstücke in schreiend bunten Farben angeboten wurden: Das Bungee-Outfit in Schwarz mit Gelb, auf dem Bügel sah es aus wie ein verdorrter Salamander, der Raftinghelm schillerte in allen Regenbogenfarben, und die Cowboystiefel waren hellblau mit silbernen Applikationen – äußerst geschmackvoll und bestimmt auch sehr praktisch, besonders bei Regen.

Nun war ich mir aber sicher, dass man in der Wüste khakifarbene Kleidung trägt. Warum das so ist, weiß ich nicht, ich finde es unlogisch, einen rot oder grün gewandeten Verirrten findet man doch eher als einen, der sich von seiner Umgebung überhaupt nicht abhebt, wenn er schmachtend am Boden liegt, aber man hat mir gesagt, das sei wegen der Sonne. Muss wohl was Wahres dran sein! In alten Hollywood-Filmen laufen die drehbuchmäßig meist etwas vertrottelten Europäer auch immer in khakifarbenen Leinenanzügen mit Tropenhelm auf dem Kopf herum, während der gut aussehende Eingeborene, der auch häufig der Held des jeweiligen Dramas ist, ein maßgeschneidertes wollenes Nachthemd trägt (Dschellaba genannt – immerhin habe ich achtundvierzig Bände Karl May gelesen!) sowie einen Turban. Und jedes Mal, wenn der Europäer seinen Helm abnimmt und sich mit einem Taschentuch den Schweiß von der Stirn wischt – Peter Ustinov hat das am überzeugendsten zelebriert – fächelt er sich mit dem Hut etwas Luft ins Gesicht, und das würde mit einem Turban wohl doch ziemlich albern aussehen.

Ob nun Hut, Tropenhelm oder Taschentuch mit vier verknoteten Zipfeln, ein inzwischen allerdings weitgehend aus der Mode gekommener Kopfputz für Herren mit gelichtetem Haupthaar – irgendwas für obendrauf brauchte ich, auch wenn mir absolut nichts steht von dem, was andere Frauen als Tüpfelchen auf dem i bezeichnen. Ich kann einfach keine Hüte tragen! Wobei es völlig egal ist, ob Wagenrad, Käppi oder eine dieser eleganten Schöpfungen fantasievoller Modistinnen. Manchmal bedaure ich das, doch wenn ich dann im TV Lieschen Windsor oder die holländische Beatrix in vollem Ornat sehe, bin ich wieder richtig froh. Die *müssen* nämlich ihre fürchterlichen Hüte aufsetzen und ich muss nicht!

Als nunmehr abqualifizierter sportlicher Außenseiter blieb mir nichts anderes übrig, als in einem ganz normalen Sportgeschäft nach wüstentauglicher Kleidung zu suchen und mich dabei auf Stefanies Kenntnisse zu verlassen. Immerhin hatte sie vor Jahren schon mal einen Urlaub in Tunesien verbracht, zwar in einem großen Hotelareal mit drei Pools und dem Meer ein paar hundert Meter weit weg, aber ein Tagesausflug in die Wüste hatte zum Programm gehört, und das Foto mit meiner Tochter hoch zu Kamel und einer Oase im Hintergrund beweist, dass sie Wüstenerfahrung hat.

»Hättest du was dagegen, wenn ich morgen zu Steffi fahre? Wir wollen am Samstag ein bisschen durch die Stadt bummeln.«

Natürlich hatte Rolf nichts dagegen, er wollte nur wissen, ob ich noch am selben Tag zurückkommen würde oder erst am Sonntag. »Am Sonnabend kommt doch das Länderspiel im Fernsehen und gegen Mitternacht wird der Boxkampf übertragen. Klaus und Wolfgang haben schon gefragt, ob wir das zusammen ansehen wollen, aber du bist ja immer sauer, wenn wir hier bei uns mal sportlich werden.«

Natürlich bin ich dann sauer! Und zwar hinterher! Früher war jede von uns drei Frauen mal dran gewesen, am nächsten Morgen die Biergläser wegzuräumen, die zertretenen Cracker, Salzstangen, Erdnüsse (wozu hat man die Dinger eigentlich gebraucht, bevor das Fernsehen erfunden wurde?) und sonstigen Spuren geselligen Beisammenseins vom Teppichboden aufzusaugen und vor allem das Chaos in der Küche zu beseitigen. Seitdem wir jedoch den Fernseher mit dem großen Bildschirm haben, kann man natürlich nur noch bei uns die Abseitsfalle erkennen, das Foul vom Mittelstürmer oder was auch immer zu fachmännischen Kommentaren, lautstarken Debatten und den daraus resultierenden trockenen Kehlen führen mag. Ich hasse Fußball!

Also teilte ich meiner Tochter mit, dass ich am Freitag kommen und sogar bis Sonntag bleiben würde. »Ich lade euch zum Frühstück ein und fahre von dort aus nach Hause.«

Das ist auch so ein Vorteil der Großstadtbewohner, denn für die gibt es diese Frühstück-Cafés, wenn man selber mal keine Lust hat, das sonntägliche Ritual abzuspulen: Erst vom Bäcker die Brötchen holen (meistens hat nur der auf, bei dem man sonst nie kauft, weil am anderen Ende des Ortes angesiedelt), Tisch decken, dann kommen die Eier dran, zweimal gerührt, dreimal gespiegelt, es sei denn, aus dem Bad brüllt jemand, dass er heute mal ein gekochtes will, aus dem Kühlschrank die Butter holen, Diätmargarine, Marmelade, Kräuterquark und die zwei übrig gebliebenen Käsescheiben von gestern, die bereits leicht wellig sind, weil die Dose offen war, Salami ist auch noch da, will aber keiner, lieber Schinken, nur ist die Packung noch verschlossen und bleibt es auch ... und wenn endlich der Erste im Bademantel oder Jogginganzug die Treppe runterkommt, ist der Kaffee nicht mehr richtig heiß, und überhaupt wollen sie lieber Tee, aber den aus der gelben Packung.

Jahrzehntelang habe ich solche und ähnliche Wenigstens-einmal-in-der-Woche-wird-gemeinsam-gefrühstückt-Sonntage zelebriert und dabei die Erkenntnis gewonnen: Das Schönste am Sonntag ist der Freitagabend! Und das ist er auch heute noch – Steffi und Hannes haben nämlich eine Sauna, und freitags wird die regelmäßig angeheizt.

»Zieh sofort diese Hose aus! Du siehst darin aus wie das Michelin-Männchen!«

»Es ist aber die einzige khakifarbene in meiner Größe!«, verteidigte ich mich, musste nach einem Blick in den Spiegel allerdings zugeben, dass ich in diesem äußerst bequemen, weit geschnittenen Kleidungsstück ein Kampfgewicht von ungefähr 75 Kilogramm vortäuschte, und so viel hatte ich nun wirklich nicht drauf!

»Wieso hast du dich überhaupt auf diese langweilige Farbe festgelegt? Meines Wissens gibt es keine Kleidervorschriften für einen Wüstenurlaub. Außerdem sind wir nur fünf Tage dort!«

»Ja, und anschließend vier in Dubai-Stadt«, erinnerte ich.

»Na also! Und was zieht man bei einem Stadtbummel an?«

»So was vielleicht?« Wahllos zog ich eine Hose heraus und hielt sie mir vor den Bauch.

»Mintfarben muss es nun auch nicht gerade sein«, befand Stefanie, hängte die Hose zurück und zog mich zur Rolltreppe.

»Ich glaube, wir gehen erst mal irgendwo einen Kaffee trinken, du bist momentan einfach zu unflexibel.«

Seit zwei Stunden tigerten wir durch Mannheim, hatten Sonnenschutzmittel gekauft und was für hinterher, wenn die Sonne wieder weg ist, hatten an Badelatschen gedacht und leichtes, allerdings rundum geschlossenes Schuhwerk für längere Märsche, in der Wüste soll es ja Skorpione geben, Steffi hatte zwei Badeanzüge mitgenommen und ich eine todschicke Bluse (nicht wüstengeeignet!) – nur das, was wir eigentlich suchten, hatten wir bisher noch nicht gefunden. Die eigentliche Sommergarderobe käme erst in drei bis vier Wochen herein, hatte man uns mehrfach vertröstet, »kurz vor Ostern«.

Draußen war aber immer noch Februar!

»Warum müssen wir uns überhaupt Klamotten für nur fünf Tage Sandkiste kaufen, wenn uns da sowieso niemand sieht?«, moserte ich. »Den Kamelen ist es doch egal, was wir anhaben.«

Kurz vor Sonnenuntergang verließen wir mit nur halb vollem Kofferraum und trotzdem überstrapazierten Kreditkarten die Mannheimer Einkaufsmeile, wobei Steffis neue Skistiefel den größten Teil ihres Budgets verschluckt hatten. Erstaunt hatte ich sie damit zur Kasse marschieren sehen. »Die wirst du doch nicht etwa mitnehmen?«

»Na klar! Hast du mal aufs Preisschild geguckt? So billig komme ich da nie wieder ran!«

»Was willst du denn in Dubai mit …« Den Rest verschluckte eine Lautsprecherdurchsage und ersparte mir eine verbale Abfuhr. Ich hatte nicht daran gedacht, dass Stefanie auch eine begeisterte Skiläuferin ist, selbst wenn es bis zum Beginn der nächsten Saison noch mindestens zehn Monate dauern würde.

Sogar Hannes war erstaunt, weil er diesmal nicht beim Ausladen helfen musste. »Hast du jetzt auch endlich gemerkt, dass das Monatsgehalt in achtundzwanzig Tagen genauso wenig reicht wie in einunddreißig?«

»Gut, dass du das sagst!«, parierte Steffi sofort. »Wie wäre es mit einer Gehaltserhöhung? Die ist schon lange fällig. Wenn ich nämlich alle unbezahlten Überstunden zusammenzähle, bin ich seit einem halben Jahr pensioniert!«

Ihr Chef verschwand eilends im Wohnzimmer, nicht ohne nachdrücklich die Tür hinter sich zu schließen. Gefolgt wären wir ihm sowieso nicht, denn unüberhörbar hörten wir die sich fast überschlagende Stimme: »… hat den Ball, spielt ihn zu Max, der könnte schießen, schießt auch … und über das Tor hinaus!«

»Schade«, sagte Steffi nach einem Blick auf die Uhr, »in vier Minuten ist Schluss, denn wenn die Sechziger gewinnen würden, hätte ich vielleicht Chancen, dass mir Hannes vor lauter Begeisterung die Skistiefel bezahlt.«

»Einfach so?«

»Immerhin habe ich ihm eine ganze Tüte seiner geliebten Pfefferminztaler mitgebracht.«

Es war genau halb zehn Uhr abends, und wir waren uns noch immer nicht einig, wer denn nun diese attraktive Blondine meuchlings ermordet hatte und vor allen Dingen, warum – da klingelte das Telefon.

»Können die eigentlich nie ins Fernsehprogramm gucken, bevor sie um diese Uhrzeit jemanden anrufen?«, schimpfte Steffi, griff aber trotzdem zum Hörer. »Ach, du bist es«, klang es schon etwas freundlicher, »sag bloß, du arbeitest noch? Tatsächlich? Und jetzt rufst du alle gespeicherten Privatnummern der Reihe nach an, weil's nicht dein Geld kostet, stimmt's? Wenn du erst bei M bist, hast du aber noch ganz schön zu tun.« Sie deckte kurz die Sprechmuschel ab und flüsterte: »Hoffentlich hat sie nicht wieder Trouble mit ihrem Pedro, dann dauert's länger! Ihr könnt mir ja hinterher sagen, wer's war.« Sprach's und verschwand im Nebenzimmer.

Nun wusste ich wenigstens, mit wem Steffi telefonierte, nämlich mit Reisebüro-Juli. Juliane ist liiert mit einem Spanier, wobei das nicht mal stimmt, denn er ist eigentlich Deutscher, hat aber spanische Eltern und natürlich spanisches Blut in den Adern und wittert in jedem männlichen Kunden einen potenziellen Rivalen. Soviel ich weiß, hat sich Juli schon mindestens ein halbes Dutzend Mal von Pedro getrennt, Pedro ist mindestens doppelt so oft bei Juli aus- und wieder eingezogen – jedenfalls ist der ganze Freundeskreis gespannt, ob diese arg strapazierte Zweisamkeit doch noch auf dem Standesamt enden wird oder, was durchaus im

Bereich des Möglichen liegt, auf der Titelseite der Bildzeitung.

Zwar war die Tür zum Nebenraum nur angelehnt, ich musste also zwangsläufig mithören, kann aber logischerweise nur das wiedergeben, was Steffi in den Hörer brüllte; es war wenig aufschlussreich und hörte sich – nur von längeren Pausen unterbrochen – ungefähr so an: »Warum hast du nicht früher angerufen? Oder weißt du das wirklich erst seit heute?« – »Natürlich kommt das nicht infrage!« – »Kann man das nicht rückgängig machen? Da spielt nämlich keiner von uns mit!« – »Bin ich Rockefeller?« – »Was heißt da Druckfehler? Ist doch nicht meine … *Wie* war das? Fünftausend Mark gespart?« – »Das glaube ich einfach nicht!« – »Und das gilt wirklich?« – »Na klar, ich komme am Montag vorbei. Und danke für den Anruf. Tschüss!«

»Es war der Aushilfsfahrer vom Pizzadienst!«

Steffi sah mich an, als würde ich in Hieroglyphen reden. »Welcher Pizzadienst?«

»Na, dieser italienische Paparazzo, der immer seine Kamera dabei hatte und sich nebenbei als Erpresser …«

»Ach, den Quatsch meinst du«, winkte sie lässig ab, »wen interessiert das jetzt noch?« Dann setzte sie sich aufrecht hin und sah zuerst Hannes und danach mich mit durchdringendem Blick an. »Wer von euch beiden hat schon mal ohne einen Finger zu rühren fünftausend Mark verdient?«

Natürlich niemand. So was klappt doch nur, wenn man genügend Geld in irgendwelche Aktien investiert hat und nun zusieht, wie deren Wert steigt. Sofern er das überhaupt tut. Bei einem Lottogewinn muss man vorher mühsam die Zahlen angekreuzt haben, einer Erbschaft geht meist ein heftiger Papierkrieg voraus, und auch sonst weiß ich keine Möglichkeit, einige tausend Mark einzusacken – einfach so, ohne etwas dafür zu tun.

»Ich mache uns jetzt eine Flasche Sekt auf«, sagte Steffi und verschwand kichernd Richtung Keller, »stellt schon mal die Gläser auf den Tisch!«

Hannes sah mich an, ich sah Hannes an, beide zuckten wir mit den Schultern. »Sie haben mal gewettet, wer schließlich wen umbringen wird«, sagte er zögernd, »vielleicht hat Steffi ja gewonnen!«

»Und du glaubst, dann hätte Juli noch Zeit zum Anrufen gehabt?«

»Na, im Reisebüro sucht sie doch so schnell niemand!«

Wir spielten noch einige Varianten durch, die Stefanie zu einem unerwarteten Geldsegen verholfen haben könnten, kamen jedoch zu keinem befriedigenden Schluss.

»Sekt scheint alle zu sein, ich habe nur noch den Lieferanten-Neujahrs-Champagner gefunden, aber vielleicht ist er ja gar nicht so schlecht.« Bevor Hannes ihr die Flasche aus der Hand nehmen konnte, hatte Steffi sie schon mit ein paar gekonnten Griffen geöffnet, goss einen Fingerhut voll in ihr Glas und probierte. »Geht gerade noch«, meinte sie und füllte die Gläser.

»Prost, Leute! Weil wir in dieses Wüstenhotel gehen, haben wir jeder fünftausend Mark verdient! Oder besser: gespart, denn wir haben sie ja gar nicht erst ausgegeben.«

»Muss ich das verstehen?«, fragte ich zögernd.

»Normalerweise kostet nämlich ein einziger Tag in dieser Nobelherberge nicht zweihundert Mark sondern *tausend*zweihundert. Der Katalogpreis ist ein Druckfehler!«

»Nein!«

»Doch!«, bekräftigte sie. »Und das scheint niemandem aufgefallen zu sein, weil es außer uns noch gar keine Interessenten gegeben hat. Erst als Juli für unsere Buchung die schriftliche Bestätigung bekommen hat mit sechstausend Mark pro Kopf, ist die ganze Sache aufgeflogen. Den Katalog hat man natürlich sofort aus dem Verkehr gezogen, aber der Veranstalter hat nach einigem Hin und Her in den sauren Apfel gebissen und unseren Urlaub zu diesem angeblichen Spottpreis bewilligt.« Sie hob ihr Glas. »Auf das Wüstenhotel! Wir werden jede einzelne Minute genießen, denn sie kostet rund dreiundachtzig Pfennig!«

»Woher weißt du das so genau?«, hakte ich nach.

»In Kopfrechnen war ich schon immer gut!«

Die ganze Zeit hatte Hannes geschwiegen, jetzt meldete er sich endlich zu Wort: »Ihr macht doch beide einen Denkfehler! Wir haben nämlich weder Geld gespart noch erst recht nicht verdient, denn hätten wir den regulären Preis gewusst, wären wir doch nie auf die Idee gekommen, diese Luxusherberge zu buchen!«

»Stimmt!«, sagte Steffi. Und dann, etwas kleinlaut: »Vielleicht hätte ich statt der Skistiefel besser ein Abendkleid kaufen sollen …«

»Für wen denn? Für die Kamele?«, beruhigte ich sie. »Wieso habe ich plötzlich das merkwürdige Gefühl, wir könnten möglicherweise die einzigen Gäste sein?«

»Zumindest in einem Punkt hatte ich nicht Recht«, beendete Hannes unsere haltlosen Überlegungen, »für tausendzweihundert Mark pro Tag kann niemand von uns verlangen, dass wir unsere Zelte selber aufbauen!«

Kapitel 6

Ich liebe Flughafen-Terminals! Allerdings nur, wenn ich selber von dort abfliegen kann, entweder in den Urlaub oder mal wieder nach Berlin oder für ein paar »Belohnungstage« dorthin, wo ich schon immer hin wollte. Auch wenn ich Besucher abholen kann, fahre ich gern zum Flugplatz – es sei denn, sie heißen Tante Elfi oder Frau Dr. Helma Meyer-Manzaroni und sind es gewohnt, dass sich alles nur um ihre Person dreht.

Tante Elfi ist mir von meiner Mutter quasi vererbt worden (seinerzeit wusste ich noch nicht, dass man Erbschaften ausschlagen kann), und sie ist im Gegensatz zur Erblasserin uralt geworden; die beschwerliche Reise von Los Angeles zu uns hat sie immerhin dreimal auf sich genommen und dann jeweils einen Monat lang über die niedrigen Temperaturen geklagt, über das schwere (?) Essen und die geringe Auswahl an Whiskysorten. Den ersten beiden Klagen begegneten wir, indem Rolf ihr den schon längst ausrangierten kleinen Heizofen ins Zimmer stellte (im Juni!) und ich ihr – allerdings zähneknirschend – viermal in der Woche ein Steak servierte, weil das angeblich ihrer Verdauung am besten bekam. Nur die von ihr bevorzugte Whiskymarke konnten wir einfach nicht auftreiben, wofür ich rückblickend sogar dankbar bin. Wer weiß, ob Tante Elfi sonst nicht eine dauerhafte Übersiedlung nach hier beschlossen hätte, nachdem ihr Miederwaren fabrizierender Gatte verblichen war.

Mit Frau Dr. Meyer-Manzaroni lag die Sache indes völlig anders. Sie hatte früher mal Helma Klotz geheißen und mit Rolf zusammen in einer Klasse gesessen, woran der sich bei einem Jahrzehnte später anberaumten Jubiläumstreffen gar nicht mehr erinnern konnte. Oder wollte … Was Frau Dr. Manzaroni, geschiedene Meyer, geborene Klotz jedoch nicht davon abhielt, auf einem Austausch der Adressen zu bestehen und ihre Visitenkarte vor der Weitergabe mit einem zyklamfarbenen Lippenstiftabdruck zu verschönern. Allerdings hatte Rolf mir die Karte gezeigt, bevor sie im Aktenvernichter verschwand, der normalerweise nur erledigte Korrespondenz mit dem Finanzamt, dem Steuerberater, der Autowerkstatt und ähnlich missliebigen Institutionen zu dünnen Papierstreifen verarbeitet.

Eines Tages stand Frau Dr. Meyer-Manzaroni mit strahlendem Lächeln vor der Tür, als Rolf nicht zu Hause war und ich mich seit Stunden mit einem räsonierenden Beinahe-Twen (Steffi) und zwei maulenden Teenagern (den Zwillingen) herumärgerte und kurz vor dem Siedepunkt angekommen war. Die Besucherin sah sehr distinguiert aus, trug etwas Zweiteiliges von Jil Sander (hätte ich mir seinerzeit nie leisten können!) und gab sich ausgesprochen leutselig. Sie ignorierte meine Hausfrauenkluft (Jeans nebst irgendeinem formlosen Oberteil), stellte sich vor, entschuldigte sich für den »Überfall« und erklärte, sie habe zufällig ganz in der Nähe ein Meeting gehabt, das morgen fortgesetzt werde, und da habe sie einfach nicht widerstehen können, der damaligen Einladung ihres einstigen Schulfreundes zu folgen. »Als Backfisch habe ich sogar regelrecht für ihn geschwärmt.«

Wenn Rolf bei der Wahrheit geblieben war, dann musste diese Schwärmerei sehr einseitig gewesen sein und die angebliche Einladung lediglich eine Floskel ohne Anspruch auf Erfüllung, aber ich konnte die Dame wohl kaum an der Tür abfertigen. Also bat ich sie herein, überantwortete sie vorübergehend Stefanie, die spätabends von mir wissen wollte, warum ich nicht auch so tolle Klamotten hätte, und als ich mir endlich die Hände gewaschen und die Gartenerde unter den Nägeln herausgebürstet hatte, kam Rolf und enthob mich fürs Erste den Gastgeberpflichten.

Natürlich blieb Frau Doktor (»nur rer. pol., also nichts Besonderes«) zum Abendessen, natürlich bestätigte Rolf mit süßsaurer Miene seine Bereitschaft, sie am nächsten Tag nach dem Meeting durch den »entzückenden mittelalterlichen Stadtkern« unseres Nachbarortes zu führen, und natürlich würde man sich bald einmal in einer etwas ruhigeren Atmosphäre wieder sehen. Zwar hatte Helma nach eigenem Bekunden immer bedauert, keine Kinder zu haben, andererseits hätte sie eine große Familie im Hintergrund natürlich ans Haus gefesselt (wörtlich!), und sie hätte nie Karriere machen können.

Monatelang hörten wir nichts mehr von Frau Dr. Meyer-Manzaroni, dann kam eine Ansichtskarte aus Hawaii und später eine aus Tokio, beide mit »eilige Grüße von Helma« gezeichnet, hin und wieder rief sie »nur mal eben« an – sie war nicht direkt aufdringlich, aber hartnäckig, obwohl weder Rolf noch ich wussten, was sie denn überhaupt von uns wollte.

Nun gehört zu unserem Freundeskreis ein Psychologe, der seinerzeit, als ich ihn kennen lernte, meine Vorstellung von dieser Spezies restlos über den Haufen warf. Denn mit ihm kann man auch ganz normal über belanglose Dinge reden, er hat einen sehr subtilen Humor und kennt eine Menge guter Witze über seinen Berufsstand.

Einmal hatte er sich sogar einen ganzen Abend lang meine Urlaubsdias von Jamaika vorführen lassen ohne mit einem Wort zu erwähnen, dass er zwei Jahre zuvor selbst dort gewesen war.

Also wurde vor Helmas nächstem Auftritt auch Jochen zu uns eingeladen, und seitdem hat *er* die Frau Doktor am Hals, allerdings erträgt er sie geduldiger als ich. Und nur deshalb bin ich meistens bereit, Frau Dr. Meyer-Manzaroni vom Flieger abzuholen, wenn sie mal wieder »lediglich für eine Atempause« aus Barcelona oder von Rügen einschwebt. Jochen ist nämlich nicht nur ein miserabler Autofahrer, er findet auch nie, was er sucht – nicht mal einen Flugplatz!

Sobald ich meinen Passagier im Hotel abgeliefert habe, ist mein Einsatz zwar beendet, aber falls ich Pech habe, lädt Jochen uns abends zu sich ein, dann erzählt Helma von früher, und wenn sie bei der zehnten Klasse vom Gymnasium angekommen ist, ist es Zeit zum Aufbrechen.

»Sie ist einsam«, hatte uns der Herr Psychologe gesteckt, »ihre zwei Männer haben sie zwar finanziell abgesichert, aber völlig allein zurückgelassen, und nun spielt sie sich und der ganzen Welt die unabhängige und ständig geforderte Überfrau vor.«

Inzwischen ertrage ich Helma mit Fassung, nur dass sie Rolfs Foto in ihrem Geldbeutel herumträgt, gibt mir etwas zu denken. Anfangs waren wir alle drei darauf zu sehen, doch dann hat sie mich einfach wegretuschieren und die Aufnahme neu reproduzieren lassen.

Diesmal stand ich endlich wieder als »Abflieger« und nicht nur als Abholer in der großen Halle und baute mich neben Steffi auf, die mit gerecktem Hals die Anzeigetafel musterte. »Weiß jemand, von welchem Gate wir abfliegen? Ich finde uns überhaupt nicht!«

»Die *Emirates* starten von Terminal zwei«, sagte Susanne, die Vielgereiste und schon deshalb von uns zum Cicerone Ernannte, »also erst Treppe rauf zum Bahnsteig, dann in die Schwebebahn, danach Treppe wieder runter, und den Rest werden wir auch noch finden.«

»Heißt das, wir müssen in dieses futuristische Gefährt, bei dem alles elektronisch geht und niemand da ist, der was tun kann, wenn der Strom ausfällt oder Feuer ausbricht?«

Es wird zwar immer behauptet, ausgefeilte Technik sei zuverlässiger als menschliche Routine, aber im Notfall ist mir ein Mann, der die Strickleiter runterlässt, wesentlich lieber als eine Lautsprecherstimme, die mir sagt, ich soll Ruhe bewahren und abwarten.

»Du kannst ja außenrum zu Fuß gehen«, empfahl Hannes, »die Frage ist nur, ob du das bis zum Abflug schaffst.«

Natürlich bin ich nicht zu Fuß gegangen, die Bahn hat auch ohne Zwischenfall die kurze Strecke bewältigt, aber ich hasse nun mal alles, was irgendwo oben festgemacht ist und runterfallen kann – Skilifte, Seilbahnen und Fahrstühle inbegriffen, auch wenn man um Letztere nicht immer herumkommt. Deshalb habe ich mir das Empire State Building auch nur von unten beguckt!

Spannend war diesmal die Gepäckkontrolle. Ich gebe ja zu, dass es ungewöhnlich ist, einen Wüstenstaat mit zwei großen Tauch-Rucksäcken zu bereisen, und die Aufforderung, seitwärts an den Tisch zu treten und das Gepäck zu öffnen, war sicherlich berechtigt, aber die beiden Beamten machten sich mit der für diese Berufsgattung bekannten Gründlichkeit an die Arbeit, die darin gipfelte, dass schließlich alles, was man aufschrauben oder auseinander nehmen kann, in seine Einzelteile zerlegt auf dem Tisch ausgebreitet war. Nur die beiden Unterwasserlampen standen noch unberührt da.

»Falls Sie die jetzt einschalten wollen, dann halten Sie sie aber nicht vor das Gesicht, das sind Halogenleuchten mit jeweils einhundert Watt«, warnte Hannes, doch was ein deutscher Sicherheitsbeamter ist, der lässt sich nur durch Augenschein überzeugen. Und bereut es hinterher! Aber wenigstens durften wir nun den Kontrollbereich verlassen und zehn Minuten später den Fliegenden Teppich besteigen.

Was ich nun eigentlich erwartet hatte, weiß ich nicht, vielleicht mehr Plüsch und Pomp (nicht umsonst habe ich seinerzeit die Märchen aus Tausendundeiner Nacht regelrecht verschlungen!), Kronleuchter an der Decke statt der üblichen Spotlights und Drehsessel mit Beinfreiheit, doch auf den ersten Blick unterschied sich der Flieger in nichts von den üblichen Passagiermaschinen. Und die Fluggäste sahen auch nicht orientalisch aus – kein Scheich in bodenlangem Gewand mit Kopftuch und der schwarzen Kordel obendrauf, keine Scheherazade in bonbonfarbenem Tüll mit Gesichtsschleier, dafür fünfundachtzig Berliner Kilo Lebendgewicht in hautengen Jeans und Top: »Hier stinkt det nach Knoblauch!«

Erst allmählich bemerkte ich den Unterschied zwischen den *Emirates* und den mir bis dahin bekannten Fluglinien: Der Begrüßungsdrink wurde im Kristallglas gereicht statt im Plastikbecher, zum Abendessen wurden die Tische weiß gedeckt und das in eine Leinenserviette gehüllte Besteck gereicht, bevor das wirklich exzellente Menü serviert wurde, und wer zu Hause beim Essen die Bildzeitung las oder den *Kicker,* der konnte sich nebenher auf seinem taschentuchgroßen Bildschirm das ihm genehme Fernsehprogramm suchen. Der Wein zum Essen war natürlich gratis und der Cognac hinterher ebenfalls. Sehr gewöhnungsbedürftig war allerdings der Kaffee, nämlich dunkel und gallebitter. Aber seinerzeit in Israel war ich gleich nach der ersten Tasse spontan zum Tee konvertiert, und in den kommenden Tagen würde mir wohl auch nichts anderes übrig bleiben.

»Kriegst du das Zeug wirklich runter?«

Ohne eine Miene zu verziehen, hatte Susanne ihre Tasse geleert und sich sogar noch eine zweite geben lassen. »Rein äußerlich erinnert mich dieser Kaffee an das Gebräu in unserer Kantine. Dort sieht er allerdings noch mehr wie Rotwein aus.«

»So dunkel?«

»Ja, und so alt.«

Wie immer nach einem guten Essen setzte auch hier allmählich die Müdigkeit ein. Zu faul zum Lesen, zu wach zum Schlafen dämmert man vor sich hin, bis der Käpt'n auf Englisch verkündet, dass man jetzt mit dem Landeanflug beginnen werde.

»Wat hatter jesacht?«

»Dass wir gleich landen werden«, dolmetschte Berlins männliche Begleitung.

»Denn setz dir anständig hin und binde dir an!«

Pünktlich um halb fünf waren wir gestartet, jetzt war es kurz vor halb zwölf, also jene Zeit, zu der ich meistens ins Bett gehe, aber dann noch ein bisschen lese – kein Wunder also, dass ich relativ munter war. Trotzdem wunderte ich mich, denn als wir endlich die Passkontrolle hinter uns und das Gepäck vor uns auf den Trollys hatten, standen die Zeiger der großen Wanduhr bereits auf der Drei – na klar, die Zeitverschiebung! Aber trotz der späten Stunde herrschte um uns herum ein Gewimmel und ein Krach wie zur Hauptverkehrszeit am Münchner Stachus. In kurzen Abständen landeten weitere Maschinen, aus Lautsprechern dröhnte Unverständliches, Taxis hupten, Kinder brüllten, ein straußenähnliches Vieh spazierte gemächlich zwischen den Autos hindurch in die Dunkelheit, aus einer

Stretch-Limousine stiegen ein halbes Dutzend verschleierte Frauen und huschten in den Terminal, dicke Männer in weißen Gewändern und mit rabenschwarzen Bärten debattierten lautstark die politische Lage oder vielleicht auch nur die derzeitigen Rohölpreise, mein Arabisch ist leider sehr unzulänglich, und am Straßenrand betrachteten mehrere gesattelte Kamele mit hochnäsigem Blick das, was sich vor ihnen abspielte. Und das alles bei ungefähr sechsundzwanzig Grad plus!

»Diese Viecher sehen immer so arrogant aus«, sagte Steffi, ihre Hosentaschen zum dritten Mal durchwühlend, »ich weiß genau, dass ich den Zettel eingesteckt habe …«

»Welchen Zettel?«

»Na den, wo draufsteht, wie der Taxifahrer heißt von dem Hotel, der uns holen soll.«

Dunkel war der Rede Sinn, doch ich schob Steffis Gebrabbel auf die Hitze und die späte Stunde. »Wozu brauchen wir diesen Zettel? Oder willst du jetzt jeden Taxifahrer nach seinem Namen fragen? Und wo ist überhaupt Susanne?«

»Hannes ist auch weg!«

»Ist doch klar, der lässt sie ja nicht allein hier herumrennen.«

»Aber uns lässt er einfach stehen!«

»Wir sind zu zweit! Außerdem bin ich viel zu alt, und du bringst nicht die mindesten Voraussetzungen mit, um in den Augen orientalischer Männer begehrenswert zu sein.«

»Und die wären?«

»Na, lange blonde Haare und ein Ausgangsgewicht von mindestens fünfundsiebzig Kilo.«

»Dann fällt Susanne aber auch durch das Raster!«, konterte Steffi lachend. »Also gut, warten wir eben, was anderes bleibt uns auch gar nicht übrig.« Sie hatte bereits ihren

Pullover ausgezogen, jetzt krempelte sie die Ärmel ihrer Bluse hoch und öffnete die oberen zwei Knöpfe, misstrauisch beäugt von einem Einheimischen.

»Mach sofort die Knöpfe wieder zu, oder wenigstens den unteren, roll die Ärmel runter und schwitz weiter! Du hast doch gelesen, dass auch bei europäischen Frauen Arme und Beine bedeckt sein müssen! Nur das obligatorische Kopftuch bleibt uns erspart.«

»Ich hätte auch nichts Geeignetes in Schwarz!«

Wir warteten. Fünf Minuten. Zehn Minuten. Die politisierenden Männer zogen ab und nahmen die Kamele mit, die Taxis wurden weniger, die Lichter auch, und sogar der Lärm um uns herum ebbte ab; offenbar begab sich der *International Airport Dubai* allmählich zur Ruhe. Hätte ich übrigens auch sehr gern getan.

Plötzlich preschten zwei Taxis auf uns zu und stoppten erst, nachdem ich entsetzt zur Seite gesprungen war. »Sind die irre?«

Nein, es saßen keine Wahnsinnigen hinterm Steuer, wir waren lediglich mit dem Fahrstil arabischer Chauffeure konfrontiert worden, gegen die sogar italienische Taxifahrer Waisenknaben sind.

»Tut mir Leid, dass es so lange gedauert hat«, sagte Hannes, stieg aus dem vorderen Wagen und half mit, das Gepäck zu verladen. »Jeder weiß, dass es dieses Wüstenhotel gibt, einige wissen sogar, dass es fast fertig sein soll, aber niemand konnte uns sagen, wo es steht.«

»Na prima! Und jetzt haben sie Suchtrupps ausgeschickt? Oder weshalb sind die ganzen Taxis weg, die vorhin noch hier gestanden haben?« Ich hatte genug! Restlos! »Können wir nicht mit der nächsten Maschine weiterfliegen auf die Malediven? Notfalls schlafe ich auch auf der Liege am Strand.«

»Kommt überhaupt nicht infrage!«, protestierte Steffi

sofort. »In jeder Minute, die wir hier herumstehen, gehen uns dreiundachtzig Pfennig verloren! Überlegt euch das mal! Wir haben schon mindestens fünfzig Mark für nichts bezahlt!«

Susanne hatte etwas abseits gestanden und recht lebhaft mit einem Einheimischen palavert, doch jetzt kam sie auf uns zu. »Ich glaube, der weiß, wo das Hotel zu finden ist!«

»Glaubt er es nur, oder weiß er es wirklich?«

»Das werden wir bald feststellen können«, meinte sie lakonisch und setzte sich in das hintere Taxi, »sein Englisch ist nämlich sehr gewöhnungsbedürftig. Aber komm doch schon mal rein«, forderte sie mich auf, »vielleicht werden die sich dann schneller einig.«

Trotzdem dauerte es noch eine Weile, bis der Ortskundige seine Wegbeschreibung heftig gestikulierend losgeworden war, und dann noch ein bisschen länger, bevor Taxifahrer Nummer eins und Taxifahrer Nummer zwei geklärt hatten, wer denn nun voran fahren würde.

»Für die morgige Schlagzeile reicht es nicht mehr, wenn wir jetzt irgendwo beraubt und dann ausgesetzt werden«, meinte Steffi fröhlich, bevor sie in das vordere Taxi kletterte, »aber stellt euch doch mal die Überschrift in *BILD* vor: Deutsche Touristen von Geiern zerfleischt! Oder so ähnlich.«

»Geht nicht«, widersprach Susanne sofort, »Geier sind Aasfresser!«

»Nun sei doch nicht so pingelig – die BILD-Zeitung isses ja auch nicht!«

Taxi Nummer eins setzte sich in Bewegung, und endlich kroch auch unser Fahrer hinters Steuer. Er fummelte den Zündschlüssel ins Schloss, kurbelte die Scheiben hoch und schaltete die Klimaanlage ein. Dann drehte er sich zu uns um und fletschte freundlich die Zähne. »I am Hassan. You go to Al Maha?«

»Yes!«, bestätigten wir einstimmig.

»You know the way?«

»No!«

»Okay!«, meinte er und fuhr los. Vom vorderen Wagen war schon nichts mehr zu sehen, doch Geschwindigkeitsbegrenzungen schien es in diesem Land nicht zu geben, vielleicht galten sie auch nur tagsüber, jedenfalls hatte Hassan schon nach wenigen Minuten das andere Taxi eingeholt. »Your friends?«

»Yes!«

Bevor sich die Unterhaltung auf dieser sehr informativen Basis fortsetzen würde, überschüttete Susanne unseren Fahrer mit einem Schwall englischer Sätze, von denen er offensichtlich nicht einen einzigen verstand. Schließlich nickte er zustimmend und hielt von da an den Mund.

Wenige Minuten später befanden wir uns auf der vierspurigen Autobahn, die schnurgerade in die Unendlichkeit führte und aussah, als sei sie gerade erst fertig gestellt und anschließend noch gefegt worden. Blank geputzter Asphalt ohne Rillen, ohne Bremsspuren und vor allem ohne Reparaturstellen, anders als bei uns, wo die Autobahnen überall an Flickenteppiche erinnern. Alle hundert Meter spendete eine Laterne honiggelbes Licht und – was nun völlig abwegig erschien – zwischen den mittleren Leitplanken und parallel zu den Fahrbahnen gab es auf jeder Seite einen etwa zwei Meter breiten echten Rasenstreifen. Gleich dahinter dehnte sich auf beiden Seiten die Wüste endlos bis zum Horizont.

»Wo um alles in der Welt kriegen die das Wasser für diese luxuriöse Randbepflanzung her? Hier regnet's doch so gut wie nie!«

»Unterirdisch«, vermutete Susanne, »und das größte Problem wird wohl gewesen sein, mit den Wasserrohren nicht den Ölpipelines in die Quere zu kommen!«

Stimmt – das Öl hatte ich total vergessen.

Seit einer Viertelstunde schon fuhren wir auf dieser unwirklichen Straße entlang, hatten kein einziges Auto überholt, keine Tankstelle passiert und kein Verkehrsschild entdeckt außer jenem auf die Spitze gestellten Dreieck mit dem roten Rand und dem schwarzen Kamel in der Mitte.

»Bei uns zu Hause *erkämpfen* sich Kamele häufig das Vorfahrtsrecht«, murmelte ich, »hier haben sie es offiziell.«

Plötzlich waren die Rücklichter des vor uns fahrenden Taxis verschwunden, und ehe Hassan das bemerkt hatte, war er an der kaum erkennbaren Abzweigung auch schon vorbei. Also trat er auf die Bremse und legte den Rückwärtsgang ein. Während wir in einem Höllentempo zurückpreschten, stellte ich mir diese Situation auf der A 5 kurz nach dem Heidelberger Kreuz vor und kam zu dem Schluss, dass weder Hassan noch sein Auto auch nur die geringste Überlebenschance haben würden.

»Siehst du irgendwo einen Wegweiser?« Angestrengt starrte Susanne ins Dunkle. »Hier ist doch gar keine Straße, da kommen bestenfalls Raupenfahrzeuge durch.«

Zu dieser Erkenntnis war wohl auch Taxifahrer Nummer eins gelangt, jedenfalls war er ausgestiegen, Hassan tat es ihm nach, und schließlich standen wir allesamt morgens gegen halb vier auf einer Art Trampelpfad in der stockdunklen Wüste und hatten keine Ahnung, wie es weitergehen sollte. Und weil wir noch immer kein Arabisch verstanden, wussten wir auch nicht, worüber sich unsere beiden Chauffeure so heftig in die Haare gerieten – zumindest hörte es sich danach an. Zwei Tage und etwa siebzehn solche Dialoge später hatte ich endlich begriffen, dass es sich bei diesen vermeintlichen Streitereien einschließlich der drohend erhobenen Hände um ganz normale Unterhaltungen handelte. Andere Länder – andere Sitten. Und das war erst der Anfang!

Inzwischen war Hannes den scheinbar unbefahrbaren Weg ein paar Meter weit abgeschritten und kam nun zurück. »Es sind tatsächlich ganz normale Reifenspuren zu erkennen, also müssen hier schon Autos gefahren sein. Versuchen wir's einfach!«

In gemäßigtem Schritt-Tempo ging es weiter, und dann tauchte in der Ferne tatsächlich ein Licht auf. »Heureka!«, schrie Steffi aus dem geöffneten Fenster. »Wir haben's geschafft!«

Minuten später standen wir vor einer Art Bauzaun, befunzelt von ein paar Lampen, die herumstehende Gerätschaften und zwei größere Holzbaracken anleuchteten. Neben dem verrammelten Eingang hatte sich ein Uniformierter mit Hund aufgebaut.

Hannes' entsetzten und trotzdem irgendwie triumphierenden Blick werde ich nie vergessen. »Ich hab's doch prophezeit!«, brüllte er heraus. »Diese Luxus-Herberge ist noch gar nicht fertig, und wenn wir irgendwo schlafen wollen, müssen wir uns die Wände dafür erst selber aufstellen!«

Und genauso sah es hier aus! Allmählich kamen mir auch Bedenken, andererseits konnte doch nicht sein, was einfach nicht sein durfte! Man kann seinen zahlenden Gästen nicht zumuten … und überhaupt gehört Dubai zu den reichsten Staaten der Welt, da werden die sich doch eine Hand voll Maurer leisten können!

Unsere beiden Chauffeure waren inzwischen ausgestiegen, der Hund bellte sich heiser, bei einer Baracke ging die Tür auf, ein Mann sah heraus und kam schließlich näher, obwohl er nur sehr unzulänglich mit einer Art Lendentuch bekleidet war, ein zweiter, der auch nicht mehr anhatte, folgte, und schließlich versammelte sich ein halbes

Dutzend bärtige Männer hinter dem Zaun und bestaunte jene, die davor standen.

»We are wrong!«, übersetzte Hassan das, was ihm aus nunmehr sieben Kehlen erläutert wurde. »We go the next way!«

»So was hatte ich mir schon beinahe gedacht!«, murmelte Susanne. »Dann sollen die doch endlich umdrehen. Ich will ins Bett!«

Das wollten wir alle.

Zurück zur Autobahn ging es jetzt wesentlich schneller, und leer war sie immer noch. Fuhr denn hier außer uns überhaupt mal jemand lang? Aber kaum hatte Hassan das Gaspedal so richtig durchgetreten, da kam schon die nächste Abzweigung – etwas deutlicher gekennzeichnet, doch einem 1200-Mark-pro-Nacht-Hotel keineswegs angemessen. Und wieder holperten wir im Schritt-Tempo über eine kaum sichtbare Sandpiste.

Doch dann wurde es plötzlich hell! Richtig hell! Der schmale Sandweg öffnete sich zu einer gepflasterten Zufahrt mit Blumenbeeten rechts und links, ein großes weißes Gebäude kam in Sicht, noch mehr Lampen, noch mehr Blumenbeete, schließlich eine Freitreppe, die zu einem weit geöffneten Portal führte. Und davor stand Scheherazade. In einen hellgrünen Sari gehüllt, dezent geschminkt, die schwarzen Haare zu einem dicken Knoten geschlungen, war sie für mich die personifizierte Märchenerzählerin aus Tausendundeiner Nacht: alterslos und einfach nur schön.

Während Hannes die Taxifahrer entlohnte und zwei von irgendwoher aufgetauchte Angestellte sich um unser Gepäck kümmerten, wurden wir in den Palast gebeten. Natürlich war es kein richtiger Palast, doch für uns sah er so aus: Überall Marmorböden mit dicken Teppichen darauf, tiefe Sessel, kostbare Intarsienschränke, Bodenvasen mit und ohne Blumen, Kronleuchter an den getäfelten Decken und an den Wänden Lampen mit viel Kristall drumherum – schlichtweg überwältigend. Aber auch ganz schön kitschig!

Natürlich zeigten wir uns sehr beeindruckt, überließen die verbale Bewunderung aber Susanne, die als Einzige von uns genügend Vokabeln kannte; *wonderful* und *marvellous* reichten auf die Dauer nicht aus. Tee mussten wir auch noch trinken, serviert in winzigen Tässchen und begleitet von einer längeren Erklärung unserer Scheherazade, dass die beiden hoteleigenen Wagen, die man zum Flugplatz geschickt habe, offenbar am falschen Ausgang gewartet hatten und nach einer Stunde zurückgekehrt seien. So sorry. Inzwischen habe man sich natürlich schon Sorgen gemacht. Und weshalb waren wir denn über den Zufahrtsweg für Baufahrzeuge gekommen und nicht über die reguläre Straße? Und ob wir jetzt auch die anderen Räume sehen möchten, die Bibliothek zum Beispiel, wo nachmittags der Tee serviert werde, oder das Spielzimmer und vielleicht die Bar? Sie sei ab siebzehn Uhr geöffnet, nur freitags werde dort lediglich Alkoholfreies ausgeschenkt, was jedoch nicht die Zimmer einschließe, dort bekäme man natürlich jeden gewünschten Drink serviert. Und ob wir vielleicht noch etwas essen wollten?

Nein, das wollten wir ganz und gar nicht, wir wollten jetzt nur noch in unsere Zelte und dort in die Betten. Scheherazade sah das ein, drückte einen irgendwo verborgenen Knopf, und wenig später erschienen zwei weitere feenähnliche Frauen, eine in Orange, die andere in Dunkelblau, und zusammen mit ihnen durften wir dieses weiße Schloss erst einmal verlassen.

Draußen war es immer noch dunkel, doch die überall verteilten Lampen spendeten genug Licht, um uns wenigstens die nähere Umgebung erkennen zu lassen: Ein leicht hügeliges Gelände mit gepflasterten Wegen, dazwischen Bäume, die wie überdimensionale Rasierpinsel aussahen, in weiten Abständen kleine runde Zirkuszelte, zum Teil nur als Schemen erkennbar, und sonst nichts als Sand, soweit das Auge blickte.

»Na ja«, sagte Stefanie, »jetzt im Dunklen sieht man nicht viel, aber es gab doch mal den Disney-Film *Die Wüste lebt*. Wahrscheinlich tut sie das nur tagsüber.«

Der dunkelblaue Sari schwenkte nach links auf einen Seitenweg und winkte Susanne und mir zu. »Number eleven is your room.«

»Und welche Nummer habt ihr?«, wollte ich noch wissen, bevor ich Dunkelblau folgte.

»Wahrscheinlich Nummer zwölf«, vermutete Hannes, »jedenfalls brennt da drüben auch das Außenlicht.«

Da drüben war ungefähr achtzig Meter weit weg, aber als es später hell geworden war, stellten wir fest, dass die Zelte tatsächlich weit verstreut lagen, so dass morgendliche Gurgelgeräusche oder abendliche Arien alkoholisierter Nachbarn von der Wüste verschluckt würden.

Und dann betraten wir endlich unser Zelt, das natürlich keins war, sondern nur wie eins aussah dank der überdimensionalen Zeltplane, mit der das ganze Gebäude abgedeckt war. Darunter befanden sich ein festes Dach und massive Wände, zum Teil mit Holz verkleidet, zu einem Drittel aus Glas bestehend einschließlich der riesigen Schiebetür zur Terrasse.

Bevor unsere Begleiterin sämtliche Funktionen der diversen Schalter erklären und demonstrieren konnte, wie man die Knöpfe über der in den Boden eingelassenen Marmorbadewanne zu betätigen habe, vielleicht waren uns die Errungenschaften der modernen Technik ja noch nicht so geläufig, verabschiedete Susanne die Dame im dunkelblauen Sari mit ein paar ausgesprochen höflichen

Sätzen und schloss hinter ihr nachdrücklich die Tür. Dann ließ sie sich in einen der beiden voluminösen Sessel fallen und sah sich langsam um. »Ich weiß nicht, was zutreffender ist – Albtraum oder Märchenland.«

»Beides! – Wer geht zuerst ins Bad?«

Kapitel 7

Natürlich hatte ich damit gerechnet, frühestens gegen Mittag aufzuwachen, aber die Natur lässt sich nicht so leicht überlisten. Und erst recht nicht mein Magen, der knurrte ganz vernehmlich. Ein Blick auf die zweite Hälfte dieses gewaltigen Doppelbettes zeigte mir lediglich einen verwuschelten Haarschopf und sonst kein Lebenszeichen, aber von Stefanie wusste ich, dass Susanne zum Wachwerden drei verschiedene, in Minutenabständen bimmelnde Wecker braucht, die ihrerseits in mit Glasmurmeln gefüllten Suppentellern stehen. Außerdem hat sie ein Abonnement beim telefonischen Weckdienst. Für mich ist das nicht nachvollziehbar, objektiv gesehen leuchtet es allerdings ein – sie hat ja noch keine Kinder!

Leise stieg ich aus dem Bett und konnte mich gerade noch abfangen, bevor ich die Stufe runtergeknallt wäre – wir schliefen nämlich erhöht auf einem Podest und hatten gestern Abend noch gerätselt, welch tieferen Sinn diese alles überblickende Schlafstatt wohl haben mochte. Eine plausible Erklärung war uns nicht eingefallen. Aber wir hatten ja auch mit diesem Berg von riesigen Seidenkissen nichts anfangen können, die das ganze Bett bedeckt hatten und schließlich auf dem Fußboden gelandet waren, bevor wir zu zweit die große Tagesdecke zusammenfalten konnten. Erst darunter fanden wir endlich das, was eine gewisse Ähnlichkeit mit normaler Bettwäsche hatte, obwohl ich zu Hause nicht auf Seidenlaken schlafe. Oder spricht man in diesem Fall von »ruhen«?

Egal, ich war halbwegs ausgeruht, öffnete vorsichtig die Tür zum Baderaum – nein, als »Zimmer« konnte man diese Ansammlung von Marmor und Gold wirklich nicht abqualifizieren – und fand das alles zwar recht beeindruckend, aber viel zu protzig. Diese tief in den Boden eingelassene Badewanne, rundherum aufgereiht ein Sortiment von Dosen und Flaschen, das Bidet und die abgegrenzte Duschkabine, dahinter – ebenfalls separat und abschließbar – die Toilette, und auf der gegenüberliegenden Seite zwei große Waschbecken, dekoriert mit einem Dutzend kleiner und größerer Fläschchen, die man aber besser nicht öffnen sollte: Arabische Wohlgerüche sind sehr intensiv und – vorsichtig ausgedrückt! – für europäische Nasen etwas artfremd.

Ich hatte gerade die Dusche abgedreht und mich in den himmlisch weichen Bademantel gehüllt, als Susanne durch die Tür schlappte. »Guten Morgen. Wieso bist du schon so entsetzlich munter? Ob die hier Zimmerservice haben? Ohne Kaffee werde ich doch nie richtig wach.«

»Munter bin ich noch lange nicht, ich befinde mich erst in der Anlaufphase und habe zwar Hunger, hasse jedoch alle Varianten von Matratzen-Frühstück! Wer nie sein Brot im Bette aß, weiß nicht, wie Krümel pieken!«

»Dann bestell dir doch Pfannkuchen!« Sie verschwand in der Dusche, steckte aber noch mal den Kopf durch die Tür. »Hast du schon was von den beiden anderen gehört?«

»Gehört nicht, aber gesehen. Steffi ist bereits im Anmarsch.« Ich hatte gerade die schweren Vorhänge etwas zur Seite geschoben und meine Tochter erblickt. »Sie sieht auch ziemlich verhungert aus!«

Wenigstens war mir noch Zeit geblieben, ein Paar leichte Hosen aus dem Koffer zu ziehen und ein Polohemd, bevor es zaghaft klopfte. »Seid ihr wach?« Und nachdem ich die Tür geöffnet hatte: »Wieso ist hier noch alles dunkel? Du ahnst ja gar nicht, was euch entgangen ist! Im Laufe der letzten Stunde habe ich mich aus rein meteorologischen Gründen schon viermal umgezogen. Mach doch endlich die Gardinen auf!«

Sie tat es sogar selbst, entriegelte auch gleich die Glastür und schob sie zur Seite. »Komm bloß mal raus, das ist einfach irre!«

Unser Zelt war umgeben von einer ungefähr zwei Meter breiten Teakholz-Terrasse, die sich auf einer Seite verbreiterte, so dass zwei Bambusliegen bequem Platz fanden. Und gleich dahinter lag unser ganz privater Pool! Es gab ihn also wirklich; zwar nicht größer als drei Meter im Quadrat, doch zum Abkühlen völlig ausreichend.

»Am liebsten wäre ich noch gestern Abend reingesprungen«, sagte Steffi, »aber das Wasser ist lausig kalt. Halt mal die Hand hinein!«

Ich tat es und zog sie gleich wieder zurück. »Das ist ja kurz vor dem Gefrierpunkt! Wieso eigentlich? Hier knallt doch ständig die Sonne drauf!«

»Von wegen!« Sie rollte eine der beiden Liegen in den Schatten und setzte sich. »Als ich heute Morgen wach geworden bin, war's zum Aufstehen noch viel zu früh; Macht der Gewohnheit vermutlich, ist ja logisch, jedenfalls konnte ich nicht mehr einschlafen, also bin ich aufgestanden und auf die Terrasse gegangen. Und ob du es glaubst oder nicht, ich habe nichts gesehen! Alles war neblig, aber nicht so grau wie bei uns – nein, da stand eine dichte gelbe Wand vor mir, gerade mal den nächsten Palmwedel konnte ich schemenhaft erkennen … es war irgendwie so unwirklich still, richtig gespenstisch. Und saukalt! Also bin ich wieder rein, habe mich unter der heißen Dusche aufgewärmt, meine Jogginghose rausgekramt, die ich immer nach dem Tauchen anziehe, Pullover drüber und dann zurück auf die Terrasse. Dort war der Nebel inzwischen durchsichtiger geworden, euer Zelt konnte ich erkennen, die weiter hinten liegenden kamen auch allmählich zum Vorschein, außerdem war die Sonne rausgekommen und das Thermometer gestiegen. Also wieder zurück ins Bad, Klamotten aus, Jogginghose gegen Slacks getauscht, Pulli gegen Bluse, grunzenden Hannes beschwichtigt, der natürlich wach geworden war, Vorhänge aufgezogen, und plötzlich war alles wieder da. Kein Nebel mehr, stattdessen Sonne pur … also Slacks gegen Shorts gewechselt, statt der Bluse das neue Top angezogen und mit Buch raus auf die Liege. Zehn Minuten später erscheint Hannes auf der Bildfläche, behauptet, Hunger zu haben, behauptet außerdem, in längstens zehn Minuten ausgehfertig zu sein und verschwindet im Bad. In kurzen Hosen geht man aber nicht in den Speisesaal, das hat mir meine Mama beigebracht, also Shorts wieder aus- und lange Hosen angezogen und das Top gegen ein artiges T-Shirt mit Ärmeln getauscht.« Beifall heischend sah sie mich an. »Dabei hatte ich mir doch tatsächlich eingebildet, hier in der Wüste spiele das Outfit die geringste Rolle!«

»Das wird wohl nicht der einzige Irrtum bleiben!«, vermutete ich. »Sieh lieber nach, was Hannes macht, die zehn Minuten sind doch längst vorbei.«

»Wahrscheinlich sucht er noch immer seinen Rasierapparat.«

Inzwischen war auch Susanne präsentabel. »Habt ihr mal auf die Uhr gesehen? Aus leidvoller Erfahrung weiß ich, dass die gastronomische Frühstückszeit überall Punkt zehn endet. Jetzt ist es dreizehn Minuten vor zehn!«

Endlich hatte auch Hannes auf Stefanies Handtuchsignale reagiert und sich in Marsch gesetzt; eine verbale

Kommunikation hatten wir im Hinblick auf die Entfernung zwischen unseren Pseudozelten gar nicht erst versucht, obwohl wir doch die einzigen Gäste waren. Das zumindest hatte uns Scheherazade gestern noch verraten, denn bisher hatte sich nur »The Royal Family« die Ehre gegeben, worunter aber nicht die üblichen Windsors zu verstehen sind, sondern der regierende Scheich nebst Anhang. In den Emiraten gibt es nämlich sehr viele Scheichs mit Familie, doch die des regierenden besteht dem Vernehmen nach aus ungewöhnlich vielen Mitgliedern! Sie hatten drei Tage lang das Hotel bevölkert und somit offiziell eingeweiht. Dass es dem Scheich auch gehört, erfuhren wir erst später.

Am oberen Ende der Treppe, also dort, wo wir schon gestern empfangen worden waren, standen unsere beiden Schönheiten, heute in Rot und Hellblau gewandet, begrüßten uns höflich, stellten sich als Salima und Asmaha vor, die nur für unser Wohlergehen zuständig seien und nun gerne wissen würden, wie wir denn den heutigen Tag verbringen wollten. Vielleicht mit dem Jeep eine Wüstentour machen? Oder eine Kamel-Safari? Eine Stadtrundfahrt? Natürlich könnten wir auch ausreiten oder das Wildgehege bei der Oase …

»First we like to have breakfast!«, unterbrach Hannes die Aufzählung jener Vergnügungen, die man uns bieten wollte, und Susanne setzte noch einen Dämpfer drauf. Wir möchten uns heute einfach nur ausruhen, erklärte sie, uns ein bisschen auf der ganzen Anlage umsehen und eigentlich gar nichts tun. Worauf die Damen freundlich lächelten und nun wissen wollten, wo und was wir denn frühstücken wollten.

Zweifellos war es falsch gewesen, keine detaillierten Angaben gemacht zu haben, sonst hätten die beiden Kellner nicht den Inhalt zweier Kühlschränke auf- und das meiste davon wieder abtragen müssen; die Menge hätte nämlich ausgereicht, eine komplette Fußballmannschaft nach zwei Stunden Intensivtraining abzufüttern.

Nur Susanne vermisste etwas, nämlich Joghurt. Als bekennende Frühstücks-Verweigerin, die sich in den Vormittagsstunden vorzugsweise von Kaffee und Zigaretten (immer noch!) ernährt, hatte sie uns und vor allem ihrer besorgten Mutter versprochen, wenigstens jetzt im Urlaub morgens eine solide Grundlage zu schaffen, um möglichen Strapazen gewachsen zu sein. Welcher Art die sein würden, hatten wir allerdings nicht auflisten können, wir waren ja zum ersten Mal in der Wüste (Bus fahren wie seinerzeit in Israel auf asphaltierter Straße querdurch gilt nämlich nicht), doch eine Portion Jogurt würde zumindest den Einstieg in die »solide Grundlage« bedeuten.

»Was meint ihr, ob die hier Kamelmilch nehmen?« Und nach kurzem Zögern: »Haben wir überhaupt eine zusätzliche Krankenversicherung?«

Wenig später wurde vor Susannes Platz ein Sortiment unterschiedlichster Jogurt-Sorten abgestellt, die aufgrund der Deckelaufschriften aus einem halben Dutzend verschiedener Länder stammen mussten. Ein Produkt aus Kamelmilch war offensichtlich nicht darunter.

»Und ich habe gedacht, in diesem heißen Klima, wo man sowieso keinen großen Appetit hat, könnte ich endlich meine zwei Gänsebraten-Kilo runterkriegen«, jammerte Steffi, ihren Teller mit frischen Ananas- und Mango-Scheiben beladend, »das schaffe ich hier ja auch wieder nicht!«

»Doch – solange du beim Obst bleibst!« Diesen Rat hätte ich allerdings auch selber beherzigen sollen!

Wir hatten uns gerade zum Aufbruch entschlossen, als neue Gäste auf die Terrasse geführt wurden – zwei männliche diesmal, gepflegtes Mittelalter der eine, sehr blond und auch sehr jugendlich der andere, vermutlich Vater und Sohn. Höfliches Grüßen auf beiden Seiten, wir standen auf, die Herren nahmen Platz, der immer sehr informationsbedürftige Hannes erfragte noch die Nationalität der Neuankömmlinge (es waren südafrikanische Holländer oder holländische Südafrikaner, jedenfalls waren sie in dem einen Land geboren und lebten im anderen), und dann endlich verließen wir die gastliche Stätte. Dass Jan und Hendrik ihre Frühstückseier Händchen haltend zu löffeln pflegen, kriegten wir erst am nächsten Morgen mit.

»Womit fangen wir an?«, wollte Steffi wissen, als wir etwas ratlos in der bereits glühenden Sonne standen.

»Mit Koffer auspacken!«

»Du bist immer so furchtbar prosaisch!«, beschwerte sie sich. »Aber die paar Sachen wegräumen dürfte wohl keine tagesfüllende Tätigkeit sein.«

»Natürlich nicht«, gab ich zu, »nur meine Hosen müssen endlich auf Bügel, ich will meine eigene Zahncreme haben und nicht diese widerlich süße Firmenspende aus dem silbernen Tübchen, und außerdem brauche ich andere Schuhe. In diesen hier schleppe ich schon jetzt ein halbes Pfund Wüste herum.«

»Na gut«, genehmigte Stefanie, »treffen wir uns am Pool. Der wird sich bestimmt anhand der Karte finden lassen.« In unserem Bungalow hatten wir nämlich einen in vier Sprachen abgefassten Lageplan vorgefunden – mit Windrose und vielen bunten Zeichnungen, wie denn was zu erreichen sei, und das war momentan der hügelabwärts gelegene große Pool samt Restauration. Die restlichen Illustrationen bestanden aus hingestrichelten Zelten und diesen rasierpinselartigen Gewächsen, die in natura wirklich sehr merkwürdig aussahen. Beruhigt hatte mich allerdings, dass es auch auf hiesigen Karten vier Himmelsrichtungen gab und Norden oben war. Ansonsten kommt man sich überall wie ein Analphabet vor, denn diese lang gezogenen, an ein kompliziertes Stickmuster erinnernden Schriftzüge sind für Normaleuropäer unlösbare Bilderrätsel.

Innerhalb weniger Minuten hatte Susanne ihre Sachen im Schrank verstaut und lümmelte sich auf dem mit Seidenkissen überladenen Sofa, während um mich herum von Mückensalbe über Spielkarten bis zu Schreibutensilien und Schuhcreme noch vieles von jenen Unentbehrlichkeiten lag, die man immer nur dann braucht, wenn man sie nicht dabei hat. Und überhaupt war Susannes Koffer gerade mal halb so groß wie meiner.

»Hast du wirklich nur so wenig Urlaub gekriegt, oder weshalb kommst du nicht mit auf die Malediven? Fünf Tage Sandkiste und vier Tage Metropole ist im Grunde genommen kein Urlaub, sondern Sightseeing pur. Heute haben wir noch Schonfrist, ab morgen ist Schluss mit Faulenzen, da wird besichtigt!«

»Hier? Was denn?«

»Na, was wohl? Die Wüste natürlich! Ich möchte als Erstes mal einen Sonnenaufgang erleben!«

Susanne sah mich an, als sei ich ein lästiges Insekt. »Sonnenaufgang? Weißt du überhaupt, wann der ist?«

»Ziemlich früh vermutlich, nach deiner Zeitrechnung also noch vor dem Aufstehen. Aber du musst ja nicht mit.«

»Das habe ich auch gar nicht vor.« Sie strampelte sich aus dem Kissenberg. »Und was meinen angeblich zu kurzen Urlaub betrifft ... die vier Wochen kriege ich im Laufe eines Jahres schon zusammen, nur habe ich mir angewöhnt, lange genug wegzubleiben, damit mein Chef mich vermisst, aber nie so lange, bis er entdeckt, dass er ganz gut auch ohne mich auskommen könnte. Noch hat er's nicht gemerkt!«

Ich stopfte den ganzen Kleinkram zurück in den Koffer

und stand auf. »Das hat Zeit bis nachher. Und wer braucht hier schon Abwehrspray gegen Mücken? Die Viecher haben doch gar keine Überlebenschance.«

Das allerdings war ein weiterer der bereits erwähnten Irrtümer!

Der große Pool war genauso kalt wie unsere privaten Planschbecken, was meine drei Mitreisenden allerdings bestritten und für meine Weigerung, in diesem Eiswasser herumzuschwimmen und das auch noch herrlich zu finden, kein Verständnis aufbrachten. Trotz heftiger Gegenwehr landete ich natürlich doch im Becken, und sofort eilten auf mein Geschrei zwei Gärtner und aus dem kleinen Restaurant der zu unserer Betreuung dorthin abkommandierte Boy herbei, heroisch entschlossen, mich vor dem Ertrinken zu retten. Schwimmen kann ich ja, aber noch wenige Sekunden länger in diesem Wasser, und ich wäre erfroren!

Wenigstens durfte ich jetzt wieder raus, mich in der Sonne aufwärmen und nur zwanzig Minuten später den Unterschied zwischen Gänsehaut und Sonnenbrand erfahren. Ersteres ist besser, weil schneller und nachhaltiger zu therapieren!

Alle zehn Minuten schlich der sichtlich gelangweilte Restaurantions-Boy Ahmed um uns herum in der Hoffnung, wieder etwas bringen zu dürfen, dabei hatte er uns schon ausreichend versorgt. Natürlich soll man viel trinken und in diesem heißen Klima noch mehr als sonst, aber wer hat schon einen Schwamm anstelle eines Magens? Doch Ahmed hatte nichts zu tun, polierte immer wieder die Metallteile seiner ohnehin schon glänzenden Theke und warf gelegentlich einen Blick auf die Uhr in der Hoffnung, wir würden endlich verschwinden. Ich hätte ihm ja ganz gern den Gefallen getan, aber Hannes war auf seiner

Liege eingeschlafen, Susanne ziemlich dicht davor, nur Stefanie las sich mit bemerkenswerter Intensität durch einen Tausend-Seiten-Wälzer und schaute lediglich dann auf, wenn sie nach ihrem Glas tastete und es nicht auf Anhieb fand.

»In dieser Kulisse liest sich das großartig! Da kämpfen sich gerade zwei Menschen bei winterlichen Schneestürmen zu Fuß durch das schottische Hochland, und ich liege hier in der Sonne und …«

»Wieso zu Fuß?«, unterbrach ich sie, »Reifenpanne? Haben die denn kein Handy dabei?«

»Im Jahre siebzehnhundertundetwas?«

So was nennt man ja wohl *voll daneben!* Aber hin und wieder vergesse ich immer noch, dass aus ehemaligen BRAVO-Lesern inzwischen ganz vernünftige Menschen geworden sind, deren literarischer Horizont nicht mehr beim Programmheft für *Dirty Dancing* aufhört. Trotzdem kann ich gelegentliche Sticheleien einfach nicht lassen. »Seit wann interessierst du dich für Bücher, die *vor* dem ersten Album der Beatles erschienen sind? Soviel ich weiß, hast du nicht mal das Frauen-Epos *Vom Winde verweht* gelesen.«

»Da hat mir der Film gereicht! Und jetzt hör auf zu sticheln, ich will weiterlesen!«

Dazu kam es aber doch nicht mehr, weil Greg auftauchte.

Er stand plötzlich vor uns und fiel schon allein deshalb auf, weil er zwar sehr europäisch aussah, doch offensichtlich kein Gast war. Zahlende Gäste tragen selten eine Art Uniform, bestehend aus Bermuda-Shorts, Oberhemd und einem Hut mit breiter Krempe, alles olivfarben, sowie soliden Wanderstiefeln; den Hut hatte er allerdings abgenommen, so dass seine blonden Haare (wie heißt es doch immer so treffend in einschlägigen Romanen?) *wie ein goldener Helm in der Sonne schimmerten.* Sie taten es aber wirklich!

Ich schätzte ihn auf Mitte dreißig und hatte damit genau richtig gelegen, doch das erfuhren wir erst später, nachdem er seine Ich-bin-hier-nur-angestellt-Reserviertheit ein bisschen zurückgenommen und auch von sich selbst erzählt hatte. Auf Englisch natürlich, was die Kommunikation für uns – außer für Susanne – doch etwas erschwerte. Im Allgemeinen kommen wir überall ganz gut klar, aber für längere Unterhaltungen über bestimmte Themen fehlen uns einfach die nötigen Vokabeln. Wer weiß denn schon auf Anhieb, was »Einreisebestimmung« auf Englisch heißt oder »persönlicher Bürge«? Und mit »breeding of hawks« konnte ich auch nicht viel anfangen; es musste etwas sein, was Greg besonders am Herzen lag, denn er lud uns zum Training ein und meinte, das sei für uns sicher sehr interessant, oder ob es so etwas auch in Germany gebe?

»Was immer es auch sein mag«, flüsterte ich Susanne zu, »ich habe nicht die geringste Absicht, jetzt in irgendeiner Weise sportlich zu werden!«

»Musst du auch nicht«, flüsterte sie zurück, »er ist doch bloß Vogeldompteur!«

»???«

»Präzise ausgedrückt: Er richtet Jagdfalken ab. Die gehören zwar dem Scheich, kosten jeweils ein kleines Vermögen oder auch mal ein großes, aber sie müssen natürlich regelmäßig trainiert werden. Dafür ist Greg da, und jetzt hat er gefragt, ob wir zusehen wollen.«

Offenbar hatte ich die Sache noch immer nicht kapiert. »Ich soll zugucken, wie jemand Vögel fliegen lässt? In unserem Garten steht ein Futterhäuschen, da ist den ganzen Winter über Hochbetrieb, das genügt mir. Ich bin doch keine Ornithologin!«

»Natürlich musst du nicht mit«, mischte sich Hannes ein, »aber hast du was Besseres vor?«

Außer Kofferauspacken fiel mir nichts ein, und das wäre vermutlich genauso spannend wie fliegenden Vögeln hinterher zu gucken.

Zehn Minuten später fanden wir uns wüstentauglich gekleidet vor dem Hauptgebäude ein, wo Greg schon in klassischer Kino-Position auf uns wartete: Lässig an die offene Tür seines dekorativ verstaubten Geländewagens gelehnt, Zigarette in der einen Hand und Wagenschlüssel in der anderen, hätte er als Titelbild eines Prospekts für Abenteuerreisen dienen können. Der Bursche sah ausgesprochen gut aus, und das wusste er auch.

Ein bisschen sehr eng war es ja, nachdem wir uns alle in den offenen Wagen gequetscht hatten, in dem hinter den Rücksitzen auch noch drei Vogelkäfige standen, aber die Fahrt sollte höchstens fünf Minuten dauern, deshalb hatte ich auch den mir angebotenen Platz neben dem Fahrer an Susanne abgetreten; schließlich hatte ich Augen im Kopf!

Machen wir's kurz: Ich habe an jenem Nachmittag nicht herausgebracht, welchen Reiz ein Vogel haben soll, der auf einer ledergeschützten Hand sitzt und eine Haube auf dem Kopf hat. Sobald man sie ihm abnimmt, fliegt er weg, steigt hoch und kommt auf ein Zeichen wieder zurück. Dann lässt er sich erneut auf der Hand nieder, bekommt ein Belohnungshäppchen zugesteckt, kriegt die Haube wieder auf, und wartet, bis er das nächste Mal dran ist. Aus Sicht der Vögel dauert das wahrscheinlich nicht lange, doch ein Zuschauer, der von den Feinheiten dieses Sports keinen Schimmer hat und auch gar nichts darüber wissen will, fängt schon nach dem zweiten Durchgang an, Kringel in den Sand zu malen.

Greg hatte inzwischen mitbekommen, dass nur Susanne

eine ebenbürtige Gesprächspartnerin war, und so musste *sie* die ganzen Erläuterungen über sich ergehen lassen, welcher der drei Falken einmal der beste Jäger werden würde und warum, aber es war ihr deutlich anzusehen, dass sie jetzt viel lieber auf der Terrasse sitzen und was Kaltes trinken würde.

Endlich war die Flugstunde der drei Vögel beendet. Ob sie was gelernt hatten, weiß ich nicht, aber mit Sicherheit hatte *ich* etwas begriffen: »breeding of hawks« ist eine stinklangweilige Sache!

Während unserer Abwesenheit waren neue Gäste angekommen. Wahrscheinlich mussten sie gerade den Besichtigungsrundgang absolvieren und danach Tee trinken, denn das Gepäck stand noch vorn in der Halle. Also langen Hals gemacht und flüchtigen Blick auf die Anhängsel geworfen: Eins stammte vom Airport Kairo, die anderen vier hingen an drei Koffern und einer Reisetasche aus Hamburg – Germans to the front!

»Um halb acht holen wir euch ab«, sagte Steffi, als wir uns an der Weggabelung trennten, »ist das genehm? Ich habe nämlich ganz ordinären Hunger!«

Den hatte ich auch. Zwar war das Frühstück mehr als nur reichhaltig gewesen, aber das war sieben Stunden her!

Draußen war es inzwischen stockdunkel geworden. Irgendwie musste mir der Wechsel entgangen sein, denn Dämmerung und Blaue Stunde gibt es in der Wüste nicht; ich vermute sogar, die Araber haben nicht mal ein Wort dafür.

Nachdem Susanne *mir* die Schlüsselgewalt für unser Domizil übertragen hatte, weil sie angeblich schon ihre eigenen ständig vergisst oder verliert, betrat ich als Erste das Zelt und blieb gleich hinter der Tür stehen. Offensichtlich war ich falsch. Doch dann entdeckte ich meinen noch immer nicht ganz ausgepackten Koffer, nur war er jetzt zugeklappt, und die vorher überall herumliegenden Sachen lagen säuberlich gestapelt auf dem Deckel. Unser morgendliches Outfit, nach dem Frühstück irgendwo abgelegt, hing jetzt auf Bügeln, die verstaubten Schuhe einschließlich der Badelatschen standen geputzt und aufgereiht neben dem Schrank, auf dem Bett häuften sich wieder die Kissen genau wie auf dem Sofa, nur standen sie dort hochkant, sonst hätten sie gar keinen Platz gehabt – es sah alles wieder aus wie im Möbelkatalog Abteilung … *und wenn Sie mal ein bisschen orientalisches Flair suchen …*

»Jetzt weiß ich, wohin damals die Heinzelmännchen verschwunden sind!« Susanne hielt prüfend ihre Sandaletten in die Höhe. »Die sind ausgewandert! Und ich habe immer geglaubt, sie sind abgehauen, weil sie mit unseren modernen Haushaltsgeräten nichts anfangen konnten! – Guck mal, hier hat sogar jemand die Messingschnallen poliert!«

Nebenan im Bad das gleiche Bild. Die von uns nur aus Neugier aufgeschraubten und ganz schnell wieder zugedrehten Fläschchen und Döschen hatte man gegen neue, fest versiegelte ausgetauscht, die Handtücher natürlich auch, und sogar der Bademantel, den ich am Morgen höchstens zehn Minuten lang getragen hatte, war durch einen frischen ersetzt worden.

»Wahrscheinlich gehört dem Scheich auch eine Waschmittelfabrik«, vermutete Susanne, und dann nach einem Rundumblick durch das blitzsaubere Bad: »Was meinst du, ob man dieses übrig gebliebene Heinzelfräulein reimportieren kann?«

»Wieso Fräulein? In dem Gedicht ist nur von Männern die Rede!«

»Du glaubst doch wohl nicht im Ernst, dass in diesem Macho-Staat ein Mann die Waschbecken putzt! Greg hat mir erzählt, dass für die niederen Tätigkeiten Ausländer beschäftigt werden, überwiegend Inder, Pakistani und Ägypter. Erinnert dich das nicht an etwas?«

Und ob! Allerdings ist es schon lange her, seit hierzulande auf einem städtischen Müllwagen nur der Fahrer einen deutschen Pass hatte und die Straßenkehrer spanisch oder türkisch sprachen; in den Emiraten muss man sich jetzt an indische und nordafrikanische Dialekte gewöhnen. »Und zu welcher Gruppe gehört Greg?«, brüllte ich in das Geplätscher der Dusche, von der sich Susanne berieseln ließ. »Der Junge ist doch Europäer?«

»Aber bloß ein halber! Sein Vater ist Engländer und seine Mutter eine Nachfahrin deutscher Einwanderer, die seinerzeit unter Willem Zwo nach Namibia ausgewandert sind. – Kannst du mir bitte ein Handtuch rüberschmeißen!«

Prompt fiel es auf den nassen Boden, aber das machte nichts, wir hatten ja genug.

»Was für einen Status hat Greg eigentlich?«, wollte ich noch wissen, »Babysitter für Vögel ist doch kein Beruf.«

»In Namibia war er Wildhüter, hat er erzählt, zuständig für einen dieser Nationalparks. Weshalb er dort weg ist, weiß ich nicht, hier hütet er jedenfalls die Gäste und sorgt dafür, dass sie sich nicht langweilen. Morgen zum Beispiel will er mit uns und den Kamelen zur Oase ziehen.«

»Ich habe keine«, sagte ich sofort.

»Kamele?«

»Keine Langeweile!« Wenn die Programmplanung ein ähnlich unterhaltsames Vergnügen vorsah wie Hawkys Flugstunden, dann konnte ich gern darauf verzichten.

Und dann standen wir gewaschen und geföhnt vor den geöffneten Schränken und überlegten, was wir anziehen sollten. Abendessen im Speisesaal ist was anderes als Frühstück auf der Terrasse, ist offizieller, förmlicher, und deshalb schleppt man ja auch immer einiges von jenen textilen Notwendigkeiten mit in den Urlaub, die man zu Hause auch nur selten braucht. Und wenn, dann meist nur in den Wintermonaten, denn im Sommer geht man in den Biergarten oder befeiert das Geburtstagskind auf einer Gartenparty, und dazu muss es nicht das Kleine Schwarze sein. Deshalb wundere ich mich ja auch immer über Drehbuchschreiber, die ihre Hauptdarsteller ständig irgendwohin zum Essen schicken – in die Pizzeria, zum Griechen, recht gern auch in ein Nobelrestaurant, wo der befrackte Oberkellner den Wein kredenzt, während das Liebes-, Ehe- oder sonstige Paar seinen vorgegebenen Streit beginnt. Weshalb dieses Wortgefecht so häufig coram publico ausgetragen werden muss, weiß ich nicht, bei uns spielt sich so etwas hinter geschlossenen Türen ab.

Es bimmelte. Inzwischen hatten wir mitgekriegt, dass das System »Room to Room« auch hier funktionierte, wir also von einem Zelt ins andere telefonieren konnten und nicht mehr auf die mitunter doch etwas missverständliche Zeichensprache angewiesen waren.

»Was zieht 'n ihr an?«, wollte Stefanie wissen. »Müssen wir uns richtig fein machen oder ist halb offiziell genug?« Sie seufzte. »Männer haben es besser, die ziehen eine lange Hose an und ein gebügeltes Hemd, und ich stehe seit fünf Minuten vor dem Kleiderschrank und weiß nicht, ob mit Ausschnitt oder ohne!«

»Lieber ohne! Mit dem Ausschnitt wartest du besser, bis sich deine Blässe in den dekorativeren Bronzeton verwandelt hat. Bei dir dauert das doch bloß zwei Tage.«

»Von Blässe kann überhaupt keine Rede mehr sein!«,

kam es zurück. »Im Gegenteil! Ich sehe aus wie ein gekochter Krebs!«

»Dann würde ich Rollkragen empfehlen …«

»Danke!« Am anderen Ende der Leitung flog der Hörer auf die Gabel. Dabei ging es mir nicht viel besser. Zwar hatte ich mich unten am Pool weitgehend im Schatten aufgehalten, doch später in der Wüste mit nichts als Sand rundherum hatte es keinen gegeben, und Lichtschutzfaktor zwanzig ist auch bloß eine Zahl auf der Sonnencreme-Flasche!

Was ich schließlich angezogen hatte, weiß ich nicht mehr, jedenfalls war es etwas mit kurzen Ärmeln gewesen, und das habe ich bitter bereut. Und nicht nur ich! Der Speisesaal – sehr groß, sehr edel und ziemlich leer – war dermaßen heruntergekühlt worden, dass die Eisbombe auf dem Dessertbuffet auch nach anderthalb Stunden noch ihre dekorative Form behalten hatte. »Wollen die uns umbringen?«, entfuhr es mir, und dann zählte ich auf: »Angina, Grippe, Lungenentzündung, fürs Ohr fällt mir im Moment nichts ein, aber da gibt es bestimmt auch etwas Passendes … wenn wir in diesem Eiskeller sitzen bleiben, holen wir uns alle was weg.« Auf den Armen hatte ich bereits Gänsehaut, und die nackten Füße in den Riemchensandaletten würden in ein paar Minuten Eisklötze sein. »Ich glaube nicht, dass in der Auslandsversicherung auch Zinksärge für die Rückführung unserer sterblichen Überreste enthalten sind.«

»Du übertreibst mal wieder maßlos«, tadelte Steffi, musste jedoch zugeben, dass ein längerer Aufenthalt in diesem Raum zwar keine tödlichen Folgen haben, aber auch nicht gerade stimmungsfördernd sein würde. »Vielleicht glaubt die Hotelleitung, wir leben zu Hause irgendwo im ewigen Eis …«

Das glaubte die Hotelleitung allerdings nicht. Denn Scheherazade, die wir dank Gregs Information jetzt mit *Miss Nazirah* anreden konnten, wusste ganz genau, wo Germany liegt, nämlich an »the Mediterranean Sea«! – Na ja …

Wir froren immer noch, hatten aber Hunger, und die neuen Gäste kannten wir ja auch noch nicht. Also trabten Steffi und Susanne ab, um Jacken zu holen – eigentlich nur mitgenommen für kühle Malediven-Abende, von denen ich allerdings noch keinen erlebt habe – während Hannes und ich zu unserem Tisch geleitet wurden. Man bekommt die brettsteif gestärkte Serviette auf den Schoß gelegt, von wo sie genau deshalb gleich wieder runterrutscht, man bekommt ein Glas Eiswasser hingestellt und die Speisekarte gereicht, deren eine Seite aus der bereits erwähnten Bilderschrift besteht, die andere aber in Englisch abgefasst ist.

»Ich trinke selten harte Sachen, aber jetzt könnte ich einen Remy vertragen – bloß zum Aufwärmen natürlich«, wandte ich mich an meinen Schwiegersohn, »bestell doch mal einen, ja?«

Strafend sah er mich an. »Darfst du das denn? Wir sind hier in einem streng moslemischen Land, da trinken Frauen, sofern überhaupt, höchstens *nach* dem Essen was Süßes!«

»Hast du mich jemals mit einem Likörglas in der Hand gesehen? Außerdem friere ich *jetzt* und nicht nachher! Da bin ich nämlich schon tot!«

Zusammen mit dem Cognac kam meine Jacke, ich taute allmählich wieder auf und konnte endlich auch den Neuankömmlingen die gebührende Aufmerksamkeit schenken. Der Koffer aus Kairo gehörte zweifellos zu dem sehr soigniert aussehenden Ägypter, jedenfalls vermutete ich, dass es einer war, denn er hatte eine gewisse Ähnlichkeit mit König Amenophis II. Sein Abbild in Meyers Konversationslexikon, Ausgabe achtzehnhundertundichweißnichtmehr, jedenfalls noch in altdeutscher Schrift und ledernem Einband mit Goldschnitt, hatte mir immer ausnehmend gut gefallen.

Am Tisch daneben saßen Jan und Hendrik, hielten unterm Tisch Händchen und löffelten überm Tisch ihre Suppe. Sah ziemlich unbequem aus, schien ihnen jedoch nichts auszumachen.

Hamburg, noch in Reisekleidung und deshalb am besten den im Raum herrschenden Temperaturen angepasst, sah aus wie frisch verheiratet. Die Ringe glänzten so neu, und die Champagner-Flasche mit Schleifchen dran und Glückwunschkarte daneben bestätigte meine Vermutung: *Honeymooner!*

Interessant war eigentlich nur die Dame an dem Einzeltisch. Ihr gehörte vermutlich der dritte Koffer mit dem Hamburger Aufkleber und diese braun-orange karierte Reisetasche, von der Stefanie behauptet hatte, so etwas gäbe es nur noch auf dem Flohmarkt und in *Rudis Reste-Rampe*. Der Verdacht lag nahe, dass die Dame zum Teil auch ihre Garderobe von dort bezieht, denn die gelben Hosen zusammen mit dem grünen Oberteil ergaben zwar einen guten Kontrast zu den schwarz gefärbten Haaren, aber wann waren noch mal die Blusen mit den großen spitzen Kragen modern gewesen? Das i-Tüpfelchen bildeten jedoch die goldenen Sandalen, und die waren garantiert neu.

Unnötig zu erwähnen, dass das Essen natürlich exzellent war, der Wein nicht ganz so exzellent, aber immer noch sehr gut, über die Eisbombe kann ich nichts sagen, mir war auch ohne noch kalt genug.

»Jetzt auf einen Absacker in die Bar«, kommandierte Hannes, »und dann ab in die Heia! Ich für meinen Teil habe in puncto Schlaf erheblichen Nachholbedarf!«

Den hatten wir alle, aber einen von diesen farbenfrohen

Cocktails würden wir vorher noch verkraften können. Es wäre allerdings besser gewesen, darauf zu verzichten.

Kaum hatten wir uns mit den Gläsern auf die Terrasse gesetzt, als uns jener weibliche Papagei erspäht hatte und sofort die Laufrichtung änderte. »Könn' Sie Englisch?«

»Ein wenig«, bestätigte Susanne höflich, die niemals zugeben würde, irgendetwas gut zu können, allenfalls beherrscht sie es einigermaßen, »worum geht es denn?«

»Um det Bett! Det is zu hart, in so wat kann ick mit mein' lädierten Rücken nich schlafen, aba det kapiert ja keener. Ick hab schon versucht, die Matratze mit die Kissen zu polstern, liejen ja jenuch rum, aba die sind zu hoch, da fall ick doch von runter. Könn' Se det nich mal eene von diese Frauen verklickern? Denn wär ick Ihnen aba sowat von dankbar … Wat is 'n det, wat Sie da trinken? Sieht jut aus!« Sie deutete auf meinen Blue-Velvet-Cocktail, über dessen Zusammensetzung ich ihr aber auch nur sagen konnte, dass er es ziemlich in sich hatte.

»Mit drei von sone Dinger könnte ick sogar uff 'n Nagelbrett schlafen, aber det wird zu teuer. Die Cocktails sind nämlich nich inklusive, det wissen Se doch, oder?«

Natürlich wussten wir das, aber in heißen Ländern haben wir uns schon immer an die Regel tropenerfahrener Europäer gehalten: No alcohol before sunset!

»Dann wollen wir mal zur Rezeption gehen, Frau …«

»Wels!«, sagte Frau Wels, »Ilona Wels, jenau wie der Zitterfisch. Richtich heeße ick ja Erika, aba so heeßt doch jede Schrippenverkäuferin, und da habe ick mir jedacht, Erika, habe ick jedacht, du legst dir 'n Künstlernamen zu! Ick bin nämlich wirklich Künstlerin.«

Auf welchem Gebiet sie künstlerisch tätig ist, erfuhren wir erst am vorletzten Abend. Nach Klärung des Sachverhalts und der Zusicherung von Miss Nazirah, man werde sich sofort um eine weniger harte Matratze bemühen, hatte sich Susanne verabschiedet und war direkt zu unserem Zelt gegangen, in der berechtigten Annahme, dass wir auf ein nochmaliges Zusammentreffen mit Ilona Wels heute keinen Wert mehr legten und rechtzeitig getürmt waren.

Bereits im Halbschlaf ließ ich den Tag noch einmal Revue passieren: Tausendzweihundert Mark war er bestimmt nicht wert gewesen, aber für unsere zweihundert hatten wir eine ganze Menge erlebt!

Kapitel 8

Zweiter Tag und erster Reinfall: Den Sonnenaufgang hatte ich nämlich verpasst! Ihre Strahlen blinzelten bereits durch die nicht ganz geschlossenen Vorhänge, Stimmen drangen von draußen herein, aber nicht die betont leisen des Personals, sondern laut krächzende, in die gelegentlich grunzende Laute einfielen – zusammen klang das recht merkwürdig und war es wert, der Sache auf den Grund zu gehen. Also raus aus dem Bett und vorsichtig durch den Vorhangspalt gelinst. Nur ein paar Meter entfernt lagen sie im Sand, mindestens ein Dutzend mussten es sein; aufgezäumt wie Zirkuspferde blickten sie hochnäsig in die Gegend und mümmelten vor sich hin.

»Susanne, aufstehen! Die Kamele sind da!«

»Na und? Ich hab schon mal welche gesehen«, kam es irgendwo unter der Bettdecke hervor, »als Haustiere sind sie einfach zu groß, also lass dir keins andrehen!« Sprach's, rollte sich auf die andere Seite und war im Nu wieder eingeschlafen.

Ich wusste zwar, dass Susanne gewisse Schwierigkeiten mit dem morgendlichen Aufstehen hat, man erinnere sich an die drei Wecker im Suppenteller, aber sie kann doch nicht den halben Urlaub verschlafen! Jedenfalls nicht einen für dreiundachtzig Pfennig pro Minute!

Einen Reisewecker habe ich immer dabei, Teller natürlich nicht, aber die Seifenschalen im Bad würden genügen, die waren auch aus Porzellan. Schwieriger war es schon, Ersatz für Glasmurmeln zu finden. Kofferschlüssel sind zu klein und machen kaum Krach, Lippenstifte haben meistens Plastikhüllen, die hört man schon überhaupt nicht, und nach kleinen Steinchen braucht man mit nichts als Sand weit und breit gar nicht erst zu suchen. Ein Streifzug durchs Bad brachte dann doch noch die Lösung: Die Duftfläschchen! Sie bestanden überwiegend aus Glas, und wenn man sie dicht nebeneinander aufreihte, würden sie hoffentlich laut genug scheppern. Vorsichtshalber türmte ich gleich drei Schalen übereinander, legte doch noch die Kofferschlüssel dazwischen, programmierte den Wecker und stellte den ganzen Aufbau direkt neben die Bodenvase. Die war aus Messing und würde hoffentlich ein bisschen mitspielen.

Jetzt hatte ich noch genau zwei Minuten Zeit! Entweder ungewaschen, ungekämmt in Shorts und T-Shirt ganz schnell aus dem Bungalow verschwinden, was man in meinem Alter allenfalls bei Ausbruch eines Feuers tun sollte, oder Dusche aufdrehen und sich darin verbarrikadieren. Ich zog Letzteres vor und hörte dank des prasselnden Wassers nur einmal einen lauten Schrei und danach lediglich unvollständige Drohungen. Dann allerdings stürzte eine Art Racheengel in einem himmelblauen Shorty ins Bad, riss die Tür der Kabine auf und drehte mit einem Griff den Heißwasserhahn zu. Sofort ertönte ein neuer Schrei, diesmal von mir! Wenn ich etwas hasse, dann ist es eiskaltes Wasser von oben!

Wenigstens hatte ich Susanne aus dem Bett gekriegt, und wenn sie erst mal wach ist, wird sie relativ schnell wieder ganz friedlich.

Steffi und Hannes saßen schon auf der Terrasse beim Frühstück, gabelten Rühreier mit Schinken und tranken Tee. »Ich weiß nicht, woraus die den Kaffee machen«, warnte Steffi, »heute sieht er ziemlich grün aus und schmeckt auch so.«

»Normalerweise trinkt man ihn hier nur aus Mini-Tässchen«, erklärte ich ihr zum wiederholten Mal.

»Das kann ich verstehen. Dann hat man's schneller hinter sich!«

Selbst fanatische Kaffeetrinker wechseln nach einigen Enttäuschungen, in der hiesigen Variante wenigstens ein bisschen Ähnlichkeit mit dem bei uns üblichen Getränk zu finden, zu Tee oder Kakao; manche landen sogar beim Bier, obwohl auch das etwas artfremd schmecken soll. Besonders zum Frühstück!

An diesem Morgen gab es keine persönliche Betreuung und auch keinen Aufmarsch beflissener Kellner, sondern ein sehr gut bestücktes Frühstücksbuffet im so erfrischend kalten Speisesaal. Immerhin bestand die Möglichkeit, mit der zusammengesuchten Beute auf die zwei Treppen höher gelegene Terrasse zu ziehen. Ich bin wirklich noch gut zu Fuß, doch zweimal jeweils vierundzwanzig Stufen runter und rauf, nur weil ich erst das Brötchen vergessen und dann den Teller mit dem Obstsortiment stehen gelassen hatte, lässt einen an der Behauptung zweifeln, Frühsport sei gesund.

»Du kannst dich ja nachher ausruhen«, versprach Steffi, »bis zur Oase sind wir eine gute Stunde unterwegs, und davon musst du nicht eine Minute laufen.«

»Ich bin mir noch gar nicht sicher, ob ich überhaupt mitkomme. Mit 'nem Esel auf den Drachenfels fand ich damals schon unbequem, und da war ich dreißig Jahre jünger, aber auf'm Kamel durch die Wüste …«

»Das sind doch gar keine Kamele!«, mischte sich Hannes ein. »Das sind Dromedare! Die haben nur einen Höcker!«

»Eben drum! Beim Kamel sitzt man zwischen beiden vermutlich ganz bequem, aber wo hockt man bei einem

Dromedar? Oben drauf? Und das eine Stunde lang? Ohne mich!«

Wenigstens näher ansehen wollte ich mir die Viecher, wann hat man denn als normaler Europäer schon die Gelegenheit dazu – außer im Zoo? Sie lagen immer noch genauso da wie vor anderthalb Stunden, die langen Hälse mit den verhältnismäßig kleinen Köpfen in den Sand gestreckt, guckten sie uns an, als wollten sie sagen: Ihr hättet ruhig noch eine Weile wegbleiben können!

Irgendwo aus dem Schatten tauchten drei Beduinen auf, malerisch kostümiert mit Burnus und Turban, wie man das aus einschlägigen Filmen kennt, und bedeuteten uns gestenreich, dass wir nunmehr diese Tiere zu besteigen hätten. Aber wie? Von ihren Höckern war nichts zu sehen, denn die waren mit kleinen Teppichen und Decken zugepolstert und stellten wohl eine Art Sattel dar. Um die Hälse hatte man den Dromedaren bunte Schnüre mit Troddeln gehängt, und vor den Mäulern trugen sie eine Art Beißkorb, der mich an jene kleinen hellgrünen Plastikschüsselchen erinnerte, mit denen die meisten Fernseh-Ärzte am Operationstisch stehen. Es gab jedoch keine Zügel, an denen man sich wenigstens symbolisch hätte festhalten können, und solange die Tiere ruhig liegen blieben, schien ja alles in Ordnung, aber sie würden gleich aufstehen müssen, und dann kann man von da oben ziemlich weit runterfallen!

»Warum willst du dir das antun?«, sagte jene innere Stimme, die mich häufig von irgendwelchen Dummheiten abzuhalten versucht. »Aber wann hast du in deinem Leben noch mal die Möglichkeit, auf einem Kamel durch die Wüste zu reiten?«, sagte die andere Stimme, auf die ich eigentlich viel lieber höre.

Susanne saß schon auf ihrem melancholisch blickenden Reittier, Hannes kämpfte sich auf seins gerade rauf, das heftig schnaubend dagegen protestierte, und Steffi hatte ihre Wahl noch gar nicht getroffen. »Ich glaube, ich nehme das da drüben mit den schönen langen Wimpern!«

Drei weitere Personen näherten sich, nämlich Jan und Hendrik – Ersterer in einem entzückenden rosa Polohemdchen – sowie Greg mit Walkie-Talkie am Gürtel und in beiden Armen Wasserflaschen, die er sofort verteilte. Nur für unterwegs seien die, in der Oase gäbe es dann genug zu trinken. Wenigstens würden wir bis dahin nicht verdursten!

Es half nichts, ich musste jetzt doch auf so ein Vieh, und weil zwei Einheimische und Greg damit beschäftigt waren, die beiden Holländer auf nur *ein* Tier zu hieven, versuchte ich es allein. Klappte auch einigermaßen, nur hatte ich jetzt das dromedarische Hinterteil im Blick statt des Kopfes, einfach umdrehen geht aber nicht, dafür ist zu viel Höcker im Weg, also wieder runter, und dann kam auch schon Hilfe.

Die Karawane formierte sich: Vorneweg ein Einheimischer, dann die Holländer im Doppelpack, gefolgt von Stefanie und mir, danach kamen Susanne mit Greg als Seitendeckung und Hannes. Den Schluss bildete wieder ein Araber, der dritte ging zu Fuß, offenbar als »schnelle Eingreiftruppe« für den Fall der Fälle.

Nun haben wir ja alle in der Schule gelernt, dass Kamele Passgänger sind. Sie setzen nicht wie Pferde, Kühe, Elefanten, Wasserbüffel und was man sonst noch als Reittier benutzen kann, abwechselnd auf jeder Seite einen Fuß voran, sondern erst die beiden rechten Füße, dann die beiden linken, dann wieder die rechten … und das schaukelt! Aber wie! Es ist ja schon eine Kunst, nicht gleich beim Aufstehen dieser seltsamen Tiere runterzufallen – lichte Höhe etwa zweieinhalb Meter –, denn erst fliegt man nach hinten, sobald das Tier auf die Knie geht, danach abrupt nach vorn, weil es in einem Zug die langen Hinterbeine ausfährt, und schließlich gibt es noch mal einen Ruck nach hinten, denn jetzt hat es sich auch vorne zu voller Größe aufgerichtet und setzt sich sofort in Bewegung.

Ich hatte schon mal erwähnt, dass die ganze Hotelanlage auf einem leicht hügeligen Gelände errichtet wurde, ob wegen der Optik oder aus welchen Gründen auch immer, bleibt dahingestellt, jedenfalls standen unsere Zelte ganz oben, und damit wir nicht etwa zu weit laufen mussten, hatte man die Kamele gleich nebenan geparkt. Also mussten sie mit uns auf dem Rücken erst einmal hügelabwärts bis zum großen Pool, und von dort aus sollte es weitergehen zur Oase.

An Einzelheiten kann ich mich nicht mehr erinnern – Steffi behauptet, ich hätte sie verdrängt! – aber ich weiß noch genau, dass ich vom ersten Schritt an gezetert hatte, ich wolle runter von dem Vieh, bevor ich seekrank werden würde, lieber ginge ich zu Fuß, und wer denn auf die idiotische Idee gekommen sei, Urlaub in der Wüste zu machen, wo man in der heißen Sonne auf einem unbequemen Tier zu einer Oase reiten müsse, die man gar nicht sehen will ... und bei jedem Wort flog ich abwechselnd halb rechts nach vorn und dann wieder halb links nach vorn, je nachdem, auf welcher Seite mein Reittier gerade seine Füße setzte; der Ruck nach vorn war eine Zugabe dank des abfallenden Geländes. Ich sah mich schon kopfüber aus dem improvisierten Sattel fliegen, denn es gab ja nichts zum Festhalten, also krallte ich mich irgendwie in diesem Stück Orientteppich fest und verlangte, dass jemand mein Kamel anhielt, damit ich absteigen könnte. Die drei Beduinen verstanden aber kein Deutsch, vielleicht hielten sie mein permanentes Meckern sogar für eine Art Begeisterung; Susanne hatte schon überhaupt kein Mitleid mit mir (man erinnere sich an meine unorthodoxe Weckmethode!), Steffi klappte einfach ihre Ohren zu, und Hannes hatte genug mit seinem eigenen Kamel zu tun, denn das schnaubte Protest, und zwar sehr nachdrücklich. Immer wieder schüttelte es unwillig den Kopf, preschte plötzlich nach vorn, wurde von dem zu Fuß durch den Sand schlurfenden Beduinen wieder eingefangen, schnaubte weiter, und dann ging das Spiel von vorn los. Verstehen konnte ich das arme Tier durchaus, denn Hannes ist nun mal kein Leichtgewicht. Allerdings hatte ich wenige Tage später ein Kamel gesehen mit sechs Autoreifen samt Felgen auf dem Rücken, und das hatte nicht geschnaubt!

Ganz plötzlich ging das Ruckeln in ein gleichmäßiges Wiegen über; das Gelände war eben geworden, und an dieses sanfte Schaukeln hatte ich mich im Nu gewöhnt.

»Wolltest du nicht absteigen?«, erinnerte Steffi, als wir an der letzten hoteleigenen Palme vorbeizogen und damit die Zivilisation hinter uns ließen. »Von hier schaffst du es noch ohne Kompass zurück zum Zelt.«

Natürlich überhörte ich diese Worte, klopfte meinem Dromedar sanft auf den Hals, was dieses offenbar als Aufforderung ansah, sich nunmehr an die Spitze der Karawane zu setzen, aber der scheinbar im Halbschlaf vor sich hin trottende Beduine hatte doch aufgepasst und zog es wieder zurück an seinen Platz.

Kamelreiten macht Spaß! Zwar ist es auf Dauer ein wenig eintönig, wenn man rechts nur leicht hügeliges Gelände sieht mit nichts als Sand, und links auch bloß Sand, der sich an manchen Stellen zu Hügeln türmt, nur hin und wieder gibt es irgendein halb verdorrtes Gestrüpp, das merkwürdigerweise in dieser unwirtlichen Gegend überlebt. Allmählich wurde das Grün jedoch zahlreicher und üppiger, wir umrundeten einen weiteren Hügel, und plötzlich gab es Bäume, die dichten Schatten warfen, es gab Mücken, die hier Moskitos heißen und noch hinterhältiger sind als unsere heimische Spezies, es gab eine Wasserstelle, die jedoch im Gegensatz zu den Oasen von Kara Ben Nemsi Effendi (Karl-May-Kenner wissen, wen ich meine!) keineswegs zum Bade luden, und es gab einen Jeep, dessen Fahrer vor sich hin döste. Er bringe die Getränke, erläuterte er, während er zwei große Kühltaschen auslud, und dann werde er die Lady ins Hotel zurückbringen, die nicht mehr reiten wolle.

Welche Lady meinte er denn? Und wie hatte er von ihrem anfänglichen Protest erfahren? Und als letzte Frage mit schon integrierter Antwort: Wozu wohl hatte Greg ein Walkie-Talkie dabei?

Das Absteigen von einem Kamel ist genauso gewöhnungsbedürftig wie das Aufsteigen, nur geht es in umgekehrter Reihenfolge vor sich. Oder doch nicht? Immerhin ist man jetzt daran gewöhnt, dass man ein bisschen hin- und hergeschoben wird, und die ersten Schritte auf festem Boden stakst man etwas breitbeinig durch die Gegend, danach geht sich's aber wieder ganz normal.

»Für Leute mit Bandscheibenvorfall ist diese Art der Fortbewegung nicht gerade empfehlenswert«, sagte Hannes, bevor er auf einen Zug eine Halbliterflasche Mineralwasser leerte.

»Hast du denn einen?«, wollte ich wissen.

»Nein. Aber ich könnte ja einen kriegen.«

Viel kann man in so einer Oase, die eigentlich kaum mehr ist als ein größeres Wasserloch, nicht unternehmen. Wir hockten im Sand, rätselten über die Namen der Bäume, von denen wir lediglich wussten, dass es *keine* Palmen waren, und warfen verstohlene Blicke zu den zwei Holländern, die sich gegenseitig Gummibärchen in den Mund schoben. »Vielleicht sind's doch bloß Vater und

Sohn«, überlegte Steffi halblaut, »der Hendrik ist mindestens fünfzehn Jahre älter.«

»Logisch!« Hannes köpfte die zweite Wasserflasche. »Einer muss ja den Aufenthalt hier bezahlen!«

Etwas abseits standen Greg und Susanne, beide scheinbar in die Betrachtung eines grünen Stängels mit zwei Blättern vertieft, wobei zumindest Gregs Blicke mehr seiner Zuhörerin galten als dem botanischen Anschauungsobjekt; Susanne wiederum widmete sich dem Grünzeug mit ungewöhnlichem Interesse, dabei hatte sie doch erst unlängst erwähnt, für Botanik überhaupt nichts übrig zu haben, gerade noch eine Rose von einer Tulpe unterscheiden, aber Dahlien und Aralien schon vom Namen her kaum auseinander halten zu können.

»Die eine steht im Garten, die andere auf'm Fensterbrett!«, hatte ich gesagt, aber auch das hatte Susanne nicht sonderlich interessiert. »*Muss* ich das wissen?«

Nein, muss sie natürlich nicht, dafür kann sie aber auf Anhieb sagen, in welcher Schmerztablette oxyethylierter Stearylalkohol enthalten ist, und das weiß ich nun wieder nicht! Ich kann's ja nicht mal aussprechen!

Jedenfalls war ich überzeugt, dass Susannes plötzliches Interesse für die Wüstenflora nicht von ungefähr kam, und ich hatte Recht gehabt; allerdings hatte ich in die falsche Richtung gedacht.

»Er sieht ja wirklich gut aus, ist auch so ein netter Kerl, nur absolut nicht mein Fall«, meinte sie abends, als wir noch auf unserer privaten Terrasse saßen, die Beine in unseren privaten Pool baumeln ließen und den Mond an der verkehrten Stelle am Himmel suchten, »es tut ja gut, mal wieder richtig angeschwärmt zu werden, aber der Junge ist dreiunddreißig und hat die Mentalität eines Zwanzigjährigen! Allmählich geht er mir auf den Geist. Inzwischen kenne ich schon seine ganze Lebensgeschichte einschließlich seines Stammbaums bis zurück zu denen, die noch draufgesessen haben.«

Arme Susanne! Und das alles auf Englisch!

Zurück zur Oase: Ausgiebig mit Mineralwasser getränkt, wahlweise auch mit Cola oder einem grünlich schimmernden Gebräu, das entgegen Steffis Vermutung *nicht* aus dem Wasserloch stammte, bestiegen wir wieder unsere vierbeinigen Taxis und ließen uns nach Hause schaukeln.

Empfangen wurden wir vom Hotelfotografen, der erst die ganze Karawane von allen Seiten ablichtete und dann zu Einzelaufnahmen überging, dabei hatten wir schon selbst genug herumgeknipst. Zum Glück gab es damals noch nicht diese Digitalkameras, die inzwischen jeder zweite Urlauber mit sich herumträgt. Früher blätterte man noch im Fotoalbum oder musste Dia-Abende über sich ergehen lassen, wenn Tante Anneliese die Ausbeute des letztjährigen Korfu-Urlaubs und der Studienreise nach Dresden einschließlich Besuch der Semper-Oper vorzuführen wünschte; dann wurde immer »Blick auf den Mont Blanc bei Sonnenuntergang« in Öl abgehängt, weil das die einzige weiß tapezierte Wand im Wohnzimmer war, die drei anderen hatten Streublümchenmuster. Das war doch noch richtig gemütlich gewesen, und wenn jemand dabei einschlief, fiel es gar nicht auf, weil der Raum abgedunkelt war.

Heute muss man sich vor den Fernseher setzen, damit man die Fotos hintereinander im Dreißig-Sekunden-Takt auf dem Bildschirm betrachten kann.

Ich bin allerdings fürchterlich altmodisch und mag diese digitalisierten Aufnahmen überhaupt nicht. Muss ich wirklich erst den Fernsehapparat einschalten und auf DVD-Player umstellen, dann auf der entsprechenden Diskette die ersten achtzehn Bilder durchlaufen lassen, bis ich beim neunzehnten endlich beweisen kann, dass Nicki schon zu Ostern die kurzen Haare hatte und nicht erst Anfang des Sommers? So was geht anhand des ach so antiquierten Fotoalbums aber bedeutend schneller!

Die Aufnahmen jenes arabischen Fotografen sind großartig geworden! Rein technisch gesehen lassen sie vermutlich zu wünschen übrig, doch der erleichterte Blick, mit dem ich – übrigens wenig graziös – von meinem geduldigen Tier abstieg, sagt alles! Auch Steffis unfreiwilliger Spagat, weil sie mit dem rechten Schuh an der Satteldecke hängen geblieben war, ist sehr gut herausgekommen. Am schönsten ist aber die Aufnahme mit den beiden Holländern geworden: Hendrik thront mit erhabener Miene auf dem Höcker des Kamels, während Johan ein ganzes Stück tiefer auf dem abfallenden Hinterteil des Tieres mehr hängt als sitzt, krampfhaft seinen Vordermann umklammert und entsetzt nach unten starrt. Ich kann ihn verstehen. Von oben gesehen ist es wirklich zu hoch zum Runterfallen!

Nachdem wir uns mit einem Bakschisch von den Beduinen und mit ein paar Zuckerstückchen (Susanne denkt aber auch an alles!) von unseren Dromedaren verabschiedet hatten – Hendrik hatte es mit Gummibärchen versucht, allerdings nur einen herablassenden Blick und ein heftiges Schnauben von seinem Kamel kassiert –, warf Steffi einen Blick auf die Uhr. »Kurz vor eins! Mein Magen sagt ›Zeit zum Mittagessen‹, aber die Vernunft meint, ›Du hast gut gefrühstückt, also musst du nicht schon wieder an die Futterkrippe, das macht bloß dick‹. Auf wen soll ich jetzt hören?«

»Nicht hören, sondern riechen!«, empfahl ich. »Wir sind zurzeit ohnehin nicht salonfähig!«

Geduscht und frisch gewandet fanden wir uns dann doch vor dem Lunch-Buffet wieder, weil man doch wenigstens sehen will, worauf man zu verzichten bereit ist!

Aber warum soll man nicht wenigstens ein paar Löffelchen von dem bunten Salat probieren? Vitamine braucht der Mensch, Grünzeug hat keine Kalorien, und das bisschen Gorgonzola-Dressing zählt doch gar nicht. Dazu vielleicht noch zwei oder drei Scheibchen von dem kalten Roastbeef (wieso Rind? Sind hierzulande die Kühe nicht heilig? Oder gilt das nur in Indien?) und eins von diesen gefüllten Teigbällchen, keine Ahnung, was drin ist, aber schließlich will man ja auch die einheimische Küche kennen lernen ...

»Versuch mal das Gelbe da drüben«, empfahl Susanne, »ich weiß nicht, was es ist, aber es schmeckt göttlich!«

Also lud ich mir noch zwei Löffel Göttliches auf den Teller, und dann brauchte ich einen zweiten fürs Dessert, denn weißer Mousse au Chocolat kann ich einfach nicht widerstehen. Die sah auf dem ebenfalls weißen Teller aber so langweilig aus, deshalb legte ich noch vier Schokoladentrüffel dazu, auf jede Seite einen, doch damit wollte ich es nun wirklich genug sein lassen.

»Du trägst mindestens achthundert Kalorien durch die Gegend«, warnte Steffi, als wir am Ende des Buffets zusammentrafen, »allein schon wegen der Mayonnaise!«

»Ich hab doch gar keine genommen!«

»Was glaubst du wohl, woraus das gelbe Zeug besteht? Das ist Mayonnaise pur, getarnt als Eiercreme!«

»Blödsinn! Susanne hat gesagt ...«

»Du kannst dir von jemandem, der sich abwechselnd von Schokolade und Zigaretten ernährt, keine kulinarischen Empfehlungen geben lassen – Susanne weiß doch nicht mal, wie man Mittagessen schreibt!«

»Aber sie scheint zu wissen, was das ist!«

»Ja, vom Hörensagen ...«

Nun behauptet ein häufig zitiertes Sprichwort, dass man nach dem Essen ruhen oder – als Alternative – tausend Schritte gehen soll. Letzteres verbietet sich in der Wüste, weil es um diese Zeit einfach zu heiß ist; das ist es vormittags und nachmittags zwar auch, doch *deutsche* Sprichwörter sind auf *deutsche* Verhältnisse zugeschnitten, und in Deutschland *könnte* man ohne weiteres spazieren gehen, wenn man denn wirklich wollte. Man will aber nur Ausnahmefällen, entscheidet sich lieber für die andere Variante und zieht sich zwecks innerer Sammlung in einen Raum mit Sessel und/oder Sofa zurück – ausgenommen Kinder zwischen vier und vierzehn Jahren.

Wir hatten uns noch nicht entschieden, ob privater Pool oder großer Pool oder überhaupt kein Pool, sondern eine Stunde Bettruhe, als wir Salima und Asmaha buchstäblich in die Arme liefen, denn sie hatten an der großen Treppe auf uns gewartet.

Wie uns denn der Ritt auf den Kamelen gefallen habe, ob alles zu unserer Zufriedenheit gewesen sei oder ob wir etwas zu beanstanden hätten, und welche Pläne wir denn für den Nachmittag hätten. Reiten käme heute wohl nicht mehr in die engere Wahl, obwohl sie wunderschöne Araber-Pferde anbieten könnten, aber wie wäre es denn mit Bogenschießen? Die Falken würden nachher auch wieder trainiert werden, das sei ja immer wieder interessant, aber natürlich ließe sich auch eine Wüstenrallye organisieren, zwei Geländewagen mit Fahrer stehen zur Verfügung …

Am liebsten hätte ich jetzt klipp und klar gesagt: »Lasst uns endlich in Ruhe, wir sind schon groß und können uns allein beschäftigen!«, aber das kann man so natürlich nicht rüberbringen, und die höflichere Variante kam in Ermangelung der dazu erforderlichen Vokabeln nicht in Frage.

Wieder war es Susanne, die den beiden Damen für ihre Vorschläge dankte, auf die wir bestimmt noch zurückkommen würden, nur eben nicht mehr heute, der ungewohnte Ritt auf den Kamelen sei doch etwas anstrengend gewesen (heißt »strenuous« – war aber sowieso geschwindelt!), und überhaupt hätten wir noch gar keine Zeit gehabt, die ganze Anlage und vor allem den herrlichen Pool zu genießen. Genau das hätten wir jetzt vor.

Asmaha nickte und schenkte uns ein verständnisvolles Lächeln, während Salima auf Susanne einredete, und davon verstand ich nun so gut wie gar nichts: schnell gesprochenes Englisch mit starkem arabischen Akzent hört sich nämlich an wie Halskatarrh.

Endlich neigten die beiden Schönen leicht den Kopf, huschten davon, und erst dann fing Susanne an zu lachen; lange genug hatte sie es mühsam unterdrückt. »Unsere beiden Feen haben offenbar etwas merkwürdige Vorstellungen von deutschen Touristen. Wir sind nämlich die ersten, denen sie begegnen, und nun entsprechen wir wohl nicht so richtig den Vorgaben. Nach Salimas Ansicht sind die Deutschen vergnügungssüchtig und wollen ständig unterhalten werden.«

»Aber bestimmt nicht von fliegenden Vögeln!«, knurrte Hannes und wagte den ersten Schritt in die Sonne. »Brrr, ist das heiß! Deshalb habe ich auch soeben beschlossen, mich auf unser privates Planschbecken zu beschränken.«

»Bis zum Pool wirst du es wohl noch schaffen!«, protestierte Stefanie. »Sei nicht so faul!«

Ihr Mann schüttelte nur den Kopf. »Mehr als hundert Meter Laufen grenzt an Landstreicherei, und bis da unten ist es fast doppelt so weit!« Er steuerte bereits sein Zelt an. »Man soll seinen sportlichen Ehrgeiz nicht übertreiben …«

»Recht hat der Mann!«, bekräftigte Susanne, die es schon als Konditionstraining bezeichnet, wenn sie zum Zigarettenautomaten mit dem Fahrrad fährt statt mit dem

Auto. »Wozu stehen denn die tollen Liegen auf unserer Terrasse? Die müssen doch mal eingeweiht werden.«

Das haben wir dann getan. Zwei Stunden lang, eindreiviertel davon schlafend. Bevor sie wegdämmerte, murmelte Susanne etwas vor sich hin, das ich nur bruchstückweise mitbekam, und das hatte sich ungefähr so angehört: »Weiß jetzt, warum wir … gnügungssüchtig sind … Aslima hat … stimmt Filme gesehen … München Oktoberfest … furchba lustig … und Karneval … und Mallorca … Ballermann … immer unnerhalten … will ja ganich …«

Dann war sie eingeschlafen. Oder ich, so genau ließ sich das später nicht mehr feststellen, als wir gegenseitig gaaanz sanft und gaaanz vorsichtig *After Sun* auf unsere dunkelpinkfarbenen Rücken verteilten.

Kapitel 9

Dritter Tag und zweiter Reinfall – aber nur beinahe! Er begann durch schrilles Weckergebimmel, als es draußen noch stockdunkel war. Das war Absicht, denn wir wollten einen Sonnenaufgang mitten in der Wüste erleben. Die Idee stammte von Stefanie, die irgendwann irgendwo mal gelesen hatte, dass »in der Unendlichkeit der Wüste die aus der Dunkelheit empor tauchende Sonnenscheibe« ein unvergesslicher Anblick sei, den zu erleben man nicht versäumen sollte. Oder so ähnlich.

Es gibt Autoren, die offenbar spezialisiert sind auf Naturschilderungen und für jedes Phänomen die passenden Worte finden. Bei ihnen geht die Sonne nicht einfach nur auf, nein, sie erhebt sich vielmehr aus dem Dämmer der scheidenden Nacht, lässt die ersten zaghaften Strahlenfinger suchend über den Horizont gleiten, und wenn sie nach einem halben Dutzend weiteren Präliminarien nun wirklich aufgegangen ist, sind anderthalb Seiten voll.

So was kann ich nicht! Ich habe schon viele traumhaft schöne Sonnenuntergänge gesehen in nicht minder traumhaft schönen Gegenden, doch ich könnte sie nie beschreiben, ohne dass es entsetzlich kitschig klingen würde. Mit dem Mond geht's besser, muss wohl daran liegen, dass er männlich ist.

Jedenfalls waren Steffi und ich fest entschlossen, hier wenigstens einmal den Sonnenaufgang zu erleben, wer weiß, ob wir noch mal eine ähnliche Gelegenheit haben würden, so viele Wüsten gibt's ja nicht.

Hannes hatte sich allerdings von vornherein ausgeklinkt mit der Begründung, er habe die Sonne schon mindestens ein Dutzend Mal über dem Meer aufgehen sehen, das sei ebenfalls unendlich, und sehr viel anders könne es mit Sand statt mit Wasser drum herum auch nicht sein. Außerdem sei es nachts in der Wüste lausig kalt, und überhaupt sehe er nicht ein, weshalb er im Urlaub noch früher aufstehen solle als an einem normalen Wochentag zu Hause.

Diese Ansicht hatte auch Susanne vertreten, ließ sich dann aber doch überzeugen, dass dreiundachtzig Pfennig pro Minute einfach zu teuer seien, um sie größtenteils schlafend auszugeben. Also schritten wir gemeinsam irgendwann zwischen fünf und halb sechs Uhr morgens durch die Tür, sahen uns schweigend an und drehten wieder ab, um die Shorts gegen lange Hosen auszuwechseln und im Koffer nach dem jeweils einzigen Pullover zu kramen, den wir mitgenommen hatten.

»Das muss über Nacht einen Kälteeinbruch gegeben haben!«, war für mich die einzig logische Erklärung. »Ich kriege ja schon jetzt kalte Füße!«

Steffi kam uns herbstlich Gewandeten bereits entgegen, musterte uns von unten bis oben und schüttelte nur den Kopf. »Ihr spinnt doch! Wir gucken uns den Sonnenaufgang in der Wüste an und nicht das Nordlicht in Alaska!«

»Ach ja? Und weshalb hast du in deinen kurzen Hosen schon jetzt blau gefrorene Knie?«

»Weil mir zwar momentan noch kalt ist, aber bestimmt nicht mehr lange!« Entschlossen marschierte sie Richtung Pool.

»Da ist doch nicht Osten!«, widersprach Susanne. »Wir müssen ...«

»Das weiß ich selber, aber erst mal müssen wir aus dem Gelände raus! Am Palast vorbei will ich nicht, da fängt uns bestimmt wieder ein Aufpasser ab, der Angst hat, wir könnten verloren gehen!«

Damit hatte sie zweifellos Recht. Wir wurden nämlich rund um die Uhr bewacht! Unauffällig zwar, doch sobald sich jemand aus dem eigentlichen Hotelbereich zu entfernen schien, tauchte wie zufällig ein Angestellter auf und erkundigte sich höflich, ob er irgendwie behilflich sein könne, denn offenbar sei man doch auf der Suche nach irgendetwas Bestimmtem. Anscheinend war aber noch niemandem der Gedanke gekommen, die Wüste könne für Europäer ganz andere Reize haben als Kamelritte und Falkendressur, jedenfalls konnten wir ausnahmsweise mal ungehindert unser Luxusghetto verlassen und marschierten nun zügig in Richtung Osten – sofern Susannes Kompass stimmte. Andererseits habe ich noch nie gehört, dass die Kompassnadel woanders hinzeigt als nach Norden – außer am Nordpol vielleicht, aber da bin ich noch nie gewesen.

Erste Zweifel kamen uns, als es immer heller wurde, obwohl doch die Sonne noch gar nicht aufgegangen war, denn hell wird es doch erst, wenn die Sonne aufgegangen … Oder etwa nicht? Und lag der Osten wirklich dort, wohin wir so zielstrebig kraxelten, immer Düne rauf und Düne runter, nächste Düne rauf und wieder runter …

Als ich zum ungefähr achtundzwanzigsten Mal den Sand aus meinen Slippern schüttelte und mich dabei in eine Art Kaktus setzte, hatte ich endgültig genug. »Leute, da stimmt irgendwas nicht! Es ist doch schon richtig hell, außerdem habe ich jetzt mindestens ein halbes Dutzend Stacheln im Hintern, den Sonnenaufgang haben wir irgendwie verpasst, und jetzt will ich nach Hause. Oder hat jemand zufällig eine Pinzette dabei?«

»Quatsch!«, widersprach Steffi. »Wenn die Sonne da wäre, müsste es schon viel wärmer sein. Ist es aber nicht.«

»Mir ist warm genug!« Den Pullover hatte ich bereits vor längerer Zeit ausgezogen und die Hosen bis zum Knie hochgekrempelt.

Nur Susanne hatte sich aus unseren Überlegungen herausgehalten; vielmehr setzte sie sich neben mich auf den Gipfel der Düne, zog unter mir den Kaktus hervor, der sich dann aber doch nur als ein blumenkohlähnliches, absolut stachelloses Gewächs entpuppte, sagte nichts, machte ihren Fotoapparat einsatzbereit und – wartete.

Und dann war sie plötzlich da – die Sonne! Erst sahen wir nur ihre gebündelten Strahlen, die hinter dem Horizont zum Vorschein kamen, doch dann stieg sie Zentimeter um Zentimeter höher, wölbte sich zum Halbkreis, zwang uns immer mehr zum Blinzeln, aber erst, nachdem sie als scheinbar kreisrunde Scheibe am Himmel stand, fand ich die Sprache wieder. »Das war einfach überwältigend. Warum gibt es so was bei uns nicht?«

»Weil da immer irgendwelche Häuser im Weg sind!«, sagte Steffi.

Schweigend verfolgten wir, wie die Sonne Zentimeter um Zentimeter höher stieg. Die Temperatur aber auch! Schließlich meldete sich Susanne zu Wort: »Hat vielleicht eine von euch 'ne Thermoskanne voll Kaffee mitgenommen?«

Vorbei war's mit der sentimental-euphorischen Stimmung! Plötzlich hatten wir alle genug von der Sonne, die zunehmend mehr Hitze ausstrahlte, genug vom Sand, und die Wasserflasche war auch schon lange leer. Also Rückmarsch zu Dusche und Futterkrippe, nur – in welcher Richtung lag das alles?

»Susanne, warst du eventuell auch mal bei den Pfadfindern?« Eine nahe liegende Frage, denn Pfadfinder können nicht nur in freier Wildbahn die Richtungen bestimmen, sie können auch ohne Streichhölzer Feuer machen und wissen, welche Kakteen wasserhaltig sind. Die zwei letztgenannten Fähigkeiten waren im Moment noch nicht relevant, aber die Sache mit der Himmelsrichtung könnte wichtig werden.

»Wir sind vorhin nach Osten marschiert, also müssen wir jetzt nach Westen – ist doch logisch!«, behauptete meine intelligente Tochter, nur …

»… wer sagt denn, dass wir nicht doch mal ein bisschen vom Kurs abgewichen sind«, hielt ich dagegen, »und so was kann in der Wüste tödlich sein! Kannste bei Karl May nachlesen!«

»Den habe ich jetzt nicht zur Hand!«

Obwohl sie noch kein Wort gesagt hatte, sondern nur zielsicher losmarschiert war, folgten wir Susanne, die – hügelauf und hügelab – keinen Zweifel aufkommen ließ, die einzig mögliche Richtung eingeschlagen zu haben. Und sie stimmte tatsächlich! Wir mussten nur noch die ganz große Sanddüne überwinden, und als wir endlich oben waren (drei Schritte vor und zwei zurück!), bekam ich Susannes Fotoapparat in die Hand gedrückt und Steffis Video-Kamera, Susannes Pullover, ihre Schuhe, Stefanies Schuhe und zwei Sonnenbrillen, und so bepackt durfte ich halb rutschend und halb fallend die Düne abwärts stolpern, während die beiden anderen sich wie kleine Kinder herunterrollen ließen – weidlich bestaunt von zwei Gärtnern, die unser plötzliches Erscheinen aus dem Nirgendwo zunächst wohl für eine Art Fata Morgana gehalten hatten.

Den übrigen Tag verbrachten wir hauptsächlich an unseren privaten Pools mit dem Versuch, Sand aus Haaren und Hautfalten zu spülen, und den Abend auf der Flucht vor Ilona Wels, die mit den Honeymoonern einen Tagestrip nach Dubai gemacht hatte und nun ihre Erlebnisse loswerden wollte. »Sie ha'm ja keene Ahnung, wat da los is!«, hatte sie uns schon an der Tür zum Speisesaal empfangen. »Det erzähle ick Ihnen nachher an der Bar mal 'n bissken ausführlicher!« Zu ihrem Bedauern hatten wir die Einladung, doch an ihrem Tisch Platz zu nehmen, gleich am zweiten Tag abgelehnt, was Hannes auch glaubhaft begründen konnte. »Meine Schwägerin leidet an Klaustrophobie und muss direkt neben der Tür sitzen, um jederzeit den Raum verlassen zu können.«

Mich hatte nur gewundert, mit welch gleichmütigem Nicken Susanne sowohl ihren neuen verwandtschaftlichen Status als auch ihr Leiden bestätigt hatte. Es stimmte zwar, dass wir den Tisch gleich neben dem Eingang requiriert hatten, aber nicht wegen der Fluchtmöglichkeiten, sondern weil's da am wärmsten war, wenn die Klimaanlage mal wieder auf höchster Stufe lief. »Seit wann hast du Platzangst?«

»Die kriege ich, sobald ich Ilona sehe!«

Mit der Bar wurde es aber auch nichts, denn es war Freitag, also der moslemische Sonntag, an dem die wahren Gläubigen keinen Alkohol trinken. Folglich gab es an der hoteleigenen Tränke nur Softdrinks, und folglich hielt sich dort kaum jemand auf – man ließ sich vielmehr den Sundowner, den Absacker oder wie auch immer diese kleinen Sünden umschrieben werden, einfach in sein Zelt bringen. Allah kann seine Augen ja nicht überall haben, und für uns Ungläubige ist er sowieso nicht zuständig.

Kapitel 10

Vierter Tag – noblesse oblige!

Genau genommen fing er damit an, dass er überhaupt nicht anfing, was etwas unglaubhaft klingt, aber trotzdem stimmt. Aufgewacht war ich von einem merkwürdig sirrenden Geräusch, hatte noch im Halbschlaf die verirrte Hummel gesucht, bis mir – nunmehr richtig wach – einfiel, dass Hummeln hier eigentlich nichts zu suchen hatten. Außerdem kam das Geräusch von draußen, also musste dort ein ganzer Hummelschwarm kreisen, und so was tun Hummeln nicht.

Ich stieg von meinem Thronbett herunter, schob den Vorhang etwas zur Seite und – sah nichts! Ein fahles gelbes Nichts.

Nun bin ich zwar kein besonders mutiger, aber zumindest ein sehr realistischer Mensch, und als solcher war mir klar, dass dieses sirrende Geräusch etwas mit dem gelben Nichts zu tun haben musste. Es sirrte nämlich immer noch, und es waren keine Hummeln und auch keine Heuschrecken, die sirren anders, außerdem kann man sie als solche erkennen (Geographie-Unterricht 8.Klasse, Landwirtschaft in Afrika, größte Plage Wanderheuschrecken oder so ähnlich, wir hatten solch ein Vieh sogar abzeichnen müssen). Also schob ich ganz vorsichtig die Glastür einen Spalt auf, hielt meine Hand hinaus, spürte nadelfeine Stiche und machte die Tür ganz schnell wieder zu. »Su-san-ne!«

»Is was?«, tönte es vom Bett her – immerhin bemerkenswert, dass sie schon beim ersten Mal reagierte; offenbar hatte sie inzwischen ihr Schlafdefizit aufgeholt.

»Ich weiß nicht, was hier draußen los ist, aber könnte es sein, dass uns jemand auf den Mars gebeamt hat? Der Mond isses nicht, der sieht auf den Fotos viel wohnlicher aus!«

»Was kannst du denn sehen?«

»Nichts! Bloß hören. Das ist ja das Merkwürdige!«

Nun war sie doch neugierig geworden, aber ein Blick aus der Tür ließ sie zurück ins Bett klettern. »Das ist bloß ein Sandsturm, da muss man nur abwarten, bis er vorbei ist.«

»Woher weißt du das?«

»Weil ich mal einen in Nordafrika erlebt habe.«

»Und wie lange dauert so was?«

»Unterschiedlich …«

Ich liebe diese präzisen Auskünfte! Andererseits war ich ja doch beruhigt, dass wir uns immer noch auf der Erde befanden, auch wenn nichts mehr von ihr zu sehen war. Im selben Moment klingelte das Telefon, und Steffi wollte wissen, ob unser Zelt noch steht, wir hätten nämlich einen Sandsturm, und ob wir von unseren beiden Zahnpastatuben eine entbehren könnten. »Hannes ist gestern Abend auf unsere draufgetreten. Frag mich nicht, wie er das geschafft hat, jedenfalls habe ich eine halbe Rolle Klopapier gebraucht, bis ich das Zeug von den Fliesen runterhatte.«

Zwanzig Minuten später war der ganze Spuk vorbei, doch danach war nichts mehr so, wie es hätte sein sollen – vieles war einfach verschwunden! Die gepflasterten Wege zum Beispiel, die Treppchen, die kleinen Steinwälle, mit denen jede einzelne Palme eingegrenzt war, direkt neben dem großen Pool lag sogar ein umgestürzter, entwurzelter Baum – und alles war zentimeterhoch mit Sand bedeckt.

Doch schon setzte sich vom Haupthaus her eine mit Schaufeln und Besen bewaffnete Kolonne von Hilfskräften in Marsch, verteilte sich und begann mit dem Ausgraben. Offenbar hatte man von den Handwerkern über die Gärtner, Techniker und Service-Leute bis hin zu den Köchen und Küchenhilfen alles abgestellt, was dem Hotel-Management entbehrlich schien. Sogar der dicke Barkeeper war zum Schippen angetreten.

Erinnerungen an meine Berliner Kindheit wurden wach, wenn wir nach der Entwarnung aus den Luftschutzkellern nach oben kamen und aufatmend feststellten, dass die Häuser noch standen, lediglich ein paar Fensterscheiben zu Bruch gegangen waren und sich von Schillers Gesammelten Werken im Regal ein Band selbstständig gemacht und Omis Kristallvase zerlegt hatte – wir mussten bloß die Scherben zusammenfegen.

Dieser Auffassung schienen auch Salima und Asmaha zu sein, die wie üblich an der jetzt nur noch in ihren Umrissen erkennbaren Treppe auf uns warteten, heute jedoch mit zwei Besen hantierten und uns bedeuteten, stehen zu bleiben, bis sie auch das letzte Sandkorn von den Stufen beseitigt hätten, auf dass wir sauberen Fußes hinaufschreiten könnten. Da wurde es Hannes zu dumm. Gewohnt, gelegentlich den Parkplatz vor der Firma zu fegen, nahm er der darob entsetzten Asmaha den Besen aus der Hand und kehrte die restlichen Stufen selber.

Doch dann wurden wir von einem doppelten Wortschwall überschüttet, mit dem sich unsere beiden Babysitter für die Unbilden des Wetters entschuldigten, für die Unbequemlichkeiten, weil noch nicht alle Wege passierbar seien, weil man unsere Pools erst reinigen müsse, weil *the chambermaid* erst später als üblich mit der Zimmerreinigung beginnen würde und weil wir leider nicht auf der Terrasse frühstücken könnten, denn auch die habe man noch nicht wieder in Ordnung gebracht … es täte ihnen ja so schrecklich Leid, uns diese Unannehmlichkeiten nicht ersparen zu können, doch die Widrigkeiten des Wetters seien bedauerlicherweise nicht vorhersehbar, dagegen sei man machtlos …

Endlich schaffte es Susanne, dieses zweistimmige Lamento zu unterbrechen und den beiden Frauen zu versichern, dass wir uns keineswegs beeinträchtigt fühlten, ganz im Gegenteil, hätten wir doch ein weiteres Phänomen der Wüste erlebt, denn Sandstürme gebe es bei uns nicht. Schließlich gingen auch ihr die Worte aus, und dann durften wir endlich in den Speisesaal, der diesmal angenehm temperiert war, weil man doch tatsächlich vergessen hatte, die Klimaanlage einzuschalten.

»Ich hab ja schon einiges im Urlaub erlebt«, sagte Steffi, während sie sich jede Menge frische Vitamine auf ihren Teller lud, »aber noch niemals hat sich jemand bei mir für das Wetter entschuldigt. – Gibt's heute keine Ananas?«

Ob es nun eine Entschädigung für den Sandsturm war oder ohnehin zum Vergnügungsprogramm gehörte, weiß ich nicht, jedenfalls wurden wir nach dem Frühstück von Miss Nazirah dahingehend informiert, dass wir heute Abend zu einem »Dinner im Beduinenzelt« eingeladen seien, der Scheich persönlich sei anwesend und freue sich, die Gäste des Hotels an seinem Tisch begrüßen zu können.

Es war selbstverständlich, dass man solch eine Einladung keinesfalls ablehnen darf, was wir auch gar nicht vorhatten, sondern sich wortreich dafür bedanken muss, und darin hatte Susanne schon Übung. Da die anderen Gäste durch den Sandsturm ja auch in ihrer Freizeitgestaltung eingeschränkt waren, galt diese Einladung natürlich für alle, und das waren mittlerweile eine ganze Menge. Die meisten Urlauber waren männliche Europäer aus Nordafrika, die sich ein paar Tage relaxen in der Wüste gönnten, zwei englische Paare waren an- und schon am nächsten Tag wieder abgereist, weil es hier keinen Golfplatz gab, ein schon recht betagtes spanisches Ehepaar pflegte den größten Teil des Tages in den klimatisierten Räumen des Haupthauses zu verbringen, wo es abwechselnd Tee trank oder Patiencen legte. Doch es waren schon gestern Abend neue Engländer angekommen, offenbar weniger sportliche, denn sie hatten sich nicht zuerst nach einem Golfplatz erkundigt, sondern nach der Bar, und nachdem sie von Hannes mit der moslemischen Freitags-Abstinenz (und deren Umgehung) vertraut gemacht waren, hatten sie prompt Anspruch auf jenen Bungalow erhoben, der nahe am Haupthaus lag; es war der kürzeste Weg zur Tränke, und der Kellner konnte relativ schnell mit dem Nachschub da sein.

Außerdem waren zwei junge Leute angereist, die recht unternehmungslustig aussahen und deutsch mit einem unverkennbar bayerischen Akzent sprachen.

»Dinner im Beduinenzelt«, rekapitulierte Stefanie den Wortlaut der heutigen Einladung, »was versteht man denn darunter? Auf'm Fußboden sitzen und mit den Fingern essen?«

»Fußboden ja, aber auf dicken Kissen, die wiederum auf dicken Teppichen liegen«, ergänzte Susanne Steffis Vermutungen.

»Sag bloß, du warst schon mal bei Scheichs eingeladen?«, forschte Hannes, bekam aber nur ein gleichmütiges Achselzucken zur Antwort.

»Gibt's da überhaupt was Vernünftiges zu essen? Irgendwo habe ich nämlich mal gelesen, dass Kuhaugen bei den Orientalen als Delikatesse gelten, die man bevorzugten Gästen auf den Teller packt, und wenn die das Zeug ablehnen, beleidigen sie den Gastgeber, und das kann tödlich sein!«

»Heute nicht mehr«, beruhigte ich Stefanie, »die Scheichs haben ihre Krummschwerter doch längst auf den europäischen Flohmärkten verhökern lassen.«

Im Übrigen war noch gar kein Scheich da, als unsere Fahrzeugkolonne (drei Geländewagen und ein Jeep) abseits der beiden schwarzen Zelte parkte, und so richtig orientalisch sah das Ambiente auch nicht aus, vielmehr ähnelte der ganze Auftrieb ein bisschen dem sommerlichen Grillfest des Faschingsvereins oder dem des örtlichen Kandidaten vier Wochen vor der Kreistagswahl.

Im ersten Zelt war die Küche untergebracht – bestehend aus modernen Propangasherden, riesigen mit Rollen versehenen Kühlschränken und -kisten, weitere Schränke enthielten Geschirr, Besteck, Gläser, und beleuchtet wurde das Ganze von großen gasbetriebenen Fackeln. Ungefähr ein Dutzend weiß gekleidete Männer liefen wie die Ameisen hintereinander her, holten aus den Kisten gefüllte Schüsseln, luden sie auf den im Vordergrund aufgereihten weißen Tischen ab, schwenkten zurück zu den Kisten, trabten mit neuen Schüsseln an ... sie müssen das irgendwann mal gründlich geübt haben, denn sie kamen sich nie gegenseitig ins Gehege. Drei Köche mit unterschiedlich hohen Mützen hatten sich neben den drei Herden postiert und musterten uns, die wir etwas verloren herumstanden, mit unbewegten Mienen.

Schließlich kam Greg – wer sonst? – und brachte uns zu dem zweiten Zelt, das meinen Vorstellungen vom Orient auch nicht gerecht wurde. Man hat ja bei solchen Gelegenheiten immer ein bestimmtes Bild vor sich, und meins orientierte sich mangels echter Anschauungsobjekte an Hollywoodfilmen, angefangen bei »Ben Hur« und endend bei »Krieg und Frieden«; dort hatten militärische oder konspirative Beratungen meist in komfortablen runden Zelten mit edlem Ambiente stattgefunden, und die hatten so gar keine Ähnlichkeit gehabt mit jenem, vor dem wir jetzt standen.

Man stelle sich eine riesige schwarze Wolldecke vor, die von drei Seiten ein gedachtes großes Rechteck umspannt; diese Decke wird von im Boden steckenden Holzpfählen gehalten, genau wie die zweite Wolldecke, die in etwa drei Meter Höhe das Dach bildet. Die vierte Seite bleibt offen. Dass die Wände nicht straff gespannt sind und das Dach etwas durchhängt, trägt nicht unbedingt zur Verschönerung dieser Behausung bei.

»Und dafür bin ich vorhin zwanzig Minuten lang vor dem Spiegel auf und ab paradiert, weil ich nicht wusste, was ich anziehen soll!«, räsonierte Steffi beim Anblick dieses *dining-rooms.* »Scheich ist doch hier so was Ähnliches wie Fürst in Europa, und da geht man ja auch nicht in Alltagskluft hin, oder? Adel verpflichtet, selbst wenn man nur als Besucher kommt.«

»Weiß ich nicht, ich war noch nie bei Fürstens eingeladen!« Dabei war es mir so ähnlich ergangen wie Stefanie, und hätte mich nicht Susanne davon abgehalten, dann würde ich jetzt – als Einzige! – in langen weißen Hosen herumlaufen. Jeans waren zweifellos zweckmäßiger, denn die erwarteten Teppiche gab es zwar, nur betrat man sie ja mit Straßenschuhen, und die »dicken Sitzkissen« entpuppten sich als kleine quadratische Stuhlkissen, wie sie kälteempfindliche Großmütter auf den Kinderspielplatz mitnehmen oder nach Jagsthausen zur Freilichtaufführung des *Götz von Berlichingen*.

Beeindruckend allerdings die beiden festlich gedeckten, niedrigen Tische. Es glitzerte und funkelte nur so von auf Hochglanz poliertem Besteck und der Phalanx verschiedener Gläser vor jedem Platz. Sparsam verteilte Kerzen sorgten für angenehmes Dämmerlicht, erschwerte allerdings auch die Identifizierung dessen, was man uns auf die Teller packen würde.

Vor die Wahl gestellt – Alter vor Schönheit! – entschied ich mich für den Platz am Kopfende, denn mir war sofort klar geworden, dass die orientalischen Tischsitten mit meinen an europäische Stühle gewöhnten Gliedmaßen nicht vereinbar sein würden. Ganz oben am Tisch würde ich jedoch keine direkten Nachbarn haben, könnte die Beine also beliebig nach rechts oder links ausstrecken und käme niemandem in die Quere. Die korrekte Haltung beim Essen auf Zwergenebene lernten wir aber doch noch von Susanne: Runter auf die Knie, Füße nach hinten gestreckt, das Hinterteil ruht auf den Fersen ... Sie selbst hielt am längsten durch, und das waren immerhin vierzehn Minuten! Im Übrigen sollte man diese Körperhaltung ins allgemeine Trainingsprogramm der Fitnessstudios aufnehmen – fernöstliche Reiseziele werden bekanntlich immer beliebter!

Allmählich füllte sich das Zelt. Nicht nur mit den uns zumindest vom Sehen bekannten Personen, sondern auch mit einigen völlig fremden. Neben Susanne hatte ein mindestens doppelt so alter Inder Platz genommen, der eine bemerkenswerte Ähnlichkeit mit Mahatma Gandhi hatte, fließend Englisch sprach und sie den halben Abend nicht mehr aus den Augen ließ. Vielleicht ein Scheich inkognito? Schließlich stellte sie ihm Hannes als ihren Ehemann vor, und erst von da an hatte sie Ruhe.

Etwas enttäuschend war die moderne Variante des gediegenen Speisens, nämlich die Selbstbedienung, dann doch. Statt von einem knienden Boy eine Bratenplatte gereicht zu bekommen, schnappte man sich auch hier einen Teller, reihte sich dort ein, wo gebrutzelt wurde, ließ sich irgendwas draufpacken, anschließend holte man ein bisschen was von den zahlreichen Salaten, dazu ein Stück Baguette und/oder Fladen, kippte irgendwelche Soßen neben das Fleisch und zog wieder ab. Zwar waren die Salate etwas artfremd, aber mindestens ebenso bunt, haben – genau wie bei uns – unterschiedlich gut geschmeckt, hatten aber häufig einen Überraschungseffekt. »Iiiihhh, das ist ja ganz süß! Was is 'n das überhaupt?«, hörte man gelegentlich, oder ein geröcheltes »Oh god, it's too hot!« und »Wasser! Gebt mir Wasser! Das Rote ist scharf wie die Hölle!«

Der Scheich gab sich zwischendurch auch mal die Ehre. Er muss in der Hierarchie aber einen ziemlich niederen Rang eingenommen haben, denn er ähnelte so gar nicht dem Herrscher auf jenen Fotos, die die Rezeption unseres Hotels zierten und die königliche Familie zeigten; der dort abgebildete Scheich sah wirklich majestätisch aus, sein hiesiger Abgesandter dagegen hatte überhaupt nichts Königliches an sich, aber er winkte uns allen sehr huldvoll zu, wir winkten zurück, und dann war er auch schon wieder weg. Vielleicht war's ja gar kein echter gewesen, auch Filmstars lassen sich gelegentlich doubeln.

Obwohl ich den meisten Platz hatte und meine Beine ausstrecken konnte – mal nach rechts und mal nach links, was aber auch keinen großen Unterschied machte –, fand ich dieses Auf-dem-Boden-Hocken zunehmend unbequemer, und dagegen half auch nicht das gelegentliche Aufstehen zwecks Beschaffung neuer Nahrung, denn eigentlich war ich längst satt, doch mit einem leeren Teller in der Hand konnte man wenigstens ein paar Minuten vor dem Grill verbringen – *stehend!*

Schließlich kam Greg und erlöste uns. Ob wir denn schon die Wasserpfeifen ausprobiert hätten? Ob wir –

was? Wasserpfeifen? Hier? Wo denn? Darf man das überhaupt? Kommt doch Haschisch rein oder Mohn oder irgendwas anderes Berauschendes! Außerdem war es noch nicht lange genug her, dass ich dem Nikotin abgeschworen hatte, vielleicht würde ich wieder rückfällig werden … Und überhaupt ist Rauschgift verboten! Vielleicht nicht für Scheichs, aber bestimmt für Touristen! Was natürlich nicht heißt, dass ich mir die Sache nicht wenigstens mal ansehen würde!

Und dann saß ich mitten in der Wüste auf einem im Sand liegenden dicken Orientteppich, über mir ein traumhafter Sternenhimmel und vor mir ein türkisfarbenes Gefäß mit Deckel, das mich sofort an Omis große Blumenvase erinnerte, in der immer die künstlichen Gladiolen überwintern durften. Nur hing hier ein ungefähr anderthalb Meter langer geringelter Schlauch heraus mit einem metallenen Mundstück am Ende; sah so ähnlich aus wie das Oberteil einer Oboe. Steffi nuckelte gerade daran, jedenfalls hatte ich diesen Eindruck, doch sie behauptete, sie habe kräftig gezogen, und dann habe sie aromatisierten Rauch im Mund gehabt.

»Weiter nichts? Keine Euphorie? Keine Halluzinationen? Kein Bedürfnis nach einer richtigen Zigarette?« In puncto Nikotin-Entwöhnung war sie mir lediglich eine Woche voraus!

»Glaubst du denn, die setzen uns hier echtes Kraut vor? Das Ganze ist doch nur eine weitere Attraktion für uns unbedarfte Touris, aber ich kann mir vorstellen, dass an einem Winterabend vor dem brennenden Kamin so ein richtiges Wasserpfeifchen mit entsprechendem Inhalt durchaus seinen Reiz hätte …«

Sie wollte den Schlauch an mich weiterreichen, wurde von dem das ganze Spektakel überwachenden Beduinen jedoch daran gehindert. Erst nachdem er das Mundstück mit dem in eine milchige Flüssigkeit getauchten Wattebausch desinfiziert hatte, durfte ich an das Pfeifchen heran.

Es war eine herbe Enttäuschung! Erst kam überhaupt nichts heraus, obwohl es in dem bauchigen Gefäß leise gurgelte, dann bekam ich ein lauwarmes Gefühl im Mund, ich zog noch mal, schmeckte Hyazinthe, vielleicht war's auch Alpenveilchen, allerdings habe ich beide noch nie gekostet, weiß nur, wie sie riechen, ein dritter Zug war auch nicht ergiebiger, und dann gab ich den Schlauch zurück. »Deine Wasserpfeifenorgie vor dem Kamin kannst du allein feiern!«, sicherte ich Stefanie zu. »Da hat eine Aspirintablette vermutlich berauschendere Wirkung als das Geblubber in diesem albernen Topf! – Wo ist eigentlich Susanne abgeblieben?«

Wie auf Kommando kam sie herangeschlendert, und neben ihr trippelte heftig gestikulierend – nein, nur *das* nicht! Aber es war wirklich Ilona Wels! »… und denn habe ick der Tante von's Reisebüro jesacht: So nich, meine Liebe! Det steht da im Prospekt schwarz uff weiß jedruckt, und so will ick det ooch haben! Zweehundert Märker pro Tag jeht jrade noch, aba nich mit 'ner Eins davor! Und wenn ick die Reise nich für den Preis krieje, wie er da drinsteht, denn jeh ick vor Jericht! Kann ick mir leisten, ick bin nämlich im Rechtsschutz!«

Jetzt waren wir schon mindestens zehn Personen, die einen Dreiundachtzig-Pfennig-pro-Minute-Urlaub größtenteils auf Kosten jenes bedauernswerten Touristikunternehmens verlebten. Die anderen deutschen Paare waren nämlich auch neugierig genug gewesen, dieses scheinbar erst halb fertige »Zelt-Hotel« wenigstens ein paar Tage lang auszuprobieren

Susannes Hilfe suchender Blick sagte alles! Wer weiß, wie lange unsere redselige Nervensäge schon an ihrer

Seite hing! »Hannes sucht dich! Wahrscheinlich ist er vorne beim Grill!«

»Ich werde ihn schon finden«, hörte ich noch, dann war Susanne verschwunden. Dass auch Stefanie plötzlich weg war, merkte ich erst, als ich ihr Ilona aufhalsen wollte. Jetzt hatte ich sie selbst an den Hacken!

»Wer die hübsche Frau war, weeß ick ja nich, sicher ooch 'ne Tochter von Ihnen, aba der hab ick jrade erzählt, wie ick zu diesen feudalen Urlaub jekommen bin. Det war nämlich uff die Jrüne Woche in Berlin jewesen, denn eijentlich wohne ick ja Elmshorn, det is janz oben von die Deutschlandkarte, aba im Januar zu die Jrüne Woche jeht's jedes Jahr nach Berlin, da kann man sich prima durchfuttern mit die viele Kostproben und Häppchen – na ja, und da hab ick doch bei so 'ner Verlosung den zweeten Preis jewonnen, nämlich 'nen Reisejutschein für tausend Märker, und wie ick wieda zu Hause war, bin ick jleich ins Reisebüro bei uns um die Ecke und hab mir Prospekte jeholt …«

Die Fortsetzung kannte ich schon aus eigenem Erleben, davon hatte Ilona natürlich keine Ahnung, und deshalb musste ich mir ihre Auseinandersetzungen mit der Belegschaft des Reisebüros in allen Einzelheiten anhören. Endlich war sie damit fertig, doch nun kam das Aber.

»Is ja wirklich hübsch hier, und mit det Essen und den Komfort kann man ooch nischt sagen, aba im Janzen jesehen is mir det zu langweilig! Is ja nie richtich wat los! War'n Se schon uff so 'n Ausflug nach Dubai? Nee? Ha'm Se wat verpasst! Na ja, zwee Tage muss ick nu noch durchhalten, denn jeht's Jott sei Dank weiter nach Sri Lanka. Da war ick schön öfters. Natürlich isset nich so vornehm wie hier, aba da jibt's wenigstens richtijet Leben, und det brauche ick einfach! Ick bin nämlich Promoschener, also immer janz vorne anne Front!«

Was um alles in der Welt ist ein Promoschener?

Inzwischen hatten wir einmal die gesamte Zeltanlage umrundet und näherten uns wieder den Wasserpfeifen, wo ich Ilona zu verlieren gedachte. Leider bot sich nicht die geringste Chance, denn außer dem Pfeifen-Instrukteur war niemand mehr da, dem ich sie hätte aufhalsen können.

Wenigstens erfuhr ich noch, was man unter einem Promoschener zu verstehen hat, nämlich eine dieser wortgewaltigen Personen, die in der Fußgängerzone unter einem Sonnenschirm stehen und irgendetwas sensationell Neues anpreisen, das man weder braucht noch haben will, aber unbedingt ausprobieren sollte, wenn man zum Beispiel fettige Haare hat oder stumpfe oder falsch gefärbte – ist alles kein Problem mehr, es gibt ja jetzt … und dann wird eine ausrangierte Theaterperücke mit der sensationell neuen Flüssigkeit beträufelt, mit einem batteriebetriebenen Reiseföhn getrocknet, und hinterher darf man anfassen und schließlich ein fünfzig Milliliter fassendes Fläschchen für nur sechs Euro fünfundneunzig kaufen.

Für diesen Job schien mir Ilona Wels durchaus geeignet, zumal sie auf keine spezielle Warengattung spezialisiert war, sondern von südamerikanischem Tafelwein über Schnittmuster für Patchwork-Handtaschen bis zu Sonnenbrillen und einem lautlos vibrierenden Wecker – »Der kommt unters Koppkissen!« – vieles Überflüssige erfolgreich »promotet« hatte. Sagte sie.

»Auch schon mal Tarnkappen?«

Nein, diese Frage hatte sie wohl nicht verstanden, sie schüttelte nur den Kopf und plapperte munter weiter, doch nun hatte ich wirklich genug. Mit einem gemurmelten »Ich muss mich mal wieder um meine Sippe kümmern! Wir sehen uns ja nachher auf der Rückfahrt«, ließ ich Ilona einfach stehen, verschwand hinter dem letzten

Zelt und wäre beinahe über einen männlichen Gast gestolpert, der das angeblich irgendwo weiter hinten im Dunkel der Wüste installierte Dixi-Klo wohl nicht gefunden oder gar nicht erst gesucht hatte.

Es war merklich ruhiger geworden. Und leerer, denn die Küchenbrigade hatte bereits ihr Zelt geräumt und war abgekarrt worden, nur noch die drei Geländewagen mit dem Steinbock-Emblem auf den Türen standen unbemannt in der dunklen Wüste.

Greg flirtete mit Susanne, Hannes turtelte mit Stefanie, die drei deutschen Pärchen waren mit sich selber beschäftigt, die Engländer unterhielten sich mit einem der zwei Fahrer über die jährliche Niederschlagsmenge in den Golfstaaten, Ilona war noch nicht da, also wäre für mich nur noch der Fahrer des dritten Wagens als Gesprächspartner geblieben, doch als der endlich auftauchte, war es jener Mann, über den ich vor ein paar Minuten beinahe gestolpert wäre. Jetzt im Licht sah er ein bisschen aus wie der Sarotti-Mohr, aber der trägt ja keine Bermudas.

Höhepunkt des Abends war zweifellos der Stopp vor jener kleinen Oase, die wir bereits hoch zu Dromedar besucht hatten. Erst erloschen die Scheinwerfer, dann schoben sich die Wagen ganz langsam und leise näher, die Motoren wurden ausgeschaltet, und plötzlich sahen wir sie im Mondlicht stehen: Ungefähr ein Dutzend Oryx-Antilopen hatten sich am Wasserloch gesammelt, tranken, rieben zärtlich ihre Hälse aneinander, stupsten die drei Kleinen zurück in den Kreis der Herde ... es war ein so wunderschönes friedliches Bild, wie ich es außer in Kenia noch nie in der freien Natur gesehen hatte. Kaum ein Wort fiel, und wenn, dann wurde nur geflüstert – es hatte uns alle gepackt.

Wie lange wir dort gehalten haben, weiß ich nicht, aber als Greg den Motor wieder anließ, hoben die Tiere ihre

Köpfe und waren in Sekundenschnelle hinter einem Hügel verschwunden.

Später erzählte er uns, dass diese Wasserstelle gar keine natürliche Oase sei, sondern eine künstlich angelegte Tränke für ebendiese Antilopen, von denen es hier in der Gegend noch eine ganze Menge gebe.

»Susanne, frag ihn doch endlich mal, weshalb bei den ganzen Palmen auf dem Hotelgelände die Blätter zusammengebunden sind.«

Darüber hatten wir uns schon mehrmals den Kopf zerbrochen, denn Palmen sollten nun mal diese riesigen dunkelgrünen Wedel haben und nicht aussehen wie riesige Zahnstocher. Natürlich hätte ich Greg auch selber fragen können, und vermutlich hätte er mich sogar verstanden, nur bin ich mir absolut sicher, dass ich *ihn* nicht verstanden hätte; oder wissen Sie auf Anhieb, was »einkeimblättrig« oder »Wurzelballen« auf Englisch heißt? Das wusste nicht mal Susanne, doch sie konnte wenigstens Gregs Umschreibungen und natürlich seine ausführlichen Erläuterungen übersetzen, die in kurz gefasster Version Folgendes besagten: Auf dem Hotelgelände gäbe es zwar eine unterirdische Quelle, sonst hätte man erst gar kein Hotel gebaut (das hat eine gewisse Logik), die Palmen wurden natürlich Stück für Stück angepflanzt (auch das hatten wir vorausgesetzt), doch wenn sie schon jetzt ihre Blätter entfalten würden, dann ginge die ganze Kraft in den Blattwuchs und nicht in die Stämme, die erst einmal richtig wurzeln müssten. Wir hätten doch sicher den umgestürzten Baum am Pool gesehen, der habe dem Sandsturm noch nicht standhalten können. Aber wenn wir in zwei Jahren wiederkämen, dann könnten wir bereits jede einzelne Palme wie einen Sonnenschirm nutzen.

»Mal abgesehen von den Kosten – würdest du noch einmal hier Urlaub machen?«, wollte ich von Susanne wissen, nachdem wir frisch geduscht und rechtschaffen müde in unseren wahrhaft königlichen Betten lagen.

»Nein!«, kam es sofort zurück.

»Und weshalb nicht?«

»Ich habe doch schon mal richtig große Palmen gesehen!«

Kapitel 11

Letzter Tag – sehr sportiv!

Anruf von Stefanie – zehn Minuten vor acht. Morgens! »Stimmt es wirklich, dass man aus einem Hotel nichts mitnehmen darf, auch wenn einem etwas ganz besonders gut gefällt?«

Ist diesem Kind die viele Sonne nicht bekommen? Sie war es doch gewesen, die sich erst unlängst über die angeketteten Bügel in einem norddeutschen Hotel beschwert und gerätselt hatte, wer um alles in der Welt Kleiderbügel klaut? »Wenn wenigstens *Cesar's Palace* draufstehen würde oder *Hotel Adlon,* dann könnte ich das noch verstehen, aber so 'n einfacher Plastikbügel ist doch im heimischen Kleiderschrank nun wirklich keine Aufwertung der eigenen Garderobe!«

Und jetzt fragt sie tatsächlich, ob sie hier etwas mitnehmen …?

»Also wenn du eins oder auch mehrere dieser bunten Duftwässerchen aus dem Bad einpacken willst, hat man bestimmt nichts dagegen, aber ich dachte …«

»Dann denkst du falsch! Ich rede nicht von diesem grauslichen Zeug, sondern von den Bademänteln!«

Jetzt konnte ich sie verstehen! »Wüstenweiß« waren sie (in der deutschen Sanitärbedarf-Farbpalette meist als »Bahama-Beige« aufgelistet), federleicht und trotzdem ganz flauschig, trugen auf der linken Brusttasche den Steinbock eingeprägt und sahen sogar noch angezogen todschick aus. Wir hatten sie fast jeden Abend getragen, wenn wir noch auf unserer privaten Terrasse gesessen und den immer wieder schönen, mit Tausenden von Sternen gesprenkelten Nachthimmel bewundert haben. »Nein, Stefanie, man stiehlt keine Bademäntel!«

»Das habe ich mir schon gedacht!«, kam es kläglich zurück. »Aber ich hätte sooo gerne einen mitgenommen.«

»Lass ihn trotzdem hängen! – Bist du denn schon fertig mit Packen?«

»Beinahe, aber das Volumen der Sachen, die rein müssen, hat sich mal wieder auf rätselhafte Weise vergrößert, während sich umgekehrt das Fassungsvermögen des Koffers verringert hat, das ist doch jedes Jahr das Gleiche! Wissenschaftlich nicht zu erklären, aber im Urlaub jederzeit zu beweisen. Einen Bademantel würde ich trotzdem noch reinquetschen können.«

»Auf den Malediven brauchst du keinen, und zu Hause hast du bereits zwei! Also lass gefälligst die Finger weg!«, empfahl ich meiner Tochter, um mir wenig später von Susanne sagen zu lassen, dass sie am liebsten den Bademantel mitnehmen würde. »Diese Qualität kriegt man bei uns ja gar nicht!«

Aber auch sie konnte ich von der Unbotmäßigkeit ihres Vorhabens überzeugen, dabei hätte ich ja selber nur zu gerne …

Am Spätnachmittag sollten wir von Greg in die Metropole gefahren werden, durften unsere Bungalows jedoch bis zum letzten Moment benutzen, es waren ja noch genügend unbewohnte vorhanden. In den zahlungskräftigen Kreisen hatte sich dieses etwas andere Hotel offenbar noch nicht so richtig herumgesprochen, und jenen Druckfehler im Katalog gab es nun bestimmt nicht mehr, so dass der vorübergehende Einfall deutscher Gäste wohl eine

Rarität bleiben würde. Bestsituierte Germanen urlauben nicht inmitten einer Wüste, da sieht sie ja niemand, vielmehr reisen sie zu einem ihrer eigenen Feriendomizile auf Mallorca, Sardinien oder in der Karibik, wo sie unter ihresgleichen sind – San Lucia zum Beispiel oder Mustique. Auf einer der so gar nicht elitären Nachbarinseln hatten Steffi und ich vor anderthalb Jahrzehnten mal Urlaub gemacht und von unserem Kellner erfahren, dass auf dem genau gegenüberliegenden und abends hell erleuchteten Eiland Prinzessin Margaret auch gerade ein paar Ferientage genoss, und wenn wir Glück hätten, könnten wir sie sogar sehen, denn sie käme öfter in ihrem Speedboot ganz dicht an unserem Strand vorbei. Nichts hatte mich weniger interessiert als eine ältliche und etwas übergewichtige englische Prinzessin, aber die Insel hätte ich gern besucht, die soll nämlich wunderschön (und natürlich vierundzwanzig Stunden lang rundum bewacht) sein!

Das allerdings wurden wir hier in der Wüste auch, nur hatten wir es gar nicht so richtig wahrgenommen, denn erst als Hannes … nein, so geht das nicht!

Es fing damit an, dass wir Bogenschießen ausprobierten. Bekanntlich müssen speziell deutsche Urlauber permanent beschäftigt werden, also hatte man schnell zwei leere Ölfässer mit dicken Stricken umwickelt und vor ein abseits stehendes altes Beduinenzelt gekarrt; allerdings war es eine kleinere Ausführung der uns bekannten Version gewesen und schon ziemlich verstaubt. Ein Teppich hatte auch nicht dringelegen.

Sobald wir unser Einverständnis erklärt hatten, uns in der einstmals ritterlichen Kunst des Bogenschießens zu versuchen, wurde noch schnell ein mit dieser Sportart vertrauter Beduine rekrutiert und zum Ort des künftigen Geschehens in Marsch gesetzt. Zu Fuß. Wir hatten es besser, denn der Schießstand lag ein paar hundert Meter weit weg, also nach dortigen Kriterien in für uns unzumutbarer Entfernung, und deshalb wurden wir in zwei Quads hingefahren. Das sind diese offenen, dick bereiften Fahrzeuge, eine Art Mischung aus Trecker und jenen überdimensionalen Rasenmähern, mit denen hierzulande die Grünflächen in Stadtparks geschoren werden. Inzwischen sind sie auch bei uns zu einem äußerst beliebten Fortbewegungsmittel aufgestiegen. Die Dinger machen einen höllischen Krach und sind ziemlich unbequem, aber hochgradig wüstentauglich. Und das bei derartigen Unternehmungen übliche Quantum an mitzuführenden Wasserflaschen passt auch noch rein.

Mit einem kleinen Köfferchen in der Hand folgte Asmaha – selbstverständlich zu Fuß und heute zartrosa verhüllt.

Decken wir den Mantel des Schweigens über meine Schießkünste. Ich hab ja nicht mal das Ölfass getroffen, geschweige denn den in der Mitte aufgemalten roten Kreis. Beim ersten Mal hatte Steffi auch danebengeschossen, aber schon der zweite Versuch sah recht viel versprechend aus, und der dritte Pfeil blieb sogar am äußeren Rand des Kreises stecken. Zu einem vierten Schuss kam es aber nicht mehr, denn sie hatte entgegen den Anweisungen ihren Bogen zu schief gehalten oder den Arm verkehrt angewinkelt oder irgendetwas anderes falsch gemacht, jedenfalls jaulte sie plötzlich auf, und dann war auch schon Asmaha mit dem Erste-Hilfe-Kasten da. Obwohl nicht mal Blut geflossen war, bekam Steffi einen schönen Druckverband um den Oberarm und vermutlich erst dadurch einen Fünfmarkstück großen dunkelvioletten Fleck, der nach einer Woche immer noch deutlich zu sehen war und so gar nicht mit ihren meist orangefarbenen Badeanzügen harmonierte.

Hannes wollte nicht schießen und Susanne erst dann, nachdem Greg Anstalten machte, ihr mit offenbar unvermeidlicher Tuchfühlung die richtige Körperhaltung beizubringen. Energisch riss sie sich los, spannte die Sehne, visierte das Ziel an, und einen Wimpernschlag später steckte der Pfeil zitternd in der Mitte des roten Kreises.

»Gibt es eigentlich etwas, das sie mal *nicht* kann?«, murmelte Steffi vor sich hin, aber Susanne hatte es trotzdem gehört. »Ja, kochen!«

Fürs Erste war unseren sportlichen Ambitionen Genüge getan, außerdem wurde es schon wieder richtig heiß, und ein gekühlter Ananassaft in einem gut gekühlten Glas erscheint einem plötzlich wie eine Fata Morgana und ist nicht zu vergleichen mit lauwarmem Mineralwasser ohne Kohlensäure, weil ich die Flasche nicht richtig zugedreht hatte. Asmaha durfte diesmal auch mitfahren, der Beduine würde dableiben, erläuterte Greg, nachher kämen die deutschen Honeymooner zum Schießen, und bis dahin wolle er schlafen. Das schien ohnehin eine sehr beliebte Tätigkeit der arabischen Männer zu sein, jedenfalls können sie das überall und in fast allen Körperhaltungen.

Meine Henkersmahlzeit bestand aus frischem Obst sowie einer Tasse kakaofarbener Suppe unbekannten Ursprungs, die zwar hervorragend schmeckte, aber noch abends auf der Zunge brannte und meinen Tagesbedarf an Mineralwasser um einen weiteren Liter anhob. Das wäre ja sogar wünschenswert gewesen, wenn es nicht von nun an ein ganz gravierendes Problem gegeben hätte … doch davon später.

Und was unsere ständige Bewachung betraf, hatte Hannes eine Entdeckung gemacht, nachdem es ihm gelungen war, Greg für eine Stunde das Quad abzuschwatzen, um damit quer durch die Wüste brettern zu können. Ganz allein. Miss Nazirah war damit erst gar nicht einverstanden gewesen wegen der Gefahr, und überhaupt sei sie für das Wohl der Gäste verantwortlich ... Doch erst nachdem Hannes mit Susannes Hilfe eine Erklärung aufgesetzt hatte, dass er für alle Eventualitäten die alleinige Verantwortung trage, auch für den Fall eines Raubzugs kriegerischer Beduinen und des Verdurstens infolge Flüssigkeitsmangel, erhielt er von Greg einen Schnellkurs im Umgang mit dem Quad, bekam einen Kompass ausgehändigt, ein Walkie-Talkie sowie zwei Flaschen Wasser, und dann endlich bretterte er los. Eine Zeit lang hörten wir noch das Geknatter aus der Ferne, dann wurde es ruhig. Ab und zu sahen wir Greg herumlaufen, immer mit Sprechfunk am Ohr, während wir auf der Terrasse endlich die schon vor Tagen gekauften Ansichtskarten beschrifteten.

Das ist auch eine dieser Pflichtübungen, um die man selten herumkommt. Wehe, wenn man der Nachbarin zur Rechten eine Karte schickt, dankbar dafür, dass sie immer den Briefkasten leert, sobald mal wieder tagelang niemand zu Hause ist, während die Nachbarin zur Linken keine gekriegt hat, obwohl doch ihr Mann schon zweimal die Mülltonnen rausgestellt hat. Und noch mal wehe, wenn man an Tante Luise geschrieben hat, jedoch nicht an Tante Elisabeth; aber kann man denn vorher ahnen, dass die beiden sechs Wochen später bei Onkel Roberts Beerdigung zusammentreffen, denn erstens sind sie sich überhaupt nicht grün, und zweitens wohnen sie normalerweise vierhundert Kilometer weit auseinander!

Susanne: »Weiß jemand die Postleitzahl von Rüppertsweiher?«

Steffi: »Haben die überhaupt eine?«

Susanne: »Rüppertsweiher gehört zu Deutschland, und in Deutschland hat man eine Postleitzahl zu haben!«

Steffi: »Und wo soll dieses Nest liegen?«

Susanne: »Woher soll ich das wissen?«

Steffi: »Weshalb schreibst du dann hin? Wer wohnt denn dort?«

Susanne: »So um die vierhundert Leute. Und Tante Adi.«

Steffi: (kurz vor dem Explodieren, trotzdem sehr prononciert) »Und wer ist Tante Adi? Die hast du doch noch nie erwähnt.«

Susanne: »Meine Patentante.«

Steffi: »Ich wusste gar nicht, dass du eine hast. Kennst du sie schon lange?«

Susanne: »Wahrscheinlich seit meiner Taufe.«

Steffi: »Und wann hast du sie zum letzten Mal gesehen?«

Susanne: *»Bei* meiner Taufe.«

Steffi: (nach kurzer Überlegung): »Weshalb um alles in der Welt willst du ihr ausgerechnet *jetzt* eine Karte schicken?«

Susanne: »Weil ich noch eine übrig habe.«

Vielleicht wäre dieser besonders für Susanne typische Dialog noch eine Zeit lang weitergegangen, hätten wir nicht ein sich näherndes Knattern gehört und gesehen, wie Greg sein Walkie-Talkie ausschaltete und wieder an den Gürtel hängte. »Hannes scheint überlebt zu haben«, stellte Stefanie fest.

Wenig später kam er auf die Terrasse. »Das hat richtig Spaß gemacht, auch wenn ich immer wieder an Grenzen gestoßen bin!«

»So ein Quad ist doch kein Porsche«, erinnerte ich, »du hättest von vornherein wissen müssen, dass du mit dieser Mühle keinen Geschwindigkeitsrekord aufstellen kannst!«

»Davon rede ich doch gar nicht, ich meine den Zaun!

Wie viele Quadratkilometer das Gelände umfasst, weiß ich nicht, aber es ist rundherum mannshoch eingezäunt. Es gibt sogar ein paar Wachttürme, und ich bin nie das Gefühl losgeworden, beobachtet zu werden, obwohl ich niemanden gesehen habe. Vermutlich hat Greg jederzeit gewusst, wo ich gerade herumkurve. Hier *kann* überhaupt niemand verloren gehen!«

»Er hat ja auch dauernd telefoniert«, fiel mir ein.

»Er hat was?«

»Na ja, Walkie getalkt – oder wie nennt man es, wenn jemand ständig quasselnd mit diesem Kasten vorm Schnabel herumläuft?«

»Big brother is watching you«, sagte Stefanie.

Während wir etwas unschlüssig herumstanden und überlegten, womit wir die noch verbleibenden zwei Stunden ausfüllen könnten, erschien Salima – sie trug Violett – und holte uns in die Rezeption. Miss Nazirah würde uns gern zum Tee einladen und bei dieser Gelegenheit persönlich verabschieden.

Frei übersetzt hieß das: Es wird allmählich Zeit, dass ihr eure Rechnungen für die Getränke an der Bar bezahlt und die Steinböcke aus Porzellan, die Steffi und ich für unsere Putzfrauen erworben hatten – kleine Geschenke erhalten den Arbeitseifer!

Diesmal gab es keinen Touristen-Frühstückstee in normal großen Tassen, sondern ein dunkles bitteres Gebräu, serviert in einer Art Mokkatässchen; unsere Rechnungen bekamen wir auf Büttenpapier mit Golddruck, doch unsere Dollarscheine wollte Miss Nazirah nur zögernd annehmen, und ob wir denn keine *creditcards* hätten *or something like that?*

Richtig, in dieser elitären Umgebung fand Bares vermutlich nur als Trinkgeld Verwendung, und Miss Nazirah war auch sichtlich erleichtert, als wir unsere Plastikkarten herausholten; vermutlich hätte sie gar kein Wechselgeld gehabt.

Dann mussten wir uns in das dicke und noch ziemlich leere Gästebuch eintragen (»Susanne, was heißt ›beeindruckend‹ auf Englisch?«), und plötzlich entdeckte Steffi im Nebenraum den an einer Wand dekorierten Bademantel, umrahmt von Handtüchern jeder Größe und versehen mit dezent angebrachten Preisschildern. »Ich glaube, jetzt kriege ich ihn doch noch!«

Sie hat den Bademantel *nicht* gekauft! »Für zweihundertachtzig Dollar müssten wenigstens ein paar echte Goldfäden eingewirkt sein!«, befand sie wenig später. »Und überhaupt ist dieses komische Beige eigentlich gar nicht meine Farbe!«

Recht hatte sie! Für knapp sechshundert Mark (der damalige Wechselkurs war zu jener Zeit ausgesprochen touristenfeindlich) kann man etwas mehr verlangen als einen Bademantel mit einem handgestickten Emblem auf der Tasche. »Welche Bedeutung hat eigentlich dieser hier überall vertretene Steinbock?«, wollte ich wissen und damit das Thema wechseln. »Rein zoologisch gehört der doch ins Hochgebirge und nicht in die Wüste?!«

Drei Augenpaare sahen mich verständnislos an. »Welchen Steinbock meinst du denn?«, brachte Hannes nach längerem Überlegen heraus.

»Na, welchen wohl? Auf der Bettwäsche, auf den Handtüchern, auf den Autotüren ... der fällt einem hier doch ständig ins Auge. Gestern habe ich sogar einen für meine Putzfrau gekauft! Die steht auf Nippes!«

Sie kapierten es noch immer nicht! Schließlich deutete ich auf den Bademantel. »Da sitzt doch auch einer auf der Brusttasche!«

Man erspare mir die nun folgenden Kommentare! Sie waren zahlreich, wenig schmeichelhaft und zeugten von keinerlei Respekt vor dem Alter. »Na ja, wer einen schwarzen Chow-Chow für 'n Wildschwein hält und ein Elektrokabel für 'ne Blindschleiche, der …«

»Ich geb's ja zu, aber das ist im Wald gewesen und schon ziemlich dunkel, vier Tage später habe ich ja auch endlich meine Brille bekommen!«, wehrte ich mich gegen die Aufzählung meiner gelegentlichen Irrtümer, aber Stefanie fiel doch noch etwas Passendes ein: »Und wie war das ein halbes Jahr später auf Jamaika mit der Kakerlake neben dem Bett?«

»Na ja, es ist *keine* Riesenspinne gewesen, aber dafür ein extrem großes Vieh!«

»Und ein extrem totes!«

»Das erkennt man doch nicht auf Anhieb!«

Bevor weitere peinliche Details meiner Begegnungen mit vier- und sechsbeinigen beziehungsweise auch mal beinlosen Vertretern der wirklich sehr artenreichen Tierwelt zur Sprache kommen würden, wechselte ich das Thema – und setzte mich wieder in die Nesseln. »Wenn das behörnte Wappentier dieser Wüstenherberge kein Steinbock ist, was soll's denn sonst sein?«

Die Antwort kam gleich dreistimmig: »Eine Oryx-Antilope!«

Zugegeben, darauf hätte ich selber kommen müssen!

Greg erschien, bat höflich um die Zimmerschlüssel, weil das Gepäck verladen werden sollte, sorgte dafür, dass die meisten Koffer in seinem Wagen verstaut wurden und nur noch neben ihm Platz für eine Person blieb, während wir anderen mit Said fahren sollten, nur hatte Greg nicht erwartet, dass Hannes bei ihm einsteigen würde! Angeblich haben sie die halbstündige Fahrt nahezu schweigend verbracht.

Good bye, du merkwürdiges, dreiundachtzig Pfennig

pro Minute teures Hotel mitten in der Wüste, es war schön, dich kennen gelernt und ein paar Tage lang wie die Reichen dieser Welt gelebt zu haben, aber nun bin ich froh, wieder ein ganz gewöhnlicher Mensch zu sein, dessen einzige Frage in den nächsten Tagen sein würde: Wo um alles in der Welt gibt es eine Toilette ...?

Kapitel 12

Der Unterschied war gewaltig! Unseren circa siebzig Quadratmeter großen Rundbungalow mit überdachter Terrasse hatten wir tauschen müssen gegen ein bestenfalls zwanzig Quadratmeter großes Zimmer mit einem angeklebten Vogelkäfig, gerade geräumig genug, um Susanne zum Rauchen und unsere Schuhe zum Lüften rauszustellen. Und das alles im sechzehnten Stock eines jener riesigen Hotelklötze, die in fast allen Metropolen unseres Erdballs einen Bruder haben. Sie stehen immer mitten im Zentrum, sind bis ins Kleinste durchorganisiert und zeichnen sich selten durch architektonische Schönheit aus. Allerdings haben sie auch einen nicht zu unterschätzenden Vorteil: Weil sie häufig die anderen Häuser überragen, findet man sie auch in fremder Umgebung auf Anhieb wieder.

Das von Dubai steht – umgeben von allerdings noch höheren Bauwerken – an einem Creek, also einem Seitenarm des Meeres in der Nähe vom Dhau-Hafen, hat mindestens sechs Eingänge, was Verabredungen in der Art von Ich-warte-neben-der-Tür-auf-dich nahezu unmöglich macht, und folgerichtig ähnelt die Lobby in ihren Ausmaßen einer mittelstädtischen Bahnhofshalle; auch hier findet man sich ohne präzise Angaben erst nach längerem Suchen wieder, das hatten wir bereits am ersten Abend feststellen müssen.

Unsere Wüstentaxis hatten uns genau zur Rushhour vor dem Haupteingang abgesetzt, was den Abschied beschleunigte, denn hinter uns stauten sich bereits die nächsten Wagen. Also Gepäck raus, ein paar Dankesworte, ein durch einen Dollarschein verstärkter Händedruck, und weg waren unsere immer diensteifrigen Betreuer. Wir vermissten sie auch sofort, denn unser Gepäck mussten wir selber zur Rezeption schleppen.

»In einer halben Stunde in der Halle«, informierte uns Hannes, bevor er einen der Fahrstühle ansteuerte, »oder ist euch das zu früh?«

Natürlich war das nicht zu früh, im Ein- und Auspacken der Koffer hatten wir inzwischen Routine, und als ich den nur durch ein halbhohes Metallgitter von sechzehn Stockwerken Tiefe getrennten Minibalkon sah, hatte ich auch kein Bedürfnis nach dem »tollen Ausblick«. Warum haben nicht *wir* das Zimmer im vierten Stock bekommen statt Steffi und Hannes? Aber je höher, desto (angeblich) besser, und der junge Mann an der Rezeption hatte natürlich bloß Susanne im Auge gehabt und nicht ihre wesentlich ältere Begleiterin, die mit gemischten Gefühlen den Zimmerschlüssel entgegengenommen hatte. Jetzt saß sie auf dem Bett, vor sich den geöffneten Koffer und blätterte noch einmal die Fotos von der Kamel-Safari durch. »Hast du Greg eigentlich *doch* noch deine Karte gegeben?«

Der so sichtbar Verliebte hatte Susanne heute Mittag seine Visitenkarte zugesteckt und dabei um ihre Adresse gebeten, denn er habe ja viel fotografiert und wolle ihr die Aufnahmen zuschicken. »Du hast ihm doch vorhin was in die Hemdentasche gesteckt?!«

»Stimmt! Das war die Visitenkarte mit der neuen Anschrift meiner Frauenärztin, die ist kürzlich umgezogen.«

»Und die Dame heißt zufällig auch Susanne?«

»Nein, Solveig, aber weil ihr der Name nicht gefällt, benutzt sie lediglich den Anfangsbuchstaben.«

»Kann ich verstehen. Nur ... meinst du nicht, dass sie überrascht sein wird über Post und Fotos aus Dubai?«

»Sie nicht, aber wahrscheinlich ihr Mann!«

Ich wollte ihr gerade die Packung mit den Papiertaschentüchern an den Kopf werfen, als neben mir das Telefon läutete. »Wir ziehen von 411 nach 1207«, sagte Stefanie. »Das Bett ist zu klein.«

»Wieso? Hannes ist zwar groß, aber doch kein Zweimeterriese.«

»Es betrifft auch mehr die Breite; hier steht nämlich ein Kingsize-Bett, und das ist bloß eins vierzig breit. Da kann *ich* ja gleich auf 'm Bettvorleger schlafen.«

Sie hatte Recht. Zum Anlehnen ist eine breite Männerbrust ungemein beruhigend, zu zweit in einem Bett aber ganz und gar nicht!

Wie sich wenig später herausstellte, verfügte Zimmer 1207 auch nur über ein in der Breite geschrumpftes Bett, worauf ein letzter Umzug notwendig wurde und wir uns einander schließlich bis auf ein Stockwerk angenähert hatten.

Es war schon verhältnismäßig spät und bereits dunkel, als wir durch einen der vielen Eingänge das Hotel verließen und nun auf einer namenlosen Straße standen in einer Stadt, deren sparsam vorhandene Hinweisschilder wir nicht lesen konnten.

»Ich habe Hunger!« Hannes, seit Tagen an regelmäßige Fütterungen gewöhnt, setzte Prioritäten. »Gibt's hier keinen McDonald's?«

»Glaubst du wirklich, ich bin in einer der angeblich faszinierendsten Städte diesseits des Äquators, um mich in so einen Buletten-Tempel zu setzen?«, giftete Steffi, während sie sich suchend umsah. »Wir sind doch ganz dicht am

Zentrum, also muss es hier herum auch einheimische Restaurants geben. Ich frag mal!« Sie zog ihren Taschen-Reiseführer heraus, öffnete ihn bei der Seite mit dem eingeknickten Eselsohr und steuerte auf einen Einheimischen zu. »Hal ladaikum ghurfa?«

Der schon recht betagte Mann starrte sie entgeistert an, schüttelte stumm den Kopf und machte, dass er weiterkam.

»Ich denke, die sind hier alle so höflich.« Etwas ratlos kam sie zurück. »Ich habe ihn doch nur gefragt, wo es ein gutes Restaurant gibt. Und richtig ausgesprochen habe ich es auch.« Sie deutete auf die entsprechende Stelle.

Im Halbdunkel entzifferte Susanne die deutsche Übersetzung: »Haben Sie noch Zimmer frei?« Dann gab sie lächelnd das Büchlein zurück. »Take it easy, Steffi, wahrscheinlich bist du nicht sein Typ gewesen!«

»Ach hör doch auf! Ich bin in die falsche Zeile gerutscht, ist bei dieser Beleuchtung ja kein Wunder!«

Dieses Intermezzo hatte zwar bewiesen, dass Stefanies Kommunikationsversuche nicht dazu beitragen würden, uns in diesem Land verständlich zu machen, aber irgendwie musste doch rauszukriegen sein, wo man etwas zu essen bekommen konnte!

»Weshalb gehen wir nicht zurück ins Hotel?«, schlug ich vor. »Gleich hinter der Lobby gibt es ein Restaurant.«

Hannes winkte ab. »Das ist bloß ’n Coffee-Shop, und nach Muffins ist mir jetzt wirklich nicht. Außerdem sollten wir daran denken, dass wir unser Essen von nun an immer gleich bezahlen müssen! Hotelrestaurants sind viel zu teuer!«

Eigentlich sollte ich nicht verraten, dass wir schließlich auf einer Art Rummelplatz gelandet sind, wo es frisch gebackene, ganz leckere und von Fett triefende Teigbällchen gab mit einer höllisch scharfen Fleischfüllung, ein paar

Schritte weiter entdeckten wir Ähnliches als süße Variante, wurden sogar mutig, probierten auch noch die panierten Minifische und das unbekannte Grüne … alles garantiert einheimisch, delikat und – richtig billig!

Natürlich muss man die späteren Reinigungskosten für Susannes Leinenhose dazuzählen, weil die grünlichen Flecken trotz Nagelbürste und Flüssigseife nicht rausgegangen sind, und die Tabletten gegen Sodbrennen kann man ja immer mal gebrauchen. Apotheke heißt übrigens *Pharmacie*.

Der Innenarchitekt dieses Hotels muss ein noch junger und sehr gut aussehender Mann gewesen sein, vermutlich so eine Art Dorian-Gray-Verschnitt, denn wer sonst wäre auf die absurde Idee gekommen, einen großen Wandspiegel parallel zum Bett anzubringen? Und welcher Gast möchte noch vor dem Aufstehen mit seinem verschlafenen, verstrubbelten, vielleicht verkaterten, auf alle Fälle jedoch wenig repräsentativen Spiegelbild konfrontiert werden? Ich jedenfalls nicht! Susanne aber auch nicht, denn sie verweigerte doch tatsächlich einen Bettentausch; dabei hätte ich sogar in Kauf genommen, beim Erwachen auf die tief unten liegende Straße blicken zu müssen – trotz Höhenangst immer noch erträglicher als die einzig mögliche Alternative! Ich habe sie schließlich zu umgehen vermocht, indem ich beim Aufwachen nur die Zimmerdecke angeblinzelt habe und dann rückwärts aus dem Bett gekrochen bin. Aus bekannten Gründen hatte Susanne dieses seltsame Ritual allerdings nie mitgekriegt!

Der heutige Tag stand im Zeichen privater Unternehmungen, ab morgen würden wir wieder ein volles Programm haben – alles inklusive! Eigentlich sind wir vier ja eher Individualisten, die lieber auf eigene Faust losziehen, aber das sollte man doch bleiben lassen in einem Land, dessen Sprache man nicht spricht, mit dessen Sitten man nur wenig vertraut ist und von dem man trotzdem so viel wie möglich sehen möchte. Also zogen wir nach dem ungewohnt spartanischen Frühstück los, bewaffnet mit drei verschiedenen Reiseführern, einer offenbar nicht mehr ganz aktuellen Straßenkarte, drei Fotoapparaten, vier Wasserflaschen und viel Unternehmungsgeist – bereit, die Wunder und den Reichtum des Orients zu besichtigen und im Bilde festzuhalten.

»Ach, hast du deine Vier-Jahreszeiten-Kamera auch mal wieder rausgeholt?«, lästerte Hannes, fototechnisch natürlich auf dem neuesten Stand. »Wie alt ist die eigentlich?«

»Jedenfalls jünger als du!«, blaffte ich zurück. »Und wieso vier Jahreszeiten?«

»Na ja, Weihnachten, Ostern, Urlaub und Geburtstag – oder benutzt du die Knipse auch noch bei anderen Gelegenheiten?«

Auf eine solche Unterstellung antwortet man nicht – selbst dann nicht, wenn sie stimmt!

Schon vorher hatten wir uns darauf geeinigt, heute auf die Besichtigung all jener Bauwerke zu verzichten, die zweifellos in einer der offiziellen Sightseeing-Touren enthalten sein würden, also Museum, offenbar ein unverzichtbares Muss, diverse Moscheen, alte Gemäuer und avantgardistische Bauten, Letztere dem Ölboom zu verdanken und jenen Architekten, deren Vorstellungen endlich mal von keinem Preislimit gebremst worden waren. Nicht zu vergessen das Lieblingsspielzeug des amtierenden Scheichs – die Kamel-Rennbahn. Der gegenwärtige Herrscher von Dubai heißt übrigens Scheich Maktom ibn Raschid al-Maktum und ist der Sohn von Scheich Raschid ibn Sajjid al-Maktum. Muss man ja wissen!

Uns interessierten zunächst einmal die Einkaufstempel,

hochgelobt wegen der großen Auswahl und der kleinen Preise (Ersteres trifft zu!); wir wollten auf dem Gewürzmarkt echten Safran kaufen, im Shopping-Center *Bur Juman* vielleicht ein paar Mitbringsel für die Daheimgebliebenen und im Gold-Souk – na was wohl?

Machen wir's kurz: Die Preise für adäquate Mitbringsel – ich hatte unter anderem ein ganz kleines Theatertäschchen ins Auge gefasst – dürften für die gegenwärtige Begum angemessen sein und für die auch nicht ganz arme Victoria Beckham, aber Normalverdienern erscheinen vierhundertfünfundneunzig Dollar für ein taschenbuchgroßes Lederbeutelchen denn doch etwas überzogen. Allerdings hatte – natürlich ganz dezent – *Louis Vuitton* dringestanden. Von *Hermès* hätte mir auch was gefallen, war jedoch nur unbedeutend preiswerter gewesen – na ja, und die Boutiquen von Chanel, Versace, Gaultier und Co. hatten seinerzeit sowieso nichts Tragbares im Angebot!

Dafür war der Bummel über den Gewürzmarkt ein Genuss für Augen und Nase, und die roten Safranfäden sollten angeblich äußerst preiswert gewesen sein. Nur – was macht man eigentlich damit? Stefanie hat gesagt, damit kriegt man den meist etwas blässlichen Vanillepudding richtig goldgelb, aber das stimmt überhaupt nicht! Ich hab's probiert und dann doch wieder auf Eigelb zurückgegriffen.

Blieb also noch der Gold-Souk, ein auf höchstens achtzehn Grad heruntergekühlter, ungefähr dreihundert Meter langer und zwanzig Meter breiter Bahnhof, doch dort, wo rechts und links eigentlich Schienen hätten liegen müssen, gab es Geschäfte, eins neben dem anderen, und in allen wurde Gold verkauft – je nach Liquidität der Kunden auch schon mal pfundweise! Wichtigstes Requisit auf dem Ladentisch war neben dem Scanner für Kreditkarten nämlich die Goldwaage.

»Das sieht ja aus wie bei Käte Wohlfahrt auf'm Weihnachtsmarkt!«, war alles, was Steffi beim Anblick dieser überladenen Schaufenster einfiel, und insgeheim musste ich ihr Recht geben. Vor lauter Gold sah man nämlich erst gar nichts, und nur allmählich unterschied man Einzelheiten, zunächst die von einem Ende des Schaufensters zum anderen reichenden, übereinander angebrachten Stangen, oft ein halbes Dutzend oder mehr, und an jeder dieser Stangen hingen dicht nebeneinander goldene Armreifen, aufgefädelt wie Perlen an einer Schnur. Oben drüber baumelten von der Decke herab dicke Goldketten, häufig mit sehr viel Zierrat, während unter diesem ganzen Geschmeide auch noch eine Auswahl an Ringen aufgebaut war, selbstverständlich goldene und überwiegend männlich geprägt, weil sehr breit und sehr schwer, besonders die Siegelringe. Die für Frauen bestimmten Pretiosen waren kleiner und mit Edelsteinen bestückt – die ganz Kostbaren ruhten einzeln in Samtetuis.

Natürlich bekam man auch goldene Manschettenknöpfe, Feuerzeuge, Zigarettenetuis und was der Mann von Geld sonst noch so braucht, doch das fand sich irgendwo ganz hinten im Laden, zusammen mit Broschen und ähnlichen, nicht so häufig verlangten Teilen.

Bei uns zu Hause bleibt man vor den Auslagen eines Juweliergeschäfts zwei Augenblicke lang stehen, betrachtet die meist sparsam dekorierten Kostbarkeiten und malt sich vielleicht aus, wie der Ring mit dem kleinen Smaragd obendrauf wohl an der eigenen Hand aussehen würde. Ist natürlich utopisch, eine neue Waschmaschine ist viel wichtiger, die alte pfeift beim letzten Schleudergang schon so komisch, und das Waschpulver spült sie auch nicht mehr richtig ein.

Auf derartige Gedanken kommt man hier gar nicht! Erste Überlegung: Wer um alles in der Welt soll diese unendlichen Mengen Gold eigentlich kaufen? Und gleich die zweite: Wieso finden hier nicht tagsüber mindestens zwei und nachts ein halbes Dutzend Raubüberfälle statt?

Letzteres lässt sich sofort erklären: Der Souk wird rund um die Uhr innen und außen von bewaffneten Sicherheitsleuten bewacht.

Die andere Frage ist schwerer zu beantworten, jedenfalls dann, wenn man selber kaum Schmuck trägt und sowieso nur Weißgold mag – eine Variante, die in Dubai offenbar wenig geschätzt wird. Bereits nach kurzer Prüfung der ersten drei Schaufenster war mir klar, dass ich keinen Ersatz für meinen kürzlich verlorenen schmalen Armreif finden würde. Die hier angebotenen bestanden zu achtundneunzig Prozent aus Rotgold und fingen bei einer Breite von anderthalb Zentimeter erst an!

Ach ja, das Wichtigste: Preise gibt es nicht, die werden jeweils nach Gewicht des Schmuckstücks ausgehandelt und richten sich nach der vermutlichen Zahlungs*fähig*- und nicht zuletzt nach der Zahlungs*willigkeit* des jeweiligen Kunden. Wer etwas unter zehn Gramm kauft, muss einen Aufpreis zahlen! Soll aber noch nie vorgekommen sein.

»Können wir uns nicht mal irgendwo hinsetzen und was trinken!«, verlangte Stefanie, die sich trotz Susannes Zureden nicht zum Ankauf einer mindestens fünf Zentimeter breiten ziselierten Kette hatte durchringen können. »Ich muss aufs Klo.«

Dieser Satz, der einen in jeder deutschen Stadt Ausschau halten lässt nach einem Kaufhaus, einem Café oder einem dieser modernen Toilettenhäuschen – in ländlichen Gegenden genügt manchmal auch blickdichtes Grünzeug – löste in den nächsten Tagen immer blankes Entsetzen aus. Wir orderten morgens keinen Kaffee mehr, der schmeckte sowieso nicht, beschränkten uns auf eine einzige Tasse Tee, wir tranken weniger als empfohlen und nutzten jede

Gelegenheit, um es wieder loszuwerden, auch wenn es noch gar nicht nötig gewesen wäre. Öffentliche Toiletten sind in Dubai so selten wie die Perle in der Auster, was schon allein daraus ersichtlich ist, dass dieser Begriff in keinem Wörterbuch oder Reiseführer enthalten ist. Toiletten gibt es lediglich im »modernen«, also gerade mal seit zweieinhalb Jahrzehnten bestehenden neuen Dubai mit seinen Glaspalästen, seinen klimatisierten Restaurants und den nach amerikanischen Vorbildern errichteten Shopping-Malls – nicht jedoch im ursprünglichen Teil des Emirats. Sogar im Gold-Souk vermissten wir jene dezenten Hinweisschilder, also trabten wir flotten Hufes zurück zum Shopping-Center und wagten erst danach einen Vorstoß in den alten Stadtteil.

Er ist fremdartig und exotisch mit seinen meist nur einstöckigen weißen oder sandfarbenen Häusern und den flachen Dächern. Die Zeit scheint dort spurlos vorübergegangen zu sein, denn schon vor vielen hundert Jahren haben die Bewohner mit dieser Bauweise der heißen unwirtlichen Gegend getrotzt und tun es immer noch. Vermutlich gibt es auch hier inzwischen Strom und fließend Wasser, Dubai ist ein reiches Emirat, aber Reste alter Ziehbrunnen findet man hier und dort heute noch.

Die Sonne knallte vom wolkenlosen Himmel herab, die geleerten Wasserflaschen waren in einem winzigen einheimischen Laden schon lange durch volle ersetzt worden, die wurden aber auch zusehends leerer, und damit begann das sanitäre Problem! Wo um alles in der Welt kann man denn hier, wenn man mal muss?

Ich weiß nicht, wie die Einheimischen das handhaben, will's auch gar nicht wissen, denn ab und zu hatten wir schon kleine Rinnsale übersprungen, deren Ursprung uns so lange nicht interessiert hatte, bis Steffi nach einem misstrauischen Blick auf diese irgendwo versickernde

Flüssigkeit meinte: »Ob das hier wohl die örtliche Kanalisation ist?«

Wahrscheinlich war sie es nicht, aber selbst wenn … auch in orientalischen Ländern pflegt man bestimmte Tätigkeiten nicht coram publico zu erledigen, sondern in geschlossenen Räumen. Sofern man welche hat. Aber was, wenn nicht?

Bis dato hatte ich nur zweimal in meinem Leben ein Mann sein wollen oder wenigstens ein angehender, und das war damals in Berlin gewesen, als ich mich auf eine Keilerei mit Buddelkasten-Intimfeind Ulli eingelassen hatte und feststellen musste, dass er viel stärker war, und dann noch einmal zwei Jahrzehnte später in Hamburg nahe der Reeperbahn, als mir mein frisch angetrauter Ehemann den Zutritt zu einer ganz bestimmten Straße verweigert hatte, weil »Frauen dort normalerweise nicht reingehen«.

Zum dritten Mal verspürte ich den Wunsch nach einer zumindest vorübergehenden Geschlechtsumwandlung in jenem Augenblick, da Hannes hinter einem verrottenden Mauerrest verschwand und wenig später sichtlich erleichtert wieder zum Vorschein kam. Für uns andere war diese Rückzugsmöglichkeit indiskutabel, die Nische war viel zu schmal, zu niedrig und außerdem von zwei Seiten einsehbar.

»Ohne Pampers gehe ich nicht mehr aus dem Hotel!«, gelobte Stefanie, nachdem wir mit hängender Zunge endlich in die Zivilisation zurückgekehrt waren, in diesem speziellen Fall war es die Städtische Bibliothek gewesen.

Das Abendessen haben wir übrigens im Hotelrestaurant eingenommen; der vermeintliche Coffee-Shop war nämlich gar keiner! Und das Schild mit dem Pfeil und der silbernen Schrift LAVATORY haben wir nicht aus den Augen gelassen!

Kapitel 13

Ich heiße Hussein!«, sagte Hussein, ein dunkelhäutiger, sympathisch aussehender junger Mann in Jeans und persil-weißem T-Shirt. Die langen schwarzen Haare zu einem Pferdeschwanz gebunden, in einer Hand die Sonnenbrille, in der anderen eine Zigarette, stand er wartend neben einem Taxi. »Ein wennik ich spreche deutsch, but my english is much better! I am Egyptian and I am your taxi-driver wherever you want to go!«

Alles klar! Drei Tage lang würde uns dieser offenbar recht muntere Twen alles Sehenswerte dieses Landes zeigen und uns hoffentlich ein bisschen »orientalisches Flair« vermitteln können – was immer man darunter auch verstehen wollte. Vorgesehen waren Rundfahrten und Besichtigungen, individuelle Wünsche müssten vor Ort abgeklärt werden, Verpflegung und Trinkgeld seien im Pauschalpreis nicht enthalten.

So zumindest hatte Reisebüro-Julis Vorschlag gelautet, und wir hatten alles akzeptiert, zumal wir ohnehin keine Ahnung gehabt hatten, was genau man in Dubai und Umgebung besichtigen sollte oder unbedingt gesehen haben musste. Das ist in Europa ja ganz anders! Da lässt sich jeder Paris-Tourist auf den Eiffelturm baggern, besucht Notre Dame, den Louvre und die Champs Elysées, in Wien sind es der Prater und die Spanische Hofreitschule, in London der Tower und in München auf jeden Fall das Hofbräuhaus. Doch was beguckt man sich in den Emiraten? Vielleicht eine Ölpipeline?

Wie üblich übernahm Susanne die Präliminarien, informierte Hussein über Namen und Verwandtschaftsverhältnisse seiner künftigen Fahrgäste, und weil sein Englisch schon damals sehr viel besser war als meins, werden die ursprünglich in drei bis vier Sprachen – Hussein kauderwelscht sogar Französisch und ein bisschen Japanisch – geführten Mono- und Dialoge einschließlich diverser Streitgespräche künftig in Deutsch wiedergegeben.

Schwierigkeiten hatte er nur mit unseren Familiennamen, also kürzte er sie ab, doch als er mich zum dritten Mal »Miss S.« titulierte, schlugen wir vor, uns beim Vornamen zu nennen, das sei einfacher. Von da an klappte die Sache reibungslos.

Eines vorweg: Die Tage mit Hussein waren nicht nur sehr informativ, sie machten auch Spaß. Der Bursche hatte Witz und einen ziemlich schrägen Humor, und sobald er herausgefunden hatte, dass wir ganz verträgliche Zeitgenossen waren, kamen wir prima miteinander aus.

Getestet hatte er uns gleich in den ersten Minuten, und das bei dem großen Kreisverkehr mit seinen Wegweisern in alle Himmelsrichtungen. Vorgesehen war nämlich ein Besuch der Oase Al-Ain, wo wir mit einer anderen Gruppe zusammentreffen sollten, gemeinsam einen archäologischen Park durchwandern sowie den Kamelmarkt besichtigen würden und danach irgendein historisches Bollwerk, von denen es bei uns zu Hause aber auch eine ganze Menge gibt. Also bitte keine alten Trümmer, lieber eine dieser wunderschönen Moscheen besuchen. Wir waren ja dank eigenem Taxi autark. Und genau das schien Hussein nicht zu begreifen »Wo wollen Sie jetzt hin? Nach Al-Ain? Warum?«

Hannes erläuterte das Besichtigungsprogramm. »Wir treffen uns dort noch mit anderen deutschen Touristen.«

Hussein: »Treffen? Wo?«

Hannes: »Keine Ahnung. Ich denke, das wissen *Sie!*«

Hussein: »Ich weiß gar nichts, bin nur der Chauffeur. Wo entlang geht es nach Al-Ain?«

Hannes, langsam ungeduldig: »*Sie* sind doch unser Fahrer!«

Hussein: »Ich fahre ja, Sie müssen mir nur sagen, wohin!«

Hannes: »Nach Al-Ain!«

Hussein: »Ist das immer geradeaus? Die Schilder kann ich nicht gut lesen, ich habe kurze Sicht.«

Hannes: »Sie sind kurzsichtig?«

Hussein: »Macht aber nichts, ich habe gutes … wie sagt man? Gefühl für orientieren.«

Natürlich lieferte er uns ohne Umwege am Eingang zum Park ab, wo wir uns zu der bereits wartenden Bus-Truppe gesellten; sie war aus einem der vielen Strandhotels herangekarrt worden und schien überwiegend aus Rheinländern zu bestehen, die ganz offensichtlich schon mehrere Touren hinter sich gebracht hatten.»Heidiii, wie wor dat noch ens mit dem Harald singe verjessene Handdoch? Hät ihr dat widderkräje?«

Während wir, in jeder Hand eine Wasserflasche, bei sengender Hitze durch den nahezu schattenlosen Park schlappten, unbekannte Gewächse und ein rekonstruiertes Rundgrab besichtigten, indem wir es dreimal umkreisten und trotzdem von jenem dort angeblich ruhenden Heiligen nicht erleuchtet wurden, was gelegentlich schon vorgekommen sein soll, nahm unser Taxifahrer auf dem Parkplatz sein Auto auseinander. Hannes hatte nämlich behauptet, den Ehering im Wagen verloren zu haben. »Der wird heruntergerutscht sein, während ich den Sitz verstellen wollte. Oder vorher, als ich mit meiner Frau den Platz getauscht habe ... irgendwo muss er ja sein, vielleicht steckt er in einem von den Polstern ... Könnten Sie wohl mal nachsehen?«

Er baute gerade den Beifahrersitz wieder ein, als wir den Rundgang beendet hatten und Hannes ihm auf der flachen Hand den Ring präsentierte. »Ich hatte doch tatsächlich vergessen, dass ich ihn vorhin in die Tasche gesteckt habe!«

Nur einen Augenblick lang signalisierte Husseins Blick Mordgelüste, doch dann nickte er verstehend. »Okay, I call it quits!«, sagte er grinsend, was so viel bedeutet wie »ich hab kapiert! Jetzt steht's pari!«

Von diesem Moment an verstanden sich die beiden Männer prächtig. Und dass Hussein von seiner Kurzsichtigkeit ganz plötzlich geheilt war, sei nur nebenbei erwähnt.

Weiter ging es zum nächsten Ziel, dem Kamelmarkt. Wir zockelten hinter dem Bus her, stoppten weisungsgemäß vor dem Gefängnis, einem sehr robusten Bau ohne Erfolgschancen für potenzielle Ausbrecher, stiegen aus und ließen uns die Elemente der osmanischen Architektur erklären. Woraus sie bestehen, weiß ich aber nicht mehr.

Da war der Kamelmarkt schon beeindruckender, auch wenn die Kamele ausnahmslos Dromedare waren, die geduldig in der glühenden Sonne standen, uns herablassend musterten und sich dann gelangweilt abwandten. Als Käufer kamen wir offensichtlich nicht in Betracht.

Ob wir eins haben wollten, erkundigte sich Hussein, er könne äußerst preiswert ein Tier besorgen, auch mehrere, ein Freund von einem seiner Freunde sei nämlich mit der Schwester vom Onkel eines Kamelzüchters verheiratet (oder so ähnlich), da hätte er Beziehungen, und Kamele seien doch viel genügsamer als Esel. Die halte man in

Deutschland nämlich als Haustiere, das habe er mal in einem Film gesehen.

»Und wie kriege ich das Kamel ins Flugzeug?«, wollte Hannes wissen.

Bevor Hussein eine passende Antwort eingefallen war, ließ uns ein lautes Hupen zusammenfahren. Der Bus mit den Kölnern bahnte sich langsam aber nachdrücklich einen Weg durch die kreuz und quer geparkten Pritschenwagen, auf deren Ladeflächen Dromedare standen oder lagen und sich das Getümmel von oben beguckten. Ein Tier lag sogar, vor dem heißen Metall mit einer gepolsterten Decke geschützt, wiederkäuend auf dem Dach einer Limousine.

»Gibt den armen Viechern denn niemand mal was zu trinken?«, empörte sich Stefanie.

»Kamele können leben eine ganze Woche ohne Wasser«, bestätigte Hussein prompt die auch mir bekannte Tatsache (Karl-May-Lektüre bildet!).

»*Ich* nicht!«, unterbrach ihn Steffi. »Oder habe ich vielleicht Ähnlichkeit mit einem Kamel?«

»Auf den ersten Blick nicht«, befand Susanne, »und deshalb solltest du schleunigst aus der prallen Sonne raus!«

Damit waren wir alle einverstanden, und das nicht nur wegen der Hitze, denn was man bei zwei oder drei Kamelen noch nicht so richtig merkt, wird bei der zwanzigfachen Menge offensichtlich: Viele Kamele auf einem Haufen riechen gar nicht gut!

Hannes blinzelte in die Sonne, ermittelte nach deren Stand die vermutliche Uhrzeit und beschloss, dass es Zeit zum Mittagessen sei. »Der Bus ist ja auch schon lange weg.«

»Ja, zum Tiermarkt!«, sagte Susanne.

»Da sind wir doch schon …«, sagte Hannes.

»Wir sind aber bei den Kamelen!«, sagte Susanne.

»Ich denke, das sind Dromedare …«, sagte Hannes.

»Es *sind* auch Dromedare«, sagte Susanne.

»Sind Dromedare *keine* Tiere?«, fragte Hannes.

»Natürlich sind Dromedare Tiere!«, sagte Susanne.

»Dann ist das hier also doch ein Tiermarkt?«, fragte Hannes.

»Was sollte es wohl sonst sein?«, fragte Susanne.

»Und warum müssen wir dann dorthin fahren, wo wir schon sind?«

Bevor dieser inhaltsschwere Dialog weitergeführt wurde, dessen Feinheiten Hussein ohnehin verborgen blieben, mischte er sich ein, denn was das Wort Tiermarkt bedeutet, wusste er. »Auf dem anderen Markt gibt es Kühe und Ziegen zu kaufen. Und Futter. Ist nicht sehr interessant. Oder wollen Sie kaufen eine Kuh? Geht aber auch nicht ins Flugzeug!«

Also verzichteten wir auf die Besichtigung dieser vierten Touristenattraktion, denn Ziegen und Kühe kannten wir schon; die hatte es nämlich auch bei dem Bauern gegeben, bei dem wir früher immer unsere frische Milch geholt haben. Jetzt hat er keine Kühe mehr, sondern einen Reiterhof, der ist lukrativer.

Hussein wurde also gebeten, uns unter Umgehung des zweiten Tiermarkts direkt zu jenem Restaurant zu bringen, in dem es ein gemeinsames Mittagessen geben sollte und – das Wichtigste! – eine Toilette! Unser Pech war nur, dass die Busbelegschaft an der Besichtigung auch in Deutschland hinreichend bekannter Haustiere kein Interesse gezeigt hatte und kurz vor uns angekommen war; wir sahen die letzten drei Gäste noch aussteigen und schnellen Schrittes davoneilen – dorthin, wohin wir doch auch so dringend wollten!

Nun setzten sich jene Fahrgäste jedoch nicht nur aus den (vermutlichen) Mitgliedern eines rheinischen Kegelklubs zusammen, denn es gab unter anderem auch ein sehr sympathisches Ehepaar mittleren Alters und zwei allein reisende, etwas betuliche Schwestern, die vor einem halben Jahr ein stattliches Sümmchen im Lotto gewonnen hatten und nun endlich »in den Orient« hatten fahren wollen, weil das schon immer ihr Traum gewesen war. Weshalb sie ausgerechnet in Dubai gelandet waren, wo sie sich eigentlich alles ganz anders vorgestellt hatten, hatte offenbar an ihrer Großnichte gelegen, denn die hatte unbedingt hierher gewollt, und die hatten sie doch mitnehmen *müssen,* weil sie Englisch spricht. »Wir haben das damals ja noch nicht in der Schule gelernt«, bedauerte Renate, anscheinend die Ältere und Beherztere der beiden, »und so ganz ohne jemanden, der sich verständigen kann, wollten wir nun doch nicht reisen, stimmt's, Lilli?«

Lilli nickte und vertiefte sich wieder in die englische Speisekarte mit dem Stickmuster auf der gegenüberliegenden Seite. »Was heißt denn mut-ton? Ist das was mit Fleisch?«

»Hammel!«, entfuhr es mir sofort, denn dieser nach Talg schmeckende, in einer undefinierbaren Soße schwimmende Fleischklotz hatte mir seinerzeit das ohnehin nicht gerade positive Image der englischen Küche bestätigt. Ein bisschen kann ich nämlich mitreden, nicht umsonst hatte ich für ein paar Jahre eine englische Schwiegertochter!

»Und wo ist Ihre Großnichte jetzt?«, nahm ich das unterbrochene Gespräch mit Renate wieder auf.

»Ach, sie will heute einkaufen, und das wäre für uns bestimmt viel zu langweilig geworden, hat Simone gesagt und uns diesen Ausflug empfohlen, weil daran nur Deutsche teilnehmen und wir einen deutschsprachigen Führer haben würden. Aber der ist ein Orientale und spricht nur ganz schlecht Deutsch.«

»Wie lange wollen Sie denn in Dubai bleiben?«

»Noch fünf Tage, so lange ist nämlich das Hotel schon

bezahlt.« Das klang alles andere als begeistert. »Aber danach fliegen wir noch für zwei Wochen nach Thailand ans Meer, da können wir uns ja wieder erholen.«

Abgesehen davon, dass ich gar keine echten Tanten hatte, sondern nur wenig geliebte »Nenn«-Tanten, hat mich nie eine von ihnen zu irgendetwas eingeladen, nicht mal zum Zirkus Sarasani, als der gerade in Berlin gastierte. Die Karten dafür hatte meine Großmutter bezahlt und am übernächsten Tag auch den Eintritt ins Schloss Sanssouci, wo Tante Lore dann auch prompt der Geldbeutel aus der Kostümjacke geklaut worden war – jedenfalls hatte ich das damals für ausgleichende Gerechtigkeit gehalten. Aber gesetzt den Fall, *ich* hätte jemals die Einladung zu solch einer Märchenreise bekommen, dann hätte *ich* meine jetzt wohlhabenden Tanten nicht eine Minute lang allein gelassen! Vielmehr hätte ich sie zum Shoppen zwangsverpflichtet und auch neu eingekleidet! Besonders Lilli sah in ihrem braun-weiß getupften Kleid mit Spitzenkragen und den soliden Schnürschuhen ein bisschen sehr altbacken aus.

Die Entscheidung, was wir eventuell essen wollten, hatte man uns bereits abgenommen. Es war vorab bestellt worden und hatte wohl auch schon längere Zeit auf uns gewartet, denn es wurde sofort serviert und war lauwarm. Egal, wir hatten Hunger, wenn auch mein Appetit schlagartig nachließ, als schräg gegenüber der männliche Part des sympathischen mittelalterlichen Ehepaars leise mit den Calamares-Ringen auf seinem Teller zu reden begann. »Schau mir in die Augen, kleine Salmonelle, ich esse *deine* Augen mit und ohne Pelle.«

Sofort legte ich das Besteck hin, doch der Herr lächelte zu mir herüber und sagte beruhigend: »Essen Sie ruhig weiter, ich gehe davon aus, dass *das* hier irgendwann doch mal richtig gekocht hat.«

»Und wenn nicht?«

»Das hiesige Krankenhaus soll ganz modern sein.«

Mag ja zutreffen, aber man muss doch nicht alle Errungenschaften des Ölbooms in Anspruch nehmen wollen! Mir fiel dann auch rechtzeitig genug ein, dass ich eigentlich schon satt war und Tintenfisch ohnehin nicht besonders mag. Das rabenschwarze Gebräu, Kaffee genannt, aber auch nicht. Außerdem stand Hussein schon an der Tür, äugte zu uns herüber und winkte verstohlen. »Ich gehe mal Hände waschen«, informierte ich die neben mir sitzende Stefanie und stand auf.

»Warte, ich komme mit.«

Wir folgten unserem Chauffeur durch einen Gang und durch eine Tür in einen zweiten Gang, dann noch mal durch eine Tür, und als ich schon an Frauenraub dachte und mir ein künftiges Leben vorstellte als Küchensklavin im Harem eines der vielen orientalischen Scheichs, standen wir schließlich in einem wunderhübschen kleinen Garten. In seiner Mitte befand sich ein umzäuntes Gehege, und darin lag wiederkäuend ein fast weißes Dromedar. Auch das wäre nicht unbedingt sehenswert gewesen, sehr helle Tiere hatte es schon auf dem Kamelmarkt gegeben, aber kein Dromedar-Baby. Und hier waren es gleich zwei – Zwillinge! Gerade mal fünf Tage alt, einfach zum Anbeißen mit diesem noch ganz weichen Fell und den großen dunklen Augen.

»Die sind ja zum Knuddeln!«, sagte Steffi und tat es ausgiebig. »Schade, dass aus diesen Wonneproppen auch bloß wieder Kamele werden.«

»Wie bei uns, nur dauert's da länger.«

Hussein drängte zum Aufbruch. Der Bus werde gleich abfahren, und Mister Hannes sei bestimmt schon auf der Suche nach uns.

Der trabte tatsächlich ungeduldig auf und ab, während Susanne auf einem Mauerrest hockte und ein herumirrendes Huhn mit Kekskrümeln fütterte. »Euch kann man auch nicht einen Moment aus den Augen lassen!«, tönte die Stimme unseres Herrn. »Wo wart ihr denn bloß? So lange kann doch kein Mensch pinkeln!«

Wir sagten vorsichtshalber gar nichts, krabbelten in unser dank Klimaanlage angenehm temperiertes Taxi und ließen uns von Hussein erzählen, welche Sehenswürdigkeiten nun besichtigt werden mussten.

Geplant sei ein Rundgang durch den Zoo, und dort wiederum bestehe die Chance, einige der sehr scheuen Oryx-Antilopen zu sehen, die im Allgemeinen …

»Neiiin!« Das kam einstimmig! Immerhin hatten wir diese Tiere beinahe hautnah in der Wüste beobachten können, statt hinter Gittern, und es gäbe bestimmt noch etwas anderes, das vielleicht spezifischer nur für dieses Land sei. Zoologische Gärten hätten wir zu Hause nämlich auch.

»Um vier Uhr müssen wir aber sein am Museum bei den Leuten von Bus«, erläuterte Hussein, »der Fahrer hat Karten für Eintritt. Oder wollen Sie bezahlen selber?«

Das wollten wir eigentlich nicht, und genau genommen wollten wir auch gar nicht durch ein Museum pilgern und viel Altes begucken, doch das ließ Hussein nicht durchgehen. Es sei wirklich sehr interessant zu verfolgen, wie sich die Vereinigten Emirate im Laufe der letzten dreißig Jahre entwickelt haben.

Also doch eine Ölpipeline oder wenigstens die Fotos einer solchen?

Er fuhr uns zu einer Moschee, die nicht zum offiziellen Besichtigungsprogramm gehört, jedoch sehenswerter ist als ein altes Gefängnis und schöner als jeder Zoo. Danach gingen wir Kaffee trinken. Ist ja auch verständlich, wenn man als Insasse eines Autos immer wieder mit diesem riesigen Küchengeschirr konfrontiert wird, das häufig den Mittelpunkt eines Kreisverkehrs bildet. Unsere heimischen

Kreisel zeichnen sich meist nur durch mehr oder weniger gepflegte Blumenbeete aus oder durch staubiges Gebüsch, in Dubai prangt jedoch in der Mitte irgendwas Monumentales, und besonders beliebt ist die immer wiederkehrende, meterhohe orientalische Kaffeekanne, umgeben von sieben Bechern, die die sieben Emirate symbolisieren, gleichzeitig aber auch der orientalischen Gastfreundschaft Rechnung tragen sollen.

Diese Art Denkmal ist zweifellos gewöhnungsbedürftig, macht aber wenigstens noch Sinn, doch die steinernen Bambis, die riesigen Raubvögel oder eine bunte Cinderella, die so herzig alle sie umkreisenden Autofahrer anlächelt, strapazieren die europäische Bereitschaft zur Toleranz denn doch ganz erheblich! Nach dem zehnten Kreisel hat man sich aber daran gewöhnt.

Etwas später saßen wir zu fünft in einem arabischen Land vor einem deutschen Café auf Plastikstühlen *Made in Taiwan* und tranken italienischen Cappuccino. Der Kellner trug Turban und kam aus Pakistan.

»Im Jahre 1869 schwindet mit Eröffnung des Sueskanals die Bedeutung der osmanischen Hafenstädte als Warenumschlagplatz«, dozierte der sehr britisch aussehende, aber leicht schwäbelnde Museumsführer und deutete mit dem Zeigestock auf einen imaginären Punkt auf der weißen Wand links neben der Landkarte mit den Emiraten, um uns scheinbar Interessierten zu verdeutlichen, wo wir uns den neu eröffneten Sueskanal vorzustellen hatten.

»Na ja, wenigstens ist er schon im neunzehnten Jahrhundert angekommen«, flüsterte Stefanie, »jetzt haben wir nur noch ein paar Jahrzehnte vor uns, bis zum ersten Mal hier unten Öl gefunden wurde.«

Wir hockten auf einer ziemlich unbequemen, weil vermutlich auch schon musealen Holztruhe, denn die wenigen Stühle waren alle besetzt, und von neuntausend vor Christus bis zum ausgehenden zwanzigsten Jahrhundert dauert es ziemlich lange, das hält man stehend einfach nicht durch. Hannes hatte sich schon vorher ausgeklinkt und war mit Hussein verschwunden – Tee trinken!

»… 1971 Gründung der Vereinigten Arabischen Emirate und schon ein Jahr später Aufnahme in die UNO. Im Zuge des zweiten Golfkrieges 1990–1991 …«

Susanne seufzte hörbar. »Wie nennt man doch gleich eine Person, die ständig redet, auch wenn niemand mehr zuhört?«

»Lehrer!«, fiel mir ein. Und als ich unseren dozierenden Herrn in Anzug und Krawatte betrachtete, wie er den in allen Varianten bundesdeutscher Freizeitmode gelangweilt Herumstehenden das Steigern der Erdölförderung in exakten Zahlen auflistete, kam ich immer mehr zu dem Schluss, dass hier ein pensionierter Pädagoge seinem Hobby frönte: Wissen zu vermitteln! Auch wenn es niemanden so richtig interessierte.

»Und nun, meine Herrschaften, folgen Sie mir bitte in den ersten Saal.« Er schritt voran, die Herde trottete hinterher. Wir blieben zurück.

»Wetten, dass er jetzt mit den Werkzeugen aus der letzten Eiszeit anfängt?«, vermutete Stefanie. »Angeblich hat man doch in Oman irgendwelche Überreste ausgebuddelt und hierher gebracht.«

Diese Wette hätte sie allerdings verloren, denn als wir uns, die wir nun auf eigene Faust besichtigten, zum ersten Mal verlaufen hatten, begegneten wir nach knapp fünf Minuten unseren Mitreisenden bereits zur Zeit des Weihrauch-Exports (sechshundert nach Christus), und wenig später – wieder auf einem Irrweg – trafen wir uns schon beim Seehandel mit Ostafrika und China (neuntes und zehntes Jahrhundert) – alles dokumentiert durch Zeichnungen und nachgemachte Landkarten. Doch dann wollte Susanne an die frische Luft, wir suchten den Ausgang, fanden ihn schließlich und liefen vor der Tür jenem Herrn in die Arme, der mit Salmonellen zu kommunizieren pflegt. »Haben Sie zufällig Feuer? Ich habe meine Streichhölzer irgendwo liegen gelassen.«

Susanne hatte natürlich welche, nahm auch dankend eine Zigarette aus dem fast leeren Päckchen entgegen, und dann stieß auch schon die Ehefrau des Salmonellenfreundes zu uns. »Also *hier* steckst du, Udo, und ich suche dich überall! Dieser furchtbar kluge Mensch doziert gerade über einen Erbfolgekrieg, und da hatte ich endgültig genug! Ich hab doch damals in der Schule schon den spanischen nicht verstanden ...« Sie warf erst uns und dann ihrem Mann fragende Blicke zu. »Möchtest du uns nicht miteinander bekannt machen?«

Udo hüstelte. »Würde ich ja gern, mir fehlen nur die nötigen Informationen – zum Beispiel Namen.« Dann gab er sich jedoch einen Ruck und wurde (beinahe!) förmlich: »Wir sind Herma und Udo Weller aus Wiesbaden, seit einer Woche hier herum unterwegs und nebenbei auf der Suche nach einem passenden Ehemann für unsere zweiundzwanzigjährige Tochter; unter einem Scheich mit mindestens drei Ölquellen tun wir's natürlich nicht!«

»Haben Sie schon Interessenten gefunden?«, fragte Steffi sofort. »Bei einem Überangebot wäre vielleicht auch etwas Passendes für Susanne dabei ...«

»Danke, kein Bedarf!«, tönte es prompt. »Heiraten ist gut, ledig bleiben ist besser! Das steht schon in der Bibel!«

»Wo denn da?« Es erschien mir etwas widersinnig, wenn Pfarrer und Pastoren in ihren Kirchen den heiligen Bund der Ehe segnen, obwohl die Bibel offenbar von einem solchen abrät.

»Erster Korinther sieben, Vers achtunddreißig! – Du

kannst es ruhig glauben«, bekräftigte Susanne, »ich hab mir das extra eingeprägt, weil man damit kuppelnden Tanten und neugierigen Freunden ganz schnell den Wind aus den Segeln nehmen kann.«

Das hatte gesessen! Also Themawechsel, und weil wir nun wussten, dass unsere neuen Bekannten Udo und Herma hießen, nannten wir ebenfalls nur unsere Vornamen; ohnehin würden wir uns kaum noch mal über den Weg laufen.

Vereinzelte Museumsbesucher tröpfelten aus dem Gebäude, sammelten sich am Bus, nur war es der verkehrte, doch wenig später erschien auch die Vorhut »unserer« Bustruppe, vorneweg Lilli und Renate, heftig debattierend. »Ich habe noch immer nicht verstanden, Renate, weshalb hier die linke Hand als unsauber gilt. Waschen sich die Orientalen denn nicht beide Hände?«

Doch, sie tun es, vielleicht sogar häufiger als wir, aber ihre linke Hand dient in jenen Landen gelegentlich auch einer Tätigkeit, zu der wir gemeinhin Toilettenpapier benutzen! Ob Lilli dafür wohl Verständnis haben würde? – Um ehrlich zu sein: Ich nicht! Aber wir Europäer haben's ja sowieso viel zu sehr mit der Hygiene!

Der Herr Museumsführer sammelte seine Gefolgsleute noch einmal um sich, denn es galt nun eine zu Beginn des Rundgangs angekündigte Frage richtig zu beantworten, was natürlich nur derjenige vermag, der aufmerksam zugehört habe. Als Belohnung winke ein wertvolles Geschenk.

»Wir wissen doch eh nix«, lehnte ich ab und blieb auf dem Hydranten sitzen, dem einzigen Gegenstand rundherum, der höher war als dreißig Zentimeter.

»So!«, tönte es in die erwartungsvolle Stille. »Wer kann mir denn nun sagen, wann die Vereinigten Arabischen Emirate gegründet wurden!« Abwartend blickte der Herr

Lehrer in die Runde. Keine Antwort. Dann doch eine. »1920!«

»Quatsch«, murmelte Stefanie, »da hatte man doch noch gar kein Öl entdeckt.«

»So um 1950 herum«, vermutete jemand anderes.

»Auch Quatsch! Um diese Zeit haben sich die Scheichs hier unten noch die Köpfe eingeschlagen!«

»Entweder hältst du jetzt den Mund, oder du machst ihn richtig auf!«, empfahl ich meiner Tochter. »Dieses ewige Besserwispern nervt!«

»1962!«, rief der Nächste.

»Auch das stimmt nicht«, jammerte der Herr Dozent, »hat denn niemanden diese bedeutende Jahreszahl interessiert? Oder haben Sie mir gar nicht zugehört?«

Stefanie gab sich einen Ruck. »Na gut, wenn es seiner Reputation dient ...« Und dann ziemlich laut: »Die Vereinigten Arabischen Emirate wurden 1971 gegründet und waren ein Jahr später bereits Mitglied der UNO!«

»Aber das ist ja ganz ausgezeichnet!«, freute sich der Herr Lehrer und kam so schnell auf uns zu, dass Steffi es gerade noch schaffte, mir unbemerkt etwas in die Hosentasche zu schieben. Er schüttelte ihr beide Hände, beglückwünschte sie zu ihrem offensichtlichen Interesse an dem Aufstieg dieser einst doch recht armen Region und wünschte ihr noch einen angenehmen Aufenthalt. Ach ja, ihren Gewinn bekäme sie an der Kasse ausgehändigt, gleich links vom Eingang, und viel Freude damit.

Der Bus samt seiner Fracht war schon abgefahren, als Steffi endlich mit einem schuhkartongroßen, in Glitzerfolie gewickelten Päckchen zurückkam. »Ich bin genauso neugierig wie ihr, aber ich mache es trotzdem erst im Hotel auf.«

»Wie ein kleines Andenken aus dem Gold-Souk sieht es zwar nicht aus«, überlegte Susanne, »andererseits habe ich gestern in dem Laden mit den vielen Diademen sogar einen goldenen Spucknapf gesehen …«

»Iiiihhhh!«, kam es sofort zurück.

»Du könntest ihn ja notfalls als Trinknapf für Mäx benutzen.«

»Mein Hund ist zwar von Adel, aber nicht blasiert! Ihm genügt noch Meißener Porzellan …« Vorsichtig schüttelnd hielt Stefanie das Päckchen ans Ohr. »Es klingt, als ob da was herumschwappt.«

»Dann ist es wohl doch bloß eine Flasche mit Rohöl!«

Während der ganzen Rückfahrt ergingen wir uns in Mutmaßungen, kamen aber zu dem Schluss, dass es sich bei etwas so kostbar Verpacktem nur um einen ebenso kostbaren Inhalt handeln konnte. Auch Hussein enthielt sich der Stimme, behauptete vielmehr, noch niemals so intelligente Touristen gefahren zu haben, die man einer offiziellen Anerkennung für würdig befunden hatte. Weshalb er dabei so hinterhältig grinste (das konnte ich im Rückspiegel sehen), wurde mir erst später klar.

Doch ganz egal, was das Päckchen enthalten würde – verdient hatte Stefanie es auf keinen Fall. Ihr bemerkenswertes Gedächtnis beruhte nämlich auf ihrem Miniatur-Reiseführer, den sie mir noch schnell in die Tasche gesteckt hatte; gleich vorne auf der zweiten Seite waren die wichtigsten geschichtlichen Daten untereinander aufgelistet!

»Heute sollten wir aber wirklich mal einheimisch essen!«, entschied Steffi, als wir uns frisch geduscht, geföhnt und ausgehfein neben der Tür gegenüber der (unechten) Palme wieder zusammengefunden hatten – man erinnere sich an die sechs Ausgänge dieser Hotelhalle. »Hussein hat gesagt, wir sollen uns erst parallel zum Creek halten und dann halbschräg abbiegen, da kommt dann ein kleiner Park, da müssen wir vorbei, und dort gegenüber oder nebendran oder so ähnlich gibt es ein recht akzeptables einheimisches Restaurant.«

»Hat er auch gesagt, in welche Richtung wir gehen müssen?« Etwas ratlos blickten wir auf das von ankernden Dschunken, Lastkähnen und kleinen Booten bedeckte Gewässer. Ein Creek ist bekanntlich ein mehr oder weniger kleiner Fluss oder auch Flussarm, und wenn man vor ihm steht, hat er logischerweise zwei Seiten.

»Ja. – Nein. Das heißt, ich habe gar nicht danach gefragt«, musste Steffi zugeben, »aber so viele schräge Straßen gibt es hier in der Nähe bestimmt nicht.«

Auch wieder wahr.

Wir haben keine schräge Straße gefunden, folglich auch kein akzeptables einheimisches Restaurant, dafür aber eins, das ganz bestimmt noch viel einheimischer war, denn durch die geöffnete Tür sahen wir drei bärtige beturbante Männer vor einer großen Wasserpfeife sitzen. Weiter hinten standen niedrige Tische, an denen gegessen wurde, und was da an fremdartigen Düften in unsere Nasen stieg, roch wirklich sehr orientalisch. Also nix wie rein! Oder doch nicht? Besser erst mal die Lage peilen!

»Hannes, du bist ein Mann, als solcher hast du in diesem Land überall Zutritt, auch ohne Bart, jetzt geh mal da rein. Und sieh dich ein bisschen um«, schlug ich vor.

»Ja, und guck gleich nach, ob die auch eine Toilette haben! Oder einen *recreation-room!«,* ergänzte Steffi eingedenk unserer schon Jahre zurückliegenden Suche nach jener Installation, die in dem Londoner Nobel-Kaufhaus aber nirgends ausgeschildert war; es hatte lange gedauert, bis wir endlich zu dem Schluss gekommen waren, dass man in solch einer elitären Umgebung nicht einfach auf die Toilette geht, sondern die in jedem Stockwerk ausgewiesenen »Erholungsräume« aufsucht. Wer weiß, ob man inzwischen nicht auch hier …? In einem Land mit goldenen Spucknäpfen war alles vorstellbar.

»Seid froh, wenn es da überhaupt was gibt, das diesen Namen verdient.« Etwas zögernd betrat Hannes dieses Etablissement, verschwand im Dunkeln, war aber nur Sekunden später schon wieder draußen. »Ich glaube, das ist ein bisschen *zu* einheimisch! Ihr Frauen würdet nämlich in den sehr spärlich beleuchteten Nebenraum verbannt werden, in dem lauter schwarz verhüllte Gestalten sitzen. Ich vermute mal, dass sie zu den Bärtigen hier vorne gehören. Die Damen hocken alle auf dem Boden, haben mich richtiggehend angefunkelt, mehr sieht man ja von ihnen nicht, und wenn ich noch etwas weiter vorgedrungen wäre, hätte man mich wahrscheinlich massakriert: Ein Ungläubiger im Harem!«

Also besser nicht einheimisch, stattdessen doch mal eine dieser für Touristen auf arabisch getrimmten Lokalitäten? So richtig konnten wir uns noch nicht entscheiden, schlenderten parallel zum Creek die Uferpromenade entlang und wunderten uns über die vielen neben den Lastkähnen aufgereihten Waren. Da stapelten sich Autoreifen neben riesigen Stoffballen, aufeinander getürmte Säcke stützten sich an Bergen von Holzkisten, mittendrin drei zusammengebundene, nagelneue Fahrräder, dann wieder Kisten und windschiefe Kartonstapel, die eigentlich schon längst hätten umkippen müssen, ein notdürftig verpacktes Klavier … und nirgends Wachpersonal oder auch nur mal ein Hund, der bei Diebstählen vielleicht bellen würde.

»Klaut denn hier niemand was?«, rutschte mir beim Anblick dieser sich Hunderte von Metern hinziehenden Warenstapel heraus. »Das ist doch ein Eldorado für jeden, der gerne gratis einkauft.«

»Wahrscheinlich hat das niemand nötig! Diese Stadt sieht nicht so aus, als gäbe es hier bedürftige Menschen.«

Steffi betastete vorsichtig ein in Sackleinen gewickeltes, handliches Paket in der Erwartung, jetzt würde aus irgendeiner Ecke jemand herbeieilen und sie des versuchten Diebstahls bezichtigen, aber es tat sich nichts. Keiner der anderen Passanten kümmerte sich um uns, selbst dann nicht, als Stefanie vorsichtig ein kleines Loch in die Umhüllung bohrte und ein Gemälde samt Goldrahmen entdeckt zu haben glaubte. Richtig aufgeregt wurde sie. »Was, wenn das ein verschollener Rembrandt wäre ...?«

Darauf – todernst! – Susanne: »Wieso verschollen? Ich denke, der ist längst tot?«

Und damit war's passiert! Wir hatten mal wieder jenes Stadium erreicht, in dem wir uns wie alberne Teenager benahmen und alles furchtbar komisch fanden – von den zugedeckelten Papierkörben bis zu dem auf ein Fahrrad montierten Verkaufsstand mit der knallroten Aufschrift: *Kwality Ice-Cream.* Jedenfalls zogen wir drei kichernd – Hannes mindestens zehn Meter hinter uns! – am Creek entlang und entdeckten schließlich die bewusste schräge Straße, nur führte sie nicht zu dem von Hussein empfohlenen einheimischen Restaurant, sondern geradewegs zu McDonald's.

»Das nennt man Schicksal!« Sofort steuerte Hannes, bekennender Big-Mac-Fan und allen Argumenten gegenüber taub, die gegen einen häufigeren Besuch dieser Futterquelle sprechen, den geliebten Fresstempel an. »Endlich gibt es was Vernünftiges zu essen!«

Minuten später ließ er sich befriedigt auf einer Eckbank nieder. »Man fühlt sich doch gleich wie daheim. Die Sitze sind genauso unbequem, die beleuchtete Speisekarte überm Tresen mit den bunten Bildchen sieht hier auch nicht viel anders aus, man braucht keinen Dolmetscher, und wenn die ›Hamburger‹ in Dubai ebenso groß sind wie die in Heidelberg, dann weiß ich, wo ich in den nächsten zwei Tagen wenigstens satt werde!«

Das leuchtete ein! Die Calamares am Mittag waren wirklich kein Highlight der arabischen Küche gewesen, also warum nicht mal Pommes aus der Tüte, Salat aus einer benutzerfeindlichen Plastikschüssel und Fleischklops in einem Wattebrötchen. Meine Abneigung gegen Fastfood hat dieses frugale Mahl jedenfalls nicht mindern können! Wenigstens war der Kaffee trinkbar – im Vergleich zu dem arabischen Getränk gleichen Namens schmeckte er um Klassen besser.

»Da ich nicht weiß, wie lange wir unterwegs sein werden, bis wir unser Hotel wieder gefunden haben, möchte ich vorsichtshalber jene Installation aufsuchen, von der ich annehme, dass sie ebenfalls dem internationalen Standard der McDonald's-Filialen entspricht«, salbaderte ich und stand auf.

»Du liebe Zeit, sag doch gleich, dass du aufs Klo willst!«, meinte Steffi nur. »Warte, ich komme mit.«

Ja, und dann standen wir in jenem Raum, der den weiblichen Gästen vorbehalten ist, öffneten je eine Kabinentür – mehr als zwei gab es ohnehin nicht – stolperten beinahe über die gemauerte Umrandung und – staunten. Statt einer Toilette hingen jeweils etwa zwei Meter schwarzer Gartenschlauch an der Wand, aus dem es munter auf den Boden tröpfelte, und der stand bereits zentimeterhoch unter Wasser. Es gab sogar eine Art Abflussloch, nur lief daraus nichts ab. »Steffi ...!«

Doch die stand schon neben mir, und dann blickten wir gemeinsam auf dieses recht ungewohnte Bild. Wie um alles in der Welt sollte man hier das tun können, wozu wir gekommen waren?

»Also die Sache mit dem Loch in der Mitte kenne ich aus Frankreich«, fiel mir ein, »liegt zwar schon ein paar Jahrzehnte zurück, in sehr ländlichen Kneipen gibt es das vielleicht immer noch, allerdings nur für Männer, und wenn ...«

»Hier an der Tür steht aber Ladies«, vergewisserte sich Steffi noch einmal, bevor sie diese merkwürdige Installation erneut in Augenschein nahm. »Wie soll das eigentlich funktionieren, wenn man ...«

Die Tür ging auf, eine schwarz verhüllte Gestalt huschte herein, musterte uns, die wir immer noch in die erste Kabine starrten, wollte die andere betreten, schreckte zurück, murmelte Unverständliches, wandte sich ab und enteilte.

»Die geht sich jetzt beschweren«, vermutete ich, »aber bevor jemand Kompetentes auftaucht und uns am Ende noch als Urheber dieser Planscherei verdächtigt, sollten wir besser verschwinden!«

»Ich muss aber ...«

»Ich auch, nur nicht jetzt und nicht hier! Komm schon!«

Da man bei McDonald's sein Essen schon vorher bezahlen muss, damit man nach Beendigung der Mahlzeit nicht die Zeche prellen und heimlich abhauen kann, verließen wir die gastliche Stätte, bevor die schwarze Frau ihre gestenreiche Beschwerde anbringen konnte; es herrschte immer noch reger Betrieb am Tresen, und so richtig schien ihr niemand zuzuhören.

Nun standen wir wieder auf der Straße, rechts Häuser, links Häuser, vor uns ein kleines Rondell mit Blumenbeeten, Sträuchern und darin versteckten Lampen – sehr dekorativ, doch leider auch sehr hell, also keine Chance, einfach mal seitwärts in die Büsche ...

»Wo geht's denn eigentlich zum Hotel?«, wollte ich wissen, es war ja immerhin möglich, dass wir gar nicht so weit weg waren. Und dort gab es gleich vis-à-vis der Fahrstühle einen Waschraum!

»Rechts rum!«, sagte Steffi. »Wir sind doch von links gekommen!«

»Links rum!«, widersprach ich. »Wir haben doch ein paarmal einen Bogen geschlagen, und folglich müssen wir …«

»… erst mal geradeaus zum Wasser, und dort sehen wir weiter!«, entschied Hannes, wechselte die Straßenseite, weil dort geparkte Autos standen, verschwand zwischen denselben und kam wenig später, noch die letzten zwei Zentimeter vom Reißverschluss seiner Hose hochziehend, wieder zum Vorschein. In manchen Situationen sind Männer – rein anatomisch gesehen – entschieden im Vorteil!

Ich möchte zwar nicht behaupten, dass Steffi und ich den Geschwindigkeitsrekord im Straßen-Marathon gebrochen haben, jedoch dürften wir ziemlich dicht an ihn heran gekommen sein. Erst lange nach uns trudelten Hannes und Susanne im Hotel ein, sie hatten nämlich noch einen Abstecher in die italienische Eisdiele gemacht, die wir erst gar nicht wahrgenommen hatten. Die Cassata habe großartig geschmeckt. Ach ja, und die Toilette sei blitzsauber gewesen, betonte Susanne, zum Händewaschen habe es sogar warmes Wasser gegeben!

Die Krönung dieses Abends blieb aber die feierliche Enthüllung jenes Geschenks, das sich Stefanie im Museum so schamlos erschwindelt hatte. Vorher hatten wir noch unsere beiden Minibars um den jeweils nur einmal vorhandenen Piccolo geplündert, pro Fläschchen reichte sein Inhalt gerade mal eben für zwei Zahnputzbecher, Susanne reichte Steffi ihre Nagelschere, weil sich das rote Glitzerband vom Paket nicht aufziehen ließ, Hannes suchte den besten Standort für sich und die Kamera, und ich stand tatenlos da und sah nur zu.

Das Einwickelpapier erwies sich als ähnlich widerspenstig wie das Band, doch schließlich war beides entfernt, und zum Vorschein kam ein grüner Karton, der noch immer nichts über seinen Inhalt verriet. Vorsichtig hob Stefanie den Deckel an, wie gebannt starrten wir hinein …

»Das glaube ich einfach nicht«, war alles, was die noch vor ein paar Stunden heftig beneidete Gewinnerin dieses Preises herausbrachte. »Das werde ich ja nicht mal zu Hause auf'm Flohmarkt wieder los.«

In einer entsprechend ausgestanzten Pappschablone steckte eine aus hellgrünem Pressglas gefertigte »arabische« Kaffeekanne mit Streublümchenrand, umgeben von sechs gleichfarbigen Gläsern mit Henkel.

»Das ist nicht nur potthässlich, sondern dazu noch eine Fälschung!«, empörte sich die enttäuschte Stefanie. »Ein arabisches Kaffeeservice hat bekanntlich sieben Tassen und nicht sechs. Und Henkel haben die normalerweise auch nicht. Jede Wette, dass der Kram hier aus Europa stammt!«

»Trotzdem würde sich dieses Service auf eurem Kaminsims ganz allerliebst ausnehmen!«, brachte Susanne schließlich heraus, nur mühsam das Lachen unterdrückend, doch Steffi konterte sofort: »Aus dir spricht doch der blanke Neid! Aber weil ich ein so selbstloser Mensch bin, werde ich mich schweren Herzens davon trennen und es dir schenken!« Sprach's, schloss den Deckel und reichte den Karton Susanne. Die verweigerte natürlich die Annahme, worauf Pappschachtel samt Inhalt im Papierkorb landete, aus dem ihn das Zimmermädchen am nächsten Tag wieder herausgeholt und mitten auf die Frisiertoilette gestellt hatte. Und erst dort entdeckte Stefanie den in der Kanne eingeprägten Schriftzug: *Made in Italy.*

Kapitel 14

Kati heiratet!«, begrüßte mich Stefanie, als ich den noch ziemlich leeren Frühstücksraum betrat. Es war kurz nach sechs Uhr morgens, eine Zeit also, die Touristen meistens noch im Bett verbringen, denn sie haben Urlaub. Hatten wir ja auch, allerdings waren wir – zumindest momentan! – sehr aktive Urlauber, die in einer halben Stunde vom Hotel abgeholt würden, um in einem wüstentauglichen Jeep mit unserem hoffentlich auch auf diesem Gebiet kompetenten Fahrer ins Gebirge beziehungsweise in die dahinter liegende Wüste zu fahren. Oder umgekehrt, das wusste ich nicht mehr so genau. Wüste hatten wir ja schon gehabt, sogar fünf Tage lang, aber was uns heute erwartete, sollte eine ganz andere Art von Wüste sein. Das zumindest hatte Hussein behauptet. Wieso eigentlich? Sand ist Sand!

»Wer heiratet?«, hakte ich höflichkeitshalber nach, denn ich hatte nur halbherzig zugehört. Momentan interessierte mich eigentlich herzlich wenig, wer wann wo heiraten wollte. »Du weißt hoffentlich, dass dein Frühstücksei nicht im Pauschalpreis enthalten ist?«

Steffi nickte nur und löffelte weiter. »Kati. Im Juli. Ich möchte bloß wissen, warum. Die leben seit sechs Jahren froh und glücklich zusammen, und jetzt wollen sie plötzlich heiraten.« Sie seufzte. »Und das um null Uhr elf! Der ständige Fortschritt hat auch erhebliche Nachteile. Als man sich noch mit Rauchsignalen verständigte, konnte man nicht mitten in der Nacht vom Telefon aus dem Schlaf gerissen werden.«

»Welche Kati? Müsste ich die kennen?« Nur ein paar Mitglieder von ihrem Freundeskreis habe ich im Laufe der Jahre kennen gelernt, denn zusammengenommen würde er, untereinander geschrieben, mühelos zwei Reihen vom örtlichen Telefonbuch füllen; es gibt allein drei Monikas und zwei Heikes, aber wie die anderen Überbleibsel aus der Schulzeit heißen und die neu Hinzugekommenen beziehungsweise jene von Hannes in die Ehe Eingebrachten, weiß ich nun wirklich nicht.

»Vielleicht wirst du wieder Großmutter!«

»Wie kommst du denn jetzt ...« Und dann fiel endlich der Groschen! Stefanie meinte Katja, *unsere* Katja, die früher häufig »Kati« genannt worden war und auch heute noch manchmal so heißt, obwohl sie diesen Namen überhaupt nicht mag. »Redest du von deiner Schwester? Und woher weißt du überhaupt, dass sie heiraten will?«

»Weil sie mich gestern auf'm Handy angerufen hat.« Steffi rammte den Löffel in die leere Eierschale und biss herzhaft in ihr Brötchen. »Kurz nach Mitternacht, wir haben schon geschlafen, aber die dumme Nuss hat natürlich nicht an die Zeitverschiebung gedacht.«

»Und wieso ruft sie dich an und nicht mich?«

»Weil dein Handy zu Hause auf'm Schreibtisch liegt. Oder im Keller neben den Kartoffeln. Oder sonst wo. Jedenfalls hast du es nicht mit, stimmt's?«

Natürlich hatte Steffi Recht. Nur finde ich es ziemlich sinnlos, ein mobiles Telefon Tausende von Kilometern durch die Welt zu schleifen, und wenn ich es tatsächlich benutzen will, ist garantiert der Akku leer, und das Ladekabel passt nicht in die Steckdose.

Mein Frühstück wurde gebracht, ohne Ei, und während

ich noch mit dem stumpfen Messer einem der beiden zugeschweißten Zehn-Gramm-Plastik-Butterdöschen zuleibe rückte, erschien endlich der Rest unserer Truppe, wobei ich der Wahrheit zuliebe zugeben muss, dass ich Hannes schon im Fahrstuhl getroffen und um Hilfe gebeten hatte. Es war mir nämlich nicht gelungen, unser Schneewittchen aufzuwecken. Weder hatte es auf mehrmaliges Weckergebimmel reagiert (alle drei Minuten neu gestellt) noch auf beschwörende Worte, und auf die bereits vor ein paar Tagen erfolgreich in unserem Zelt praktizierte Methode hatte ich mangels geeigneter Fluchtmöglichkeiten doch lieber verzichtet.

»Dem Alltagsstress kann man entgehen, vermeidet man es, aufzustehen!«, war alles, was ich von Susanne gehört hatte, bevor sie wieder in Tiefschlaf gefallen war, und danach hatte ich weitere Versuche aufgegeben. Wie Hannes es geschafft hatte, weiß ich nicht, will es auch nicht mehr wissen, aber es hatte bestimmt etwas mit ihren speziell vorne noch ziemlich nassen Haaren zu tun gehabt!

Wenig später stand Hussein vor unserem Tisch, drängte zum Aufbruch, setzte sich aber doch noch hin und bekam sogar ein Frühstück, denn Susanne war zu ihren normalen Gepflogenheiten zurückgekehrt, die da lauten: Eine Tasse Kaffee und zwei Zigaretten tun es auch. Als er fertig war, wollte Hussein wissen, ob Susanne nicht heute Abend mit ihm ausgehen würde. Es gäbe da eine ganz tolle Disco ...

Schließlich saßen wir wieder im Taxi und ließen uns zum *meeting point* fahren. Hussein hatte nämlich ganz nebenbei erwähnt, dass sein Taxi nicht für Wüstentouren ausgerüstet sei, dazu brauche man einen speziellen Jeep, und überhaupt sei es viel zu gefährlich, allein in die Wüste zu fahren wegen der räuberischen Beduinen und der wilden Tiere ...

Gestern hatten wir ihm diesen und ähnlichen Unsinn sogar abgenommen, später nicht mehr, und noch später kam der Punkt, an dem wir abwechselnd alles glaubten oder gar nichts. Ungeklärt bleibt bis heute der Wahrheitsgehalt jener Story von den zwei Japanern, die er auf einer Kamelsafari begleitet hatte. »Man kann ihnen erzählen alles!«, hatte er grinsend behauptet, »sie nicken mit Kopf, lächeln, sagen *yes* und haben nicht verstanden irgendwas!« Jedenfalls musste wohl eins dieser Kamele im Laufe des Dahintrottens ein bisschen Tempo zugelegt haben, denn plötzlich habe sein Reiter lauthals gerufen: »Please, how to stop the camel?« Worauf Hussein ihm erklärt habe, unter dem Tier befänden sich zwei Bälle, die müsse er zusammenpressen. Der rechte sei für »Start« und der linke bedeute »Stop«. – »He did it!«, behauptete er lachend, nur habe der Reiter zum Glück nicht so weit nach unten reichen können. »Hat Natur vergessen japanische Menschen lang zu ziehen.«

An dem vereinbarten Sammelplatz warteten zwei große weiße Landrover und davor vier Ehepaare mittleren Alters, drei mit vorwurfsvollen Mienen (immerhin waren wir elf Minuten zu spät!), das vierte mit amüsiertem Lächeln. »So schnell sieht man sich wieder!« Es waren Udo und Herma aus Wiesbaden!

Aus welchen Gründen wir dann doch Herrn und Frau Müller als Zuwachs bekamen, weiß ich nicht mehr, ich glaube, es lag an den weicheren Sitzen oder der richtig funktionierenden Klimaanlage, Frau Müller war nämlich sehr empfindlich gegen Zugluft, jedenfalls war irgendetwas in dem uns zugeteilten Wagen besser als in dem anderen, und dann ging es endlich ab in die Berge nach Oman. Das liegt nebenan von Dubai, auf der Autobahn braucht man wahrscheinlich keine Stunde, quer durchs Lava-Gebirge erheblich länger. Auf jeden Fall ist es aufregender, weil es, je höher man kommt, immer steiler wird, die Schotterstraße sich zu einem schmalen Weg verjüngt, während der Abgrund rechts und links immer näher rückt. Das letzte Grünzeug in Form von irgendwelchen Moosen hatten wir schon vor zwei Kilometern hinter uns gelassen, jetzt gab's nur noch Fels und Geröll.

»... litten große Not, viel Steine gab's und wenig Brot!«, murmelte ich leise, denn so oder so ähnlich hatte es wohl auch dort ausgesehen, wo seinerzeit Kaiser Rotbart Lobesam ins heil'ge Land gezogen kam ... (muss man heutzutage in der Schule eigentlich immer noch diese endlos langen Gedichte auswendig lernen?).

»Soviel ich weiß, fährt unsere Verpflegung heute aber mit«, unterbrach Hannes meinen Abstecher in die deutsche Literatur, »hinten im Wagen stehen Kühlboxen!«

»Sei nicht immer so verfressen!«

Endlich der erste Halt. Fototermin. Alles aussteigen, zehn Schritte bis zum Abgrund gehen, runtergucken (oder auch nicht, ich habe Höhenangst), Herr Müller fotografierte Frau Müller mit den Steinen rechts vom Weg, Frau Müller fotografierte Herrn Müller mit dem Geröll links vom Weg, ein Unterschied war allerdings nicht erkennbar, Susanne fotografierte die fotografierende Frau Müller samt Sonnenhut und Regenschirm, dann durften wir wieder einsteigen und fuhren weiter.

Nächster Halt an der Grenze zu Oman – mitten in diesem Lava-Gebirge und nur erkennbar an zwei Metern geschlossener Schranke und dem daneben stehenden Häuschen, dessen derzeitiger Insasse erst geweckt werden musste. Mit einer Hand war er bemüht, die Knöpfe seiner Uniformjacke zu schließen, mit der anderen hob er die Schranke an, wir fuhren drunter durch, und kurz danach wurde die Straße noch enger, noch halsbrecherischer und ging ziemlich steil bergab. Weshalb hatte ich mich bloß auf dieses Abenteuer eingelassen? Ich hatte doch überhaupt nicht mitgewollt, nicht in die Wüste und ganz bestimmt nicht in diese menschenfeindliche Gegend, sogar auf'm Mond sieht's womöglich wohnlicher aus … dabei könnte ich jetzt irgendwo am Meer in der Sonne liegen … »Ich will hier raus! Sofort!«

»Wir sind gleich da!«, versprach Hussein. »Dann machen wir Picknick am Fluss, und dort es gibt auch ein richtiges Schwimmbad.«

»Haha, wie denn das? Mitten in diesem Geröll?«

Doch dann kurvten wir auf einen großen Parkplatz, auf dem schon viele Autos standen. Leere Autos! Weit und breit kein Mensch, nur Sand und Steine. Oben in der Luft kreiste ein Geier. Oder ein Hawk, keine Ahnung, von unten sehen die ja alle gleich aus. Aber wo waren denn die ganzen Leute geblieben, die in den Autos hergekommen waren?

»Wo sind wir hier, Alfons?«, fragte Frau Müller und öffnete ihren Regenschirm, denn sie vertrug die Sonne nicht.

»Das solltest du jetzt aber wissen, meine Liebe, wir befinden uns nunmehr in Oman«, antwortete Alfons, zog ein Taschentuch heraus und fuhr sich über die schweißnasse Stirn. Nur war seine Bewegung wohl etwas zu heftig gewesen oder die Feuchtigkeit zu groß, jedenfalls schob sich sein dunkles, an den Schläfen angegrautes Haar plötzlich sehr weit nach hinten, und zum Vorschein kam viel rosa glänzende Haut mit gar nichts drauf. Er schien es jedoch gar nicht bemerkt zu haben, denn er unternahm keinen Versuch, die Perücke wieder grade zu ziehen, und prompt flüsterte mir Stefanie ins Ohr: »Das ist das Schöne am Toupet: Bei Hitze lüpft man's in die Höh'!«

»Brüll doch noch lauter! Kannst du nicht mal ein bisschen Respekt vor dem Alter zeigen?«

»Mache ich doch! Ich halte dir immer die Türen auf.«

Unsere zwei Chauffeure holten aus den Tiefen der Landrover die Kühlboxen heraus, wir trotteten nacheinander an ihnen vorbei, bekamen je eine Styroporschachtel ausgehändigt und eine neue Wasserflasche, dann setzte sich Hussein an die Spitze der Kavalkade, Jussuf bildete den Schluss, und im Gänsemarsch ging's los – noch ein bisschen weiter abwärts auf einem vorher gar nicht bemerkten schmalen Trampelpfad. Plötzlich ertönte hinter mir eine Stimme: »Die Karawane zieht weiter, der Sultan hätt Durst, der Sultan hätt Durst …«

Es war Udo aus Wiesbaden, der mehr laut als melodisch den Ohrwurm der letztjährigen Karnevalssaison intonierte, und so zogen wir, gebetsmühlenartig immer die gleichen zwei Zeilen wiederholend, durch die Ausläufer des Hajar-Gebirges, bis nach ein paar hundert Metern die steinernen Wände aufhörten und wir auf einer Ebene standen mit einem Flüsschen in der Mitte und einem richtigen See weiter hinten. Und nun wussten wir auch, wo die Insassen der oben geparkten Autos geblieben waren – nämlich hier am Ufer dieses doch recht kärglichen Rinnsals. Kinder planschten im Wasser, das ihnen bestenfalls bis zu den Waden reichte, es gab die dazu gehörenden Eltern, eine strickende Oma, einen schlafenden Hund, viele herumliegende Plastikflaschen und Pärchen, die vergeblich nach einem Sichtschutz suchten. Kein Baum war zu sehen, kein Strauch, nichts Grünes, und folglich gab es auch nichts, das uns vor der Sonne schützte.

»Eine richtig anheimelnde Gegend«, befand Udo, zog Schuhe samt Sportsocken aus und hielt die Füße ins Wasser. »Eiskalt!«

Dann holte er irgendwo etliche Meter Bindfaden heraus (endlich wurde mir klar, weshalb diese Trekkinghosen genannten unförmigen Säcke überall Taschen haben!), wickelte das eine Ende um seine Wasserflasche, legte sie in den Fluss und klemmte das andere Ende der Strippe unter einen Stein.

»Waren Sie mal bei den Pfadfindern?«

Er sah mich an und schüttelte den Kopf. »Nein, bloß Pionier beim Bund!«

Man lernt also bei der Bundeswehr außer gehorchen und dem akkuraten Falten eines Oberhemdes auf DIN-A4-Größe doch noch einiges mehr, was die jungen Männer für das spätere Leben tauglich macht.

Und dann saßen wir alle nebeneinander aufgereiht am Ufer dieses Flüsschens – »Bach« wäre eigentlich die zutreffendere Bezeichnung gewesen – kauten leicht aufgeweichte Sandwiches mit nicht genau definierbarem Belag, gabelten Salatblättchen, und als ich sie gegessen hatte, sah ich erst das kleine Döschen mit dem Dressing. Nun wusste ich wenigstens, weshalb das Grünzeug so fad gewesen war! Als Dessert gab's Joghurt, von dem Susanne erklärte, der in unserem Wüstenhotel sei um Klassen besser gewesen.

»Dort hat's ja auch dreiundachtzig Pfennig pro Minute gekostet!« Wie oft wir diesen dämlichen Satz während der letzten Tage gedankenlos wiedergekäut haben, weiß ich nicht, aber in Gegenwart von Unbeteiligten klingt er natürlich reichlich mysteriös, und dann muss man mit einigen kurzen Sätzen erklären, was Sache ist. Oder war, denn bei diesem frugalen Mahl hier und ganz besonders nach meinem kargen Hotelfrühstück kamen mir unwillkürlich die Buffets vom *Al Maha* vor Augen.

Natürlich war Udo neugierig geworden, und nachdem wir ihm und seiner Frau die Geschichte von dem Druckfehler erzählt hatten, fing er schallend an zu lachen! »Siehst du, Herma, und du redest immer bloß von der Safari, die das Hotel damals vergessen hat abzubuchen! Dabei ist die nur halb so teuer gewesen!«

Jetzt spitzte Steffi die Ohren. »Safari? Wo haben Sie denn eine gemacht?«

»Eine?« Mit ironischem Lächeln sah er seine Frau an. »Ist das die dritte gewesen oder schon die vierte?« Dann fügte er erklärend hinzu: »Sie müssen nämlich wissen, dass meine Frau bis heute nicht den Kurpark von Wiesbaden kennt, aber garantiert jede Lodge im Ngoro-Ngoro-Krater!«

Auf das ach so erfrischende, weil eiskalte Bad in jenem als Schwimmbad bezeichneten See verzichtete ich dankend, nachdem ich erstens die Hand hineingehalten und die Wassertemperatur auf maximal zwölf Grad – immerhin *über* null! – geschätzt und zweitens zugesehen hatte, wie vier starke Männerarme Mühe hatten, ein höchstens 45 Kilo wiegendes junges Mädchen aus dem Wasser zu ziehen; ohne Hilfe hatte man in diesem Kratersee mit seinen steil abfallenden Wänden keine Chance!

Also keine Abkühlung, stattdessen die dritte Flasche Wasser gekippt, was natürlich jene inzwischen normale Frage aufwarf, wo man denn nun könnte, wenn man … und so weiter. Ich glaube, es ist hier gewesen, wo ein ausschließlich weiblicher Sichtschutz gebildet wurde, Blick in die Gegenrichtung und alle paar Minuten Austausch eines menschlichen Bausteins. Dann war auch dieser Punkt abgehakt, wir sammelten unseren Abfall zusammen und zogen, bepackt mit demselben, wieder aufwärts zum Parkplatz – bereit zu neuen Taten.

Die nächste Station war ein Museum – irgendwo am Rand der Wüste und somit am Touristenpfad in die Landschaft gesetzt – in das wir gar nicht rein wollten, aber mussten, damit Jussuf vom Direktor dieses Etablissements eine Unterschrift bekam, und die kriegte er nur, wenn er seine Gäste durch die immerhin angenehm temperierten Räume jagte.

»Da steht ja so ziemlich das gleiche Zeug rum wie in dem Gemäuer von gestern«, sagte Steffi, um wenig später festzustellen: »Das sind dieselben Sachen, die haben sie hier bloß anders aufgebaut.«

Natürlich war das Unsinn, aber ein europäischer Laie erkennt eben nicht die feinen Unterschiede zwischen den alten Öllämpchen von früher und den nachgemachten von heute – beide ähneln in der Form jenen Porzellangefäßen, die Bestandteil des heimischen Essservices und für die zum Spargel gereichte Soße immer viel zu groß sind.

Das ohnehin nur geringe Interesse an den Überbleibseln vergangener Jahrhunderte endete denn auch prompt am Cola-Automaten, der etwas artfremd in einer Ecke stand und sofort umlagert wurde. Wenig später war er leer, womit wir wohl unsere finanzielle Pflicht erfüllt hatten, denn Jussuf bekam sein Autogramm, und wir durften weiterfahren – hinein in die Wüste!

Sand ist *doch* nicht gleich Sand! Der hier war nämlich orange, wurde später fast rot und türmte sich an manchen Stellen bis zu fünfundzwanzig Meter hohen Dünen auf. Andere waren nicht ganz so hoch, aber wenn man von unten raufguckt beziehungsweise hinten im Auto sitzt und sieht, wie vorne der Chauffeur mit den Augen Maß nimmt, das Gaspedal durchdrückt und dann wie ein Irrer Kurs auf die Düne nimmt – also dann wird einem doch ein bisschen anders. Ziemlich schnell ist man oben, das hat man gar nicht richtig mitgekriegt, doch dann hält dieser verrückte Kerl da vorne am Steuer erst mal an, lässt uns alle runtergucken – von oben sieht's verdammt steil aus! – und plötzlich brettert er los, dass die Sandfontänen bloß so hochstieben. Ganz schnell ist man wieder unten, hat erstaunlicherweise überlebt, das Auto steht auch noch auf seinen vier Rädern, und schon wird die nächste Düne angepeilt.

Muss ich das wirklich weiter mitmachen? Und wenn ja, warum denn bloß?

Nach der dritten Düne kam ich mir vor wie auf einer Achterbahn, zumal Herr und Frau Müller jedes Mal losquiekten, sobald es wieder runterging, und nach der vierten hatte ich endgültig genug. Nicht so Hussein. Jetzt käme noch die größte und schönste Düne, und danach sei sowieso Schluss, die dahinter liegenden seien viel zu klein und deshalb reizlos.

Also gut, ein letztes Mal. Wieder aufwärts mit Juhu, wieder peilte Hussein den genauen Winkel an, den er für die Abfahrt einschlagen wollte, und dann – saßen wir fest! Immer tiefer mahlten sich die Räder in den Sand, und schließlich ging gar nichts mehr. Alles aussteigen und – schippen! Da holte dieser impertinent grinsende Wüstenkundige doch tatsächlich zwei Klappspaten hervor und drückte sie den beiden Männern in die Hand. »Wir« – die Betonung lag auf *wir* – »müssen frei schaufeln den Wagen. Fangt schon mal an!«

Herr Müller schaufelte, Hannes guckte zu und stellte nach wenigen Minuten fest, dass diese Buddelei eine ziemlich sinnlose Sache sei, denn der unten weggeschippte Sand rutsche ja von oben immer wieder nach. Herr Müller sah das ein. »Aber wir müssen doch etwas tun! Wie sollen wir sonst hier wegkommen?«

»Das lassen Sie mal Husseins Sorge sein!« Sprach's, setzte sich in den Schatten des Wagens und zog seine Zigaretten heraus. »Ich gehe jede Wette ein, dass die ganze Sache ein abgekartetes Spiel ist; schließlich sollen wir ja auch was geboten kriegen für unser Geld!«

Der zweite Wagen war inzwischen auch herangekommen, am Fuß der Düne stehen geblieben, und nun konnten wir amüsiert zusehen, wie seine Insassen auf allen vieren den Berg heraufkrochen. Dünen besteigen will nämlich gelernt sein! Drei Schritte vor und zwei zurück … diese Erfahrung hatten wir schon während unserer Sonnenaufganggucken-Tour gemacht.

»Ich habe mir ja gleich gedacht, dass das nicht gut gehen kann!«, sagte Herr Müller, ganz behutsam die Schweißtropfen von der Stirn wischend. »Aber das hätte der Fahrer doch selber wissen müssen!«

Komisch, aber es kann passieren, was will: Immer gibt es jemanden, der es hat kommen sehen.

Udo war als Erster oben, umkreiste den Wagen, kniete sich hin, beäugte ihn von unten und stand grinsend wieder auf. »Das war Absicht! Der Junge ist genau auf dem Kamm der Düne rumgerutscht, da *musste* er sich ja festfahren!«

Schließlich hatten alle den Gipfel erreicht, und während die Männer bäuchlings halb unter dem Auto liegend Ratschläge erteilten, zückten die dazugehörigen Ehefrauen die Fotoapparate. Mit welchen Kommentaren die Aufnahmen später in den Fotoalben verewigt worden sind, kann ich mir ungefähr denken, nachdem ich gehört hatte, was Frau Müller einer Frau Gerbser aus dem anderen Wagen erzählt hatte. »Also genau dasselbe ist ja vor zwei Jahren meiner Tochter passiert. Allerdings war das im Winter, da ist sie auf einer Landstraße bei Wuppertal in einer Schneewehe stecken geblieben, und das war auch nicht mit so einem großen Auto, sondern mit einem viel kleineren, aber der Schnee war an der Stelle mindestens einen Meter hoch, hat sie gesagt, und wenn da nicht jemand gekommen wäre, der sie angeschoben hätte, dann wäre das richtig schlimm geworden. Ihr Auto hat nämlich keine Standheizung.«

Zugegeben, die brauchten wir hier auch nicht, obwohl die Sonne schon wesentlich tiefer stand als vorhin bei unserem Picknick, aber es war immer noch heiß genug, und mit Anschieben allein würden wir hier oben nicht wegkommen!

Als Einziger war Jussuf nicht zur Besichtigung des Tatorts gekommen, vielmehr saß er kaum sichtbar im Inneren seines Wagens, in einer Hand eine Wasserflasche, in der anderen eine Zigarette und – wartete. Aber worauf?

Plötzlich ein Schrei dort am Hinterrad, wo Hussein stand. Er winkte uns alle heran, sorgte aber gleichzeitig dafür, dass wir gehörigen Abstand von ihm hielten. »Scorpion!«, rief er. »You see the Loch?«, ging in die Hocke und begann ganz vorsichtig mit den Fingerspitzen den Sand zur Seite zu wischen.

»Nein, noch nicht! Ich will erst meine Kamera holen!«, rief jemand und rutschte schon die Düne hinunter.

»Bring meine mit, Herbert!«, brüllte ein anderer hinterher. »Sie liegt auf dem Sitz!«

Ich wollte ja auch schon in den Wagen klettern und zwischen dem ganzen Kram, der mittlerweile überall verteilt lag, meinen Fotoapparat suchen, doch Hannes hielt mich zurück. »Lohnt sich nicht!«

Weshalb es sich nicht lohnen würde, einen Skorpion in freier Wildbahn zu fotografieren, wenn man ihn doch sonst nur im Terrarium bestaunen kann, leuchtete zwar nicht ein, zumal Hannes seine Kamera selber gezückt hatte – andererseits war die viel teurer gewesen als meine, liefert viel bessere Bilder, und Abzüge kann ich jederzeit kriegen.

Es dauerte lange, bis Herbert wieder oben war, heftig keuchend und immer besorgt, die beiden Fotoapparate nicht fallen zu lassen, doch dann hatte er es geschafft, und nun standen wir wieder im Halbkreis um Hussein herum, der ohne jeglichen Schutz gaaanz vorsichtig den Sand aus jener kleinen Vertiefung entfernte, in der er den Skorpion vermutete. Irgendetwas bewegte sich tatsächlich darunter, und dann kam ein nahezu durchsichtiges orangefarbenes Stück Bein zum Vorschein, verschwand jedoch sofort wieder.

Die Kameras klickten, auch die von Hannes, nur zielte sein Objektiv nicht auf das Loch, sondern auf – also nein, das war nun wirklich zu albern! Er fotografierte unsere Mitreisenden!

»Sie müssen sein sehr vorsichtig!«, empfahl Hussein und gab das immer noch halb zugeschüttete Loch zum Fotografieren frei. »Wenn Sie machen Loch größer, dann nicht mit Hand! Zu gefährlich! Nehmen Sie besser Griff von Sonnenbrille!«

Das leuchtete ein! Herbert kratzte das Loch größer, jetzt war schon der Leib vom Skorpion erkennbar, allerdings rührte er sich nicht, worauf die nun immer mutiger werdenden Fotografen zu dem Schluss kamen, das Tier sei schwer verletzt oder sogar schon tot.

»Sie haben ihn umgebracht!«, beschuldigte Herbert unseren Hussein, der nun wieder näher trat, sich bückte, in das Loch griff, mit einem Ruck den Skorpion herausholte und von sich warf. Entsetzt schreiend stoben die Zuschauer auseinander, blieben erst außerhalb der Gefahrenzone stehen und kamen auch nicht näher, als Hussein das Tier wieder aufhob und in seine Tasche steckte.

»Er ist tot, nicht wahr?«, fragte Herr Müller.

»Ja!«, sagte Hussein, holte den Skorpion wieder hervor und setzte ihn auf seine flache Hand. »Hat nie gelebt.«

»Der ist ja aus Plastik!«, empörte sich Herbert und fand die Sache gar nicht so lustig wie die meisten von uns. »Es gibt nämlich genug Menschen, die gegen so etwas allergisch sind!«

Während wir auf Skorpionjagd waren, hatte Jussuf den zweiten Landrover halb die Düne hochgefahren, ein Abschleppseil heraufgebracht, das er an unserem Wagen befestigte, und wenige Minuten später standen beide Autos tatsächlich wieder nebeneinander auf ebenem Boden.

Nun soll nur noch jemand behaupten, so eine Wüstentour sei nicht aufregend!

Irgendwie hatten wir jetzt aber genug von Wüsten, würden ohnehin noch tagelang an sie erinnert werden, denn egal, was man berührte, alles knirschte, überall rieselte Sand heraus, nicht mal der Inhalt unserer Wasserflaschen war von diesem staubfeinen Zeug verschont geblieben. »Ein Königreich für …«

»Was sollen wir jetzt wohl mit einem Pferd?«, fiel mir Stefanie ins Wort.

»… einen Wasserhahn!«, ergänzte ich meinen Satz.

»Den gab's zu Shakespeares Zeiten noch nicht!«

»Zu Shakespeares Zeiten ist dieser Satz auch noch kein Zitat gewesen, das man in der Schule auswendig lernen muss.«

»Heute auch nicht mehr!«

»Und woher kennst du …?«

»… von dir!«

Das gab mir denn doch zu denken. »Wann habe ich wo in deiner Gegenwart Shakespeare zitiert?«

»Als ich mit Saschas Fußball die Bodenvase zertrümmert hatte und du mich gegen ein Meerschweinchen tauschen wolltest, weil man die in einen Käfig setzen kann. Oder an deinem Geburtstag beim Kaffeetrinken, da hatte ich doch vorher vergessen, den kleinen Frosch aus meiner Tasche zu nehmen, und als der dann plötzlich auf dem Tisch saß …«

»Ja, ich weiß, da wollte ich dich gegen einen Storch tauschen, aber dein Vater hatte gemeint, fünf Kinder seien nun wirklich genug!«

Zwar konnte ich mich nicht erinnern, meine Tochter schon im zarten Kindesalter mit Dramen der Weltliteratur konfrontiert zu haben, schließe aber nicht aus, dass ich bei späteren Androhungen möglicher Tauschversuche auch mal den Urheber dieses Gedankens erwähnt habe.

Sogar Herr Müller, der gewissenhaft jede Etappe unserer Wüstentour auf seinem hektografierten Besichtigungsprogramm abhakte, legte auf die letzte Station eigentlich keinen Wert mehr, obwohl dort in einem großen Restaurant ein kalt-warmes Buffet auf uns wartete und Waschräume mit richtigen Toiletten. Und – unumgänglich – eine Tankstelle. Tatsächlich? Mitten in der Wüste?

Die hörte aber sehr schnell auf, wir befanden uns wieder auf einer ganz normalen Straße mit ganz normalen Verkehrsschildern und ganz normalen Autofahrern, die diese Schilder – auch das ist normal – weitgehend ignorierten. Was jedoch einwandfrei funktionierte, waren die Hupen.

Die versprochene kalt-warme Futterkrippe stand in einem Ausflugsrestaurant, vor dem bereits zwei Reisebusse parkten sowie mehrere mit Blumen geschmückte Autos – davor und drum herum viele Einheimische im Festtagsstaat, und mitten drin eine in Unmengen von weißen Rüschen gehüllte junge Frau mit Blüten im Haar und einem halben Dutzend Kindern neben sich – ich gehe allerdings davon aus, dass es nicht ihre eigenen waren, denn arabische Familien treten immer sehr zahlreich auf, ganz besonders bei größeren Festen.

Weshalb diese Hochzeit ausgerechnet in einem Touristenlokal gefeiert wurde inmitten so vieler durcheinander schnatternder fremdländischer Gäste, bleibt auch eines jener Rätsel, mit denen wir nun schon seit Tagen konfrontiert wurden. Oder war es vielleicht wegen des Körbchens, das plötzlich herumgereicht wurde und in das wir, wie uns Hussein informierte, ein kleines Bakschisch legen sollten. Für das Brautpaar natürlich, aber uns würde das ebenfalls Glück bringen – je höher der Betrag, desto größer das Glück – heißt es zumindest. Ist ein netter Aberglaube, denn sonst wäre mir auf der Rückfahrt bestimmt nicht die

Sonnenbrille zerbrochen. Ich hatte mich zwar versehentlich draufgesetzt, aber bei drei Dollar Bakschisch und dem daraus resultierenden Glücksanteil hätte das einfach nicht passieren dürfen!

Richtig schwer gefallen ist uns der Abschied von Hussein. Wir würden ihn morgen bestimmt vermissen, unseren immer gut gelaunten, schlagfertigen Cicerone, aber noch ein weiterer Tag im Taxi quer durch die hiesige Geografie wäre einfach zu viel geworden.

Dass Susanne abends nicht mit ihm ausgehen wollte, akzeptierte er mit Trauermiene, dabei hätte ihn eine Zusage bestimmt irritiert, aber ihre Adresse dürfe er doch haben, nicht wahr? Er habe sie mehrmals fotografiert, das habe sie gar nicht gemerkt, und die Fotos würde sie doch bestimmt sehen wollen.

Zusammen mit einem respektablen Bakschisch und Susannes Visitenkarte (diesmal war's eine vom Informations-Center des Mannheimer Großmarkts, bei dem sie angeblich beschäftigt war) fegte er laut hupend die Hoteleinfahrt hinab und hätte seinen Wagen beinahe noch um das Verkehrsschild gewickelt, laut dem er in die entgegengesetzte Richtung hätte fahren müssen. Ein entgegenkommender Kollege hatte noch rechtzeitig gehupt.

Ach ja, noch etwas: Das Abendessen haben wir entsprechend Hannes' gestriger Prophezeiung natürlich wieder bei McDonald's eingenommen – das Touristenbuffet hatte seinen kulinarischen Ansprüchen nicht genügt: Es waren ja keine Buletten drauf gewesen!

Die Toilette war inzwischen repariert worden – zumindest insofern, als sie nicht mehr unter Wasser stand. Aber was es mit diesem an der Wand hängenden schwarzen Schlauch auf sich hat, weiß ich bis heute nicht!

Kapitel 15

»Ich weiß doch auch nicht, weshalb es Katja plötzlich zum Standesamt zieht«, wehrte Stefanie meine Fragen ab, mit denen ich sie gleich vor dem Fahrstuhl überfallen hatte. Erst gestern Abend im Bett war mir richtig klar geworden, was sie beim Frühstück so ganz nebenbei erzählt hatte. Heiraten! Auf einmal! Hatte Katja doch immer als total überflüssig abgelehnt!

»... hat mir nur gesagt, *dass* sie will, aber nicht *warum*. – Wieso fährt das Ding rauf? Ich habe doch auf *ground floor* gedrückt?!«

»Vielleicht, weil noch weiter oben auch jemand steht, der runterwill! – Und du hast nicht nachgehakt? Katja hat doch ...«

»... noch nie ein Telefongespräch unter zehn Minuten beendet! Weißt du eigentlich, was es kostet, wenn mich meine Schwester aus Deutschland auf'm Handy anruft? Ab Grenze zahle nämlich *ich* das Gespräch! Und wenn sie erst mal anfängt zu quasseln, findet sie doch kein Ende. Überhaupt steht noch gar kein Termin fest, weil sie sich erst mal mit Margit und Rainer absprechen müssen.«

Der Fahrstuhl hielt, drei Japaner stiegen zu, deuteten eine Art Verbeugung an, sagten etwas, das entfernt nach »morning« klang, und dann war die Tür zu und die kleine Kabine voll. Zum Luftholen reichte es noch, längere Unterhaltungen könnten allerdings zu Atemnot führen, denn der Lift war schon ein älteres Modell und hatte noch neunzehn Stockwerke vor sich. Die Japaner redeten trotzdem. Wenn sich bei uns zu Hause am Vogelhaus die Spatzen streiten, klingt das so ähnlich.

Endlich waren wir unten, konnten raus aus dem Käfig und kämpften uns durch das Gewimmel in der Hotellobby zum Speisesaal durch. Susanne hatte noch unter der Dusche gestanden, als ich unser Zimmer verlassen hatte, und Hannes wollte vom Balkon aus Panoramaaufnahmen machen, weil das Licht gerade so günstig war. Die Skyline in der Mittagssonne und bei Nacht hatte er schon.

»Was haben Margit und dieser Rainer mit Katjas Hochzeit zu tun?« Zwar war mir bewusst, dass ich Steffi ganz gewaltig auf die Nerven ging, aber es ist ja auch ungewöhnlich, wenn man im Urlaub weit weg von zu Hause ganz nebenbei erfährt, dass die jüngste Tochter heiraten will. Wobei die Ankündigung als solche gar keine Überraschung war, immerhin warteten wir seit fünf Jahren darauf, aber nun hätte sie sich auch noch ein paar Wochen länger Zeit lassen können.

»Die wollen eine Doppelhochzeit machen, dann wird's angeblich billiger!« Stefanie inspizierte das Frühstücksbuffet, obwohl es auch nicht anders aussah als sonst, griff zu einer Schale und löffelte Müsli hinein.

»Kein Ei? Bist du wieder auf Vogelfutter umgestiegen?«

»Die Eier gestern müssen von vorgestern gewesen sein, sie waren nämlich kalt. Also gehe ich davon aus, dass die heutigen von gestern sind.« Sie goss Milch über ihre Haferflocken und zog ab. Ich blieb stehen, starrte geistesabwesend auf die Marmeladendöschen und grübelte, weshalb Margit einen Rainer heiraten wollte, obwohl sie doch mit einem Jürgen verbandelt war. Hatte ich da irgendwas verpasst?

Zugegeben, es war schon im letzten Jahrzehnt gewesen, als Stefanie ihren Hannes unbedingt bei Sonnenuntergang an einem karibischen Strand hatte ehelichen wollen wegen dem Meer und der Romantik, aber dann war es doch beim heimischen Standesamt geblieben. Das karibische Meer haben wir uns erst ein Jahr später angesehen, als wir zusammen auf Jamaika Urlaub machten und Margit auch mitgekommen war; seinerzeit hatte sie schon fast zur Familie gehört. Wie Hannes, Tom und Katja war auch sie Mitglied der Taucher-Clique gewesen, die sich alle zwei Wochen immer dort getroffen hatte, wo gerade Platz gewesen war.

Die Clique gibt es nicht mehr. Aus den ehemaligen Studenten mit viel Zeit und wenig Geld sind längst richtige Erwachsene geworden, die jetzt mehr Geld und weniger Zeit haben und vor allem nicht mehr auf unserer Terrasse bis nach Mitternacht die Welt verbessern oder wenigstens dafür sorgen wollen, dass in Heidelberg die Radler überall Vorfahrt haben.

Seinerzeit jedenfalls hatte immer ein Jürgen neben Margit gesessen, der nun offenbar von einem Rainer abgelöst worden war. Mir müssen da glatt ein paar Jahre Information fehlen. Aber meine russischen Sprachkenntnisse habe ich ja auch nicht mehr erweitern können. Margit ist nämlich Dolmetscherin, unter anderem für Russisch, und von ihr habe ich so nützliche Vokabeln gelernt wie zum Beispiel *Umspannwerk, Doppelsteckdose* oder *Autowaschanlage,* Begriffe also, die bei einem möglichen Besuch von Moskau oder Sankt Petersburg garantiert hilfreich sein würden! Gesehen hatte ich Margit allerdings schon lange nicht mehr.

Immer noch geistig abwesend stand ich vor dem Frühstücksbuffet, wusste nicht, was ich nehmen sollte, bepackte meinen Teller schließlich mit irgendwas und ging zum Tisch zurück. »Ich weiß ja, dass ich …«

»Willst du dich hier einbürgern lassen, oder weshalb sonst isst du morgens um halb neun Fladenbrot, Ziegenkäse und – was ist das Grüne eigentlich?« Misstrauisch beäugte Steffi meinen Teller. »Sieht aus wie das Zeug, in dem damals Sascha rumgepaddelt ist, nachdem wir ihn in den Waldsee geschmissen hatten – heißt das nicht Entengrütze oder so ähnlich?«

»Brötchen mit Marmelade kriege ich auch zu Hause!« Bei näherer Betrachtung dieser seetangartigen Masse hätte ich allerdings das Brötchen vorgezogen, zumal ich nicht im Entferntesten ahnte, was ich mir da aufgeladen hatte, doch so etwas kann man ja nicht zugeben. »Auf der Platte hat es jedenfalls sehr interessant ausgesehen.«

Leider schmeckte es überhaupt nicht interessant, es war bitter, ließ sich nicht kauen und war möglicherweise ein Teil der Tischdekoration gewesen.

»Könntest *du* Katja nicht mal übers Handy anrufen?«, schlug ich zaghaft vor. »Mir kommt die ganze Hochzeit einfach zu plötzlich! Irgendetwas steckt doch dahinter!«

»Anrufen? Jetzt?«, kam es entsetzt zurück. »Zu Hause isses halb fünf Uhr morgens!«

»Na ja, vielleicht noch ein bisschen zu früh, aber dann später, ja?« Ich hatte nicht nur an dem Entenfutter zu kauen, sondern auch an dieser plötzlichen Hochzeit. Da rief eine achtundzwanzigjährige junge Frau um Mitternacht ihre Schwester, die sie zu Hause alle paar Tage sieht, im Urlaubsort an, nur um ihr mitzuteilen, dass sie irgendwann im Sommer heiraten würde! Das klang doch irgendwie idiotisch! Verstanden hätte ich es allenfalls, wenn Katja überlagert gewesen wäre oder dick und hässlich und deshalb froh, entgegen elterlicher Prognosen doch noch einen abgekriegt zu haben, nur traf das wirklich nicht zu. Seit Jahren liebte sie ihren Tom, genauso lange liebte Tom seine Katja, sie hatten eine hübsche Wohnung, zwei Autos, zwei Fernseher, zwei Computer und meistens auch zwei Meinungen, die allerdings nicht immer kompatibel waren. Das Thema Heirat hatte bis dato auch dazu gehört, aber vielleicht hatten sie endlich einen Adapter gefunden!

»Mich würde ja doch mal interessieren, wie sie ihn rumgekriegt hat!«, sagte Steffi und ließ die dritte Süßstofftablette in ihre Teetasse fallen. »Eigentlich wollte er doch nie heiraten!«

»Noch eine, und es schäumt über!« Ich nahm ihr die Dose aus der Hand und stellte sie auf den Tisch. »Redest du von Tom?«

»Nein, von Rainer!«

Ach so. Den kannte ich aber noch gar nicht, ehrlich gesagt war er mir momentan auch ziemlich egal, denn ich würde ihn spätestens im Sommer kennen lernen *müssen.*

Stefanie hatte sich gerade in epischer Breite über seine musischen Talente ausgelassen, die zurzeit wohl noch darin gipfelten, dass er gelegentlich in irgendeiner Band Musik machte, als endlich Susanne kam, wenig später auch Hannes und wir uns den aktuelleren Themen zuwenden konnten, die da lauteten: Wo und wie verbringen wir unseren letzten Tag in Dubai?

Wir wollten nichts Altes mehr besichtigen und erst recht nichts Modernes, wir wollten nicht noch mal zur Kamelrennbahn, auch wenn wir sie nur von weitem gesehen hatten, und dort sechsjährigen Jungs zugucken, wie sie die Viecher trainieren – soll ein sehr begehrter Job sein bei den arabischen Kindern. Das inzwischen weltweit berühmte Luxushotel auf der künstlich aufgeschütteten Insel hatten wir im Vorbeifahren schon bewundert, dabei war es noch gar nicht ganz fertig gewesen, und eine IKEA-

Niederlassung, ebenfalls noch relativ neu und deshalb als Fußnote im offiziellen Besichtigungsprogramm enthalten, hatten wir zu Hause selber.

Zu berücksichtigen war allerdings, dass man als Höhepunkt des heutigen Tages eine *»Dhau-Fahrt wie im Mittelalter«* anberaumt hatte – einschließlich Abendessen und Vergnügungsprogramm, dessen Zusammenstellung allerdings im Dunkeln geblieben war. »Ist immer mit Bauchtänzerin!«, hatte Hussein gestern noch zugesichert.

Nun bin ich zwar nicht seefest, aber so ein bisschen den Creek rauf und runter konnte auch nicht schlimmer sein als eine Dampferfahrt über den Wannsee. Mich beunruhigte auch mehr, dass die meisten Dhaus mindestens ein halbes Jahrhundert alt waren und seit mindestens einem Vierteljahrhundert einen neuen Anstrich und vielleicht auch mal ein neues Segel benötigt hätten. Wie sie unterhalb des Wassers aussahen, wollte ich erst gar nicht wissen.

»Auf so einen Kahn kriegt ihr mich nicht!«, hatte ich meinen Lieben gleich am ersten Tag verkündet und auf eine Dhau gezeigt, die ein komplettes Schlafzimmer ans gegenüberliegende Ufer schipperte und sehr tief im Wasser lag. »Die geht doch gleich unter! Haben die wenigstens ein Rettungsboot an Bord?«

»Das ist keine Dhau, sondern ein Lastkahn!«, hatte mich mein Schwiegersohn belehrt, der ja sowieso immer alles besser weiß und – leider! – mal wieder Recht gehabt hatte. Dhaus sind nämlich Schiffe mit zwei oder drei Masten und trapezförmigen Segeln, während der Möbeltransporter nur einen Mast hatte mit gar nichts dran; offenbar trieb ihn die Strömung in die gewünschte Richtung.

Genau genommen sieht eine große Dhau gar nicht viel anders aus als jene Schiffe, mit denen sich die Seehelden vergangener Jahrhunderte auf den Meeren gegenseitig beharkt haben (1805: Schlacht bei Trafalgar, haben wir ja alle mal in der Schule gelernt). Das Flaggschiff von Admiral Nelson würde hier gar nicht besonders auffallen. Und falls doch, dann nur wegen seiner vermutlichen Größe und der Kanonen. Dhaus haben keine.

Also alles klar! Den heutigen Abend würden wir auf dem Wasser verbringen und nicht in McDonald's Frittentempel, doch bis dahin hatten wir noch gut zehn Stunden Zeit und sehr unterschiedliche Vorstellungen von dem, was wir jetzt tun oder auch nicht tun wollten. Letzteres betraf Susanne.

»Ich ziehe einen Badeanzug an und lege mich an den Pool. Vielleicht kriege ich mein Buch heute doch noch aus!«

»Du spinnst!«, protestierte Steffi. »Das kannst du doch auch zu Hause!«

»In der Sonne liegen? Bei momentan acht Grad minus?!«

»Nee, lesen!«

»Stimmt! Ungefähr dreißig Seiten Forschungsergebnisse und Laborberichte, Analysen, Formeln und die Hieroglyphen meines Chefs!«

Dem ließ sich schwer etwas entgegensetzen. Wir heuchelten angemessenes Bedauern, wünschten einen geruhsamen Tag und sicherten den Ankauf von zwei Stangen Zigaretten zu, die Susanne ganz unten im Koffer zwischen der benutzten Wäsche zu verstecken gedachte. »Da klebt doch überall Sonnenöl dran und Sand, freiwillig durchwühlt das kein Zollbeamter!«

Muss ich mir merken!

Susanne entschwand also Richtung Fahrstuhl, während wir drei anderen Ausgang Nummer vier ansteuerten; das ist der mit direktem Zugang zur Uferpromenade.

»Ich will noch mal ins Einkaufszentrum«, hatte Stefanie

gestern Abend erklärt, »man kann doch nicht in Dubai gewesen sein und nichts gekauft haben außer ein paar Fäden Safran und fünf Ansichtskarten! Andere Leute geben hier ein halbes Vermögen aus!«

»Die haben zu Hause auch noch ein ganzes liegen!«, war mir herausgerutscht, aber natürlich hatte sie Recht gehabt. Unser Aufenthalt in diesem reichen Land war nämlich in das alljährliche Shopping-Festival gefallen, also in jene kurze Zeit, während der angeblich alle Preise um fast die Hälfte reduziert sind. Die Überlegung, was dieses kniekurze Versace-Kleidchen mit gar nichts dran außer dem Label im Kragen normalerweise kosten würde, wenn die läppischen siebenhundertneunundfünfzig Dollar schon der herabgesetzte Preis war, stellt man als bundesdeutscher Normalbürger besser gar nicht erst an.

»Langsam geht mir dieser allgegenwärtige Reichtum auf den Keks!« Stefanie deutete auf ein schmales, etwa dreißig Stockwerke hohes Bankgebäude, das von einem großen, in schwarzen Marmor gefassten Wasserbecken umgeben war; zum Eingang führte eine Brücke, rechts und links davon sprudelten Fontänen, und weiter hinten gab es sogar einen kleinen Wasserfall. »Und zu Hause regen wir uns auf, weil die Geschäftsleitung unserer Sparkassenfiliale ein Goldfischbecken in die Schalterhalle gestellt hat!«

»Eines mit Haifischen wäre auch passender gewesen«, bemerkte Hannes, an den wir gar nicht mehr gedacht hatten, weil er wieder mal ein paar Meter hinter uns hertrabte, nun aber zügig aufholte. »Die Damen haben doch sicher nichts dagegen, wenn ich sie für eine Weile allein lasse. Da es weder Abendkleider in meiner Größe gibt noch diese entzückenden Riemchensandaletten, werde ich mir den Schaufensterbummel entlang der Textilmeile gar nicht erst antun und stattdessen die hiesige Auswahl an Kameras und Mikro-Elektronik begutachten. Einverstanden?«

Ich staunte. »Toll, was du so früh am Morgen schon für komplizierte Sätze fertig bringst!«

Er ignorierte meine Bemerkung, ordnete vielmehr an: »Wir treffen uns in zwei Stunden neben dem Porsche!« Sprach's, machte auf dem Absatz kehrt, doch bevor er um die Ecke verschwand, drehte er sich noch einmal um: »Oder in drei!«

»Reicht dir denn die Zeit?«, rief ich hinterher, aber das hatte er schon nicht mehr gehört.

Der silberne Porsche war uns gleich am ersten Tag aufgefallen. Er stand mitten im Einkaufstempel auf einem Podest, war der Hauptgewinn irgendeiner Lotterie und sollte am heutigen Abend ausgelost werden.

»Kauf mal ein Los!«, hatte ich vorgeschlagen. »Bei so was hast du doch meistens Glück!«, aber Stefanie hatte abgewinkt. »Wie soll ich denn das Auto nach Deutschland kriegen?«

Auch wieder wahr.

Nach einer Stunde Ladentür-auf-Rundgang-Ladentür-zu-nächste-Ladentür-auf-Rundgang ... und so weiter trug ich in einer sehr dekorativen Lacktüte ein Seidentüchlein mit mir herum, während Steffi noch zögerte, die ärmellose Bluse mitzunehmen, mit der sie schon eine ganze Weile geliebäugelt hatte. »So richtig gefällt sie mir gar nicht!«

»Dann hör endlich auf, sie dauernd zu umkreisen!«

Worauf meine Tochter zur Kasse marschierte und wenig später mit einer noch viel größeren und schöneren Tüte zurückkam. »Ich hab's mir überlegt! So billig kriege ich nie wieder was von Armani!«

»Billig?«

»Na ja«, meinte sie zögernd, »vielleicht nicht gerade billig, aber berühmte Namen haben nun mal ihren Preis.«

»Schade nur, dass das Label innen sitzt und dich zu Hause niemand beneiden wird, nicht wahr?«

Ihr herablassender Blick sprach Bände. »Eleganz erkennt man auch ohne Namensschild!«

Den nächsten drei Geschäften widerstanden wir heroisch, das vierte hatte auf zwei Stockwerken Kinderkleidung zu bieten, aber ein Bummel durch die Babyabteilung überzeugte mich sehr schnell, dass Nicki ihren Tim auf keinen Fall in einen hellgrünen oder sogar zitronenfarbenen Strampelanzug mit Rüschen am Hals stecken würde. Meine Frage, ob es denn nichts für männliche Babys gäbe, wurde mit Erstaunen quittiert. »But it *is* for a boy!«

Nun ja, arabische Kinder sehen von Geburt an sonnengebräunt aus, für die ist Gelb eine Kontrastfarbe.

Nächster Halt im Coffee-Shop, den wir aus bekannten Gründen nicht ignorieren durften, und dann waren die zwei Stunden auch schon fast herum. Hannes war noch nicht da, Steffi kaufte nun doch zwei Lose, gab mir eins ab, und bis heute wissen wir nicht, ob nicht eine von uns den Porsche gewonnen hat. Egal, der Erlös dieser Lotterie sollte einem sozialen Projekt zugeführt werden, offen blieb lediglich die Frage, weshalb man dieses Projekt nicht auch aus der Staatskasse finanzierte, die doch unerschöpflich zu sein scheint.

Endlich kam auch unser Herr und Gebieter (ohne Tüte!), worauf wir einmütig beschlossen, vom Shopping die Nase voll zu haben und lieber Susanne Gesellschaft zu leisten. »Da kommt man auch gar nicht erst in Versuchung, noch mehr Geld auszugeben«, sagte Steffi und verminderte vorsichtshalber den Kaufpreis ihrer Bluse um zwei Drittel, bevor sie das teure Stück ihrem Mann zeigte. »Wie findest du das? Ist von Armani!«

»Muss ich den kennen?« Er warf einen flüchtigen Blick

auf das Kleidungsstück. »Steht dir bestimmt gut und war doch sogar bezahlbar, dabei hatte ich schon befürchtet, du kommst mit so einem sündhaft teuren Fummel an von einer dieser Mode-Ikonen!«

Es hatte bestimmt nicht an der Eistüte gelegen, dass Steffi einen heftigen Hustenanfall bekam, aber jemanden, der Hemden, Pullover und sogar Jeans von seiner Frau aussuchen und mitbringen lässt (Stefanie hat immer ein Maßband im Geldbeutel!) und nur in Ausnahmefällen das Geschäft eines Herrenausstatters betritt, kann man wirklich nur als modischen Ignoranten bezeichnen. Ich glaube, Hannes weiß bis heute nicht, dass es lediglich an diesem Designermodell lag, dass seine Frau in den ersten Wochen nach unserer Rückkehr sehr spartanisch gekocht hat. »Erst mal müssen wir unsere Urlaubspölsterchen wieder abbauen, und das geht nicht mit Schweinebraten und Knödeln!«

»Dann bring doch mal wieder zwei Steaks mit!«, hatte Hannes vorgeschlagen, doch das war nun auch nicht gerade der Weisheit letzter Schluss gewesen. Irgendwie musste Steffi sich aber doch durchgewurstelt haben, denn Hannes weiß bis heute nicht, dass diese Bluse … 95 Dollar gekostet hat!

Den Nachmittag haben wir zusammen mit Susanne im Garten des Hotels verbracht, wo es nicht nur ein relativ großes Schwimmbecken gab, sondern auch einen Whirlpool, der unentwegt blubberte und uns zumindest akustisch auf die abendliche Dhau-Fahrt einstimmte.

»Was ziehst du nachher an?«, wollte ich von Susanne wissen, bevor sie im Bad verschwand. »Ich hatte noch nie das Vergnügen, mein Abendessen an Deck eines orientalischen Segelschiffs einzunehmen, bin also völlig überfragt, was man bei einem solchen Anlass trägt.«

»Dann erinnere dich an das Abendessen im Beduinenzelt, da bist du sogar Gast eines Scheichs gewesen!«

Stimmt, dort wäre ich auch im Jogginganzug nicht aufgefallen!

Trotzdem die vorletzte saubere Hose herausgeholt, Bluse statt Polohemd, dazu Leinenblazer, weil's auf dem Wasser abends kühl wird, und sowieso ist man mit Jacke immer richtig angezogen, egal wann und wo. Hat man uns seinerzeit im Tanzkurs beigebracht. Ist zwar lange her, gilt aber immer noch.

Susanne erschien – frisch geduscht und geföhnt – in einem dreiviertellangen Rock mit passender Bluse, griff zu ihrer Tasche und meinte mit einem Blick auf meine Jacke: »Draußen sind neunundzwanzig Grad.«

»Weiß ich, aber nachher auf dem Wasser bestimmt nicht mehr.«

»Richtig! Da haben wir nur noch sechsundzwanzig.«

Unnötig, zu erwähnen, dass ich die Jacke trotzdem mitgenommen habe aufs Schiff, wo sie den ganzen Abend über der Stuhllehne hing, wenn sie nicht gerade mal wieder runtergefallen war.

Meine Vorstellungen von dem Abendessen auf einer Dhau hatten mit dem, was uns dann erwartete, herzlich wenig Ähnlichkeit. Zwar hatte sie sogar drei Masten und zwei Decks, aber die waren so voll gestellt mit Tischen und Stühlen, dass wir dem uniformierten Platzanweiser nur im Gänsemarsch zu unserem Tisch folgen konnten, und der hatte bestenfalls die Ausmaße von zwei zusammengeschobenen Küchenhockern. Am Tisch links neben uns saßen Österreicher, rechts hörte man Thüringer Dialekt, gegenüber wurde französisch gesprochen, englische Laute mischten sich mit italienischen … das einzige Arabische rundherum schien die Dhau zu sein, denn die hin- und herwuselnden Kellnerinnen hatten mandelförmige Augen und kamen mit Sicherheit von den Philippinen.

Das Schiff füllte sich, das Gedränge am Kai ließ nach, hörte schließlich ganz auf, und trotzdem legte der Kahn nicht ab. Österreich orderte bereits die zweite Runde Bier, Hannes versuchte – vorerst noch vergeblich – unserer dunkeläugigen Schönen zu verdeutlichen, dass er sein Feuerzeug vergessen habe und nun Streichhölzer benötige, bis schließlich Thüringen aushalf, und dann endlich schien sich am Kai etwas zu tun. Eine Stretchlimousine fuhr vor, ein herbeigeeilter Uniformierter öffnete die Tür, und heraus stieg ein in einen schneeweißen Burnus gehüllter und mit dem üblichen Kopfschmuck versehener Jüngling, der erst einmal die Dhau musterte. Auf höchstens Anfang zwanzig schätzte ich ihn, mindestens einsachtzig groß, ums Kinn herum schon heftig bebartet und – soweit erkennbar – ausgesprochen gut aussehend.

»Susanne, der wäre es nun aber wirklich!«, fiel mir sofort ein, denn bisher hatte sie sich für keinen der uns geeignet erscheinenden Heiratskandidaten erwärmen können.

»Der hat doch schon eine!«, winkte sie ab, denn Scheich junior hatte sogar eigenhändig die andere Tür geöffnet und half nun einer von Kopf bis Fuß schwarz verhüllten und tief verschleierten Frau aus dem Wagen. Sie huschte an ihm vorbei und eilte auf den Einstieg der Dhau zu. Junior hinterher. Und dann tauchten beide plötzlich wenige Schritte vor uns auf, während sie von jenem Goldbetressten zu einem etwas abgesondert stehenden Tisch geleitet wurden und dort Platz nahmen. Ich hatte sie trotzdem genau im Blickfeld!

Die Dhau legte ab, schaukelte sich, obwohl kein Windhauch zu spüren war, unter aufgezogenen Segeln gemächlich in die Mitte des Creek, und damit war dann auch die letzte Illusion von der *Flussfahrt wie im Mittelalter* vorbei. Der Kahn bewegte sich mithilfe kräftiger Dieselmotoren vorwärts!

Woraus unser Vier-Gänge-Menü bestanden hat, kann ich nicht mehr sagen, wir bekamen ohnehin alle das Gleiche, denn ich hatte nur Augen für diese verschleierte Frau. Wie um alles in der Welt würde sie essen können, ohne zumindest einen Teil ihrer Gesichtsverhüllung zu entfernen? Zu sehen waren nur ihre dunklen Augen.

Junior kümmerte sich nicht mehr um seine Begleitung, vielmehr warf er der etwas molligen Italienerin am Nebentisch glutvolle Blicke zu, und Wein trank er auch, obwohl das ein Moslem gar nicht darf. Hat Allah nämlich verboten. Ist aber eines jener ungeliebten Gesetze, das häufig abgewandelt wird. Allah sieht ja von oben nicht, ob in dem zierlichen Tässchen Mokka ist oder Hennessy! Mit Wein statt Wasser klappt das aber auch, vorausgesetzt natürlich, es handelt sich um weißen.

»Jetzt sag doch mal, wie die ihren Reis isst«, drängelte Stefanie, »ich kann mich doch nicht einfach umdrehen und hinstarren!«

»Etwas umständlich!«, musste ich zugeben. »Sie benutzt nur die rechte Hand zum Essen, weil sie mit der linken den Schleier lediglich so weit anhebt, dass sie den Mund erreicht. Dann lässt sie das Tuch gleich wieder fallen.«

»Heißt das, sie nimmt kein Besteck?«

»Wie denn? Dazu braucht man *beide* Hände.« Zwar bemühte ich mich, nicht fortwährend in die Richtung dieses Tisches zu blicken, aber mich faszinierte die selbstsichere Art, mit der diese Frau mitten unter den sie anstarrenden Europäern ihr Essen zu sich nahm.

»Wie alt mag sie sein?«, grübelte Hannes. »Es gibt ja nicht den geringsten Anhaltspunkt.«

»Doch – ihre Hände.« Sie waren mir sofort aufgefallen, und zwar wegen der kostbaren Ringe! Der große Rubin war mit Sicherheit nicht aus Glas, und was an der anderen Hand funkelte, war ein lupenreiner Brillant von mindestens zwei Karat. »Auf jeden Fall ist sie irgendwo zwischen vierzig und fünfzig und ganz bestimmt nicht die Ehefrau von diesem Jüngling.«

»Dann ist sie eben seine Mutter«, entschied Stefanie. »Allein dürfte sie solch eine Dampferfahrt bestimmt nicht unternehmen, aber irgendwann will sie ja auch mal aus dem Harem raus!«

Das war natürlich nicht ernst gemeint, denn in den letzten Tagen hatten wir viele dieser tief verschleierten Frauen gesehen, die zu zweit oder zu dritt durch die Einkaufszentren zogen und mal eben beim Juwelier oder in der Parfümerie ein paar tausend Dollar zahlten – überwiegend mit goldener Kreditkarte. Ihren finanziellen Status konnte man außer am Schmuck auch noch an den eleganten und meist teuren Schuhen erkennen, die ab und zu unter den bodenlangen Kleidern hervorblitzen, und natürlich an den Handtaschen – unter Hermès und Co. lief da gar nichts. Ich möchte auch nicht wissen, was diese Frauen *unter* ihren alles verhüllenden schwarzen Kutten tragen, denn jemand muss letztendlich für den nötigen Umsatz in den teuren Modeboutiquen sorgen!

»Jetzt guck nicht immer zu Frau Scheich rüber, sondern auch mal über die Bordwand hinaus in die Landschaft«, forderte Stefanie, »es ist doch irre, was da abgeht!«

Sie hatte Recht! Wir »segelten« gerade am Golfclub vorbei – übrigens auch eines der auf Sightseeing-Touren anzufahrenden Ziele, aber natürlich darf man als normaler Sterblicher nicht rein – und dort tanzte auf dem Dach ein durch Scheinwerfer verursachter, sich ständig sowohl in der Farbe als auch in der Schriftart verändernder Glückwunsch: *Happy Birthday Amanda.*

»Wer auch immer Amanda sein mag, ihr Freund/Vater/Bruder hat sich diese Gratulation eine gehörige Stange Geld kosten lassen«, behauptete Hannes und erklärte uns detailliert, wie man so etwas macht, nur hörte ihm niemand so richtig zu, weil wir gerade an einer Autobahnbrücke vorbeifuhren, an der dicht an dicht Lichterketten herunterhingen und einen Wasserfall simulierten. Überhaupt schien die ganze Stadt in ein buntes Lichtermeer getaucht zu sein: Kein höheres Gebäude, an oder auf dem nicht irgendwas blinkte oder funkelte, keine Brücke, die nicht illuminiert, und kein Baum, der nicht wenigstens mit einer bunten Lichterkette behängt war. Ich hatte das Gefühl, auf einem alles widerspiegelnden Fluss quer über einen riesigen Rummelplatz zu schippern, nur war es hier ruhiger. Jedenfalls so lange, bis dem Käpt'n dieser Touristenbarke einfiel, dass man das ganze Spektakel noch mit Musik untermalen könnte, und die kam dann auch! Natürlich vom Band, natürlich sehr orientalisch und folglich sehr laut. Sie übertönte wenig später sogar das wirklich gigantische Feuerwerk.

Ich gebe es ja nicht gerne zu, aber diese Lichterfülle, dazu ein Feuerwerk, wie ich es in dieser Vielfalt noch nie vorher gesehen hatte, und nicht zuletzt die in verschiedenen Tonlagen wimmernde Musik, ohne die tatsächlich etwas gefehlt hätte, haben mich ja doch schwer beeindruckt. Das alles passt aber nur in den Orient, das Gleiche in Bottrop oder Memmingen, und ich würde mit zugehaltenen Augen und Ohren schreiend davonlaufen!

»Welchem Anlass haben wir eigentlich diesen Auftrieb zu verdanken? Immerhin scheint doch ganz Dubai auf den Beinen zu sein, und das bestimmt nicht nur, um uns zu verabschieden. Außerdem fliegen wir erst morgen!«

Ich hatte die Frage einfach in den Raum gestellt und gar keine Antwort erwartet, doch Susanne wusste natürlich eine: »Heute ist der letzte Tag des alljährlichen Shopping-Festivals, ab morgen normalisieren sich wieder die Preise, und statt der Pauschaltouristen kommen jene Reichen und ganz Reichen zurück, die vorübergehend nach St. Moritz geflohen sind oder nach Mauritius, wenn sie nichts übrig haben für Eis und Schnee.«

»Ach! Woher hast du denn diese außerordentlich präzisen Informationen?«

»Regenbogenpresse! Ich gehe alle vier Wochen zum Friseur und gelegentlich auch mal zum Arzt. Eine halbe Stunde im Wartezimmer und man ist bestens informiert.«

»Und ich hatte dich immer für eine *intelligente* Frau gehalten ...!«

Das Feuerwerk war zu Ende, die Menschenmassen rechts und links des Creek verliefen sich allmählich, wir segelten wieder in die entgegengesetzte Richtung, die Musik verstummte – aber nur für einige Minuten, denn endlich kam *Sie,* die Perle des Orients, der Traum aller Männer, die Unvergleichliche, allseits Umschwärmte und ich weiß nicht, was noch alles – ich habe die Ansage in fünf verschiedenen Sprachen nicht so genau verstanden, die japanische schon überhaupt nicht, mein Italienisch ist aber auch sehr mangelhaft ... doch auf Deutsch klang es so ähnlich wie »ist Suleika Tochter von türkische Sultan, welche ist geraubt als Kind aus Karawane und freigekauft von Emir, welcher hat ausbilden lassen Suleika für tanzen. Nun Emir ist tot und Suleika muss allein sorgen für sich und kleines Tochter.«

Richtig interpretiert hieß das: »Wenn nachher der Teller rumgeht, legt gefälligst anständig was drauf!«

Und dann kam Suleika – Mitte dreißig, etwas übergewichtig, doch ich vermute, das ist bei Bauchtänzerinnen Bedingung. Ein glitzerndes Mieder verhüllte die nicht unbeträchtliche Oberweite, dann kam eine Weile gar nichts, im Nabel prangte ein großer roter Rubin (unecht!), und etwas tiefer begann mit dem ebenfalls glitzernden Gürtel der bis zu den Knöcheln reichende bunte Rock.

Nun habe ich keine Ahnung vom Bauchtanz, kann also nicht beurteilen, ob Suleika eine gute Tänzerin war oder nicht, den anwesenden Männern hat's ganz bestimmt gefallen, zum Schluss klatschten sie sogar zum Takt der Musik, während die Frauen mehr Augen für ihre Ehegatten hatten als für die schwarzhaarige Schönheit, aber regelrecht ausgeflippt ist Scheich junior. Er sprang immer wieder auf, lief zu Suleika, schob ihr einen Geldschein ins Mieder oder in den Gürtel, ging zögernd zurück auf seinen Platz, sprang wieder hoch, und als Suleika nach der zweiten Zugabe endgültig ihr Tamburin zur Seite legte, lief er noch einmal zu ihr hin, nahm seine goldene Uhr vom Handgelenk und drückte sie der Tänzerin in die Hand. Die schenkte ihm allerdings nur ein Lächeln, drehte sich um und lief die Treppe hinunter ins Innere des Schiffs.

»Das ist 'ne echte Rolex gewesen!«, war alles, was Stefanie herausbrachte. »Der hat ihr *tatsächlich* eine goldene Rolex geschenkt – einfach so! Wisst ihr überhaupt, was die kostet?«

»Lass ihn doch!«, beruhigte ich meine völlig aus dem Häuschen geratene Tochter. »Wahrscheinlich hat er zu Hause noch ein paar davon rumliegen. Und wenn nicht, dann kauft er sich morgen eine Neue!«

Als das Körbchen bei uns ankam, lagen schon sehr viele Dollarscheine drin, wir entrichteten natürlich auch unseren Obolus, nur Steffi weigerte sich. »Die Uhr ist mehr wert, als ich in einem halben Jahr verdiene! Und jetzt soll *ich* da auch noch was reinwerfen? Kommt überhaupt nicht infrage!«

»Und was würdest du sagen, wenn der ganze Auftritt getürkt war?«, gab Hannes zu bedenken. »Wenn der Scheich gar nicht echt ist, sondern zu dieser Bauchtanzgruppe gehört, wenn die verschleierte Maja die Mutter von den beiden ist und die Uhr bloß Talmi? Diese Fälschungen kriegst du doch überall ...«

Stefanie bestritt das entschieden. »Die Uhr war echt! So was sehe ich auf Anhieb! Ich wollte doch schon immer so eine haben, allerdings die für Damen, und aus Gold muss sie auch nicht unbedingt sein, mir genügt ja schon die einfache Ausführung, aber auf *diesem* Ohr bist du irgendwie taub!«

Auch *das* überhörte Hannes wohlweislich. Zwar habe ich bis heute nicht begriffen, weshalb man sich auf eine ganz bestimmte Uhr fixiert, von der man doch auch nur die Zeit ablesen kann und mehr nicht, doch irgendwas muss da dran sein. Sascha hat ja auch nicht eher Ruhe gegeben, bis er so eine hatte, natürlich keine goldene und auch selbst verdient, damals war er noch unbeweibt und Vater schon überhaupt nicht, nur wüsste ich zig andere Dinge, die ich mir viel lieber kaufen würde als eine verflixt teure Armbanduhr, die nicht mal besonders schön aussieht.

Aber mit dem »getürkten« Scheich hatte Hannes vermutlich schief gelegen. Als unser Kahn kurz vor Mitternacht wieder anlegte, stand die Stretchlimousine schon am Kai, und der uniformierte Chauffeur öffnete sofort die Tür, als er seine Herrschaft erblickt hatte; sie durfte nämlich als Erste von Bord.

Wir waren übrigens bei den Letzten, weil wir so lange nach Stefanies verschwundenem Geldbeutel suchten, bis Hannes auf die Idee kam, nachzufragen, ob er vielleicht gefunden worden war. Er war es, und es fehlte nicht ein einziger Dollar. Spontan lud uns Steffi trotz der späten Stunde noch in die Eisdiele ein! Aus lauter Freude, wie wir vermuteten, das stimmte aber nicht, sie hatte es in erster Linie auf die sauberen Toiletten abgesehen!!

Kapitel 16

Punkt sechs Uhr bimmelte der Wecker, und das ziemlich laut; meiner ist zartfühlender, der beginnt immer ganz leise und steigert sich erst dann, wenn ich ihm nach zwei Minuten nicht noch schnell eins aufs Dach gegeben habe.

Susannes Wecker erinnerte mich allerdings in Ton und Lautstärke an unsere ehemalige, heiser scheppernde Schulglocke, die es aber jedes Mal geschafft hatte, sogar die beiden während der tödlich langweiligen Biologiestunden in den hinteren Bänken still vor sich hin Schlummernden aufzuschrecken; nur bei Susanne hätte das nicht geklappt! Sie drehte sich auch jetzt leise knurrend auf die andere Seite und schlief weiter. Irgendwie beneidenswert. Aber nicht heute! Um neun würde ihr Flieger abheben, um sieben das bestellte Taxi unten warten. Vorher noch Abrechnung an der Hotelrezeption, das kostet maximal zehn Minuten, Frühstück fällt bei ihr sowieso flach, Fahrt zum Airport in fünfzehn bis zwanzig Minuten, im Gegensatz zu Frankfurts Doppelterminal ist der hiesige wenigstens überschaubar, also bliebe noch genug Zeit zum Einchecken und vielleicht sogar für eine schnelle Tasse Kaffee. Um das alles hinzukriegen, müsste Dornröschen zunächst erst mal aufstehen!

Nach mehreren vergeblichen Versuchen in normaler und dann in erhöhter Lautstärke würde wohl nur noch die

Holzhammermethode helfen – bildlich gesprochen! Also Kaltwasserhahn auf, Waschlappen drunter, bis er trieft, Seifenschale, damit nicht alles voll tropft, und ab ins Zimmer. Vorher noch schnell den Fluchtweg zurück ins Bad freilegen, den versperrt nämlich Susannes Koffer, dann ihren Kopf in die günstigste Position bringen und schließlich dreißig Quadratzentimeter klatschnasses Frottee mitten ins Gesicht!

Voller Erfolg! Ich hatte gerade noch Zeit genug, ins Bad zu sprinten und den Riegel zuzuschieben, bevor Susanne an der Tür war. »Aufmachen! Sofort aufmachen!«

»Ich denke nicht daran! Pack erst mal deine restlichen Sachen in den Koffer, dabei kannst du dich abreagieren, vergiss aber nicht die Schuhe auf dem Balkon und deinen Wecker irgendwo unterm Bett, vorausgesetzt, ich habe mich nicht verhört, als du ihn eben dorthin geschmissen hast, und wenn du wieder auf Normaltemperatur läufst, lasse ich dich auch ins Bad. Der Countdown läuft, du hast noch genau einundvierzig Minuten, bis das Taxi da ist!«

Wenig später hatte sie sich beruhigt, und dann war sie mir sogar dankbar. »Ohne dich hätte ich glatt verpennt!«

Der Abschied fiel uns nicht ganz so leicht, wie wir gegenseitig vortäuschten. Susanne hätte jetzt doch recht gern ein paar Tage Faulenzen am Meer drangehängt, und mir würden unsere abendlichen Kabbeleien fehlen und die tiefsinnigen Gespräche wie jenes über ein eventuelles Leben auf der Venus und die Möglichkeiten einer Kommunikation mit den Venusianern. Immerhin hatten wir schon einen Kontakt mit der NASA ins Auge gefasst!

Und dann war sie wirklich weg. Einfach so! Nicht mal hinterher winken konnte ich, zum einen wegen dieser albernen Höhenangst, und zweitens, weil der Balkon an der Rückseite vom Hotel hing und nicht zur Straße hinaus.

Für den Speisesaal war es zu früh, Steffi und Hannes

schliefen bestimmt noch, aber ich könnte mich vielleicht dem Jogger anschließen, der im Garten seine Runden drehte; mal tauchte er links vom Pool auf und dann wieder rechts, nur hatte ich ausgerechnet für *diese* Sportart noch nie was übrig; die meisten Jogger sehen beim Laufen auch immer so verbissen aus!

Also fing ich mit Kofferpacken an, irgendwas muss man schließlich tun, und wenn ich genug Zeit zum Suchen habe, würde ich wenigstens nicht wieder was liegen lassen. Zwar gibt es auf jeder Malediven-Insel einen Shop, und dort bekommt man auch alles Notwendige, nur gehen die Meinungen über das, was notwendig ist und was nicht, zwischen Ladenbesitzer und Gast häufig auseinander. Ich zum Beispiel habe noch nie den ganzen Sonnenöl- und After-Sun-Kram zu Hause vergessen oder das, und was man sonst noch an Kosmetika braucht, nehme auch meine Badeanzüge mit und ausreichend Garderobe, doch nach einem feucht-fröhlichen Abend auf der Insel stellte ich morgens fest, dass ich Aspirin vergessen hatte. Der Shop macht zwar erst um zehn Uhr auf, egal, sooo schlimm ist der Kater nun doch nicht, aber vier Minuten nach zehn wusste ich, dass es im Laden kein Aspirin gibt. Dafür jedoch meterlange Stangen voller Freizeithemden mit Palmen drauf und T-Shirts mit einem Querschnitt durch die maritime Tierwelt; ich hätte Sonnenmilch von fünf verschiedenen Herstellern bekommen können und drei Dutzend unterschiedliche Ansichtskarten, Badeanzüge vom Minibikini bis zu Größe XXL, auch an Shampoo herrscht kein Mangel, sogar Pampers gibt es, Zahnpasta und Sonnenhüte, aber wegen einer Kopfschmerztablette soll ich besser mal an der Tauchbasis fragen, die hätten meistens welche.

Als das Telefon klingelte und Stefanie sich startbereit für den Speisesaal meldete, hatte ich meinen Koffer tatsächlich bis auf die letzten paar Kleinigkeiten fertig gepackt.

»Du hast es also wirklich geschafft?«, begrüßte sie mich vor dem Lift.

»Was geschafft?«

»Susanne nicht nur früh genug aus dem Bett zu kriegen, sondern auch noch pünktlich ins Taxi zu setzen.«

»Mit den drei Ws hat es ganz gut geklappt, und weil sie nicht wieder zurückgekommen ist, nehme ich an, dass sie auch ihr Taxi gefunden hat.«

»Das findet sie immer!«, bestätigte Steffi. »Sogar dort, wo es normalerweise keins gibt. Im Mannheimer Industriegebiet zum Beispiel oder vorm Kino eine halbe Stunde nach Schluss der Spätvorstellung! Was sind übrigens die drei Ws?«

»Wasser wirkt Wunder. Das hat doch schon Pastor Kneipp gewusst.« Und während wir immer noch auf den Lift warteten, der offenbar zwischen dem Japaner-Stockwerk (neunzehnte Etage) und der Aussichtsplattform (einundzwanzigste Etage) pendelte, schilderte ich Stefanie meine frühmorgendlichen Aktivitäten. »Das Bett ist dabei ziemlich nass geworden«, fiel mir noch ein, »hoffentlich zieht das Zimmermädchen daraus keine falschen Schlüsse!«

Dann kam endlich der Lift und brachte uns nach unten.

»Es wird Zeit, diese gastliche Stätte zu verlassen«, meinte Steffi nach einem Blick auf das Frühstücksbuffet, »das Obst wird allmählich welk!«

Natürlich war das übertrieben, obwohl die Pflaumen wirklich schon etwas runzlig aussahen, aber wer um alles in der Welt isst denn so was überhaupt? Morgens um halb neun?!

Das Thema Hochzeit war bis auf weiteres abgehakt, nachdem sich meine Tochter beharrlich geweigert hatte,

Katja übers Handy anzurufen (»Solltest du tatsächlich wieder Oma werden, dann könntest du sowieso nichts mehr daran ändern!«), also debattierten wir die nächstliegende Frage: Wie kriegen wir die Stunden bis zum Abflug rum? Noch mal Stadtbummel kam nicht infrage, die Auslagen der Geschäfte kannten wir, und ein Betreten verbot sich mangels Kreditkarten beziehungsweise ausreichender Deckung derselben.

Zum Besichtigen weiterer Moscheen fehlte uns die anfängliche Begeisterung, wir hatten inzwischen ein rundes Dutzend gesehen, von außen und innen, sie sind alle wunderschön, aber nun reichte es. Außerdem machte uns die Hitze nun doch ein bisschen zu schaffen. Zu viel Sonne, zu viel Straßenverkehr, zu viel Staub, zu viel Krach und zu wenig Toiletten.

Wir hatten uns gerade entschieden, den Tag im Garten des Hotels zu verbringen, nicht unbedingt lustwandelnd, sondern wechselweise auf der Liege und im Pool, als ein Page an unseren Tisch trat und Stefanie einen in Packpapier gewickelten und sorgfältig verschnürten Karton überreichte. Dem aber schon sehr orientalisch gefärbten Englisch entnahmen wir nach mehreren Rückfragen, dass die Lady von Room Nr. 1612 diesen Karton an der Rezeption zurückgelassen hatte mit der Bitte, ihn der Lady von Room Nr. 1522 zu geben.

»Von Susanne?? Sollst du was für sie nach Hause schmuggeln? Wäre sogar glaubhaft. Du weißt doch, Urlauber auf dem Rückflug von den Malediven werden kaum mal kontrolliert, aber wer von hier kommt, hat mit ziemlicher Sicherheit etwas zu verzollen, und wenn's nur die billigen Zigaretten sind oder eine Tüte von dem Zeug, das man in die Wasserpfeifen stopft. Was ist das eigentlich?«

Inzwischen bin ich ja nicht mehr ganz so unbedarft, doch seinerzeit hatte ich nur eine sehr verschwommene

Vorstellung von jenen Kräutlein gehabt, mit denen man den Dampf einer Wasserpfeife aromatisiert. *Muss* man nicht, *kann* man aber!

»Sie hat's also doch noch gemerkt!« Ungeöffnet legte Stefanie das Päckchen zur Seite. »Ich hatte nämlich gestern Abend dieses alberne Kaffeeservice in Susannes Gepäck geschmuggelt, einzeln natürlich, der Koffer war ja schon fast voll, da hat man hinterher wirklich nichts gesehen, aber sie muss trotzdem was mitgekriegt haben!«

»Und warum das Ganze?«

»Sie hat mich doch dauernd wegen dieser blöden Preisfrage hochgenommen, und nun wollte ich den Spieß einfach mal umdrehen!«

»Siehste! Wer anderen eine Grube gräbt ...«, leierte ich herunter,

»... ist Bauarbeiter, weiß ich ja! Aber was soll ich denn mit dem Krempel machen? Ich kann ihn ja nicht mal in den Papierkorb werfen, da holen sie's doch auch wieder raus! – Wer hat das überhaupt so transportsicher verpackt? Susanne ganz bestimmt nicht.«

Eine Nachfrage an der Rezeption ergab, dass die Lady darum gebeten und diese Bitte vermutlich mit einem Bakschisch bestärkt hatte. »Ich sehe mich schon dieses Highlight italienischer Pressglas-Produktion nach Hause schleppen!«

»Vielleicht wirst du es auf der Insel los!«, klang die Stimme unseres Herrn, und damit war die Sache erst mal abgehakt. Hannes wollte frühstücken, aber nicht allein, also ließ ich die zwei Turteltauben (sie turteln nämlich immer noch!) zurück, holte aus dem Zimmer Badeanzug, Buch, Sonnenöl und eine Ladung Handtücher, auf dass ich getreu germanischer Gepflogenheiten Liegestühle für die noch Abwesenden reservieren konnte. Als sie endlich umgezogen und schon fettglänzend auftauchten, gab's tatsächlich keine Liegen mehr, sondern nur noch Plastikstühle, die schon aus der Ferne äußerst unbequem aussahen und es auch waren, wie sich später herausstellte. Wir ließen uns nämlich das Mittagessen im Garten servieren, für Steffi und mich in Form von Salat, für Hannes ein Steak. Das ist ein halb gar gebratenes Stück Fleisch, dessen Preis unsereinen verstehen lässt, weshalb die Kühe in Indien heilig sind.

Als Steffi am Spätnachmittag noch mal in den Pool springen wollte, hielt ich das für keine gute Idee. »Dir ist hoffentlich klar, dass du den Badeanzug nicht mehr trocken kriegst!«

»Na und? Die zwei Stunden Flug wird er auch nass überstehen! In einer Plastiktüte! Wenn wir da sind, hänge ich ihn gleich auf die Leine!«

Das war der erste Irrtum dieses Tages!

Mit dem zweiten wurden wir abends auf dem Flugplatz konfrontiert, als wir in der Schalterhalle vergebens unseren Flug nach Male suchten; er wurde nämlich nirgendwo angezeigt.

»Ist ja auch noch zu früh, die Maschine geht doch erst um zehn!« Stefanie versuchte sich in Zweckoptimismus.

»Auf der Tafel stehen aber schon die Abflüge bis weit nach Mitternacht! Irgendwas stimmt hier nicht!«

Dieser Ansicht war auch Hannes, ließ uns zur Bewachung der drei Gepäckwagen zurück – beim Anblick von reisenden Sporttauchern hat man immer den Eindruck, sie wandern aus – und zog los. Er war auch ziemlich schnell zurück, und danach mussten wir uns damit abfinden, dass einiges schief gelaufen war. Es gab nämlich keine Maschine, die abends um zehn nach Male flog, es hatte sie nie gegeben, und es würde sie vermutlich auch nicht geben, solange an der zweiten Startbahn gebaut wurde. Man hatte ja erst vor einem Jahr angefangen, Sand aufzuschütten, und dem Indischen Ozean anderthalb Kilometer Piste abzutrotzen, das dauert natürlich!

Bis heute jedenfalls ist man auf der »Flughafen-Insel« von Male nicht auf Nachtflüge eingerichtet, was zum Teil daran liegt, dass man die ankommenden Passagiere – es sind nun mal überwiegend Touristen – mangels Übernachtungsmöglichkeiten gleich weitertransportieren muss; und das wiederum ist auch vom Tageslicht abhängig. Früher benutzte man Dhonis, jene gemütlich vor sich hin tuckernden Boote, mit denen die Einheimischen zum Fischfang rausfahren, Lasten transportieren und überhaupt den Verkehr zwischen den Inseln aufrechterhalten. Die fahren auch nachts. Seitdem jedoch immer neue Touristen-Resorts entstehen, die immer weiter weg liegen von Male, würde der Bootstransfer zu lange dauern, und deshalb gibt es jetzt Wasserflugzeuge.

Ich hasse diese Dinger! Sie machen einen Höllenlärm, nicht umsonst haben die beiden Piloten topfdeckelgroße Klappen auf den Ohren, und wenn man einmal »ohne« in solch einem Flieger gesessen hat, vergisst man beim nächsten Mal eher seine Lesebrille zu Hause oder die Badelatschen, doch nie mehr die Ohrenstöpsel!

Außerdem ist es ziemlich eng in den Fliegern. Es passen ungefähr fünfzehn bis zwanzig Passagiere einschließlich jenes Halbwüchsigen hinein, der für das Verladen und die Sicherung des Gepäcks zuständig ist. Das gehört nämlich ins Heck, wird allerdings nicht nach statischen Gesichtspunkten gestapelt, sondern wie's gerade kommt, und damit bei möglichen Turbulenzen der ganze Berg nicht ins Rutschen gerät, wird er mit einem großen Netz fixiert. Sieht ziemlich behelfsmäßig aus, ist es auch, funktioniert aber einwandfrei.

Wunderschön ist allerdings der Blick aus dem Fenster – sofern man an einem sitzt! Die Maschinen fliegen nicht sehr hoch, man guckt auf die winzig erscheinenden Fischerboote runter, überfliegt einige bewohnte und noch mehr unbewohnte Inseln und schaut fasziniert auf das ständig wechselnde Farbenspiel des Meeres von hell- zu dunkelgrün und dann wieder über alle Blautöne bis zum unendlich tiefen, fast schwarz erscheinenden »Blauwasser«. Warum das so heißt, obwohl das Meer doch eigentlich überall blau ist, konnte mir bislang noch niemand erklären.

Nach dreißig oder auch vierzig Minuten erfährt man, dass hinten links die zu erreichende Insel auftaucht; langsam geht die Maschine in den Sinkflug, immer tiefer und noch tiefer, die Insel kommt trotzdem nicht näher, plötzlich klatscht der Flieger aufs Wasser – ringsherum ist ja auch nichts anderes, denn die Insel ist immer noch genau so weit weg wie vorher – und dann endlich bemerkt man eine fest verankerte Plattform mitten im Meer. Dort wird man ausgesetzt. Warum? Die meisten Eilande sind von einem Korallenriff umgeben, und in den dahinter liegenden Lagunen ist das Wasser viel zu flach für die Flieger. Also wird man draußen auf dem Meer abgestellt, doch sobald die ersten Passagiere auf der Plattform stehen, tuckert das bereits wartende Dhoni heran, mit dem die Gäste nun endgültig zur Insel gebracht werden.

Steffi, Hannes und ich sind bekennende Malediven-Fans. Wir hatten sogar mal eine Lieblingsinsel, nur war die inzwischen ein bisschen zu modern, zu elitär und zu teuer geworden. Die jetzt gebuchte kannten wir nicht, wussten nur, dass sie relativ groß und angeblich eine Öko-Insel war – was auch immer man darunter zu verstehen hatte.

»Vielleicht müssen wir unser Abendessen selber angeln«, hatte Steffi überlegt, »oder Muscheln suchen und nach Algen tauchen.«

»Lobster wäre mir lieber!« Aber nur wenn man Glück hat, und die Fischer welchen anliefern, kriegt man abends sogar mal einen auf den Teller. Gegen Aufpreis!

Am allerliebsten wäre mir allerdings, ich säße jetzt auf unserer Insel statt im Flughafen von Dubai. Und das auch noch während der nächsten sieben oder acht Stunden. Reisebüro-Juli musste bei der Zusammenstellung unserer Tour zeitweise einen Blackout gehabt haben!

Nun sind die Menschen im Orient bekanntlich sehr gastfreundlich, denn nachdem auch die letzte Café-Bar geschlossen wurde, bat man uns in die »VIP-Lounge«, also in jenen elitären Warteraum, der den Erste-Klasse-Passagieren vorbehalten ist. Dort sind die Sessel viel weicher und aus Leder, es gibt Häppchen und kleine Kuchen, auch Bonbons und Kekse und Maschinen, die von Mokka über zig Varianten von Kaffee bis zu Kakao und Tee alles in die Tasse sprudeln, was man möchte – vorausgesetzt, man kommt mit den englischen Bedienungsanleitungen klar (ich habe ja schon mit den deutschen Schwierigkeiten!); es gibt Zeitungen und Zeitschriften (amerikanische und arabische), leise Musik von irgendwoher und natürlich einen Computer mit Internet-Anschluss.

Zuerst interessierten uns die belegten Brötchen, denn das Mittagessen lag lange zurück, ohnehin ist Salat nicht übermäßig sättigend, und auf ein Abendessen hatten wir in vermeintlich weiser Voraussicht verzichtet; irgendwas wird einem im Flieger doch immer serviert. Sogar während der anderthalb Stunden von Frankfurt nach Mallorca füttern sie einen ab.

Als man uns in die Lounge gebracht hatte, war sie leer gewesen, als ich aufwachte, war sie voll! Irgendwann zwischen Mitternacht und Morgen hatte uns wohl doch die Müdigkeit überwältigt, jedenfalls waren wir eingeschlafen, jeder der Länge lang auf einem dieser bequemen

Dreiersofas, und niemand hatte uns geweckt, obwohl man inzwischen für einige Passagiere zusätzliche Stühle hatte bringen müssen.

Ein bisschen geniert hatte ich mich ja doch, als ich, verfolgt von nachsichtigen Blicken, den Waschraum ansteuerte, aber wer kann denn damit rechnen, dass sich diese *Very-important-person*-Enklave restlos füllen würde? Andererseits … wo sonst, wenn nicht hier? In Frankfurt sitzen fast nur gelangweilte Manager drin mit der *Financial Times* vorm Gesicht und dem Aktenköfferchen neben sich.

Wir durften sogar noch frühstücken, und danach sah die Welt schon wieder ganz anders aus, zumal wir kurz darauf in einen Flieger steigen konnten und vier Stunden später unsere Insel genau in jenem Moment erreichten, als auch das Tauchboot von der morgendlichen Ausfahrt zurückkam.

»Guck mal, Hannes, der da gleich vorne neben dem Ausstieg – ist das nicht Manni?« Steffi hat nämlich Argusaugen.

Es *war* Manni! Der Tauchlehrer jener Insel von vor drei Jahren! Oder vor vier? Keine Ahnung, ich war ja nicht jedes Mal dabei gewesen, und tauchen kann ich sowieso nicht. Ich eigne mich aber ganz gut zum Hinterhertragen liegen gelassener Masken, Flossen, Feuerzeuge oder sonstiger vergessener Utensilien.

Es gab also gleich auf dem Anlegesteg ein freudiges Wiedersehen, das von Mannis Seite allerdings weniger euphorisch ausfiel; so auf Anhieb konnte er sich nämlich nicht mehr an die beiden erinnern. Allerdings wurde das Gedächtnis beim abendlichen Umtrunk aufgefrischt, und ab dann sah ich meine Lieben eigentlich nur noch zu den Mahlzeiten. Wir wohnten nämlich einen Kilometer weit auseinander, vielleicht war es auch noch ein bisschen mehr, im Schätzen von Entfernungen war ich noch nie gut, aber mit dem Rad brauchte ich sechs bis sieben Minuten, gelegentlich auch länger (siehe unten).

Diese Öko-Insel ist nämlich naturbelassen! Die einzelnen Bungalows liegen direkt hinter den Stränden und sind trotzdem durch viel Grünzeug vor fremden Blicken geschützt, es gibt keinen Weg quer über die Insel, die Mitte besteht aus undurchdringlichen Mangroven. Egal, wohin man will, ob zum Speisesaal links hinten, zur Tauchschule rechts oben oder zum Fitnessraum, der wieder ganz woanders liegt … man muss immer außen herum. Deshalb gehören zu jedem Bungalow zwei Fahrräder, die auch fleißig benutzt werden. Gelegentliche Blessuren müssen eingeplant werden, denn das überwiegend einheimische Personal fährt ebenfalls Rad, den maledivischen Verkehrsregeln entsprechend jedoch auf der linken Seite, und daran muss man sich erst mal gewöhnen. Nur mit englischen Gästen soll es noch nie zu Kollisionen gekommen sein. Besonders fahrradfreundlich sind die Wege sowieso nicht, sie sind relativ schmal, es gibt Steine, Schlaglöcher und nach einem tropischen Regenschauer auch mal große Pfützen, deren Tiefe man erst dann abschätzen kann, wenn man weggerutscht und reingefallen ist. Ich spreche da aus Erfahrung.

Davon mussten wir uns ohnehin erst eine ganze Menge aneignen! So war es tunlichst zu vermeiden, abends als Letzter Bar/Speisesaal/Fitnessraum etc. zu verlassen, denn dann fand man statt seines noch halbwegs intakt gewesenen Fahrrads nur noch eine der ältesten Krücken auf der ganzen Insel, hinterlassen von jenem Gast, der am vorangegangenen Abend der Letzte gewesen war. Es gibt nämlich kein Recht auf immer dasselbe Rad.

Die Bungalows waren aus versteinerten Korallenblöcken erbaut, für die Böden hatte man dunkelrote Fliesen verwendet, und aus Fremdmaterialien bestand nur das, was man nun wirklich nicht sägen, schnitzen oder zusammenbinden konnte, also die Sanitäranlagen, Telefon, Kühlschrank etc. – alles andere war aus Holz, Bambus und Bast hergestellt. Das Himmelbett bestand aus dicken Bambusstäben, genau wie das übrige Mobiliar, die Badewanne war mit Holz verkleidet, der Spiegel mit Bambus umrahmt, und sogar das Zahnputzglas im halboffenen Bad stand in einem aus Bast geflochtenen Behälter. Übrigens muss meine rote Zahnbürste eine unwiderstehliche Anziehungskraft auf einen kleinen Gecko ausgeübt haben, fast jeden Morgen hockte er oben auf dem Stiel und räumte erst dann das Feld, wenn ich den Wasserhahn aufdrehte. Drei seiner Kollegen bevölkerten mein Zimmer, das heißt, sie klebten irgendwo an den Wänden und sorgten dafür, dass ich weder von Moskitos noch von anderem krabbelnden Viehzeug belästigt wurde. Ich mag Geckos!

Etwas gewöhnungsbedürftig waren die Zwerghühnchen und Zwerghäschen, die frei über die ganze Insel liefen, auch schon mal vors Fahrrad oder über die Füße, und einen zur Ordnung zwingen. Auf der Terrasse liegen gebliebene Kekse, Chips oder was man sonst gelegentlich als Zwischenmahlzeit kaut, waren schon verschwunden, wenn man vom Essen zurückkam, und nachdem mir so ein Langohr zum zweiten Mal eine offene Wasserflasche umgekippt hatte, gewöhnte ich mir an, sie immer gleich wieder zu verschließen; dann leckte Häschen wenigstens nur die herunterlaufenden Tropfen ab, wobei es offenbar völlig gleichgültig war, was die Flasche enthielt, die Hasen nuckelten alles. Später setzte sich dann bei mir die Erkenntnis durch, dass »bloß Wasser« nicht so ganz ihren Vorstellungen von einem anständigen Drink entsprach, denn wenn Steffi mal wieder eine Cola-Flasche geöffnet hatte, hockten wenig später gleich drei Hasen drum herum.

Tagsüber hatte man natürlich ein bisschen sportlich zu sein (mir genügten schwimmen und Rad fahren! Es gab aber auch ein Pärchen, das morgens und abends zweimal um die Insel joggte), doch nachmittags ließen die Aktivitäten bereits nach, da warf man höchstens noch ein paar Boule-Kugeln in den Sand, spielte Tischtennis oder Scrabble – ausgenommen jene Taucher, die auch am Nachmittag noch mal runterwollten. Die Zeit zwischen sechs und sieben war der Schönheitspflege gewidmet (bis man das Sonnenöl vom Körper runter und das After Sun wieder drauf hatte, dauerte es schon seine Zeit, und so ganz ohne ein bisschen Farbe im Gesicht konnte man ja auch nicht in die Bar), doch so gegen halb acht traf man sich zum Sundowner, jenem Feierabend-Cocktail, der je nach Inhalt und Menge manchen Gast schon zu diesem Zeitpunkt außer Gefecht setzte.

Zum Rad fahren musste man was an die Füße ziehen, das erforderten die für nackte Sohlen absolut ungeeigneten und sowieso schon etwas ramponierten Pedale; in den offenen Restaurationsräumen und auch sonst ging man jedoch barfuß, denn alles war mit Sand aufgeschüttet; also zog man die Schuhe aus, parkte sie irgendwo seitlich und fand sie später nur dann wieder, wenn man ganz genau wusste, wo man sie abgestellt hatte. Die zurückgelassenen standen am nächsten Morgen nebeneinander aufgereiht vor der Rezeption.

Über die Verpflegung werde ich mich nicht auslassen, ihr hatte ich beinahe zwei Kilo Gewichtzunahme und nach meiner Heimkehr strenge Askese zu verdanken. Die zwischen dünnen Holzdeckeln eingeklemmte und täglich wechselnde Speisekarte bot jeweils drei komplette Menüs, von den ohnehin auf dem Buffet angebotenen Salaten, Snacks und Desserts gar nicht zu reden.

Gegessen haben wir übrigens von Porzellantellern, und

das Besteck war auch nicht von Hand geschnitzt. Irgendwo hat Öko eben doch seine Grenzen!

Nun konnte man sich ja nicht nur zwischen seiner Liege, ein bisschen Planschen im Meer und den Radtouren zum Speisesaal bewegen, man wollte auch mal ein bisschen Abwechslung haben! Und genau aus diesem Grund wurden irgendwann einmal die Ausflüge erfunden.

Beliebt waren jene zu einer »Eingeborenen-Insel«, aber diese Touren kannten wir schon – einschließlich der Souvenirstände mit den hölzernen Elefanten *Made in Kenia* und des unerlässlichen Picknicks am Strand.

»Ob das hier auch aus zu weich gekochten Spaghetti mit rosa Tomatensoße besteht?«, überlegte Steffi, als wir das am schwarzen Brett ausgehängte Vergnügungsprogramm der gesamten Woche studierten.

»Unwahrscheinlich, das würden die hiesigen Köche gar nicht erlauben, aber ich will da trotzdem nicht mit! Wir wissen doch inzwischen, wie man eine Kokosnuss öffnet, eine Hängematte knüpft und in fünf Minuten ein Dutzend Fische ausnimmt. Das sind ja alles sehr nützliche Handfertigkeiten, aber bei uns zu Hause wachsen nun mal keine Kokospalmen, und mein Kabeljau kommt aus der Kühltruhe und ist schon filetiert!«

Rein theoretisch könnte ich aus drei Meter Palmenstamm ein Kanu brennen, ohne Leiter Kokosnüsse ernten und sogar das Dach einer Eingeborenenhütte neu decken, alles das hatte man uns auf früheren Reisen schon ausgiebig demonstriert, nur hatte sich einfach noch keine Gelegenheit ergeben, diese Kenntnisse anzuwenden.

»Was hältst du vom Nachtfischen?« Steffi ließ nicht locker. »Das hatten wir noch nicht!«

»Stimmt, nur pflege ich nachts zu schlafen!«

Es stellte sich aber heraus, dass diese Exkursion schon

am Spätnachmittag begann, damit man rechtzeitig zum Abendessen zurück sein würde. Darauf wurde offenbar Wert gelegt, man wusste inzwischen, wo bei den meisten Gästen die Prioritäten lagen!

Also meldeten wir uns an – Hannes verzichtete dankend, er macht sich nicht so viel aus Fisch – und fuhren am nächsten Tag kurz vor Sonnenuntergang aufs Meer. Mit uns auf dem Dhoni saßen außer dem Bootsführer zwei im Umgang mit unwissenden Touris geschulte Boys sowie drei Italiener, die schon Wetten abgeschlossen hatten, wer von ihnen den größten Fisch an der Angel haben würde.

Von wegen Angel! Wir kriegten jeder eine leere Flasche in die Hand gedrückt, darauf waren ungefähr zwanzig Meter Schnur gewickelt, mit einem Haken am Ende, den hatte man mit ein bisschen Fisch zu bestücken, dann ließ man Strippe samt Köder ins Wasser und wartete ab.

Bei abgeschaltetem Motor dümpelte der Kahn vor sich hin, wir ruckelten gelegentlich mit der Flasche, das nützte aber auch nicht viel, die Fische hatten offensichtlich keinen Appetit auf Fisch. Doch dann biss bei Italien tatsächlich etwas an. Als der stolze Angler die Schnur endlich hochgezogen und wieder um die Flasche gewickelt hatte, hing doch unten tatsächlich ein bestenfalls zwanzig Zentimeter langer Fisch dran – mehr Flossen als Körper. Er kam trotzdem in den mit Wasser gefüllten Eimer.

Eine halbe Stunde später hatten alle, sogar Stefanie, einige mehr oder weniger kleine Fische aus dem Wasser gezogen – nur um meinen Köder hatten sämtliche Fische einen Bogen gemacht.

»You must say fish! Fish! Fish!«, instruierte mich der Käpt'n, und dabei sollte ich meine Strippe immer wieder raufziehen und wieder runterlassen. Fand ich ziemlich albern, tat es trotzdem, obwohl die anderen alle grinsten, ich bin ja kein Spielverderber – und keine Minute später hätte ich die Flasche beinahe ins Wasser fallen lassen, weil irgendetwas mächtig daran zog. »Somebody must help me!«, brüllte ich los, die Boys stürzten herbei, und dann wickelten wir zu dritt die Schnur auf die Flasche. War ziemlich anstrengend, denn was da unten dranhing, zappelte und wehrte sich heftig!

Schließlich hatten wir ihn oben, den Red Snapper, einen beliebten Speisefisch von – wie später ermittelt wurde – genau fünf Kilo und 435 Gramm! Jawoll!

Steffi triumphierte – immerhin waren wir ja ein Team – doch unseren italienischen Kollegen gefiel das überhaupt nicht, sie kriegten zusammen nicht mal drei Kilo Kroppzeug auf die Waage, und als wir am nächsten Abend dieses Riesenvieh in gebackenem Zustand auf den Tisch bekamen, waren sie sogar zu stolz, die Hälfte davon anzunehmen. Machos! Sie wissen ja nicht, was ihnen entgangen ist!

Den nächsten Ausflug unternahmen Steffi und Hannes allein, er ging nämlich auf die Robinson-Insel, ein kleines Eiland zwar noch in Sichtweite, aber doch zu weit weg, um Einzelheiten zu erkennen. Dort gab es eine Bambushütte und daneben einen Schuppen, in dem alles das verstaut war, was Robinson sich seinerzeit erst selber hatte zusammenbauen oder -nähen müssen, also Liegen, Kissen, Sonnenschirme und was zwei auf einer Insel ausgesetzte Mitteleuropäer zum Überleben sonst noch so brauchen – jedenfalls für die nächsten zehn bis elf Stunden. Die potenziellen Insulaner wurden nämlich gleich nach dem Frühstück mit dem Dhoni hingeschippert und dort ausgeladen – einschließlich der Kühltaschen mit ausreichend Getränken und Verpflegung, Erste-Hilfe-Köfferchen war auch dabei und natürlich das Walkie-Talkie für den Notfall. Bei G A K (Größte Anzunehmende Katastrophe) konnte man auch noch die rote Flagge aufziehen, der Mast stand direkt am Strand, und die extra große Fahne würde sofort gesehen werden, das hatte man nämlich ausprobiert.

Ansonsten soll es ziemlich langweilig auf der Insel gewesen sein, es sei denn, man war frisch verliebt, Flitterwöchner oder das Gegenteil und ging ein bisschen fremd … viel Abwechslung gab es jedenfalls nicht, dazu war das Eiland zu klein. Aber man konnte, und das dürfte wohl der größte Reiz dieses ganzen Unternehmens gewesen sein, den lieben langen Tag nackend herumlaufen, weshalb die überwiegend moslemischen Fischer die Insel immer weiträumig umfuhren. Wurde jedenfalls behauptet!

Bevor das Rückhol-Dhoni ablegte, wurden die Insulaner per Walkie-Talkie informiert, auf dass sie dem einheimischen Bootsführer wieder bekleidet entgegentreten konnten.

Es war übrigens kein Gerücht, dass der Inselshop angeblich immer eine größere Menge speziellen Sonnenbrand-Balsam vorrätig hat und für besonders schlimme Fälle sogar verschreibungspflichtige Medikamente.

Erst nach langem Hin und Her hatte ich mich bereit erklärt, zusammen mit Steffi auf die nicht allzu entfernt liegende »Hauptstadt«-Insel zu fahren; meine Tochter hatte es auf einen der knöchellangen gebatikten Röcke abgesehen, die es im hiesigen Shop nicht gab, die jedoch angeblich auf irgendeiner der vielen Inseln hergestellt wurden. »So was Ähnliches kriegt man in Heidelberg ja auch, zwar längst nicht in diesen leuchtenden Farben, doch dafür zum dreifachen Preis.«

Kurze Information: Die Malediven bestehen aus ungefähr tausendzweihundert Inseln und Inselchen, von denen nur etwa zweihundert bewohnt sind. Aufgegliedert ist das gesamte Inselreich in neunzehn Atolle, was – in Relation zu Deutschland gesetzt – in etwa unseren Bundesländern entsprechen würde, denn jedes Atoll hat seine Hauptinsel, also ähnlich unseren Landeshauptstädten. Dort gibt es einige der für das jeweilige Atoll zuständigen Behörden, einen Arzt, das Krankenhaus, die große Moschee, ein paar größere Geschäfte und vielleicht sogar mal eine Art Teestube. Eine Schule gibt es übrigens auf *jeder* bewohnten Insel, woran es mangelt, sind Lehrer.

»Ich weiß nicht, wie Hannes das macht, aber der schläft schon wieder. Irgendwann muss doch sein Nachholbedarf mal gestillt sein«, meinte Stefanie, als wir – züchtig in dreiviertellangen Hosen und Blusen mit halbem Arm – ins Dhoni stiegen. Man weiß ja nie, wie streng die Bräuche woanders sind, auf unserer Touri-Insel ging es in puncto Bekleidung sehr leger zu; »oben ohne« am Strand ist allerdings zum Leidwesen aller Sonnenanbeterinnen mit Hang zur nahtlosen Bräunung generell verboten.

An Bord befanden sich außer uns noch ein paar einheimische Boys und ein älteres englisches Ehepaar, das jeden Abend mit einem anderen älteren englischen Ehepaar Bridge spielte. Wir nickten uns zu, und damit war der Höflichkeit Genüge getan, denn offiziell waren wir ja nicht miteinander bekannt gemacht worden; das musste man aber sein, damit man sich danach – falls überhaupt! – auch mal über andere Themen unterhalten konnte als über das Wetter oder die Ruderregatta zwischen Oxford und Cambridge. (Habe ich eigentlich schon erwähnt, dass ich Sascha zumindest vorübergehend eine englische Schwiegertochter zu verdanken hatte?)

Den Ausflug hätten wir uns allerdings ersparen können! Die Insel bot nichts, was wir nicht schon woanders gesehen hatten. Das begann bei dem Kokosnuss-Verkäufer, dem wir pflichtgemäß je eine Nuss abkauften, nur um ihren lauwarmen Inhalt trinken zu können (weshalb diese relativ klare Flüssigkeit als *Milch* bezeichnet wird, konnte mir bislang auch noch niemand sagen), setzte sich fort mit einer Besichtigung der Moschee, die nichts Besonderes vorzuweisen hatte, und endete am Strand bei einem marokkanischen Fischer, der nur Französisch sprach, was eine Verständigung von vornherein unmöglich machte. Zwar hatte ich diese Sprache mal ein paar Jahre lang in der Schule gelernt, doch davon war außer »Je n'ai pas compris, répétez le lentement« nicht mehr viel übrig geblieben, und das sagt eigentlich schon genug. Frei übersetzt heißt das nämlich »Ich habe von dem, was Sie da eben erzählt haben, rein gar nichts verstanden, könnten Sie das noch mal ganz langsam wiederholen?« Das würde aber auch keinen Zweck haben, denn eine langsamere Version könnte ich genauso wenig übersetzen, doch es klingt ziemlich professionell, und wenn man sich dann noch mit einem drangehängten »Excusez moi« möglichst schnell verabschiedet, ist das zwar nicht gerade höflich, aber immer effektiv.

Also bummelten wir ein zweites und auch noch ein drittes Mal durch die wenigen, teilweise sogar gepflasterten Straßen der Insel und begegneten immer wieder dem englischen Ehepaar, so dass wir uns bereits amüsiert zuwinkten und beim fünften Zusammentreffen schließlich unsere Hilfe anboten. Old England schleppte nämlich nicht nur unzählige Einkaufstüten mit sich, sondern auch noch zwei Gemälde, zwar ohne Rahmen, doch dafür in der gängigen *Die-kommen-daheim-übers-Sofa*-Größe. Wir klemmten uns je eins unter den Arm, nahmen auch noch ein paar Tüten in Empfang und vor allem den von Frau England als *really delightful* bezeichneten, mit Muscheln verzierten und höllisch schweren Kerzenständer; mindestens einen Meter hoch musste dieses *ganz allerliebste* Stück sein, das wir jetzt zu zweit durch die Gegend schleppten, hatte bestimmt einen Haufen Geld gekostet und würde zu Hause vermutlich neben dem Kamin einen Platz bekommen, da wird so was nämlich gerne aufgebaut. Die eigentlich fällig gewesene wortreiche Bewunderung ersparte ich mir aber doch, und Steffi hielt zum Glück ebenfalls den Mund; ihre ausgeprägte Wahrheitsliebe ist nicht immer angebracht.

Während der Rückfahrt durften wir sogar die beiden Bilder bewundern – einmal den glutroten Sonnenuntergang am Kilimandscharo mit zwei Löwen im Vordergrund und dann als Pendant einen Sonnenaufgang über dem Meer. Da musste sich der Künstler aber doch ein bisschen geirrt haben, denn bei derartig hoch schäumenden Wellenkämmen ist der Himmel immer bedeckt und nicht so strahlend blau. Allerdings lieben maledivische Maler die kräftigen Farben und bringen sie in verschwenderischer Fülle auf die Leinwand.

Den gewünschten Rock hatte Stefanie übrigens nicht bekommen und auch nichts, was annähernd so ähnlich ausgesehen hätte. Sie solle es in Male versuchen, hatte man ihr geraten, aber Male ist weit, und vielleicht kann Inge so was auch nähen, schließlich hat sie das mal gelernt, auch wenn sie jetzt lieber Autos poliert, ihr eigenes und auch die von den erwachsenen Kindern, und sowieso gibt es in Mannheim ein großes Stoffgeschäft, ist ja nicht weit weg von Heidelberg.

Es gibt in Stefanies Freundes- und Bekanntenkreis kaum eine Berufsgattung, die nicht vertreten ist, das fängt bei A wie Autoreparaturwerkstatt an und endet bei W wie Wärmetechnik (zuständig für alles, wo ein Stecker dranhängt). Besagte Inge fällt in die Kategorie Haushalt, Abteilung Nähen und Bügeln; beides kann sie großartig und das seit Jahrzehnten, denn Stefanie hat Inge von ihrer Schwiegermutter »geerbt«. Trudchen wohnt aber jetzt in Spanien und kommt nur dann vorübergehend nach Deutschland, wenn sie mit den jeweiligen Diagnosen der spanischen Ärzte nicht einverstanden ist. Das ist sie mit denen der deutschen zwar auch nicht, aber dagegen kann sie wenigstens verbal protestieren, was ihr in Spanien mangels ausreichender Sprachkenntnisse nie so richtig gelingt.

An jenem Tag ging der traditionelle Sundowner übrigens auf Rechnung des älteren englischen Ehepaars – auch für Hannes, der das erst für einen Irrtum gehalten und sich mit dem Barkeeper so lange herumgestritten hatte, bis Herr England diese Debatte endlich mitkriegte und die Sache aufklären konnte. Und dann ist auch noch das abendliche Bridge-Spiel ausgefallen, weil Harold in Hannes eine gleich gesinnte Seele gefunden hatte: Auch der träumt immer noch davon, mal einen richtigen Oldtimer zu besitzen und für den Rest des Lebens daran herumschrauben zu können!

»Kriegst du Resy noch in deinen Koffer! Meiner ist krachend voll!«

Jedes Mal das gleiche Spiel! Stefanie geht niemals ohne ihr halbmeterlanges gelbes Nilpferd mit den grünen Handflächen dito Fußsohlen und den elf kurzen grünen Haaren – von ihr reichlich kühn als »Stehwelle« bezeichnet – auf Reisen; sogar beim Besuch im Elternhaus mit voraussichtlicher Übernachtung in demselben ist Resy dabei und erst recht im Urlaub. Der Name ist übrigens entstanden aus der Assoziation mit den gelb-grünen Abfallsäcken des REcycling SYstem.

»Dann steck das Vieh in deinen Tauchrucksack!«

»Hab ich schon versucht, aber der ist noch voller!« Sie drückte mir das zumindest recht flexible Stofftier in die Hand.

»Aber knüll sie nicht wieder so zusammen!« (Nur zur Erinnerung: Meine Tochter ist im November dreiunddreißig Jahre alt geworden!) »Und noch was: Die Koffer sollen ab sieben Uhr vor der Tür stehen.«

»Weiß ich bereits, ich kann nämlich auch lesen!« Das Ritual am Tag vor der Abreise ähnelt sich doch überall: Am schwarzen Brett, das in den seltensten Fällen tatsächlich schwarz ist, kann man die Präliminarien zum bevorstehenden Rückflug ablesen; also von wann bis wann man seine noch offenen Rechnungen begleichen kann, ab achtzehn Uhr geht alles nur noch gegen Bares, Kreditkarten werden nicht mehr akzeptiert (das ist auch mit ein Grund, weshalb am nächsten Morgen selten jemand mal verkatert ins Flugzeug steigt); die Koffer werden morgens noch vor dem Frühstück abgeholt, und nicht vergessen, den Schlüssel an der Rezeption abzugeben. Als ob man dieses unförmige Ding mit der daran baumelnden Zimmernummer in der Hosentasche behalten würde.

Otto hatte ihn allerdings mitgenommen zum Tauchen und dann prompt irgendwo bei Boje elf in circa zweiundzwanzig Meter Tiefe verloren; es hätte aber »vielleicht auch weiter vorne am Riff« sein können, »da wo die Muräne so plötzlich rausgekommen ist.«

Otto kam aus Neuruppin, war Junggeselle, Ende vierzig und hatte im vergangenen Jahr an Spaniens Küste tauchen gelernt; allerdings nicht besonders gut – präzise ausgedrückt: eigentlich gar nicht, was er auch oft genug zu hören bekam – aber wenn er am Spätnachmittag in seinem rosa Jogginganzug im Fitnessstudio erschien, räumten alle männlichen Taucher das Feld – beim Anblick von Ottos Muskeln bekamen sie Minderwertigkeitskomplexe.

Um diese neuerdings in jedem Urlaubsgebiet installierten »Gyms« schlage ich sowieso einen Bogen – Übung macht den Muskelkater, und einen Stepper habe ich zu Hause, vom Keller bis in den ersten Stock sind's jedes Mal vierundzwanzig Stufen, zur Mansarde rauf noch mal zwölf.

Steffi hatte sich sogar im Einhandsegeln versucht, aber auch nicht sonderlich erfolgreich. Nachdem sie es zum dritten Mal geschafft hatte, bei einer Halse (so heißt das nämlich seemännisch, wenn man umdrehen will) ins Wasser zu fallen, schwamm sie ans Ufer zurück, das Bötchen hinter sich herziehend. »Segeln ist gar nicht so schwer, man muss bloß mehr richtig machen als falsch.«

Das alles war nun vorbei; morgen um dieselbe Zeit würden wir wieder in Deutschland sein, würden frieren, denn da war immer noch Winter mit Schnee und Temperaturen unter null. Vorhin das Thermometer neben der Rezeption hatte siebenundzwanzig Grad gezeigt. Über null!

Ein letztes Mal diesen himmlischen Cocktail mit der Ananasscheibe am Rand, zum letzten Mal schwanken zwischen Krabben als Vorspeise oder doch lieber Carpaccio, zum letzten Mal das noch am zuverlässigsten erscheinende Fahrrad aus den anderen heraussuchen, und zum letzten Mal ein paar Minuten auf der Terrasse sitzen bleiben und in den Himmel mit seinen unendlich vielen Sternen gucken … allerdings auch zum letzten Mal von einem dieser hinterhältigen Moskitos gestochen werden, nachher im Zimmer passen die Geckos auf! Ich weiß ja, dass alle paar Tage – Öko hin oder her – zu frühmorgendlicher Stunde auch hier die Boys mit viel Chemie dem Ungeziefer zu Leibe rücken, aber die Moskitos scheint das nicht zu stören; sie ziehen sich für ein paar Stunden zurück, und dann kommen sie in doppelter Anzahl wieder.

Nun hatte ich wenigstens *einen* Grund gefunden, weshalb die gegenwärtigen klimatischen Verhältnisse in Deutschland den hiesigen vorzuziehen waren: Zu Hause gab es um diese Jahreszeit keine Mücken!

Seit zehn Minuten dümpelten wir schon nahe der Plattform herum, als wir ihn endlich hörten. Man kriegt nämlich das Röhren mit, lange bevor man den Flieger sieht, besonders dann, wenn der Himmel bewölkt ist. Jetzt war er es, am Horizont gab es richtige dunkle Wolken, vielleicht wollten sie uns den Abschied erleichtern, denn bei Regenwetter verlieren sogar die Malediven ihre Anziehungskraft. Aber heute lieber nicht! Während eines Gewitters würde ich nur höchst ungern in dieser kleinen rotweißen Büchse in der Luft sein. Wie war das noch mal mit dem Faraday'schen Käfig …? Klappt das damit auch *über* der Erde? Und sind nicht Wolken gleichbedeutend mit Wind, jedenfalls da oben? Spucktüten haben sie ja, stecken in der Rückenlehne vom Vordersitz, habe ich noch nie gebraucht, und Flugangst kenne ich auch nicht – bisher wenigstens …

Die Schwimmer des Fliegers platschten aufs Wasser, das Motorengeräusch wurde leiser, und dann ging auch schon die Tür auf, der Gepäck-Boy sprang heraus, half erst einer Dame, dann einem Herrn die Treppe herunter, stieg zurück in die Maschine und reichte ihm ein Handköfferchen und dann eine Kosmetikbox. Danach begann er mit dem Einladen unseres Gepäcks.

Hannes staunte nur. Schließlich wandte er sich an den Neuankömmling. »Würden Sie meiner Frau bitte mal verraten, wie man es schafft, mit so wenig Gepäck in den Urlaub zu fliegen?«

»Das ist gar nicht so schwer«, sagte der Herr mit einem schmerzlichen Lächeln, »Sie lassen einfach die Fluggesellschaft Ihre Koffer woanders hin schicken. Soviel wir wissen, sind unsere gerade auf dem Weg nach Bangkok!«

Trotzdem hätte ich lieber mit den beiden getauscht! Sie hatten ihren Urlaub noch vor sich, und das Nötigste zum Überbrücken der ersten Tage würden sie im Shop kriegen …

Kapitel 17

Die Welt ist bekanntlich klein geworden – nur auf der Fahrt vom Flughafen nach Hause merkt man nichts davon. Jetzt zuckelten wir schon seit einer halben Stunde im Schritttempo durch diese zwölf Kilometer lange Baustelle, die noch genauso unfertig aussah wie bei meiner Hinfahrt vor dreieinhalb Wochen. Dabei wollte ich nichts schneller als nach Hause, und dort unter eine heiße Dusche und ins Bett! Aber wie hatte doch schon Wilhelm Busch so treffend gereimt?

Das Reisen will uns eines lehren:
Das Dümmste ist, stets heimzukehren.

Allerdings reiste man zu seiner Zeit noch per Eisenbahn oder Schiff in ferne Lande und nicht im Flieger. Bahnhöfe gibt es überall, Flughäfen liegen grundsätzlich hundert Kilometer oder mehr vom eigenen Wohnort entfernt.

»Aber schön braun biste geworden!«, konstatierte Sven und betrachtete mich von der Seite. Zeit genug dazu hatte er, denn nun hingen wir endgültig fest.

»Na ja, die Sonne war das Einzige, was nichts gekostet hat, also habe ich mich ausgiebig bedient.« Ich sah zum x-ten Mal auf die Uhr. Es war sechs Minuten vor elf. Abends! »Normalerweise könnte ich längst im Bett liegen!«

»Wir haben März, die winterlichen Staus sind vorbei, die von den Osterferien noch nicht zu erwarten, also muss das hier eine der immer im Frühjahr eröffneten Großbaustellen sein.«

»Danke, aber so detailliert wollte ich es ja gar nicht wissen!«

Darauf verfiel Sven wieder in Schweigen. Besonders redselig ist er sowieso nicht, und das Phänomen »Je später der Abend, desto schweigsamer Sven« trifft nur dann nicht zu, wenn er mehr als zwei Gläser Bier intus hat oder sich in weiblicher Begleitung befindet – Mütter und überhaupt alles über dreißig natürlich ausgenommen.

»Wieso holt mich eigentlich dein Vater nicht ab?« Diese Frage hatte ich schon vorhin stellen wollen, aber vor lauter Abschiednehmen von Steffi und Hannes und Gepäck umladen und »Ich-ruf-dich-nachher-an-aber-nicht-vor-vier-Uhr-nachmittags« war das irgendwie untergegangen. Dabei wäre es doch normal gewesen, dass mich nach fast einmonatiger Trennung und nur anderthalb kurzen Telefongesprächen – mittendrin war nämlich auch Steffis Akku leer gewesen! – mein mich angeblich liebender Ehemann in die Arme schließt und nicht mein Erstgeborener.

»Na ja – das ist nicht so einfach zu erklären …«, sagte Sven und holte tief Luft, »… Paps liegt im Krankenhaus, aber das sollte ich dir in homöopathischen Dosen erst zu Hause beibringen!«

»Und ich dachte schon, er will sich scheiden lassen!«, rutschte mir heraus, bevor ich richtig begriff, was Sven gerade gesagt hatte.

»Ist aber nicht weiter schlimm«, ergänzte er sofort, »weil zum Glück doch nichts gebrochen ist, bloß verstaucht oder geprellt. Und die Treppe ist auch ganz geblieben.«

»Was ist nicht gebrochen oder geprellt?«, schrie ich ihn an, ungerechtfertigt natürlich, er konnte doch nichts dafür, dass mir ein Ehemann im Krankenhaus lieber war als einer auf Abwegen. Wäre ja nicht ausgeschlossen nach fast einem Monat Fastfood und zunehmendem Mangel an gebügelten Hemden.

»Das Bein! Die Arme aber auch nicht! Nur 'ne Rippe ist angeknackst. Und überhaupt lassen sie ihn übermorgen schon wieder raus!« Sven schaltete vom ersten Gang in den zweiten, dann sogar in den dritten, der Stau hatte sich aufgelöst. Vielleicht würde ich doch noch vor Mitternacht ins Bett kommen und es bis dahin sogar geschafft haben, meinem Sohn weitere Informationen zu entlocken. Wieso überhaupt Treppensturz? Seit über dreißig Jahren wohnen wir jetzt in diesem Haus mit seinen sich nach oben und abwärts in den Keller wendelnden Treppen, sämtliche Kinder sind mindestens einmal mehrere Stufen rauf- oder runtergefallen, aber außer viel Geschrei und ein paar Schrammen hatten diese sportlichen Einlagen keine Folgen gehabt.

Wie mag Rolf das bloß hingekriegt haben?, grübelte ich im Stillen. »Hat er mal wieder versucht, zwei Stufen auf einmal zu nehmen?«

Sven grinste nur. »Nee, ich würde eher sagen, er hat keine einzige ausgelassen!« Und als er meinen fragenden Blick sah: »Na ja, wenn man mit fünf übereinander gestapelten Leitz-Ordnern vorm Gesicht die oberste Stufe verfehlt ...«

Alles klar! »Aber weitere Hiobsbotschaften hast du nicht auf Lager?«

Er dachte angestrengt nach. »Nö, eigentlich nicht. Nicki und Jörg haben oben im Neubauviertel ein Haus gekauft und wollen noch vor Ostern einziehen, Herr Weinhold ist gestorben, aber den kennst du sowieso nicht, weil du nie ins Freibad gehst, da war der nämlich Bademeister, und die Straßenlaterne bei unserer Garage brennt seit gestern nicht mehr. Diesmal war es die Städtische Müllabfuhr, die beim Zurücksetzen dagegengebrettert ist!«

Zumindest das war nichts Neues, das passierte mindestens einmal im Jahr. Herrn Weinhold kannte ich wirklich nicht, weshalb mich sein Ableben auch nicht näher berührte, und dass der seit Monaten ins Auge gefasste Hauskauf nun Realität geworden war, erstaunte mich nicht wirklich. Kronprinz Tim sollte in einer angemessenen Umgebung aufwachsen und nicht nur in einer Dreieinhalbzimmerwohnung mit Gartenanteil.

»Und was hältst du von den Heiratsplänen deiner Schwester?« Dieses Thema hatte Sven noch gar nicht angeschnitten.

»Welche Schwester?«

»Na, hör mal! Wie viele hast du denn? Zwei sind bereits unter der Haube, bleibt also nur noch eine übrig.«

»Katja? Die heiratet nie, hat sie immer gesagt, und wenn doch, dann nur wegen der Steuer!«

Alles klar! Nun gab es wenigstens einen nachvollziehbaren Grund für die Hochzeit. Dreieinhalb Wochen ohne BILD und Tagesschau bringen zwangsläufig eine vorübergehende Abstinenz von politischen, kulturellen und sonstigen Geschehnissen mit sich. Vielleicht hatte es in der Zwischenzeit tatsächlich eine Steuererhöhung gegeben!

Wir waren wirklich noch vor Mitternacht zu Hause, der Tee in der Thermoskanne war noch lauwarm, die Heizung ebenfalls, weil Sven sie vor zwei Tagen runter-, aber nicht wieder raufgedreht hatte, er friert ja nie, und die heiße Dusche konnte ich mir abschminken, es kam nur kaltes Wasser raus.

»Ach ja, Määm«, klärte mich mein Sohn auf, nachdem er hinter meinem Entsetzensschrei einen zweiten Unglücksfall vermutet hatte und ins Bad gestürzt war, »da stimmt was mit der Warmwasserzufuhr nicht. Ich habe aber schon angerufen, morgen früh kommt jemand!«

Wie war das doch noch mal mit der Dummheit und dem Fehler, nach einer Reise wieder zurückzukommen?

Als die heutigen Solar-Gas-Wasser-Installations-Ingenieure noch Klempner hießen, haben sie nie morgens um fünf nach acht vor der Haustür gestanden! Damals war man nämlich froh, wenn sie überhaupt kamen, weil sie doch alle so viel zu tun hatten und man frühestens nächste Woche an die Reihe kommen würde.

Der von Sven beauftragte Klempner bimmelte mich jedenfalls aus dem Schlaf – immerhin hatte ich einen gewissen Nachholbedarf. Und weil mein Sohn oben in der Mansarde schon früher nie etwas gehört hatte außer dem Ruf zum Mittagessen, konnte ich nicht darauf hoffen, dass *er* die Tür öffnen würde. Also Fenster aufgerissen – inzwischen hatte es zum zweiten Mal geläutet –, dem vermutlichen Azubi im dritten Lehrjahr mitgeteilt, dass gleich jemand käme, Fenster wieder zugemacht, Bademantel aus dem Bad geholt, angezogen, mit der Bürste kurz durch die Haare gefahren und die Treppe runtergeschlappt.

Vielleicht sollte ich an dieser Stelle wieder einmal erwähnen, dass wir in einem ländlichen Kurort leben, und zwar in einem Bundesland, das für seine arbeitsame Bevölkerung bekannt und auch ein bisschen berüchtigt ist. Sogar heute gilt noch vielfach die Devise: »Schaffe, schaffe, Häusle baue, Hund abschaffe, selber belle …« oder so ähnlich. Jedenfalls ist es wohl unüblich, dass eine doch offenbar völlig gesunde Frau meines Alters morgens um acht noch im Bett liegt, statt Teile desselben schon längst zum Lüften ins geöffnete Fenster gelegt zu haben.

»Bin i do richtich wege dem warme Wasser?«, wollte der Jüngling mit einem beziehungsvollen Blick auf meine unzulängliche Bekleidung wissen.

»Ja, aber eigentlich geht es mehr um kaltes Wasser, das nicht warm wird!«

Spitzfindigkeiten um diese Morgenstunde war er nicht gewöhnt, ließ sich kopfschüttelnd den Weg in den Keller zeigen, und noch bevor ich Sven aus den Federn scheuchen konnte, auf dass er als zumindest kompetent *erscheinender* Mann die Reparaturarbeiten überwachen würde, kam der Jüngling die Treppe wieder nach oben. »Do war bloß des Knöpfle raus g'hopft«, informierte er mich freudestrahlend, »des hätte Se abr au selwer reidrigge gekennt!«

Natürlich hätte ich das, vorausgesetzt, ich hätte gewusst, *wo!* Seit einigen Jahren werden wir nämlich durch Gas erwärmt statt durch Heizöl, und vor diesen Kontrollgeräten – die meisten hinter Glas – habe ich einen Heidenrespekt. Sicherheitshalber ließ ich mir das »Knöpfle« zeigen, schob dem Jungen aus lauter Freude, in Kürze wieder duschen zu können, ein großzügiges Trinkgeld in die Hand und glaubte die Sache damit erledigt. Vier Tage später lag die Rechnung im Briefkasten – zweistellig, An- und Abfahrt extra! Aber das Knöpfle hatte ja auch ein angehender Installations-Ingenieur gedrückt!

Eine Stunde und zwei Tassen endlich wieder trinkbaren Kaffee später (auch das maledivische Getränk dieses Namens ähnelt dem unseren allenfalls in der Farbe) griff ich zum Telefon. Die Waschmaschine lief bereits, obwohl ich in den nächsten Wochen weder Shorts noch Polohemden brauchen würde, draußen herrschten lediglich zwei Grad, allerdings über null, und die Einkaufsliste war auch schon geschrieben. Sie umfasste zwischen fünfundzwanzig und dreißig Artikel, begann mit Aufschnitt und Aspirin, setzte sich durch das halbe Alphabet fort und endete schließlich bei Zucker und Zitronen. Für W hatte ich allerdings nichts gefunden, Waschpulver war noch in genügender Menge vorrätig. Leer war lediglich Rolfs Schrank. Oder fast, er war ja rechtzeitig genug ins Krankenhaus umgezogen.

Dort hatte ich natürlich schon angerufen, doch es war lediglich der Bettnachbar rangegangen. Mein Mann sei beim Röntgen, und da sind Handys nicht erlaubt. Aber es gehe ihm gut. Ja, er werde ausrichten, dass Rolf zurückrufen soll.

Nächster Anruf bei Nicki zwecks Rückmeldung und möglicher Einzelheiten bezüglich Katjas Hochzeit. Nach dem vierten Läuten fiel mir ein, dass Lehrer vormittags in der Schule sind und um diese Zeit die dritte Stunde geben, womit sich nun auch ein Anruf bei Katja erübrigte. Doch erst nach einer weiteren Tasse Kaffee wurde mir wieder klar, dass Nicki ja nunmehr Mutter eines zweieinhalb Monate alten Knaben war und folglich Anspruch auf jenes Babyjahr hatte, das berufstätigen Müttern zusteht. Also müsste sie eigentlich um diese Zeit zu Hause sein und ihren Tim abfüttern; natürlich nur, sofern der seinerzeit übliche Vier-Stunden-Rhythmus noch galt. In diesem Fall würde sie natürlich nicht ans Telefon gehen. Wieder ein Aspekt, der künftig zu berücksichtigen war. Es ist gar nicht so leicht, Oma zu werden!

Ohnehin ist ja heutzutage alles ganz anders geworden! Säuglinge werden nämlich nicht mehr täglich gebadet, obwohl das früher doch für den kleinen Schreihals immer der Höhepunkt des Tages gewesen war, aber nun hat man herausgefunden, dass das gar nicht so gesund ist für die zarte Haut und ihre Schutzschicht und überhaupt. Stattdessen hat die Kosmetikindustrie so viele neue Pflegeprodukte für Babys entwickelt, dass nun wirklich für alle Bedürfnisse und Eventualitäten das Passende dabei sein müsste. Vielleicht sogar was zum Trockenbaden.

Als ich zum ersten Mal Zeuge von Tims abendlichem Bad war – es fand immer dienstags und freitags statt –, glaubte ich im ersten Moment, Nicki würde ihren Sohn ertränken. Moderne Babys baden nämlich nicht mehr in einer kleinen bunten Wanne in Gesellschaft von Quietsche-Ente und Plastikfisch, sondern in einem speziellen, rundum gefütterten Eimer mit geringer Bewegungsfreiheit, der nach ein paar Monaten schon ausgedient hat und dann so lange im Bad herumsteht, bis man ihn verschenkt oder im Internet versteigert hat.

Der in diesem Behältnis minutenlang gewässerte Säugling wird in ein Badetuch gehüllt – zumindest *das* hat sich nicht geändert – und zum Wickeltisch gebracht, wo der darüber befindliche Heizstrahler Wärme spendet. Die abblendbare Lampe sorgt für gedämpftes Licht, und eine Spieluhr, deren Strippe zum Aufziehen das Kind allerdings noch nicht selbst betätigen kann, sorgt für Musik. Man kann ja nicht früh genug anfangen, eventuell vorhandene Talente zu fördern. Die Melodie kannte ich aber nicht, offenbar sind auch die früheren Kinderlieder unmodern geworden.

Angesichts all dieser neuen Errungenschaften erscheint es mir heute rätselhaft, wie meine fünf Nachkommen überhaupt die ersten Monate ihres Daseins überlebt haben. Sie wurden doch tatsächlich jeden Tag gebadet und das in einer zusammenklappbaren Plastikwanne mit viel Wasser drin, von dem hinterher dank genussvollem Strampeln ein Drittel gleichmäßig über Fußboden und mir verteilt war. Statt Wärmelampe wie zum Eierausbrüten in Hühnerfarmen gab es nur ein weiches Frottiertuch, und in den Besitz einer Spieluhr mit relativ geringer Lebensdauer war nur Stefanie gekommen, als sie zwei Jahre alt wurde und das teure Ding wenige Tage später im Abfluss der Toilette versenkte. Über Geschmack lässt sich bekanntlich nicht streiten, und selbst heute noch liegen zwischen ihren Musik-CDs und meinen eigenen ganze Welten!

Nun kann niemand etwas vermissen, was er nicht kennt, also fühlte sich Tim offensichtlich auch in seinem Eimer recht wohl, und strampeln durfte er auf dem Wickeltisch, den beschien ja seine ganz private Sonne.

Nachdem ich in Dubai auf die gelben Rüschen verzichtet und auch später in der Insel-Boutique nichts Geeignetes für Tim gefunden hatte, denn für ein T-Shirt Größe hundertvier mit einem Hai vorne drauf (alternativ im Angebot auch Schwertfisch oder Barracuda) erschien mir mein Enkel denn doch noch etwas zu klein, hatte ich ihm ein transportsicher verpacktes Mobile aus lauter bunten Fischlein mitgebracht, das allerdings erst auseinander gefieselt werden musste. Ich delegierte die Arbeit an Sven, der schon als Kind eine unendliche Geduld an den Tag gelegt hatte, wenn aufgrund falsch berechneter Statik der Legoturm zum fünfzehnten Mal in sich zusammengefallen war und ein weiteres Mal aufgebaut werden musste.

»Kannst du das nachher entheddern? Natürlich erst, wenn du gefrühstückt hast. Aber zunächst kümmerst du dich um meinen Computer, ja? Der lässt mich nämlich nicht an die Mailbox. Und der Toaster spinnt auch, ich weiß nicht, warum, aber könnte es sein, dass dein Vater ihn zum Trocknen von Kunststoffplättchen gebraucht hat? Jedenfalls lag noch eins drin, und der Wäschetrockner gibt ganz komische Töne von sich. – Ach ja, die Klappe vom Briefkasten klemmt, ich hab sie vorhin kaum aufgekriegt. Übrigens ist Uschis Karte von Ansbach nach hier volle vier Tage unterwegs gewesen! Das hätte ein Postreiter schon vor zweihundert Jahren in der halben Zeit geschafft!«

»Vielleicht liegt die Verspätung daran, dass die Pferde inzwischen älter geworden sind!«, vermutete Sven, duckte sich und fing geschickt den Gartenkatalog auf, den ich ihm gerade an den Kopf werfen wollte. »Was soll ich damit?

Seitdem die Brennnessel als äußerst wirksames Heilkraut von der Ausrottung durch Gesundheitsfanatiker und unter Haarausfall leidender Männer bedroht ist, von weiteren noch nicht entdeckten Verwendungsmöglichkeiten gar nicht zu reden, haben Paps und ich beschlossen, im Garten Brennnesselbeete anzulegen. Sie sind preiswert in der Anschaffung und absolut wartungsfrei!«

»Raus!«

»Sofort, wenn du mir deine Autoschlüssel gibst. Bei mir ist der Tank leer.«

»Wie bist du dann überhaupt hergekommen?«

»Mit dem letzten Tropfen. Aber bis zur nächsten Tankstelle reicht er noch!«

Natürlich wohnt Sven nicht mehr zu Hause, aber auch nicht allzu weit entfernt, fünfunddreißig Kilometer sind keine unüberwindliche Strecke und ganz besonders dann nicht, wenn man zwar noch Resturlaub vom vergangenen Jahr hat, das dafür vorgesehene Geld aber unbedingt in eine neue Stereoanlage stecken musste – ganz zu schweigen von der nicht näher bezifferten Summe für zu schnelles Fahren in einer sowieso verbotenen Dreißigerzone.

»Dabei ist das immer ein besserer Feldweg gewesen mit lediglich drei Scheunen und einer alten Milch-Ablieferungsstelle!«, hatte er sich beschwert. »Früher sind gelegentlich noch Kühe durchgezogen, jetzt ist da absolut tote Hose.«

»Und was hast du in dieser toten Hose gewollt?« Das interessiert einen dann ja doch.

»Den Weg abkürzen! Das ist nämlich ein wenig bekannter Schleichpfad mit ›Durchfahrt verboten‹ und so, da ist bisher auch kaum mal jemand gefahren. Und plötzlich steht mitten in der Pampa so 'n Starenkasten! Ich hab ja auch gleich was drübergehängt, aber dabei muss mich jemand beobachtet haben, und nun ist es richtig teuer geworden!«

Womit sich wieder einmal die Erkenntnis bestätigte, dass das wichtigste Zubehör eines Autos eine gut gefüllte Brieftasche ist beziehungsweise sein sollte.

Sven zog schließlich ab mit einem Fünfzig-Mark-Schein in der Tasche, eine Hälfte davon für Benzin und die andere für Mineralwasser und Orangensaft (Flaschen schleppen ist immer noch Männersache, aber nur bei Bier tun sie's freiwillig). Meinen Wagen brauchte ich nämlich selber. Zum Einkaufen!

Es soll ja mal eine Zeit gegeben haben, als man sein Dienstmädchen zum Krämer schickte. Wer etwas auf sich hielt, der hatte nämlich eins, das weiß ich von Tante Lotti, jener entfernten Großtante, die etwas Höheres aus dem preußischen Beamten-Adel geheiratet und bis zu ihrem Ableben als letzte Instanz in Fragen der Etikette gegolten hatte. Wenn ihr Mädchen zweimal im Monat seinen freien Tag hatte, dann ließ sich Tante Lotti die Waren ins Haus liefern. Das musste meistens der Lehrbub machen, tat er sogar gern, weil er ein Trinkgeld bekam; seinerzeit offenbar die einzige Verdienstmöglichkeit, denn Lehrlingsgehalt gab's noch nicht, und was eine Berufsschule ist, hatte er auch noch nicht gewusst.

Ein Dienstmädchen hatten *wir* allerdings nie gehabt, und die Einkäufe hat Omi immer selber gemacht; da konnte sie wenigstens sehen, *was* man ihr einpackte und das dann gegebenenfalls und meist erfolgreich beanstanden.

Das goldene Einkaufszeitalter brach für uns, die wir an Lebensmittelkarten und Zuteilungsdekaden gewöhnt waren, erst in den fünfziger Jahren an, obwohl wir doch alle schon genau wussten, wie das in Amerika mit dem Shoppen funktioniert. Nicht umsonst waren wir in der unmittelbaren Nachkriegszeit mit amerikanischen Filmen überschwemmt worden, und gelegentlich spielte eine Szene auch mal in einem Supermarkt. (Solche Sequenzen hatten mich seinerzeit übrigens mehr fasziniert als ein Zehnsekundenkuss zwischen Bob Hope und Esther Williams). In diesen riesigen Geschäften gab es keinen Ladentisch mehr, keine Verkäuferinnen und keine Waage, weil alles schon fertig verpackt war. Und man konnte sich nicht nur Coffee, Cornflakes und Peanutbutter selber aus den Regalen nehmen, sondern auch Sonnenbrillen, Nylonstrümpfe, Bücher und sogar Spielzeug. Unvorstellbar! Klaut denn da niemand was?

Etliche Jahre später hatten wir das alles auch hier bei uns, aber seitdem ist die Entwicklung im Bereich der Lebensmittelbeschaffung einfach stehen geblieben! Was nützt ein Drogeriemarkt, der über drei Etagen geht, bei dem ich aber immer noch meine Einkäufe im Plastikkorb zur Kasse tragen, nach dem Bezahlen selber einpacken und zum Auto schleppen muss? Wo sind die Transportbänder zur Chip-Kasse? Wo das automatische Weiterleiten der Einkäufe in die Tiefgarage?

Das alles und noch mehr könnte man im Laufe eines halben Jahrhunderts nun wirklich entwickelt haben, zumal man uns doch sowieso nur noch Haushaltshilfen gönnt, die kaum Deutsch verstehen und nicht mal wissen, was Kässpätzle sind oder wie man Bärlauchsuppe kocht.

Wir haben übrigens noch immer keins! Also kein Dienstmädchen beziehungsweise ATA-Girl, Cleaning Lady, housemaid oder wie auch immer man heutzutage diese hilfreichen Damen zu nennen pflegt. Folglich tat ich auch jetzt wieder das, was ich seit Jahrzehnten tue: Ich griff selber zu Geldbeutel und Schlüssel, vergaß – auch das nichts Neues! – die Einkaufsliste, und war die nächste Stunde damit beschäftigt, wenigstens die Hälfte dessen, was ich notiert hatte, in den Einkaufswagen zu packen. Bei den Nudeln klingelte das Handy zum ersten Mal. Da war ich aber zu weit weg vom Ausgang, und innerhalb eines Supermarkts telefoniere ich nur im äußersten Notfall, also wenn ich nicht mehr weiß, ob wir noch Toilettenpapier vorrätig haben und jemand zu Hause ist, der nachsehen kann.

Beim zweiten Läuten hatte ich mich immerhin schon zu den Kühltruhen in Sichtweite der Kassen vorgearbeitet (wer glaubt, dass es keinen Kampfgeist mehr gibt, sollte mal aufpassen, was sich in einem Supermarkt abspielt, wenn eine zusätzliche Kasse geöffnet wird!), und beim dritten Bimmeln stand ich auf dem Parkplatz in einer Regenpfütze und verstaute die Einkäufe im Kofferraum. Das Handy hatte ich irgendwo dazwischen abgelegt, fand es aber relativ schnell neben den Eiern.

»Wo treibst du dich eigentlich den ganzen Tag herum?« Die Stimme meines Herrn! Und eine wahrhaft herzliche Begrüßung! »Du hättest ja wenigstens mal anrufen können!«

Und dann stand ich mitten auf einem vollen Parkplatz im kalten Nieselregen und versuchte meinen Mann davon zu überzeugen, dass ich nicht nur einmal, sondern dreimal probiert hatte, ihn zu erreichen und wirklich nichts dafür konnte, wenn sein geistig nicht eben flexibler Zimmergenosse meine Bitte um Rückruf nicht weitergegeben hatte.

»Warum hast du mich nicht schon längst besucht? Ich vegetiere seit drei Wochen vor mich hin, während du durch die halbe Welt reist und ...«

»Ich dachte, du bist erst vorgestern die Treppe runtergefallen!«, unterbrach ich die zu erwartende Aufzählung aller Annehmlichkeiten, die einem im Urlaub geboten werden. »Und da ich soeben für hundertsiebzehn Mark und einundfünfzig Pfennige eingekauft, damit jedoch lediglich unseren Bestand an Grundnahrungsmitteln aufgefüllt habe, weil es zu Hause nicht mal mehr Zucker und Öl gibt ...«

»Die Flasche mit dem Öl ist mir aus der Hand gerutscht und ausgekippt«, unterbrach mich Rolf und hörte sich gar nicht mehr diktatorisch an, »was glaubst du denn, *weshalb* ich die Treppe runtergeknallt bin?!«

Das klang allerdings reichlich dubios. »Du bist auf meinem teuren, kalt gepressten piemontesischen Salatöl ausgerutscht? Wie um alles in der Welt kommt das auf die Treppe? Oder hat Frau Hollweg wieder mal Haushaltstipps aus ihrem Shopping-Kanal in die Praxis umgesetzt?«

Unsere frühere Putzfrau hatte auf Altbewährtes geschworen, hatte Schuhe mit Spucke und einer selbst zusammengerührten Paste gewienert, Fenster mit Spiritus und Zeitungspapier geputzt und war auch sonst »für die janze Schemie« nicht zu haben gewesen. Zum Geschirrspülen hatte sie allerdings Pril gebraucht – anfangs wegen der Blümchen für die Küchenkacheln und später aus Gewohnheit.

Ihre Nachfolgerin ist aber leidenschaftliche TV-Konsumentin und bevorzugt jenen Kanal mit den drei Buchstaben, auf dem sich wenig kompetente Damen und Herren um den Verkauf von Artikeln bemühen, die man meistens nicht braucht und folglich auch nicht haben will.

Nun scheint es aber doch noch genug Frau Hollwegs zu geben, die sich via Bildschirm von einer gertenschlanken Frau demonstrieren lassen, wie sie innerhalb von ein paar Wochen mit diesem ganz speziellen Trainingsgerät ihre fünfzehn Kilo Übergewicht losgeworden ist. Kostet nur knappe zweihundert Euro, Teilzahlung möglich. Man kann natürlich – Anruf genügt – auch ganz billig Münzen kaufen, die eventuell mal in ihrem Wert steigen, vielleicht hat sogar schon das Urenkelchen etwas davon, und diese die Arbeit erleichternden Haushaltsgeräte sehen ja auch immer sehr viel versprechend und sehr futuristisch aus. Sind sie sogar, weil nämlich eine normale Hausfrau unseres Zeitalters nach dem sechsten vergeblichen Versuch, aus den gelieferten Einzelteilen eine funktionierende vollautomatische Nass-Trocken-Saugbürste zu konstruieren, den ganzen Krempel in den Keller schmeißt und wieder zu Schwamm und Lappen greift.

Unsere Frau Hollweg kauft aber ganz selten mal was beim Fernsehen, sagt sie, und zieht dann doch wieder eine Möbelpolitur heraus, bei der man »gar nicht mehr nachpolieren muss«. So eine habe ich schon lange, Frau Hollweg weiß das, und trotzdem wienert sie immer mit einem Flanelltuch hinterher. Wenn sie weg ist, muss ich jedes Mal die kleben gebliebenen Flusen absammeln.

Mit Rolfs Treppensturz hatte sie allerdings nichts zu tun gehabt. Die Ölflasche war nämlich nicht am Montag heruntergefallen – Frau Hollweg kommt nur einmal pro Woche –, sondern erst zwei Tage später, weshalb Rolf sich gezwungen sah, mit dem fettigen Desaster selber fertig zu werden. Ein Küchenboden ist allerdings kein Auto, bei dem eine Grundreinigung durchaus einen ganzen Tag dauern kann – nein, für einen Fußboden genügen fünfzehn bis zwanzig Blatt Küchenkrepp, dann ist das Öl weg, und die Fliesen glänzen sogar ganz toll. An die Ledersohlen unter den Schuhen denkt man(n) natürlich nicht, und Treppe rauf ist nun mal ungefährlicher als Treppe runter – schon wegen der Schwerkraft.

Im Übrigen hielt sich die Sehnsucht meines Ehemannes wohl doch in Grenzen, denn nun reklamierte er weder meinen Besuch am Krankenbett, noch erwartete er, dass ich ihn am nächsten Tag abholen würde. »Du wirst sicher genug zu tun haben, und ich kann dir nicht mal helfen, denn ich soll mich noch schonen, hat der Arzt gesagt.«

Inzwischen konnte ich mir allerdings zusammenreimen, was das – frei interpretiert – heißen sollte: »Ich habe lange genug von Fertigfutter und den Produkten Hollweg'scher Kochkunst gelebt, also koch mal was Vernünftiges, habe gestärkte Hemden anziehen müssen und verschieden farbige Socken, weil Hermine Hollweg nicht Grau von Blau unterscheiden kann, habe selber meine Termine koordinieren und Pulverkaffee trinken müssen, denn der Kaffee-Automat hat REINIGEN signalisiert, ich weiß aber nicht, wie man das macht, der Rotwein ist auch alle, und den Zettel von der Reinigung habe ich verloren, ohne kriege ich aber die beiden Hosen nicht, in dem Laden kennt mich doch niemand. Aber bitte keine Vorwürfe, schließlich bin ich krank.«

Wilhelm Busch hatte Recht gehabt: … das Dümmste ist, stets heimzukehren!

Kapitel 18

Nach ein paar Tagen hatte ich mich wieder an den Alltagstrott gewöhnt – der Not gehorchend, nicht dem eig'nen Trieb, aber das hatte seinerzeit schon Schiller festgestellt; vielleicht, als er für Lottchen im Garten die Wäsche aufhängen musste, statt am Tell weiterzuarbeiten oder sich mit Goethe herumzustreiten, was ja recht häufig der Fall gewesen sein soll.

Ich stritt lediglich mit meinem Ehemann, der nach seiner Ansicht immer noch größter Schonung bedurfte. Zwar war er durchaus in der Lage, trotz angeknackster Rippe eine volle zehn Liter fassende Gießkanne anzuheben, um im Mini-Plastik-Treibhaus irgendwelches Grünzeug zu bewässern, während es ihm nicht möglich war, zwei Teller in die Küche zu tragen oder ein Buch vom obersten Regalbrett zu nehmen. »Jede Bewegung außerhalb des absoluten Ruhezustands schmerzt zum Verrücktwerden!«

Also ruhte er in halb liegender Stellung (»ganz waagerecht zieht zu sehr durch!«) auf dem Sofa und hielt mich in Trab. »Kannst du mir mal eben die Brille rübergeben?« – »Wäre es zu viel verlangt, mir einen Pullover zu holen?« – »Wenn du sowieso in die Küche gehst, dann bring mir auf dem Rückweg die Zeitung mit.« Dabei hatte ich erst mal eine Weile draußen bleiben wollen.

Ich brachte ihm die Post und die Tempotücher, das Handy und die andere Brille, dann eine Decke, weil's zu kalt war und eine Tasse Kaffee, die zu heiß gewesen ist, und natürlich hatte ich auch darauf zu achten, dass er pünktlich seine Tropfen aus dem braunen Fläschchen mit irgendwas schluckte.

»Die helfen doch sowieso nicht!«, moserte er regelmäßig, bestand jedoch weiterhin auf gewissenhafter Einhaltung der verordneten Zeiten.

»Sei doch froh, wenn dir das Zeug nicht schadet«, fuhr ich ihn an, nachdem ich zwanzig Tropfen auf einen Esslöffel gezählt hatte, »jetzt erwarte nicht auch noch, dass es hilft!«

Sven überlegte bereits, ob er die letzten Tage seines Urlaubs nicht besser zum Tapezieren seines Wohnzimmers nutzen sollte, das schien ihm weniger arbeitsintensiv zu sein, als ständig den Laufburschen für seinen Vater zu spielen. Andererseits würde eine Vorverlegung der erst für den Mai geplanten Renovierung bedeuten, dass er nicht nur auf die fachmännische Hilfe seines Freundes Helli verzichten müsste, sondern vor allem auf das, was Helli zwecks Hebung der Arbeitsmoral immer mitzubringen pflegt; sein Vater hat nämlich einen Getränke-Großhandel.

Bemerkenswert war auch, dass sich die Krankenbesuche unserer Nachkommen in Grenzen hielten. Präzise ausgedrückt: Außer Nicki kam niemand. Sascha war entschuldigt, Düsseldorf ist immerhin vierhundert Kilometer weit weg, und sein Vater befand sich trotz dessen gegenteiliger Behauptung nicht in unmittelbarer Lebensgefahr; sein Sohn hatte zumindest angerufen und dem Patienten in gedämpftem Moll sein Mitgefühl ausgedrückt, doch anschließend wollte er noch mit mir sprechen, und das dauerte wesentlich länger; zehn Minuten Dubai und dann noch ein paar Sätze über die Insel.

»Als ich noch auf'm Kahn war, haben wir zweimal die Malediven angesteuert«, erfuhr ich, »aber da lagen wir ja vor Male auf Reede, ich kam nicht runter vom Schiff, und deshalb habe ich von dem ganzen Urlaubsparadies nie mehr gesehen als Dhonis und das goldene Dach von der Moschee.«

Manchmal schien er doch noch ein bisschen jenen zwei Jahren nachzutrauern, in denen er als Steward auf der QUEEN ELIZABETH II ein paarmal den Globus umrundet hatte. »Das ist zwanzig Jahre her, Sascha! Heute würdest du vor lauter Hochhäusern nicht mal mehr die Moschee finden!«

»Will ich auch gar nicht, ich bin schon froh, wenn ich diesmal auf Anhieb den richtigen Check-in auf dem Frankfurter Flughafen finde! Im Juli wollen wir mit Bastian nach Fuerteventura.«

Richtig, für den größten Teil der Bevölkerung findet der Jahresurlaub im Sommer statt und da wiederum während der Ferien, deshalb sind *wir* ja auch immer diejenigen, die beim Nachbarn die Tomaten im Garten bewässern und die Polizei rufen sollen, falls jemand übern Balkon klettern will. Hatte ich sogar mal beobachtet – abends, als es schon dämmerte. Allerdings wollte der Einbrecher nicht über den Balkon einsteigen, sondern durchs Kellerfenster. Den Telefonhörer hatte ich schon in der Hand gehabt, doch dann ertastete ich endlich meine Brille, setzte sie auf und legte den Hörer ganz schnell wieder hin. Woher hätte ich denn auch wissen sollen, dass Michael diesmal *nicht* mit seinen Eltern nach Tunesien geflogen war? Ich habe ihm später empfohlen, für seinen ständig vergessenen Hausschlüssel doch endlich mal außerhalb der vier Wände ein adäquates Versteck zu finden.

Katja hatte ihr Bedauern über den Treppensturz ebenfalls nur telefonisch bekundet, ihren baldigen Besuch aber in Aussicht gestellt zwecks näherer Informationen im Hinblick auf die Doppelhochzeit. Bis jetzt wusste ich nur, dass dieser Plan während einer feucht-fröhlichen Geburtstagsfeier entstanden war und hinterher niemand mehr wusste, *wer* denn überhaupt diese Idee ausgebrütet hatte.

Auch Stefanie sah keinen Grund, an das Krankenbett bzw. Sofa zu eilen und ihren Vater angemessen zu bedauern. Sie entschuldigte sich per Telefon: »Ich habe einen Haushalt, einen Ehemann, einen Hund und noch drei Maschinen Bügelwäsche. Das ist immer so nach einem Urlaub. Von der Firma rede ich schon gar nicht! Und überhaupt brauchst du dich nicht so anzustellen! *Ich* habe damals mit sechzehn trotz einer Rippenprellung sogar beim Staffellauf mitgemacht, da sind wir immerhin noch Dritte geworden.« (Stimmt, die vierte teilnehmende Mannschaft war vorzeitig ausgeschieden). »Du solltest nicht bloß so rumliegen, sondern dich im Gegenteil viel bewegen! Sonst verknöcherst du!«

Das allerdings wollte der Patient nun ganz und gar nicht hören! »Der Arzt hat gesagt, ich soll mich schonen!«

»Aber nicht für den Rest deines Lebens!«

Worauf der Vater das Gespräch mit seiner Tochter abrupt beendete.

»Siehste, Steffi sagt auch, du sollst dich endlich wieder auf die Beine stellen!«, trumpfte ich auf. »Aber mir glaubst du ja nicht!«

»Woher weißt du überhaupt, was ich mit Stefanie …«

»… weil nebenan der Lautsprecher eingeschaltet war! Deine Klagelieder habe ich bis in die Küche gehört!«

Wäre es nach Sascha gegangen, dann hätten wir noch einen weiteren Anschluss haben müssen, und zwar im Bad. Zu jener Zeit hatte er nämlich einen Teil seiner freien Tage in der Badewanne verbracht – Fernseher im Waschbecken und Verpflegung auf dem Wannenrand. Ihm hatte lediglich der Kontakt zur Außenwelt gefehlt, denn Handys waren noch nicht erfunden worden.

Timmi war es schließlich, der seinen Großvater zumindest vorübergehend aus der Horizontalen in die Vertikale brachte! Im Liegen kann man nämlich nicht richtig in den Kinderwagen gucken und kille-kille machen oder was Opas sonst noch tun, um ihrem knapp drei Monate alten Enkel ein Lächeln zu entlocken.

Mir war das vorher nicht gelungen! Ich hatte den noch leicht verschlafenen Knaben aus dem Wagen genommen, was ihm schon nicht richtig zu passen schien, trotzdem hatte er mir einen flüchtigen Blick gegönnt, dann einen zweiten … und danach war ihm deutlich anzusehen, dass ihm diese Frau mit dem dunklen Gesicht äußerst suspekt erschien. Er kannte bisher wohl nur Menschen mit einem blassen Teint und keine Sonnengebräunten. Also brüllte er los und damit war die Sache erst mal gelaufen.

Ich hätte ihm *doch* das T-Shirt mit dem Barracuda kaufen sollen!

Ob es Rolf in seiner selbst verordneten Untätigkeit zu langweilig geworden war, oder ob einer seiner Kunden kein Verständnis für eine geprellte Rippe aufgebracht hatte, sei dahingestellt, jedenfalls erschien der am vorangegangenen Tag noch sichtbar hinkende Halbinvalide am nächsten Morgen in aufrechter Haltung und sogar komplett angezogen am Frühstückstisch. Ich hatte die ersten Brotscheiben in den Toaster geschoben und wollte mich gerade in die Zeitung vertiefen, als mich jemand anbellte: »Wo ist Sven?!«

»Der schläft wahrscheinlich noch, er ist gestern wohl ziemlich spät nach Hause gekommen. Möchtest du Kaffee oder …?

»Dann hol ihn aus dem Bett!«, befahl die Stimme meines Herrn. »Ich muss um halb elf in Stuttgart sein, will mich aber noch nicht selber ans Steuer setzen. Und wenn unser Sohn hier schon tagelang herumgammelt, dann kann er sich wenigstens mal nützlich machen!«

»Also von Gammeln kann ja wohl kaum die Rede sein! Immerhin hat er den Garten auf Vordermann gebracht, das Chaos im Keller beseitigt, den Wäschetrockner repariert – ja, ich weiß, da war bloß ein Kabel locker, aber das muss man erst mal finden, dann hat er deinen Computer von Viren befreit und durchgecheckt …«

»Na und? Er wollte ihn ja auch benutzen!«

»… und wenn Sven nicht da gewesen wäre, dann hättest du vielleicht bis zu meiner Rückkehr hilflos auf der Treppe gelegen!«, trumpfte ich auf.

»Bestimmt nicht! Vorher hätte mich Minchen gefunden!«

»Irrtum! Frau Hollweg wäre normalerweise erst gestern fällig gewesen, also sechs Tage *nach* deinem Sturz. Sie hat aber gleich morgens abgesagt und wird nachher kommen!«

»Bis dahin bin ich hoffentlich weg! Vorausgesetzt, du scheuchst endlich meinen Chauffeur aus den Federn!«

Etwas irritiert sah er zu, wie ich zum Telefon ging und die eingespeicherte Nummer von Svens Handy antippte. »Du rufst doch wohl nicht oben an?«

»Natürlich! Das ist nämlich die sicherste Methode, ihn wach zu kriegen! Das Handy liegt nie am Bett, weil er da kein Netz kriegt oder der Feinstaub den Empfang stört … was weiß denn ich, jedenfalls muss er erst mal aufstehen und das Ding suchen.«

»Müssen das noch Zeiten gewesen sein, als man seine Domestiken mittels einer Tischglocke heranrufen konnte«, seufzte der frustrierte Vater und rammte sein Messer in das einzige noch vorhandene Brötchen. »Ist das von gestern?«

»Nein. Noch älter! Aber wenn ich es aufbacke, dann kriegt wieder dein Zahnarzt zu tun.«

Begeistert sah Sven nicht gerade aus, als er – immerhin schon nach knapp zwanzig Minuten – ins Zimmer schlurfte. »Was'n eigentlich los? Wozu diese Hektik?«, und dann, mit Blick auf den Tisch: »Sind von gestern noch Nudeln da?«

»Warum?«

»Ich esse nämlich gern Nudeln!«

»Ja, aber nicht morgens!«

Er begnügte sich dann doch mit Müsli und ließ sich, abwechselnd kauend und gähnend, in seine bevorstehenden Pflichten einweisen. »Weißt du zufällig, wo in Stuttgart die Silberburgstraße ist?«

»Nein!«

»Weißt du wenigstens, wo der Hauptbahnhof ist?«

»Ja, da bin ich mal aus'm Zug gestiegen.«

»Und dann?«

»Bin ich mit der Straßenbahn weitergefahren.«

Bevor erneut eine Debatte über die vom Vater angezweifelte, vom Sohn jedoch als dringend notwendig bezeichnete und sündhaft teure Installation einer GPS-Anlage ausbrechen würde, suchte und fand ich sogar noch einen Faltplan der Stuttgarter Innenstadt, reichlich zerfleddert und nicht mehr ganz aktuell, aber besser als gar nichts, und dann zogen die beiden Fernfahrer ab. Ich hörte aber noch Rolfs an seinen gähnenden Sohn gerichtetes »Vorhin habe ich in der Zeitung gelesen, dass mindestens zehn Prozent der Bevölkerung morgens mit Schwung und Energie aus dem Bett steigen.«

Darauf Sven: »Kann ja sein, aber das sind bestimmt diejenigen, die vergessen haben, den Wecker zu stellen.«

Ich hatte gerade den Tisch abgeräumt und die Spülmaschine gefüttert, als es läutete. Zweimal lang, zweimal kurz – Klingelzeichen von Frau Hollweg. Sie hat zwar einen Schlüssel, benutzt ihn aber nur, falls niemand zu

Hause ist. »Ick find's schöner, wenn mir wer die Tür aufmacht«, hatte sie gleich zu Beginn unseres Arbeitsverhältnisses gesagt, »sonst komm ick mir vor, wie wenn ick hier heimlich einbreche!«

Hermine Hollweg ist erst seit einem knappen halben Jahr für uns tätig, denn ihre Vorgängerin hatte sich im letzten Sommerurlaub in einen slowenischen Imbissbudenbesitzer verliebt und beschlossen, ihr weiteres Leben in den Dienst der Völkerverständigung zu stellen und die slowenische Speisekarte um ein paar deutsche Spezialitäten zu erweitern. Seitdem stehen auch Buletten, Maultaschen, Wiener Schnitzel und Königsberger Klopse drauf.

Frau Hollweg kommt »ausse Sssone«, nämlich aus Stahnsdorf – das liegt bei Berlin – hat aber »jleich nache Wende rüberjemacht wejen dem Hermann.«

Sie hatte ihren Hermann in Ostberlin kennen gelernt, denn er war Fahrer bei einer Spedition und pendelte ständig zwischen Ost und West. Natürlich war Hermine seine große Liebe, und natürlich würde er sie sofort heiraten, aber sie wisse ja selber, wie schwierig das sei mit Ost und West und der Mauer dazwischen …

Doch dann war die Mauer plötzlich porös geworden und Hermine ganz schnell diesseits derselben aufgetaucht, wo sie unter der angegebenen Adresse einen kleinen Zeitungsladen fand. Er gehörte Hermanns Freund, der immer die Briefe weitergeleitet hatte. Hermann wohnte nämlich mit Frau und drei Kindern in dem großen Mietshaus nebenan.

»Erst wollte ick dem Kerl ja auf die Bude rücken«, hatte Frau Hollweg bei dem Vorstellungsgespräch erzählt, »aba denn hab ick an die Frau jedacht und an die Kinder, die keene Ahnung von irjendwat hatten, und jebracht hätte det allet ja doch nischt! Also bin ick erst zurück nach Stahnsdorf, und denn hab' ick mich beworben bei so 'ner Reinigungsfirma für Büros, weil Putzen hab ick immer jern jemacht; is so 'n schönet Jefühl, wenn hinterher allet wieder richtig sauber is! Schade nur, det die Pleite jemacht haben. Aber vorher is der Inhaber noch mit det restliche Jeld jetürmt, ick jloobe, den suchen se immer noch. Denn bin ick zu 'ner Freundin nach Heilbronn jezogen, die hatte mit ihr'n Mann zusammen so 'ne Schnellreinigung und suchte wen für die beeden Kinder und den Haushalt, jing ja ooch 'n paar Jahre janz jut, aba denn ham die sich inne Wolle jekriecht, und nu läuft die Scheidung mit dem janzen Krach wegen dem Laden, und die Kinder sind erst mal bei ihre Oma. Ick will aba nich wieda weg von hier, mir jefällt's in meiner kleenen Wohnung, ihr abjelegtes Auto hat mir die Christine zum Abschied jeschenkt, also ick bin jetzt sogar mobil.«

Ihre Begeisterung fürs Putzen und auch der damalige Entschluss, die Familie ihres Beinahe-Ehemannes zu verschonen, hatten den Ausschlag gegeben. Ich habe noch nie bereut, Hermine Hollweg unser Haus samt Mobiliar anzuvertrauen, auch wenn unsere Meinungen über Fernsehprogramme, Bücher und speziell Musiksendungen im Radio sehr weit auseinander gehen.

»Sie sehn aus wie so 'n Elektroneger!«, stellte sie fest, nachdem sie mich vom Gesicht über die bloßen Arme bis zu den noch nicht bestrumpften Füßen begutachtet hatte. »Aba bei Ihnen isset echt, det merkt man gleich, weil det Braune von so 'ne Sonnenbank is nämlich anders – mehr so gelblich.«

»Es gibt keine Neger mehr, Frau Hollweg, man sagt doch schon lange *Schwarze* oder besser noch *Farbige*. Alles andere ist diskriminierend!«

Sie hängte ihren Mantel in die Garderobe, holte die Kittelschürze aus der Einkaufstasche, zog sie an, und dann drehte sie sich zu mir um. »Und wie jeht det jetzt mit den Kinderbüchern? Da kommen doch überall Neger vor oder

Mohren. Ick lese nämlich der kleenen Tochter von meiner Nachbarin immer vor, wenn die mal zum Arzt muss oder zum Arbeitsamt. Soll ick nu sagen ›Zehn kleene Farbige?‹ Denn reimt sich's ja nich mehr!«

Thema beendet! Frau Hollwegs Argumente sind häufig gar nicht oder nur schwer zu widerlegen. Also holte ich die steinerne Oryx-Antilope aus dem Schrank und stellte sie vor Hermine auf den Tisch. »Ein kleines Mitbringsel für Ihre Sammlung!«

»Ach wie hübsch! 'ne Jämse! Die habe ick noch nich!« Vorsichtig nahm sie die Figur hoch. »Is 'ne orientalische Abart, nicht wahr? Ich wusste janich, dass es die Viecher ooch bei den Scheichs jibt!«

Nein, jetzt bloß nicht lachen! Als Steinbock verkannt zu werden war vielleicht noch verzeihlich, doch nun zu Gämsen mutieren zu müssen hatten diese wunderschönen Tiere nicht verdient. Aus nahe liegenden Gründen hielt ich trotzdem den Mund. Aber nicht lange, denn Frau Hollweg wollte wissen, wie denn so die Wüste ist, was es da zu essen gibt, ob das vor lauter Sand zwischen den Zähnen knirscht, und ob ich auch auf einem Kamel geritten bin. »Ick hab det mal jemacht im Zirkus, da jab's in der Pause Kamelreiten. Dreimal im Kreis für eens fuffzig. Is schon 'ne Weile her!« Dann gab sie sich endlich einen Ruck. »Wo soll ick denn heute anfangen? Die Fenster hätten's nötig!«

Nicht nur die! Außerdem hatten wir immer noch kalendarischen Winter, und da putzt man keine Fenster, weil das Wasser anfrieren könnte. Auch so eine großmütterliche Weisheit, aber damals sind die Winter bekanntlich noch kälter gewesen, das Wasser wahrscheinlich auch, und so hübsche Flaschen mit »Scheibenklar« und »Eins-zwei-drei« hatte es noch nicht gegeben. Laut Gebrauchsanweisung sprüht man das bloß noch auf, reibt nach, und dann ist alles wieder blitzblank. Nur bei mir funktioniert das nie.

Das ist so ähnlich wie mit meiner Errungenschaft vom letzten Mannheimer Maimarkt. Sein Besuch jedes Jahr ist einfach Pflicht! Ich liebe diese wortgewaltigen Marktschreier und das vielfältige Angebot von Dingen, die kein Mensch braucht, ich liebe auch das obligatorische Schälchen Erdbeeren mit Vanillepudding und Sahne, viel zu teuer, muss aber sein, gehört einfach dazu, doch am meisten liebe ich die vielen neuen Arbeitserleichterungen für Hausfrauen. Die reichen vom nun definitiv nicht mehr zu übertreffenden Spargelschäler (vier verschiedene habe ich aber schon, und keiner funktioniert so reibungslos wie seinerzeit demonstriert) über den ultimativen Elektromixer – auch keine ganz neue Erfindung mehr – bis zur quadratischen Bratpfanne. Ich hätte im letzten Jahr ganz gern eine mitgenommen, weil darin zwei Steaks genau nebeneinander passen, aber meine Kochfelder sind alle rund! Vielleicht hätte ich die Pfanne erst mal rumdrehen sollen …

Dafür bin ich auf das tolle Wundertuch reingefallen. Das ist ein quadratisches Mittelding zwischen Plastikfolie und Fensterleder und ideal für alle glatten Flächen. Hat der Mann am Stand gesagt und es auch gleich bewiesen, nachdem er auf einem großen runden Spiegel Speiseöl verteilt hat. Dann hat er jenes Wundertuch in Wasser getaucht, ein paarmal damit über den Spiegel gewischt, und der war auch sofort sauber und ganz ohne Schlieren. Danach durfte Steffi das ausprobieren, diesmal mit Margarine. Hatte auch geklappt.

»Genau das Richtige für die große Glastür im Flur und die Spiegelwand im Bad …« Vorsichtshalber nahm sie gleich zwei Tücher – dann gab's nämlich Messerabatt. Mir genügte eins. Würde man den Preis zugrunde legen, dann musste jedes Tuch ein handgewebtes Einzelexemplar sein. War's aber nicht, es lagen ganze Stapel zum Verkauf bereit.

Meins benutze ich nur noch für die Tischplatte, und Steffi wischt damit lediglich die Glastür zur Küche. Die hat nämlich keinen Rahmen und meine Tischplatte keinen Rand. Und den hatte der Demonstrations-Spiegel auf dem Maimarkt auch nicht gehabt. Aber es hat lange gedauert, bis wir dahinter gekommen sind! Weshalb das so ist, bleibt rätselhaft, ist aber mit Sicherheit wieder physikalisch bedingt wie alles, bei dem etwas funktioniert und man hinterher nicht weiß, warum.

In ein paar Wochen ist übrigens wieder Maimarkt!

Hermine hatte sich trotz des miesen Wetters und der nach meiner Ansicht klirrenden Kälte zum Fensterputzen entschlossen und sang sich warm. »Es war an einem Frühlingstag im sonnigen Sorrent ...«

Das war nun definitiv zu viel! Ich griff zu Geldbeutel und Autoschlüssel; vielleicht würde mein Friseur ausnahmsweise mal ohne Voranmeldung Zeit für mich haben.

Kapitel 19

Wir machen das einfach mal andersrum«, erklärte Katja und tupfte mit dem Zeigefinger die Kuchenkrümel vom Teller, »nämlich den Polterabend hinterher, also *nach* der Hochzeit, und zwar gleich am nächsten Tag, so dass das Ganze eine Art Polterhochzeit wird!« Sie griff zum letzten Stück Bienenstich (gekauft) und goss ein weiteres Mal Tee in ihre Tasse. »Wir kriegen das ganze Gelände vom Georg, der räumt die Geräte raus, dann brauchen wir bloß noch zwei große Zelte.«

»Wer ist Georg?«, wollte ich wissen und rettete wenigstens den Streuselkuchen für mich; der stammte von Hermine und war selbst gebacken.

»Georg ist unser Vermieter, das solltest du eigentlich wissen!«

»Woher denn? Hieß der nicht mal Vogel oder so ähnlich.«

»Er heißt nicht Vogel, sondern Sperling. Mit Vornamen Georg. Wir sind seit neuestem per du.«

Hier ist allerdings eine etwas ausführlichere Erklärung fällig! Nicht wegen Herrn Sperling, sondern wegen der oben erwähnten Geräte. Dabei handelt es sich in erster Linie um motorisierte Schneeschieber, um Kehrmaschinen und ähnliche, immer jedoch Raum füllende Gerätschaften, mit denen Straßen unterschiedlicher Größenordnungen sauber gehalten werden – kurz gesagt: Herr Sperling hat ein Bundesstraßenreinigungsdienstleistungsunternehmen. Vermutlich lautet die korrekte Bezeichnung ganz anders, aber die kenne ich nicht. Jedenfalls wohnt Herr Sperling am Rande des Industriegebiets, jedoch gleichzeitig auch am Rand der Zivilisation – je nachdem, von welcher Seite man die Sache betrachten will. Weiter südlich beginnt ein sehr hübsches Wohngebiet.

Genau genommen steht das Sperlingnest im Niemandsland, nämlich vorne an einer unbefestigten Straße, hinten an einem großen gepflasterten Hof mit einem halben Dutzend riesiger Garagen und seitlich auf einer grünen Wiese. Unten im Haus wohnt Herr Sperling, oben wohnen Katja und Tom. Herr Sperling baut aber gerade etwas Neues, natürlich abseits vom Industriegebiet, dafür näher an der Bahnstrecke. Er will in Zukunft Geschäftliches und Privates auch räumlich trennen.

»Zugegeben, der Blick auf die Reparaturwerkstatt ist nicht gerade erhebend«, hatte Katja gesagt, als ich sie zum ersten Mal in dem damals neuen Domizil besucht hatte, »aber wer steht denn schon dauernd am Badezimmerfenster und guckt raus? Vom Wohn- und auch von unserem gemeinsamen Arbeitszimmer sieht man aber ins Grüne auf den Löwenzahn und die Gänseblümchen und vom Schlafzimmer auf die Kehrmaschine – wenn sie mal da ist. Meistens wird sie erst gegen sechs Uhr abends in die Garage gebracht.«

Dass die beiden Schneeschieber im Winter häufig mitten in der Nacht gebraucht wurden, hatte sie erst ein halbes Jahr später mitgekriegt.

»Ist das hier nicht auch ziemlich laut«, hatte ich gefragt und auf das Schild einer kleinen Keramikfabrik gedeutet, knapp hundert Meter entfernt, doch Katja hatte nur abgewinkt. »Wen stört denn das? Bis zum frühen Nachmittag bin ich in der Schule, da wird es hier aber schon ruhiger, Tom kommt sowieso erst abends, und ab dann hören wir kaum noch etwas. Außerdem herrscht an den Wochenenden, wenn wir ausschlafen können und auch mal tagsüber zu Hause sind, absolute Funkstille. Keine Nachbarn, keine Autos, keine Grillpartys …«

»… keine Läden, keine Kneipe, und vor allem niemand für ›Können Sie mir bis morgen zwei Eier leihen? Ich habe bloß noch eins, und wir kriegen gleich Besuch!‹«, ergänzte ich die Aufzählung. »Dagegen hatte ja sogar Waldminningen richtiges Großstadtflair!«

(Für Uneingeweihte: Waldminningen liegt abseits normaler Verkehrswege etwa fünfundzwanzig Serpentinen aufwärts schräg links von der A 5. Auch dorthin hatte es Tom und Katja mal für ein Jahr lang verschlagen.)

»Also von Großstadt konnte man nun wirklich nicht reden!«, kam es prompt zurück. »Es sei denn, du beziehst dich auf die dortige Milchsammelstelle. Da erfuhr man abends den inoffiziellen Dorfklatsch und sonntags nach der Kirche die moralisch bereinigte Variante. Ich war ja nie drin, mir haben die schönen lauten Glocken gelangt. Katholische! Besonders am Sonntag, da bimmelten alle auf einmal. Und das genau gegenüber!«

Zugegeben, Glocken würde man hier garantiert nicht hören! »Und was machst du, wenn du vor lauter Ruhe doch mal anfängst, dich mit dem Nachrichtensprecher auf dem Bildschirm zu unterhalten?«

»Einen Spaziergang über den Friedhof«, meinte Katja lakonisch, »Luftlinie ungefähr zweihundert Meter. Da sind immer Leute. Manchmal auch lebendige!«

Danach waren mir wirklich keine Argumente mehr eingefallen! Aber auch kein einziger Grund, ausgerechnet hierher zu ziehen! Die relativ preiswerte Miete musste wohl den Ausschlag gegeben haben, dazu die günstige

Verkehrsanbindung in alle Richtungen und nicht zuletzt die Aussicht, über kurz oder lang auch mal etwas Eigenes zu haben; Toms Oma hatte wohl Derartiges angedeutet.

Für die geplanten Polterhochzeitsfeierlichkeiten schien der Standort dieses Hauses samt seinen Nebengebäuden allerdings bestens geeignet.

»So, und jetzt erzähl endlich, wie ihr auf diese blödsinnige Idee mit der Doppelhochzeit gekommen seid!«

Der Kuchen war alle, Kekse wollte Katja nicht, sonst bliebe im Magen ja kein Platz fürs Abendessen, das sie allerdings ein paar Straßen weiter einzunehmen gedachte – nicht wegen der Geschwisterliebe, sondern wegen Tim. Sie war regelrecht vernarrt in ihren kleinen Neffen, schleppte ständig irgendetwas für ihn an, mal ein Kuscheltier, dann wieder einen Minipullover oder winzige Ringelsocken, diesmal war's irgendwas zum späteren Krachmachen – Nicki befürchtete schon eine Identitätskrise. »Wenn das so weitergeht, dann hat Timmi zwei Mütter und wird das auch noch als völlig normal empfinden. Aber *ich* nicht!«

Durchaus verständlich! Es lag zwar in der Natur der Sache, dass Katja den Vorsprung ihrer Schwester nicht mehr einholen, jedoch vielleicht auf andere Weise wettmachen konnte – Zwillingsgeburten sollen ja erblich sein!

»So richtig weiß ich auch nicht, warum sich unser Taucher-Stammtisch aufgelöst hat.« Wieder mal begann sie die ausführliche Begründung aller geplanten Festivitäten irgendwo bei Adam und Eva, diese epische Breite haben Lehrer aber so an sich, »wir wurden bloß von Monat zu Monat weniger, und irgendwann war dann definitiv Schluss. – Ist noch Tee in der Kanne?«

»Nein! Du hattest bereits vier Tassen!«

»Na und? Man soll doch viel trinken! Muss ja nicht unbedingt Tee sein!«

»Im Keller steht Apfelsaftschorle! Treppensteigen ist gesund!«

Also fünf Minuten Unterbrechung für Getränkenachschub und Inspektion jener Schublade, in der sich seit jeher so nahrhafte Dinge befinden wie Kartoffelchips, mindestens fünf verschiedene Sorten Kekse, Schokolinsen und nicht zuletzt Kinderschokolade, die nach meiner Erfahrung von Erwachsenen mehr geschätzt wird als von Kindern.

»Du hast ja nicht mal mehr Gummibärchen«, tadelte Katja, das ganze Schubfach durchwühlend, »früher waren hier immer welche drin!«

»Du wirst nächstes Jahr dreißig und Tim hat noch keine Zähne! Denk lieber an deine Taille! Zucker macht dick, und die Auswahl an Brautkleidern verringert sich ab Größe vierundvierzig um etwa die Hälfte! Setz dich endlich hin, und kläre mich auf, weshalb ihr doppelhochzeitet! Ist das billiger?«

»Keine Ahnung, vielleicht auf'm Standesamt, weil der Beamte den ganzen Sermon nur einmal runterbeten muss!« Mit zwei Schokoriegeln in der Hand und auf dem steinharten, weil von Weihnachten übrig gebliebenen Marzipannikolaus kauend kam sie an den Tisch zurück. »Der schmeckt schon richtig antik!« Dann hielt sie erschrocken inne. »Du hattest ihn doch nicht etwa aus einem bestimmten Grund aufgehoben?«

»Doch! Im Oktober wollte ich versuchen, ob ich ihn klonen kann. Dann wären nämlich die bunten Teller unterm Weihnachtsbaum erheblich billiger!«

Katja nickte verstehend. »Seitdem ich weiß, wie viel Geld man schon für Strampelhöschen hinblättern muss, ist mir sowieso rätselhaft, wie ihr es geschafft habt, uns fünf großzuziehen.«

»Ab drei Jahren wird Kinderkleidung preiswerter«, beruhigte ich sie, »und Fünflinge sind relativ selten.«

»Das hoffe ich!«, kam es sofort zurück. »Und überhaupt ist das noch gar kein Thema! Wo war ich eigentlich stehen geblieben?«

»Immer noch beim Anfang!«

»Ach so. Also wir Stammtischler hatten uns schließlich aus den Augen verloren. Margit dolmetschte monatelang nur noch in Stuttgart, nachdem sie endlich diesen blöden Jürgen in die Pampa geschickt hatte, Schorsch war in irgendeiner Uni abhanden gekommen, Heini weggezogen, Svenja lernt als Au-pair in Paris Französisch, Hannes und Steffi hatten sich auf den Nestbau gestürzt ... da lief einfach nichts mehr zusammen. Und als Tom neulich beim Abendessen erwähnte, er habe Rainer wieder getroffen, habe ich erst geglaubt, er redet von Steffis Ex, hätte ja sein können, schließlich hatte der auch mal dazugehört. War er aber nicht, sondern ein Freund von Tom vom Zivildienst her oder so was, jedenfalls hatten sie sich wohl lange nicht gesehen. Ob das nun ein Zufall gewesen ist oder Bestimmung oder was weiß ich ... auf jeden Fall ist *dieser* Rainer ausgerechnet mit *unserer* Margit verlobt und will sie im Juli heiraten.«

»Und der hat jetzt Tom infiziert?« Immerhin war dessen Abneigung gegen die Ehe im Allgemeinen und gegen die eigene im Besonderen hinreichend bekannt, und sogar Katja hatte sich inzwischen damit abgefunden, für ihre Altersversorgung allein aufkommen zu müssen.

»Also wenn du jetzt glaubst, Tom hätte mir einen offiziellen Antrag gemacht mit Kniefall und Rosenstrauß, dann muss ich dich enttäuschen«, dämpfte sie meine zugegebenermaßen etwas antiquierte Vorstellung eines Heiratsantrags, »er hatte nur gemeint, wir würden doch aller Voraussicht nach auch weiterhin zusammenbleiben, und dann hätte eine amtlich beurkundete Eheschließung mit Unterschrift und Stempel eine ganze Menge steuerlicher Vorteile für uns beide. Rainer hat ihm das wohl mal auseinander klamüsert.«

Na ja, es soll schon weniger stichhaltige Gründe für eine Hochzeit gegeben haben, und wer immer noch den Himmel auf Erden sucht, der hat sowieso im Geografieunterricht geschlafen! »Sollte ich jetzt eine Flasche Sekt aufmachen?«

»Nee, warum denn?« Katja war sichtlich verblüfft. »Es steht doch schon seit ein paar Wochen fest, dass wir am 31. Juli heiraten. Wir haben sogar schon die Ringe bestellt!«

»Tatsächlich? Ich war immer der Meinung, die bekommt man bereits zur Verlobung.«

Jetzt staunte sie wirklich. »Verlobung? Wer macht denn heute noch so was?«

Natürlich! Wie konnte ich das nur vergessen! Es gibt ja auch keinen Heiratsantrag mehr, man beschließt lediglich, künftig eine gemeinsame Steuererklärung abzugeben und informiert das Finanzamt noch vor den Eltern.

Muss wohl auch daran liegen, dass heutzutage niemand mehr »Nesthäkchen« liest, meine bevorzugte Lektüre zwischen acht und elf Jahren, bevor ich dann doch mit fliegenden Fahnen zu Karl May übergelaufen bin.

Die zehn Nesthäkchen-Bände – noch in altdeutscher Schrift! – hatte ich von meiner Mutter geerbt, woran unschwer zu ersehen ist, dass jene Annemarie wohl nicht mehr so ganz trendy sein kann. In Band sechs oder sieben hatte sie sich nämlich richtig verlobt mit Antrag und Ring und beinahe zu Tränen gerührten Eltern, die ihrer achtzehnjährigen Tochter einen Kuss auf die Stirn gehaucht hatten! Jawohl, gehaucht! Zwar wusste ich damals nicht so ganz genau, wie das funktionieren sollte, aber ich hatte das alles als sehr romantisch und stilvoll empfunden und etwas Ähnliches in ferner Zukunft natürlich auch für mich erwartet, nur ist die Sache anderthalb Jahrzehnte später weitaus profaner abgelaufen, nämlich in der Warteschlange vor einer Autowaschanlage. Seinerzeit hatte es noch keine dieser vollautomatischen Waschstraßen gegeben, in denen man einfach im Auto sitzen bleiben kann und sich vorübergehend vorkommt wie in einem Tropenregen, sondern man musste den Wagen in eine gekachelte Halle fahren und ihn dann verlassen.

Plötzlich fehlte die schützende Blechumhüllung und mit ihr die nötige Intimität, Rolf hatte bei der Suche nach Münzen für den Geldschlitz ohnehin schon den Faden verloren, aber endgültig gerissen ist er, als der hinter uns wartende Autofahrer meinem schon Beinahe-Bräutigam auf die Schulter tippte: »Sie haben das Fenster auf der Beifahrerseite nicht zugemacht!«

Wenn ich jetzt darüber nachdenke, bin ich mir gar nicht mehr sicher, ob die entscheidende Frage an jenem Tag überhaupt noch gefallen ist. Den Rest der Fahrt musste ich nämlich auf dem Rücksitz verbringen, vorne war's ziemlich nass geworden.

Warum also erwartete ich von unserer Tochter romantische Gedanken statt Pragmatik?

Die obligatorische Frage nach dem Brautkleid verkniff ich mir natürlich auch, die hatte noch Zeit. Eine kirchliche Trauung würde es ohnehin nicht geben, und im Standesamt ist inzwischen so ziemlich alles erlaubt, auch nabelfrei und wenn's denn sein muss, sogar ein mit Blüten und Schlingpflanzen behangener Bikini; das ist dann eben die Stammestracht von irgendeinem Südsee-Atoll, auf dem man im letzten Urlaub Ehren-Insulanerin geworden ist! Man muss das nur überzeugend genug rüberbringen und nach Möglichkeit einen tief gebräunten Partner präsentieren.

Nicki hatte vor zwei Jahren im Hosenanzug geheiratet – nicht außergewöhnlich, aber es war einer mit *kurzen* Hosen gewesen!

»Wir rechnen übrigens mit rund hundert Personen«, unterbrach Katja meinen Gedankensprung zur bis dato letzten Hochzeit innerhalb unserer Familie, »zusammen natürlich.«

Natürlich! Fünfzig Gäste für jedes Paar reichen ja auch. Oder nicht?

»Es sind allerdings nur deshalb so wenig, weil wir viele gemeinsame Freunde haben. Andererseits brauchst du nur mal unsere Familie zu nehmen, komplett versammelt füllt die allein schon ein halbes Zelt, dazu kommen unsere ehemaligen Studienkollegen, Bärbel, Stefan, Henri, Ulli und Ulli ...«

»Ich denke, die beiden befinden sich inzwischen außerhalb eures Einzugsbereichs!«

»Na und? Von Tauberbischofsheim bis zu uns sind's zwei Stunden Autobahn, das ist doch nicht die Welt!«

Nein, natürlich nicht, nur pflegen Polterabende im Allgemeinen nicht nach dem geräuschvollen Entsorgen ausrangierter Milchtöpfe und der Nachbildung des Eiffelturms (das Mitbringsel einer reisefreudigen Patentante mit Vorliebe für buntes Porzellan) zu enden, nach dem Geklirr geht's doch erst richtig los! »Habt ihr an Übernachtungsmöglichkeiten für auswärtige Besucher gedacht?«

»Dran gedacht schon, organisiert noch nicht. Wahrscheinlich stellen wir ein extra Zelt dafür auf. Seinen Schlafsack muss eben jeder selbst mitbringen.«

»So er denn einen hat! Ich zum Beispiel hätte keinen«, gab ich zu bedenken.

»Du warst auch nie auf Campingtour!«

Stimmt! Die Vorstellung, meine Nächte in Sichthöhe von Ameisen, Käfern, Würmern und ähnlichem Getier verbringen zu müssen, hatte mich schon als Teenager davon abgehalten, mit geliehenem Einmannzelt einschließlich Salmiak gegen Mückenstiche und Erbswurst für den Kochtopf (Tütensuppen gab's noch nicht!) loszuziehen, um mit Freundinnen am Grunewald-See zu zelten. Damals hat das noch so geheißen, Camping kam erst später auf, nachdem wir von den Amerikanern nicht nur die Namen ihrer gängigsten Zigarettensorten gelernt hatten, sondern auch ein paar offenbar wichtige Vokabeln wie *chewing gum, coke* und *cinema*. Zu diesen Dingen hatten wir Kinder ja noch einen gewissen Bezug gehabt, aber weshalb auch *camping* dabei war, weiß ich nicht.

Meine Kinder dagegen fanden diese Art der Freizeitgestaltung immer sehr lustig und waren begeistert, wenn sie – vom langweiligen Familienurlaub in Holland oder Italien befreit – zwei oder drei Wochen in einem Zeltlager verbringen durften. Als ich die beiden Jungs nebst Freund Andy am Ende solcher »Superferien« abholen wollte, erwischte ich Letzteren, wie er noch schnell ein neues Stück Seife an einer Mauer schartig rieb. Seine einleuchtende Erklärung: »Wenn ich nicht wenigstens die Schrift aus der Seife kriege, dann merkt meine Mutter doch gleich, dass ich sie gar nicht benutzt habe.«

»Gibt es denn auf Herrn Sperlings Betriebshof irgendwo eine Wasserleitung?« Die gedankliche Verbindung zu Wasser und Seife lag immerhin nahe.

»Eine?«, fragte Katja erstaunt zurück. »Was glaubst du denn, wie der seine Geräte sauber kriegt?«

Überflüssige Frage. »Aber im Gegensatz zu Menschen müssen Kehrmaschinen nicht aufs Klo, habt ihr auch *daran* gedacht?«

»Selbstverständlich! Diese Blechkästen kann man mieten und Verwandte dürfen natürlich in unsere Wohnung.«

Natürlich! Ich bin an jenem Abend bemerkenswert vielen Verwandten über den Weg gelaufen, von deren Existenz ich bis dahin keine Ahnung gehabt hatte und die ich seitdem auch nie wieder gesehen habe.

Zum gegenwärtigen Zeitpunkt war ich mir allerdings nicht sicher, dass ich an diesem Spektakel überhaupt teilnehmen würde. Die Hochzeit erforderte selbstverständlich die Anwesenheit des gesamten Clans, doch doppeltes Gepolter gleich am nächsten Abend musste nicht auch noch sein. Ich bin ja gar nicht so vergnügungssüchtig und Rolf schon überhaupt nicht! Und dass *er* einen plausiblen Grund finden würde, sich um diesen Auftrieb zu drücken, war mir ohnehin klar. Notfalls würde er einen plötzlichen, außerordentlich wichtigen und natürlich unaufschiebbaren Termin mindestens hundert Kilometer weit weg sogar schriftlich belegen können. Wozu hat man denn im Laufe der Jahre eine Unzahl von Firmenlogos entworfen? Davon wird sich doch bestimmt eines als Briefkopf verwenden und mit einem entsprechenden Text versehen lassen! Vielleicht würde ich sogar als Chauffeur mitfahren müssen, obwohl sich die Nachwirkungen von Rolfs Treppensturz kaum über mehrere Monate hinziehen ließen, aber vielleicht könnte er sich kurzfristig einen Arm verstauchen …?

Wenn ich ehrlich sein soll, dann muss ich jetzt zugeben, dass mich der Polterabend herzlich wenig interessierte. Natürlich würde ich einige der potenziellen Gäste kennen, hatte sie früher häufig genug mit abgefüttert, war Tutor gewesen und seelischer Mülleimer, doch das alles lag Jahre zurück, die meisten waren längst verheiratete Gehaltsempfänger geworden, und einige von ihnen zahlten ihr BAföG bereits vom Kindergeld zurück.

Bevor ich schon mal prophylaktisch unsere eventuelle Abwesenheit von diesem Polterspektakel andeuten konnte, nahm mir Katja den Wind aus den Segeln. »Und glaubt bloß nicht, ihr könntet euch drücken! Die Eltern von Margit und Rainer haben schon fest zugesagt, Toms Vater kommt natürlich auch, bloß Oma bleibt zu Hause, aber die ist entschuldigt, sie wird nächsten Monat neunzig, doch wenn *ihr* nicht erscheint, dann stehe ich quasi als Waisenkind da, das keine Eltern mehr hat.«

»Blödsinn! Wir kommen doch zur Hochzeit!

»Da sieht euch ja niemand!«

»???«

»Na ja, zur Hochzeit sind doch nur die engsten Verwandten da und die Trauzeugen, ihr kennt euch längst, und ...«

»Das stimmt doch gar nicht!«, unterbrach ich sie, obwohl das unhöflich ist, aber manchmal geht es einfach nicht anders. »Von dem anderen Paar kennen wir lediglich die Braut, aber es wird sich wohl nicht umgehen lassen, auch dem Bräutigam zu gratulieren und den Eltern die Hand zu schütteln, aber bitte einen Tag später nicht auch noch weiteren hundert Leuten aus dem gemeinsamen Umfeld! Außerdem sind Polterabende etwas für junge Leute und nicht für Großmütter!«

Den Großvater hatte ich erst gar nicht erwähnt, er würde garantiert eine glaubhafte Ausrede finden, im äußersten Notfall würde er eben noch mal ein bisschen die Treppe runterfallen, bei der zum Keller wackelt nämlich schon lange eine Stufe ... Außerdem wird auf Polterabenden häufig getanzt, und das kann Rolf sowieso nicht, hat er schon früher nicht gekonnt, nur Foxtrott, ganz egal, was die Kapelle gespielt hatte, aber gibt es da nicht so ein Ritual, bei dem der Vater mit der Braut den ersten Walzer ... und die Mutter mit dem Bräutigam ...? Ist ja nicht so schlimm, wenn's in der Familie bleibt, doch was ist, wenn es zwei Bräute gibt? Muss da nicht auch getauscht werden? Oder hatte ich jetzt etwas verwechselt, und man tanzt bloß auf der Hochzeit? »Jetzt lass mal den Polterabend beiseite, und erzähl mir lieber, wie die eigentliche Hochzeit ablaufen soll!«

»Na ja, wie so etwas eben geht! Um elf Uhr ist Trauung im Standesamt, die dauert normalerweise dreißig Minuten, aber wenn's zwei Paare sind, natürlich länger, und danach gehen wir alle gemütlich in die Neckarstuben zum Essen«, leierte Katrin herunter, als handle es sich um eine Verabredung zum Kinobesuch.

»Gehen?« Das entsprach aber so gar nicht den heutigen Gepflogenheiten, laut hupend im Konvoi zum Ort der Abfütterung zu *fahren,* doch auch dieser Programmpunkt war offenbar ausgelassen worden.

»Das Restaurant ist doch gleich um die Ecke, ihr könnt also den Wagen auf dem Schlossplatz abstellen, aber ja nicht ohne Parkschein, da wird nämlich dauernd kontrolliert!«

Wieder ein Punkt, der berücksichtigt werden musste: Ausreichend Kleingeld für den Parkautomaten mitnehmen!

»Ja, und dann haben wir uns gedacht, dass wir nach dem Essen einen kleinen Verdauungsspaziergang durch den Park machen, der liegt nämlich gleich gegenüber. Natürlich nur, wenn das Wetter mitspielt.«

Doch, das hielt ich für eine gute Idee. Nicht umsonst ist der Schwetzinger Schlosspark über die Landesgrenzen hinaus berühmt, und frische Luft hat noch niemandem geschadet, aber: »Was ist, wenn es regnen sollte?«

»Dann fahrt ihr eben gleich nach dem Essen zurück!«, sagte Katja und goss Apfelsaft in ihr Glas.

»Zurück? Wohin zurück?« Irgendwas musste ich da falsch verstanden haben.

»Es sei denn, ihr helft mit beim Aufbau für den Polterabend!«, beendete Katja die Aufzählung der uns erwartenden Vergnügungen.

»Moment mal, da hast du was verwechselt! Ich denke, dieser Polterabend findet am Tag nach der Hochzeit statt? Ich will doch nur wissen, wie der eigentliche Hochzeitstag weitergehen soll.«

»Aber das habe ich dir doch gerade verklickert! Wir heiraten, gehen essen, und bei schönem Wetter laufen wir noch ein bisschen durch den Park. Dann fahrt ihr nach Hause, wir auch, da ziehen wir uns um, und dann wird aufgebaut! Die Zelte, die Bühne für die Band, die Garagen müssen dekoriert werden, ein Glück, dass ich einen Schwager habe, der mit so was handelt, wir kriegen Stehtische gebracht und eine Zapfanlage für Bier, natürlich auch jede Menge von diesen Holztischen und -bänken, aber die müssen wir selber holen, keine Ahnung, wie, vielleicht können wir von Hannes den Lkw bekommen …«

Die Aufzählung der Aufbauarbeiten schien nicht aufzuhören, endete dann aber doch mit dem Satz: »Übrigens brauche ich eure beiden Sonnenschirme, falls es regnet …«

Ich protestierte sofort. »Es sind, wie der Name schon sagt, *Sonnen*schirme, also nicht imprägniert und deshalb als Regenschutz völlig ungeeignet, und überhaupt ist der blaue noch ganz neu!«

»Eben drum! Dann hält er wenigstens ein bisschen länger die Nässe ab. Wir wollen die Schirme doch nur zum Grillen haben, damit bei einem eventuellen Schauer nicht gleich die ganzen Würste wegschwimmen!«

Langsam kam mir der Verdacht, dass im Laufe der kommenden Wochen ein Teil sowohl unseres Mobiliars als auch des Geschirr- und Besteckbestands seinen Weg nach Schwetzingen finden würde, für ein paar Terrassenstühle wäre Katja ebenfalls dankbar. »Die kämen in erster Linie euch selber zugute, denn für die Älteren sind diese Bierbänke ohne Lehne viel zu unbequem.«

Es erfreut einen doch immer wieder, wenn man merkt, wie selbstlos sich der Nachwuchs um das Wohlergehen seiner Altvorderen sorgt!

Dann klingelte das Telefon, Nicki war dran und wollte wissen, ob ihre Schwester schon weg sei.

»Die ist …«

Katjas entsetzter Blick, ihr Kopfschütteln und das Getrippel mit Zeige- und Mittelfinger auf der Tischplatte signalisierten unmissverständlich, was ich zu sagen hatte.

»… vor ein paar Minuten raus! Eigentlich müsste sie schon bei euch sein. – Nein, ich weiß nicht, ob sie an die Milch gedacht hat … ja, tschüss bis morgen!«

Katja stand schon auf dem Flur, suchte Jacke und Tasche und Autoschlüssel und wollte nach einem Blick auf die Uhr wissen, wie lange bei uns die Geschäfte geöffnet seien. »Etwa immer noch bloß bis um sechs?«

»Du solltest allmählich wissen, dass wir im Gegensatz zu euch in einer ländlichen Gegend wohnen, wo man seine Besorgungen bis achtzehn Uhr erledigt haben sollte, sonst sind nämlich die Rollläden unten. Und den Tante-Emma-Laden, bei dem man hintenrum auch noch abends um zehn was kriegen konnte, gibt's schon lange nicht mehr, Frau Heinemann wohnt jetzt betreut oder wie das heißt, jedenfalls sie ist umgezogen in so eine Seniorenanlage.«

»Schei…! Ich habe Nicki doch versprochen, dass ich die Milch mitbringe, damit sie nicht extra deshalb noch mal rausmuss! Du hast nicht zufällig …«

Aber da hatte ich schon die Kühlschranktür geöffnet und die vorhin erst gekaufte Literflasche Milch herausgenommen. »Wie ich deinem Vater klar machen soll, dass er heute Abend doch nicht seinen geliebten Karamelpudding kriegt, dürfte noch ein Problem werden. Den habe ich ihm nämlich bereits gestern versprochen.«

»Ach, du machst das schon!« Sie schenkte mir ein zuversichtliches Lachen und rannte los. Vorne auf dem Parkplatz, als sie gerade eingestiegen war, konnte ich ihr die stehen gebliebene Milchflasche doch noch in die Hand drücken …

Und so was will in hundertsieben Tagen heiraten!

Kapitel 20

Weshalb ich eigentlich angerufen habe: Wolltet ihr nicht mitkommen zur Weinprobe?«, fiel Stefanie noch ein, nachdem sie mir erst die sehr unergiebige Diskussion mit dem Staubsaugervertreter geschildert hatte, dessen IQ nach ihrer Ansicht nur knapp über seiner Schuhgröße gelegen hatte, und anschließend von mir wissen wollte, mit welchem Recht ein Hundefriseur so viel Geld verlangt. »Charly kostet inzwischen mehr als ich!«

»Charly sitzt auch nicht mit einer Zeitung vor der Nase ruhig auf einem Stuhl, sondern macht jedes Mal einen Heidenlärm, wenn er den Laden nur von weitem sieht.«

Sein Frauchen bestritt das entschieden. »Unser Hund macht keinen Lärm – er bellt nur!«

Seinerzeit hatten Steffi und Hannes den nach Saschas Scheidung verwaisten Rauhaardackel Mäx »aber nur für ein paar Wochen!« in Pflege genommen, und dann war der Hund acht Jahre später – von seinen Adoptiveltern tief betrauert – in ihrem Garten neben dem Kirschlorbeer begraben worden. Einen neuen Vierbeiner würde es selbstverständlich nicht mehr geben, hatten sie unisono verkündet, Mäx sei schließlich ein Unikat gewesen, also durch keinen anderen Hund zu ersetzen, und überhaupt sei man mit einem Haustier immer viel zu sehr angebunden.

Acht Wochen später hatte Charly Einzug gehalten, ein

drei Monate alter West-Highland-Terrier mit einem Stammbaum länger als der ganze Hund. Seine Oma lebt sogar noch hoch betagt irgendwo im schottischen Hochland.

Susanne bezeichnet ihn allerdings als »blondierten Mäx«, doch über diese Diskriminierung ist Charly erhaben; als Abkömmling eines schottischen Adelsgeschlechts ignoriert man derartige Bemerkungen, und das ganz bewusst, denn sonst könnte man ja nicht das getrocknete Schweineohr annehmen oder einen der anderen Leckerbissen, ganz ohne was kommt Susanne nämlich nie.

Im Gegensatz zu Dackel Mäx, der nur regelmäßig gebürstet worden war und zum Baden den nahe gelegenen See bevorzugt hatte, benötigt Charly nicht nur mehrere »Snoezelen-Kissen« zum Ruhen (das ist holländisch und bezeichnet diese großen runden Kissen mit dickem Polster rundherum, auf das der Wauwau sein müdes Haupt betten kann – Hundekörbe sind nämlich absolut out!), sondern auch einen Fachmann zum Trimmen. Geschieht das nicht regelmäßig, dann sieht Charly aus wie ein Plüschkissen mit vier Beinen. Zum Baden geht er ebenfalls in den See. Im Winter tut's aber auch der frisch gefallene Schnee im Garten.

»Wie sieht's denn nun aus mit euch? Kommt ihr mit zur Weinprobe?«, hakte Steffi nach. »Ich muss das wissen wegen der Zimmerreservierung.«

»Wozu brauche ich noch eine Weinprobe, wenn mir schon jetzt zum Heulen zumute ist?« Stimmte überhaupt nicht, aber irgendwie war mir nach Mitleidswalze zumute. »Ich sitze nämlich ganz allein zu Hause und gucke in den Nieselregen, während dein Vater die Sonne genießt!«

»Richtig! Die Kur!«, erinnerte sie sich. »Ich hatte allerdings gedacht, die geht erst nächste Woche los. Also sitzt Paps schon jetzt irgendwo im Schwarzwald und lässt sich durch die Mangel drehen?«

»Wenn's *der* wenigstens wäre! Dort ist es heute auch ungemütlich – meteorologisch gesehen. Aber am Bodensee scheint die Sonne. Außerdem ist es da vier Grad wärmer als hier bei uns.«

Sie lachte laut los. »Nun gönne ihm doch wenigstens das schöne Wetter! Ich glaube nämlich nicht, dass so eine Vier-Wochen-Kur in einer Reha-Klinik das reine Vergnügen ist.«

»Wer redet denn hier von Vergnügen? Ich rede vom Wetter!«

Als Rolf unlängst der Meinung gewesen war, einen Autoreifen selber wechseln zu müssen, weil er das vor vierzig Jahren auch schon mal gemacht hatte, war er innerhalb von Minuten eines Besseren belehrt worden! Krankenwagen, Operation, und nun ein paar Wochen Reha zwecks Regeneration der lädierten Bandscheiben.

»Also wenn du sowieso Strohwitwe bist, dann kommst du erst recht mit! Abgesehen von dem Unterhaltungswert einer derartigen Veranstaltung könnt ihr wirklich mal ein bisschen Nachschub vertragen. Ich weiß ja nicht, woher Paps euren Wein bezieht, aber den Weißen von neulich hättest du besser in die Salatschüssel gekippt, statt ins Weinglas. Bei dem hat's einem ja die Schuhe ausgezogen!«

»Er war nur ein bisschen zu warm – wenn er richtig kalt ist, kann man ihn durchaus trinken. Und überhaupt habe ich ihn seinerzeit gekauft.«

»Genauso hat er auch geschmeckt«, kam es prompt zurück. »Also was ist, kommst du mit?«

Weshalb eigentlich nicht? Eine Weinprobe kannte ich bisher nur aus den Schilderungen meiner Tochter, aber man lernt ja nie aus, und ein paar Kenntnisse auf dem von mir offenbar vernachlässigten Gebiet würden mich künftig nicht mehr ratlos vor den Weinregalen im Supermarkt stehen lassen. Und überhaupt sieht es viel edler aus, wenn auf dem Etikett etwas von *Schlosskellerei* steht und möglichst noch irgendwas mit *Graf* oder *Fürst* dahinter. Außerdem ist es preiswerter, direkt beim Erzeuger zu kaufen, denn das dürfte ja wohl der Sinn einer Weinprobe sein. Machen die im Supermarkt doch auch immer! Da steht dann eine Frau vom Typ »nette Nachbarin« irgendwo hinten bei Butter und Jogurt, hat vor sich einen halbrunden Tresen, darauf mehrere Teller mit bunten Brothäppchen, und wenn man die der Reihe nach durchprobiert hat, greift man schon automatisch zu mindestens einer der fünf verschiedenen Brotaufstrichpackungen, selbstverständlich fettreduziert, kalorienarm und schon deshalb sehr gesund. Und erst am Abend, wenn man diese rosa-grün gesprenkelte Masse in ein neutrales Schälchen umgefüllt und auf den Tisch gestellt hat, kommt die Stunde der Wahrheit: Ehemann und Sohn betrachten misstrauisch die ihnen als sehr gesund und schmackhaft angepriesene Delikatesse, schmieren sich eine Messerspitze voll auf die Brotscheibe und erklären einstimmig, dass ich das Zeug gefälligst selber essen soll. »Es erinnert an Spachtelmasse«, sagt der eine, während der andere meint, etwas Ähnliches habe Carsten in seiner Praxis – zur Behandlung von Bisswunden! (Carsten ist Tierarzt …)

»Also gut, ich komme mit!«

»Finde ich prima!« Stefanies Stimme klang sehr zufrieden. »Dann holen wir dich am Samstag gegen ein Uhr ab.« Und schon hatte sie aufgelegt. Dabei hatte ich sie doch noch fragen wollen, welche Garderobe denn für solch ein Event (das heißt jetzt so, seitdem man nicht mehr »Veranstaltung« sagt!) angemessen sei. Aber das hatte wohl noch ein paar Tage Zeit.

Wichtiger wäre vermutlich erst einmal eine Bestandsaufnahme unseres Weinvorrats. Wenn ich schon vorhatte,

Geld auszugeben, dann wenigstens für etwas, das nicht noch in ausreichender Menge vorhanden war. Doch das erschien mir zweifelhaft. Es stimmt nämlich nicht, dass Wein grundsätzlich an Wert gewinnt, wenn er lange liegt. Mancher ist dann gar nicht mehr trinkbar, macht er sich aber als »Jahrgangswein« immer noch sehr dekorativ in einem silbernen Körbchen auf oder neben dem Kamin, vorausgesetzt natürlich, das mindestens zwanzig Jahre zurückliegende Abfülldatum ist auf dem leicht verstaubten Etikett noch deutlich zu erkennen.

Einen Kamin haben wir nicht, und außerdem war ich mir sicher, dass es bei uns keine überlagerten Flaschen gab; im Sommer kriegen wir nämlich häufig Besuch von verschiedenen Freunden, die keine Terrasse haben, sondern nur eine Wohnung mit Balkon zur Straße hinaus!

Mit Block und Bleistift bewaffnet zog ich in den Keller. Dann musste ich noch mal nach oben und die Taschenlampe holen. Die aus Einzelstücken zusammengesetzte und vom Herrn des Hauses hochtrabend als Weinregal bezeichnete Holzkonstruktion steht nämlich in jener Ecke, die immer im Halbdunkel liegt. Aus unterschiedlichen Gründen ist Rolf aber noch nie dazu gekommen, eine hellere Glühbirne unter dieses halb verrostete Drahtgitter zu schrauben, und deshalb brauche ich immer eine Taschenlampe, wenn ich da unten etwas suche. Zwar liegt eine griffbereit im Regal, aber bei der ist inzwischen die Batterie alle. Könnte man ja auswechseln, doch da geht nur so eine altmodische Viereckige rein, und die kriege ich hier bei uns nicht.

Bekanntlich trinken Kenner Württemberger Weine, und wenn man die richtigen kauft, ist das auch nicht verkehrt. Das Problem beginnt ja immer erst dann, wenn man nicht die geringste Ahnung hat, was sich hinter so blumigen Beschreibungen wie *ein schönes Spiel zwischen leichter*

Frucht und belebender Fruchtsäure verbirgt, oder wie ich den *mineralisch-würzigen Stil* zu verstehen habe, der *an grüne Paprika und leichte Pfeffernoten erinnert.* Als Laie glaubt man ja immer noch, dass Wein aus Trauben hergestellt wird und nicht aus Gemüse.

Nun werde ich öfter mal zu einer Lesung »in kleinem Kreis« eingeladen, der sich dann aber doch als relativ groß herausstellt, weil solch ein »Frauen-Frühstück« für die Teilnehmerinnen eine willkommene Gelegenheit ist, den morgendlichen Alltagstrott für ein paar Stunden zu unterbrechen. Leider wirken sich derartige Veranstaltungen nachteilig aus, wenn man gerade mal wieder Kalorien zählt; trotzdem kann ich solch ein Frauen-Frühstück nur empfehlen! Hinter den dort aufgebauten und ausnahmslos selbst hergestellten Schmankerln kann sich so manches Frühstücksbuffet von Dreisternehotels verstecken.

Auch wenn ich immer betone, dass ich bei derartigen Lesungen ein Honorar ablehne, denn ich werde doch bestens beköstigt, so bekomme ich hinterher meist einen wunderschönen Blumenstrauß und häufig auch noch eine Flasche Wein. Und dabei habe ich schon so manches Mal vermutet, die Flasche könne nur jemand in dem Glauben ausgesucht haben, Frauen seien grundsätzlich für Süßes empfänglich. Bin ich aber nicht! Ich hasse Zucker im Kaffee, Hochzeitstorte (andere meistens auch), Baiser, Likör – den ersten und einzigen habe ich auf meiner Konfirmation getrunken – und Wein, der als »lieblich« bezeichnet wird. Bei den italienischen Weinen heißt das *dolce,* schmeckt aber auch zum Abgewöhnen.

Von diesen »Statt Honorar«-Flaschen (wo, bitte sehr, liegt eigentlich das Affental?) hatten wir noch eine überschaubare Menge, von den edleren Tropfen dagegen so gut wie nichts mehr. Genau genommen war alles, was da unten seit mehr oder weniger langer Zeit vor sich hinstaubte, »Terrassen-Wein«, also nur an warmen Sommerabenden zu genießen, wenn man mit Nachbarn lange draußen sitzt und nach der vierten Flasche nicht mehr so genau mitkriegt, *was* man da eigentlich in sein Glas gießt.

Ich knipste die Taschenlampe aus und beschloss, sämtliche Weinsorten zu probieren, die man uns bei dieser Weinprobe anbieten würde, selbst auf die Gefahr hin, dass man mich danach in mein Hotelzimmer würde tragen müssen.

Unter einem besonders guten Stern schien dieses Wein-Event allerdings nicht zu stehen. Es hatte damit angefangen, dass bereits am frühen Morgen die ersten Staumeldungen durchs Radio kamen, obwohl doch Samstag war und ein großer Teil der arbeitenden Bevölkerung noch beim Frühstück sitzen würde – eben, *weil* Samstag war. Der bedauernswertere andere Teil musste sich allerdings schon bei der Arbeit befinden. Es stand kein verlängertes Wochenende bevor, kein Feiertag und kein saisonbedingter Schlussverkauf von irgendwas. Nicht mal das Wetter reizte zu Ausflügen, für Juni war's entschieden zu kalt. Also weshalb um alles in der Welt staute sich schon wieder der Verkehr?

Wenn es Staus gibt, dann ist unsere A 6 immer vorne dabei, also wunderte es mich gar nicht, dass meine zwei Abholer mit halbstündiger Verspätung eintrafen. Und dann scheuchte mich Steffi sofort zurück in mein Zimmer, weil ich angeblich »overdressed« war. Im Klartext hieß das allerdings: Was du anhast, gefällt mir nicht!

»Seinerzeit hast du mir erzählt, du hättest deinen dunkelblauen Hosenanzug getragen und Hannes …«

»Das war vor zwei Jahren! Da hat dieser Auftrieb noch im Lustschlösschen stattgefunden, irgendwo im Wald bei den Wildschweinen, und Durchlaucht hatten sich sogar die Ehre gegeben, mit uns anzustoßen, aber schon im vergangenen Jahr hat man uns in die Katakomben geschickt. Macht aber nichts, da ist es sowieso viel uriger.«

»Wieso Wildschweine?«, wollte ich wissen, während ich mich wieder auszog. »Befanden sich Ihro Gnaden gerade auf der Jagd?«

»Blödsinn! So groß ist der Wald nun auch wieder nicht. Und überhaupt sind die Schweine in einem Gehege. Wir wollten doch damals den Weg runter zur Straße abkürzen, und als Hannes über das Gatter stieg, weil er dachte, dahinter geht der Weg weiter, wurde er plötzlich angegrunzt. Du glaubst gar nicht, wie schnell er wieder übern Zaun gehechtet ist«, meinte sie kichernd.

»Und das Gehege habt ihr vorher nicht gesehen?«

»Määm, selbst im Sommer ist es eine halbe Stunde vor Mitternacht stockdunkel, besonders in einem Wald. Und wenn man gerade eine mehrstündige Weinprobe hinter sich hat …«

»Alles klar! – Darf ich zu den Jeans wenigstens eine Bluse anziehen?«

»Aber nimm eine mit langen Ärmeln! Draußen ist zwar Juni, das hat sich bloß noch nicht bei den Thermometern herumgesprochen! Und in den Kellern ist es auch nicht gerade warm.«

Während ich unter Steffis kritischen Blicken Seide gegen Baumwolle tauschte und sogar ein Paar Slipper fand, die sowohl den Vorstellungen meiner Tochter entsprachen als auch den Bodenbeschaffenheiten eines Kellergewölbes, klärte mich Steffi über weitere Einzelheiten auf.

»Die Beleuchtung in den Gängen ist offenbar den Farben der jeweiligen Weine angepasst; vorne, wo die Weißen liegen, ist es noch relativ hell, weiter hinten wird's dann immer dunkler, und bei den schweren Rotweinen brennen fast nur noch Kerzen.

Ist auch besser so, manche Teilnehmer sehen zu diesem Zeitpunkt schon etwas mitgenommen aus. – Bist du endlich fertig?«

In der Essdiele saß Hannes, blätterte die Reklamezeitungen durch, mit denen man gerade an Wochenenden so überaus reichlich bedacht wird, und deutete vorwurfsvoll auf seine Uhr. »Die haben eben im Radio gesagt, dass es auf der A 81 gescheppert hat, der Rückstau ist schon drei Kilometer lang. Also müssen wir über die Dörfer. Ich bezweifle nur, dass wir pünktlich sein werden. Wieso können Frauen eigentlich nie rechtzeitig fertig sein?«

Eine passende Antwort lag mir zwar auf der Zunge, doch ich schwieg lieber, denn die nächsten anderthalb Stunden würde es keine Fluchtmöglichkeit für mich geben.

Vielleicht sollte ich bei dieser Gelegenheit erwähnen, dass mein Schwiegersohn mal Rallyefahrer war – allerdings während seiner Sturm-und-Drang-Zeit. Es liegt also schon etliche Jahre zurück, Erster ist er auch nie geworden, aber ein paarmal Vierter. Nur für den Lorbeerkranz und einen Pokal hat's nie gereicht. »Hab ich auch gar nicht haben wollen«, pflegt er an dieser Stelle zu behaupten, »die Dinger sind meistens groß und hässlich, brauchen zu viel Platz und laufen an, wenn sie nicht regelmäßig geputzt werden!«

Heckklappe auf, Koffer rein, Klappe zu, Klappe noch mal auf, weil Jacke und Kosmetikbox auf dem Esszimmertisch vergessen, Klappe zu, alles einsteigen und ab.

Eine Zeit lang fuhren wir noch über große breite Straßen mit großen breiten Lastwagen vor uns, doch dann ging es seitwärts ab in die Berge. Nein, es sind nicht die Alpen, auch der Schwarzwald ist höher und die Rhön, nur wenn man wie ich auf dem flachen Land wohnt, dann erscheinen einem ein paar Kilometer Steigung schon richtig alpin.

Hannes war in seinem Element! Eine Kurve nach der anderen, mal sanft geschwungen, mal Haarnadel, zwischendurch die üblichen Missfallensäußerungen, wenn der Wagen vor ihm bremste, statt zu beschleunigen (»Junge, das Gaspedal ist das Lange ganz rechts außen!«), und schließlich Stefanies wohlwollende Anerkennung: »Na, nun fühlst du dich doch wieder wie in alten Zeiten, oder nicht?«

»Bloß wegen der paar Kurven und weil ich ein bisschen schneller bin als die anderen? Das ist doch bei diesen Sonntagsfahrern kein Kunststück. Wenn ich könnte, wie ich wollte … geht aber nicht, wenn man hinten drin seine Schwiegermutter sitzen hat!«

Frei übersetzt bedeutete das: Natürlich würden wir pünktlich ankommen, wenn ich ein bisschen mehr Gas geben und die Kurven richtig sportlich nehmen dürfte, aber auf dem Rücksitz habe ich jemanden, der mir garantiert nach längstens zwei Kilometern auf die Polster reihert!

Hatte er nicht gesagt, doch gedacht, dessen war ich mir sicher! Schlecht wird mir aber nur auf einer Achterbahn, wenn es mit Karacho in die Tiefe geht; Kurven fahren stört mich nicht. Also erteilte die Schwiegermutter dem Schwiegersohn Carte blanche, was ihm eine gewisse Hochachtung abnötigte, und dann waren wir tatsächlich noch sieben Minuten früher vor dem Hotel als unbedingt nötig. Und das nur, um zu erfahren, dass uns der Shuttle-Bus Punkt sechzehn Uhr abholen würde. Steffi hatte sich um eine Stunde in der Zeit geirrt!

Wir bezogen unsere Zimmer – meins lag genau gegenüber der Kirche, also würde ich morgen früh bestimmt keinen Wecker brauchen, es würde nämlich Sonntag sein – und fanden uns wenig später in der rustikalen Gaststube wieder zusammen. Nebenan im Festsaal tafelte eine Hochzeitsgesellschaft. Sie war allerdings schon bei Kaffee und

Kuchen angekommen, was Hannes daran erinnerte, dass er heute nicht mal ein Mittagessen gekriegt hatte. Mein Angebot, etwas vorzubereiten, hatte Steffi abgelehnt mit dem Hinweis, wir würden ja nach der Weinprobe ein richtiges Abendessen bekommen.

»Ist das nicht ein bisschen spät?«, hatte ich gefragt eingedenk der Tatsache, dass sie früher ausgesprochen grantig werden konnte, wenn sie nicht regelmäßig gefüttert wurde. Aber auch das liegt Jahre zurück; jetzt muss sie selber kochen und hält es vermutlich schon deshalb relativ lange ohne Essen aus. Allerdings sollte sie trotzdem die regulären Zeiten berücksichtigen, sonst wird ein anderer grantig!

»Kennen wir uns nicht? Sie warten doch sicher auch auf den Shuttle-Bus. Dann darf ich mich wohl zu Ihnen setzen?!«

Unserem Tisch näherte sich eine Mittvierzigerin, nickte freundlich in die Runde und gestattete Hannes, sitzen zu bleiben, obwohl der gar nicht hatte aufstehen wollen. Ich ahnte sofort, wer diese Dame war, denn Steffi hatte sie schon ein paarmal als »diese aufgerüschte Tante« erwähnt, »die am verkehrten Ort nach einem Ehemann sucht.« Es konnte sich also nur um Frau Dr. Dr. Herrlich handeln, ihres Zeichens Wirtschaftswissenschaftlerin, was immer man darunter zu verstehen hat, und offensichtlich gewillt, sich uns anzuschließen. Zumindest so lange, bis sich vielleicht noch etwas Besseres finden würde.

Nachdem Hannes eingesehen hatte, dass wir die Doppel-Doktorin vorläufig nicht loswerden würden, sah er sich gezwungen, uns miteinander bekannt zu machen. Wir reichten uns die Hand, was etwas schwierig war, weil Stefanie dazwischen saß, und dann war der Förmlichkeit Genüge getan.

Eine halbe Stunde kann sehr lang sein, wenn jeder vor seiner Kaffeetasse sitzt, immer abwechselnd auf die Uhr guckt, übers Wetter spricht oder über den zunehmenden Autoverkehr – Frau Herrlich hatte sich auch über die A 81 quälen müssen, allerdings in der entgegengesetzten Richtung – und sehnsüchtig darauf wartet, dass endlich etwas geschieht.

Doch dann geschah wirklich etwas: Das Brautpaar tanzte den Brautwalzer, und Frau Herrlich erzählte von der Hochzeit ihrer Schwester, bei der sie selber Brautjungfer gewesen war, und zwar in pfirsichfarbenem Tüll. Aber auch das musste schon eine ganze Weile her sein; jedenfalls hatte ich Schwierigkeiten, mir diese gelockte Blondine in einer blassen Tüllwolke vorzustellen, doch vielleicht war sie damals dunkelhaarig gewesen. Meine Töchter sind inzwischen ja auch alle erblondet.

Endlich kam unser Fahrer, alt genug für den Führerschein, zu jung für die entsprechende Fahrpraxis, verfrachtete uns in einen Kleinbus und lud uns zehn Minuten später unversehrt vor einem beeindruckenden Schlossportal wieder aus. Wir waren am Ziel. Und wir waren die Letzten!

Zwei Dutzend Augenpaare sahen uns vorwurfsvoll entgegen. »Als ob wir was dafür können!«, murmelte Stefanie. »Die kampieren doch alle in den hiesigen Hotels und brauchen keinen Zubringerdienst.«

»Und weshalb übernachten wir woanders?«

»Das kannst du mich ja heute Nacht noch mal fragen!«

Man hatte Stehtische aufgebaut, Sektgläser bereitgestellt, und nachdem wir nun alle vollzählig waren, wurden wir von einem Herrn in Schwarz offiziell begrüßt und die neu Hinzugekommenen – außer uns waren es noch zwei Paare – ganz besonders herzlich. Dann tranken wir ein Glas Sekt, manche auch zwei, und danach erfuhren wir, dass zunächst eine Besichtigung der fürstlichen Gartenanlagen vorgesehen war. Die hatte man nämlich teilweise neu angelegt, weil im letzten Winter doch viele Pflanzen erfroren waren, besonders auf der Nordseite, und wegen der kalten Nächte habe man nun …

Wir hatten zwar nur sechzehn Grad, allerdings über null, und irgendwie sah ich keinen Grund, jetzt die Nordseite mit den neuen Anpflanzungen zu begucken.

Ohnehin schwappten die einzelnen Erläuterungen an mir vorbei. Für mich ist ein Garten nämlich etwas, das an die Terrasse hinterm Haus grenzt und in der Mitte eine Wiese hat, weil sich der ehemalige Rasen im Laufe der Jahre durchsetzt hat mit Gänseblümchen, Löwenzahn, wilden Erdbeeren und anderen Gewächsen, die alle einen langen lateinischen Namen haben, aber im Grunde genommen nichts anderes sind als Unkraut.

Diese Wiese wird meist begrenzt durch eine Hecke, und da wiederum ist Buchsbaum sehr beliebt, aber auch Liguster oder Thuja. Bei uns ist es Liguster, seinerzeit noch von der Baufirma gesetzt und dank Svens fachmännischer Betreuung inzwischen mehr breit als hoch.

Wenn der Garten groß genug ist, stehen noch ein paar Büsche drin, Forsythien oder Flieder, vielleicht auch noch ein Obstbaum, und irgendwo in Terrassennähe wachsen die Küchenkräuter. Wenn man Glück hat und noch vor den Schnecken da ist, hat man sogar selber was davon.

Natürlich gibt es auch Nutzgärten, wo die Tomatenstauden in Reih und Glied stehen, die zwanzig Salatköpfe zur selben Zeit erntereif sind und zur Hälfte verschenkt werden müssen, wo die Kohlrabiknollen fast jedes Jahr holzig werden und die Karotten viel zu klein bleiben. Im Gegensatz zu früher, wo ich jahrelang als Außenseiter galt, weil ich mich lieber in die Sonne gelegt hatte statt – wie meine Nachbarn – zwischen den Erdbeeren herumzukriechen und Unkraut zu ziehen, wird bei ihnen jetzt auch kein Ackerbau mehr betrieben. Dafür knattern an jedem Wochenende die Rasenmäher, und beim abendlichen Bewässern der Blumenbeete, -kästen, -töpfe und -ampeln werden Ableger von winterfestem Hibiskus übern Zaun weitergegeben, Ratschläge zur Bekämpfung der Blattläuse oder ein hundertprozentig wirksames Mittel zur Reinigung von Terrassenfliesen.

Und nun sollte ausgerechnet ich einen einskommaundsoundsoviel Quadratkilometer großen Schlossgarten durchwandern, der von richtigen Gärtnern betreut wird, und in dem mit Sicherheit lauter Gewächse standen, die viel zu teuer waren und bei mir ohnehin eine nur geringe Überlebenschance hätten. Schnittblumen in der Vase halten sich ja ziemlich lange, Blumen in der Erde dagegen äußerst selten!

»Müssen wir da mitziehen?« Ich deutete auf die Truppe, die sich jetzt langsam in Bewegung gesetzt hatte, denn Stefanie war mit den hier üblichen Präliminarien einer Weinprobe besser vertraut als ich.

»Natürlich *müssen* wir nicht, aber was willst du denn sonst machen? Hier stehen bleiben? Der Sekt ist sowieso alle.«

Auch wieder wahr.

Also trotteten wir als Letzte hinterher und ließen uns von der promovierten Gartenarchitektin Claudia – sie hatte sich offenbar erst nach dem Sekt einfinden dürfen – ausführlich erklären, wie das vor zweihundert Jahren in fürstlichen Gärten mit der Längsachse und der Querachse gehalten wurde und warum man die vergammelten Statuen nicht mal gründlich abschrubben darf, damit sie wieder ansehnlicher werden. Das geht nämlich nicht wegen der Porosität vom Sandstein.

Wieder was gelernt. Aber bei uns stehen sowieso keine

nackten Figuren im Garten, nur Kurti hat ein Bleiberecht, und der ist bekleidet. Gartenzwerge haben nämlich immer was an, und meiner hat sogar ein Innenleben. Weil er hohl ist, hat sich dort eine Ameisenfamilie etabliert und inzwischen zügig vermehrt. Angeblich sind diese Tiere nützlich, ich hab nur noch nicht rausgekriegt, wofür.

»Siehste, ich hätte *doch* meine Schwarzseidenen anziehen können und die Schuhe mit den halbhohen Absätzen!« Vor mir stöckelten zwei Damen in weißen Hosen und roten Blazern durch den Sand, sichtbar bemüht, die dunkle Erde von den ebenfalls weißen Schuhen fernzuhalten. »Die haben sich doch auch fein gemacht! Kennst du sie?«

»Nur vom Sehen. Sie sind jedes Mal dabei.

»Ohne Männer?«

»Das denkst aber auch bloß du! Ohne ihre Männer würden die heute Nacht nicht mal ihr Hotel finden, geschweige denn ihre Zimmer!«

»Gedächtnisschwund?

»Ja, so könnte man es auch nennen!«

»Apropos Männer. Wo ist eigentlich deiner?«

»Na, wo wohl?« Stefanie deutete ganz nach vorne, wo sich Hannes angeregt mit der Gartenfachfrau unterhielt. »Wetten, dass er jetzt wissen will, wie lange ein Nussbaum braucht, bis er die ersten Früchte trägt, und wie man Palmen durch den Winter kriegt.«

»Habt ihr denn welche?«

»Seit voriger Woche. Zwei Stück aus'm Atlasgebirge. Angeblich sind sie Temperaturen unter null gewöhnt.«

»In Afrika?« Nur dunkel erinnerte ich mich, tatsächlich mal etwas von einem relativ hohen Gebirge in Nordafrika gehört zu haben, immerhin hatten wir seinerzeit im Geografie-Unterricht diesen Erdteil fast ein ganzes Jahr lang durchgekaut, er ist ja auch ziemlich groß, aber zehn Grad minus kommen einem dort bestimmt nicht so kalt vor wie hier bei uns. »Sie werden schon überleben, Steffi! Das Olivenbäumchen habt ihr doch auch noch nicht klein gekriegt!«

Schon zum zweiten Mal überholten uns zwei festlich gekleidete Frauen, flotten Schrittes unterwegs Richtung Orangerie, die am Ende der Längsachse zu sehen war. »Ob man da eine Tasse Kaffee kriegt?«, überlegte Steffi.

»Wenn man ihr Tempo berücksichtigt, dann sahen mir die beiden eigentlich mehr nach dem Gegenteil aus!«

»*Das* könnte ich allerdings auch gebrauchen.«

Schon wieder huschte ein junges Mädchen mit wehenden Haaren an uns vorbei, die Organzastola fest am Hals zusammenhaltend, obwohl das gegen den aufkommenden kühlen Wind nicht viel nützen würde.

»Hinter uns muss irgendwo ein Nest sein!« Neugierig drehte sich Stefanie um. »Ich hab's mir beinahe gedacht! Noch eine Hochzeit!«

Das war nun nicht mehr zu übersehen. Vorneweg die Braut in trägerlosem Weiß mit serviettengroßem Schleier am Hinterhaupt, ihr zur Seite der Bräutigam in hellgrauem Frack, ähnlich jenen Anzügen, in denen die Herren der Upperclass zum Rennen in Ascot anzutreten pflegen – kennt man ja aus dem Fernsehen. Das hat in England Tradition, und Charlie Windsor sieht dann mit dem Zylinder auf dem spärlich bewachsenen Haupt und der Perle vorne im Seidenschal – korrekt heißt das Ding »Plastron« – fast schon so distinguiert aus wie sein Vater.

»Die hat ja nicht mal Gänsehaut auf den Armen!«, staunte ich, als das Paar an uns vorbeigeeilt war. »Ich hätte an ihrer Stelle schon Frostbeulen.«

»Hättste garantiert nicht, wenn du gerade erst geheiratet hättest!«

»Stimmt!«, musste ich ihr Recht geben. »Dann wäre ich allerdings auch noch vierzig Jahre jünger!«

Inzwischen hatte sich unser Schlossgartenbesichtigungstrupp rechts und links vom Weg aufgereiht, um den vorbeieilenden Hochzeitsgästen Platz zu machen – *wir* hatten wenigstens Jacken an.

Als Letzte kämpfte sich eine Blondine im rosa Fransen-Mini und hockhackigen Schuhen hinterher, in denen sie alle paar Schritte mit mindestens einem Fuß umknickte, manchmal auch mit beiden gleichzeitig.

»Die Schuhe passen nicht zum Kleid, und das Kleid nicht zur Figur!«, befand die Doppel-Doktorin. Wo kam die denn plötzlich her? Sie hatte doch zur Spitzengruppe gehört, die sich inzwischen wieder Richtung Orangerie in Marsch gesetzt hatte.

Wir hatten sie auch bald erreicht, durften aber nur den Seitenteil bewundern, denn Terrasse und Festsaal hatte die Hochzeitsgesellschaft requiriert. Draußen spielte eine Dreimannkapelle, drinnen trank man Champagner. Vielleicht war's auch Glühwein, in den Gläsern schimmerte es leicht rötlich.

Auf Gartenfachfrau Claudias Anweisung formierten wir uns zum Halbkreis und ließen uns erzählen, weshalb sich dieses Gebäude nicht mehr im Originalzustand von vor zweihundert Jahren befindet, das musste nämlich modernisiert werden wegen der Sicherheit und der Heizungen, die hatte es damals doch noch gar nicht in dieser Form gegeben!

Ach nein?

Die Fenster seien natürlich auch alle neu und die Rahmen, das hatte die Polizei so angeordnet, »aber die Toiletten wurden erst nachträglich für unsere Gäste eingebaut, denn wie Sie eben gesehen haben, wird die Orangerie häufig vermietet für …« (schlagartig hatten sich die Zuhörer um die Hälfte vermindert) »… Veranstaltungen wie Hochzeiten, Tagungen oder auch Ausstellungen.« Mit verständnisvollem Lächeln sah sie uns an. »Ich glaube, wir machen erst mal zehn Minuten Pause.«

Daraus wurde dann doch eine Viertelstunde, die zuerst Verschwundenen waren wieder da, schlenderten langsam weiter, und schließlich sammelten wir uns bei Merkur (oder war es Hermes?), um nun die Sache mit der Querachse genauer zu betrachten. Am Ende dieser Achse liegt übrigens das wunderschön renovierte und sehr geräumige Haus des ehemaligen Fürstlichen Gartenbaumeisters, woraus ersichtlich ist, welchen Stellenwert dieser Job vor zweihundert Jahren gehabt hatte. Der jetzige Obergärtner wohnt nämlich zwei Orte weiter, hat allerdings im Gegensatz zu seinem damaligen Vorgänger ein Auto, Ölheizung und vier Wochen Urlaub pro Jahr.

Wir näherten uns wieder dem Ausgangspunkt. Noch ein paar Schritte durch die Kastanienallee, soll sehr hübsch aussehen während der Blüte, nur die ist im Juni leider vorbei, ein letzter Blick auf etwas Steinernes mit Flügeln, vielleicht Amor, ich hatte nicht aufgepasst, Steffi aber auch nicht, dann befanden wir uns wieder dort, wo vor knapp anderthalb Stunden die Tische gestanden hatten. Jetzt stand nur der Herr in Schwarz dort, ich nenne ihn einfach mal Schmidt, obwohl er ganz anders heißt, aber man muss ja heutzutage vorsichtig sein wegen des Persönlichkeitsrechts. Das hat uns Frau Dr. Dr. Herrlich nämlich im späteren Verlauf des Abends ganz genau erklärt.

Herr Schmidt bedankte sich mit anerkennenden Worten bei Claudia, die hatte sie auch wirklich verdient, wir klatschten Zustimmung, und dann ging es ab in die Katakomben.

»Ich möchte Sie noch auf die neu eingebauten Toiletten hinweisen«, sagte Herr Schmidt und tat es, worauf sich nun auch diejenigen dorthin begaben, die bisher durchgehalten hatten – mich eingeschlossen.

Im ersten Keller war in Sichtweite zweier riesiger Fässer ein Imbiss aufgebaut worden, nette Häppchen mit irgendwas drauf (die Beleuchtung war etwas diffus), hübsch dekorierte Salate, deren Zusammensetzung sich auch nicht so ohne weiteres bestimmen ließ, die aber trotzdem ausgezeichnet schmeckten, zwei Suppen standen zur Auswahl (die späteren Meinungen tendierten von »Da war Spargel mit drin« über »Ich tippe auf Grünkern« bis zu »Ganz klar: Bärlauch«), und auf die besonders Hungrigen warteten schöne fettglänzende Würste.

»Die werfen meinen ganzen Diätplan über den Haufen!«, sagte Steffi und nahm sich eine. »Zu Hause würde ich die nie essen!«

Nun ist es nicht ganz einfach, mit einem beladenen Teller in jeder Hand einschließlich des Bestecks zwölf Stufen einer schon recht betagten Holztreppe emporzusteigen, und ganz besonders schwierig wird das bei Gegenverkehr. Trotzdem ist nur einmal ein ganzer Teller samt Inhalt runtergefallen, während Stefanie sich lediglich ein neues Würstchen holen musste.

Wir speisten in der Winzerstube, einem gemütlichen Raum mit viel Holz an den Wänden und zum Draufsitzen – sehr rustikal das Ganze, hatte aber Flair. Fenster gab es nur in Miniaturgröße, und in den Wandlampen steckten unter den dunkelroten Schirmen allenfalls vierziger Glühbirnen – nicht aus Geiz, sondern wegen der Atmosphäre. Dafür sorgten noch zusätzlich die Weinkaraffen auf jedem Tisch. Wasser gab's auch, wollte kaum jemand. Höchstens zum Verdünnen. Wir tranken es pur. War auch besser so!

Frau Dr. Dr. Herrlich hatte sich wieder zu uns gesellt, dazu noch ein älteres Ehepaar im Trachtenlook, nämlich Herr und Frau Gschwandner (oder so ähnlich), geografisch nicht genau zu lokalisieren, ich hab den Ort zu Hause nicht mal im Postleitzahlenbuch gefunden. Etwas später kamen noch Herr Wernicke dazu und Frau Mueller, »ohne Tüttelchen, aber mit ue«! Richtig altmodische Müllers mit ü scheint es gar nicht mehr zu geben.

Herr Wernicke war Berliner, lebte jedoch »seit der Mauer« in Fulda und »machte in Konserven«, während Frau Tüttelchen beim Sozialamt angestellt war. »Sie glauben ja nicht, mit was man da alles konfrontiert wird, also Sachen könnte ich Ihnen erzählen ...« Was sie im Laufe des Abends dann auch getan hat – allerdings am Nebentisch.

Eine gute halbe Stunde billigte Herr Schmidt uns zu, zwecks Stärkung und Einstimmung auf das Kommende, doch dann kehrte er zurück und mit ihm Herr Wolf, seines Zeichens Kellermeister, Hüter der zu verkostenden Schätze und dazu verdonnert, nach bestem Wissen auch noch die dämlichsten Fragen zu beantworten. Die erste kam von mir. »Dass man aus hellen Trauben Weißwein keltert und aus dunklen Rotwein, leuchtet ein, aber woraus macht man die Rosé-Weine? Kippt man da einfach beide Sorten zusammen?«

Ich hätte besser meinen Mund gehalten, denn nun erfolgte ein zehnminütiger Vortrag über die verschiedenen Rebsorten und die Böden, auf denen sie wachsen, und was man unter hell gekelterten Rotweintrauben versteht. Das Meiste davon hatte ich eh nicht kapiert, und gefragt habe ich später natürlich nichts mehr.

Herr Wolf drückte jedem ein Probierglas in die Hand, eine Art gläserner Becher von dreifacher Schnapsglasgröße, verteilte Körbchen mit zerkleinerten Roggenbrotscheiben, und dann durchquerten wir unter seiner Führung etliche Keller mit riesigen Fässern rechts und links, bis wir endlich vor einem anhielten. Daneben standen auf dem Boden ein paar Weinflaschen. »Ich öffne jetzt einen halbtrockenen Riesling, der durch seine dezente Blume ...«

Er öffnete, Herr Schmidt füllte unsere Gläschen, wir schlürften – das macht man nämlich so –, und Herr Wolf pries die Vorzüge speziell dieses Weines, aber welche das waren, weiß ich nicht mehr. Ich kann nur sagen, dass er mir geschmeckt hat.

Nächstes Fass, nächste Flaschen. Stimme aus dem Hintergrund: »Weswejen schleppen Se uns denn hier in'n Keller, wenn wa denn doch bloß wat ausse Flaschen kriejen? Denn hätt'n wa ooch oben bleiben könn'!«

»Sie haben doch sicher schon mal etwas von der alkoholischen Gärung gehört«, begann der wirklich sehr geduldige Herr Wolf. »In diesen Fässern setzt …«

»Alkoholische Järung ist die Järung von den Alkohol … also deshalb isset die alkoholische Järung …«, säuselte Herr Wernicke, und dann – wieder verständlicher – »det lallt doch immer der Rühmann in dem Film, wo er so 'n Pennäler spielt, der noch ma …«

»Feuerzangenbowle …«, fiel Tüttelchen ein.

»Richtig!« Dann wandte er sich wieder an Herrn Wolf. »Und det findet nu hier drin statt? Also det mit de Järung?«

»Ja! Deshalb können wir ja auch noch keine Probe direkt aus den Fässern anbieten!«

Verstanden hatte ich das ja, akustisch zumindest – nur begriffen hatte ich es nicht. Würde beim Abfüllen einer kleinen Probe eventuell das ganze Fass hochgehen? Ist seinerzeit in meiner Schule mal im Chemiesaal passiert; zwar nicht ein Fass, sondern nur ein Erlenmeyerkolben samt Inhalt, aber der hatte genügt, den Chemie-Unterricht während der nächsten zwei Wochen in die Klassenzimmer zu verlegen.

Herr Schmidt ergriff wieder die große metallene Kanne und schritt voran in den nächsten Keller. Wir schritten hinterher.

»Vor ein paar Jahrhunderten gab es in fürstlichen Haushalten so genannte Pisspagen, die mit ähnlichen Kannen durch die Ballsäle und Gartenanlagen zogen, auf dass die Herren sich erleichtern konnten«, flüsterte ich, denn angesichts dieses Kübels kamen Erinnerungen hoch; Lesen bildet bekanntlich, und die Angélique-Bücher hatte ich in den fünfziger Jahren regelrecht verschlungen, vor allem jene, die größtenteils in Versailles spielen. »Dient das, was Herr Schmidt da vor sich her trägt, einem ähnlichen Zweck? Ich vermute nämlich, dass die sanitären Anlagen von hier aus ziemlich weit weg sind!«

Stefanie prustete los, und als sie sich endlich beruhigt hatte, waren wir schon wieder weitergezogen. »Da sollst du doch den Rest von der jeweiligen Probe reinkippen und danach ein Stück Brot essen, damit sich die Geschmacksnerven wieder etwas neutralisieren.«

Woher sollte ich das wissen? Befürchtet hatte ich lediglich, dass ich nach spätestens dem vierten Glas nicht mehr in der Lage sein würde, roten von weißem Wein zu unterscheiden, vom Geschmack ganz zu schweigen. Also kippte ich von der nächsten Probe das meiste weg, dieser Wein war sowieso viel zu süß. Der nächste auch, der übernächste war wieder besser, doch dann verlor ich irgendwie den Überblick. War es nun die sechste Probe gewesen oder schon die siebente, bei der Herr Wolf das Aprikosen- und Birnenaroma besonders hervorgehoben hatte, und welches war der Wein mit der angenehm dezenten Blume gewesen, den ich mir doch hatte merken wollen? War alles weg!

Wir kamen zu den Rotweinen. Die hatten nun wieder Kirsch- oder Brombeeraroma, auch mal eine leichte Johannisbeernote oder mundeten angenehm nach Waldfrucht.

Nur nach Trauben schien kein einziger Wein zu schmecken!

Allmählich näherten wir uns dem Ende der Weinreise. Doch vorher gebe es noch einen ganz besonderen Schluck, verkündete Herr Wolf und stieg auf eine Leiter, weil er sonst nicht an den kleinen Hahn vom Fass herankam. Er füllte eine Karaffe mit einer tief dunkelroten Flüssigkeit ab, und dann bekamen wir jeder wirklich nur einen einzigen Schluck von diesem »unvergleichlichen und kraftvollen Rotwein«, der auch wieder nach irgendeiner Frucht schmeckte, ich weiß nur nicht mehr, nach welcher. Ohnehin trinke ich viel lieber Rosé.

Ganz zum Schluss gab's roten Sekt zum Probieren. Der war allerdings bloß »aromatisch und gehaltvoll«, wovon, wurde nicht gesagt, war auch egal, es hörte sowieso niemand mehr hin. In der Ferne schimmerte nämlich Tageslicht von irgendwoher, und genau dorthin wollten wir jetzt alle, wenn auch aus verschiedenen Gründen.

Ich wollte erst mal raus an die frische Luft und mit mir jene Nikotinjünger, die schon auf dem Weg nach draußen Zigaretten und Feuerzeug in Bereitschaft hielten. Hannes gehörte dazu, und Steffi kam mit, weil sie nicht allein mit der Doppeldoktorin am Tisch sitzen wollte. »Die ist mir einfach zu abgehoben!«

Draußen war es noch taghell, aber ziemlich kühl, so dass wir nach ein paar tiefen Atemzügen ganz schnell wieder umkehrten.

»Wenn ich daran denke, dass ich mir mal von einer Zigarette vorschreiben lassen musste, wann ich zu frieren habe, dann kann ich das heute überhaupt nicht mehr nachvollziehen!«, philosophierte Stefanie, während wir beide die Winzerstube ansteuerten. »Weißt du noch, wie wir an Svenjas Geburtstag nachts auf ihrem zugigen Balkon gestanden und uns den Hintern abgefroren haben, weil man bei ihr nicht mal in der geöffneten Tür rauchen durfte?«

Und ob ich das noch wusste! Einen richtig schönen Husten hatte ich mir dabei eingehandelt, und damals war mir wohl zum ersten Mal so richtig bewusst geworden, dass Rauchen wirklich gesundheitsschädlich ist. Nicht wegen der Lunge, sondern wegen der Kälte!

Frau Dr. Dr. Herrlich hatte unsere Plätze heroisch gegen Übergriffe verteidigt, denn »da wollten doch tatsächlich diese Berliner wieder hin, aber ich finde, die passen nicht zu uns!«

Gschwandners wurden geduldet, sie waren ohnehin nicht besonders redselig, und überhaupt musste noch ein Stuhl frei bleiben für Herrn Professor Redlich. Der war nämlich erst später gekommen, hatte den botanischen Rundgang gar nicht und den alkoholischen nur zur Hälfte mitgemacht, »allerdings aus Zeitmangel«, wie uns Frau Dr. Dr. Herrlich aufklärte. »Er ist nämlich Arzt und hatte noch einen Notfall.«

Den hatten Ärzte fast immer, wenn sie irgendwo zu spät kommen. Wir haben auch so einen im Freundeskreis, und wenn es sich um etwas Offizielles handelt, dann steht in seiner Einladung vorsichtshalber eine frühere Uhrzeit; zum Cocktail war er noch nie pünktlich, aber zweimal hat er es schon rechtzeitig zur Suppe geschafft.

»Wie geht es denn jetzt weiter?« Mit den Spielregeln nicht vertraut, hatte ich eigentlich erwartet, vor meinem Platz einen Bestellzettel zu finden, um meine Wünsche für die spätere Lieferung zu notieren. Auf ähnliche Weise war ich schon zu einem beinahe waffenscheinpflichtigen Patentmesser gekommen, mit dessen Handhabung ich trotz dreiseitiger Anleitung bis heute Schwierigkeiten habe, gar nicht zu reden von jenem rückenfreundlichen Schreibtischstuhl, der mir ein aktiv-dynamisches Sitzen ermöglicht, nur habe ich das noch immer nicht richtig hingekriegt; die gestrichelten Damen auf dem Prospekt sitzen nämlich ganz anders. Allerdings hat der Stuhl ein ausgesprochen dekoratives Design, und das ist ja auch schon was.

»Jetzt holen wir uns erst mal etwas Richtiges zu essen!«

Hannes, immer noch den Nikotin-Anhängern zugehörig und gerade erst hereingekommen, setzte sich auf den letzten freien Stuhl, so dass für den Herrn Professor nur noch ein Platz auf der Bank neben Frau Herrlich übrig blieb, was ihr offensichtlich ganz gelegen kam.

»Schon wieder essen? Warum denn?« Für den Nachmittagskaffee fand ich es zu spät, fürs Abendessen zu früh … also wieso jetzt Kalbsbraten mit hausgemachten Spätzle und Salat? Es gab aber auch Kartoffelgratin und Nudeln und Gemüse und Spargel, doch der zählt ja auch zum Gemüse – also man konnte dort, wo wir bereits unseren »Imbiss« zusammengesucht hatten, jetzt ein komplettes warmes Essen bekommen. Und dazu gab's Wein bis zum Abwinken. Kaum war eine Karaffe leer, was bei insgesamt sieben Personen nicht allzu lange dauert, stand schon eine neue auf dem Tisch. Und jedes Mal eine andere Sorte.

So etwas bleibt natürlich nicht folgenlos. Frau Gschwandner war die Erste, die es erwischte. Sie lehnte den Kopf an die Wand und entschlummerte. »Jo mei«, meinte Ehemann Gustl bloß und schob ein Stuhlkissen zwischen Wand und Kopf, »sie is koan Wein net g'wohnt, weil dahoam trinkt's nur a Bier!«

Das leuchtete ein! Aber weshalb hatte der Gustl sie dann zur Weinprobe überhaupt mitgenommen?

Die Antwort gab er gleich selber. »I hob denkt, dass die Christl uns hoamfahrn hätt können, weil's ja sonst nie an Wein trinkt, der schmeckt ihr doch net, aber jetzt sollt i schaun, dass i no a Zimmer kriag.«

Herr Schmidt sorgte dafür, und er sorgte auch für ein

relativ kräftiges Mannsbild aus der Keller-Crew, das dem Gustl beim Transport seiner Frau behilflich war; sie schlief sogar im Stehen weiter. Wieso nur hatte ich das Gefühl, man sei hier auf derartige Zwischenfälle bestens vorbereitet?

Der Herr Professor Redlich, ungefähr zwei Jahrzehnte älter als Frau Dr. Dr. Herrlich, Witwer und mehrfacher Großvater bereits halb erwachsener Enkelkinder (das ist nur eine Vermutung von mir, denn er zeigte keine Fotos herum), entpuppte sich als sehr trinkfest. Sein Glas war viel häufiger leer als unseres, und trotzdem merkte man ihm nichts an. Muss wohl auf die vielen Kongresse zurückzuführen sein, auf denen sich speziell die Mediziner so gerne weiterbilden.

Die politisch brisanten Themen hatten wir bereits durch – einhellige Meinung: Wenn's da nicht so kalt wäre und die Winter nicht so lang und die Sprache nicht so kompliziert, dann könnte man ja vielleicht eine Emigration nach Schweden ins Auge fassen, schon wegen der besseren Allgemeinbildung, siehe PISA, und die Silvia hat doch auch bis heute überlebt, obwohl sie aus Heidelberg stammt, wo es sowieso immer am wärmsten ist von allen Orten in Baden-Württemberg.

Die Herren, es waren ja nur noch zwei, diskutierten danach die Vor- und Nachteile ihrer jeweiligen Automarke, Frau Dr. Dr. Herrlich hörte zu, doch das hätte sie auch getan, wenn sich der Herr Professor über die Abfallbeseitigung in Rotchina ausgelassen hätte oder über die Zellteilung bei Regenwürmern … die Doppeldoktorin hatte weder Augen noch Ohren für etwas anderes als das, was der redliche Professor von sich gab.

Steffi baute Bierdeckeltürmchen und erging sich in Vermutungen, wozu man dieses Baumaterial von der Konkurrenz in einem Weinkeller wohl benötigen würde, und ich pustete die Türmchen immer wieder um. Wir hatten also jenen Zustand erreicht, in dem man normalerweise nach dem Kellner winkt: »Die Rechnung, bitte!«

Selbst wenn es einen gegeben hätte – er hätte uns nicht gehört. Denn in diesem Moment hatte sich Tisch Nummer eins, das war der mit den Damen im roten Blazer, endlich auf ein Lied geeinigt, nachdem es schon mehrere Fehlversuche gegeben hatte. »So ein Tag, so wunderschön wie heute …« Zehnstimmig und anfangs in zwei verschiedenen Tonlagen.

»Ich geh mal an die frische Luft!«, sagte Hannes und zog die Zigarettenpackung aus der Tasche. Als er zurückkam, besang der nun schon auf sechzehn Stimmen angewachsene Chor gerade das alte Försterhaus – Tisch Nummer zwei sang auch schon mit.

Während ich bei Herrn Schmidt meine Bestellung aufgab in seliger Unkenntnis jener Namen, unter denen die von mir favorisierten Weine geführt wurden (»Also das war einmal der Erste, den wir probiert haben, und dann der Vierte, glaube ich wenigstens, jedenfalls war er nicht süß …«, und so weiter), klang etwas gedämpft *»Trink, trink, Brüderlein trink«* herüber, was Herrn Schmidt zu der Bemerkung veranlasste: »Ich sollte jetzt wohl besser den Bus vorfahren lassen!«

Ich sah auf meine Uhr und stellte fest, dass wir nicht mehr heute, sondern seit siebzehn Minuten schon morgen hatten. »Das mit dem Bus ist eine hervorragende Idee! Allerdings war ich der Meinung, die anderen Herrschaften übernachten hier am Ort?«

»Tun sie auch!«, bestätigte Herr Schmidt und lächelte. »Aber wenn *Sie* jetzt aufbrechen, dann folgt der Rest automatisch, das macht der Herdentrieb.«

Ob tatsächlich alle Weinprobierer uns Leittieren gefolgt sind, weiß ich nicht, und wie unsere Doppeldoktorin ins

Hotel gekommen ist, blieb auch offen, denn sie ist nicht mit uns zurückgefahren.

»Er hat ein knallrotes Gummiboot ...«, hörten wir noch, es kam sogar immer näher, und beim Blick aus dem Fenster begriff ich auch Steffis Bemerkung vom Nachmittag! Ohne ihre Männer, die aber auch nicht mehr so ganz sicher auf den Beinen standen, hätten die beiden Damen im roten Blazer niemals ihr Hotel gefunden ... Im Übrigen war ich mir sicher, Herr Schmidt wäre auch auf eine solche Situation vorbereitet gewesen.

Die Rückfahrt dauerte wesentlich länger als die Hinfahrt; wir hatten nämlich einen anderen Fahrer bekommen, und der kannte eine Abkürzung. Allerdings war es die falsche gewesen.

»Eine Abkürssung is immer die längsse Verbindung ssswwischen ssswwei P-Punkten!«, murmelte Stefanie. »Weissu noch, Hannes, damals bei den wilden Schschwweinen?«

Zu unser aller Erstaunen war das Hotel noch hell erleuchtet, Musik war zu hören, Gelächter ... man feierte also immer noch Hochzeit. »Ob wir im Restaurant wohl noch etwas zu essen bekommen?«

Hannes sah mich an, als hätte ich soeben beschlossen, am nächsten Morgen zum Buddhismus überzutreten und künftig allen leiblichen Genüssen zu entsagen. »Du willst was essen? Jetzt? Um diese Zeit?«

»Na ja, nicht weil ich Hunger habe, sondern weil mir nach was Süßem ist! Den ganzen Abend lang bloß Wein und trocken Brot und Buffet ... aber kein einziger Kuchenkrümel!«

»Kuchen? Wo?« Plötzlich war Steffi wieder völlig klar, was sie vermutlich die ganze Zeit gewesen war, doch die andere Variante hat sie auch ganz gut drauf. »So 'n richtig schönen Sahnepudding mit Karamelsoße könnte ich jetzt auch vertragen!«

»Weiber!«, murmelte Hannes, hielt uns aber trotzdem die Eingangstür auf.

Im Festsaal stellte man sich gerade zur Polonaise Blankenese auf, dienstbare Geister räumten das kombinierte Kuchen- und Dessertbuffet zur Seite, und genau davon wurden unsere Blicke angezogen. Steffi bekam richtige Stielaugen. »Am liebsten würde ich zugreifen! Meinst du, das fällt auf?«

»Untersteh dich!«

»Ja, ich weiß, man stiehlt nicht! Dabei wäre das gar kein Diebstahl, bloß Mundraub, weil ich den Kuchen da hinten nämlich sofort essen würde. Mundraub ist erlaubt.«

»Er ist nicht erlaubt, sondern nur nicht strafbar.« Mein damaliger Tanzpartner bei den Fortgeschrittenen war nämlich Student der Jurisprudenz gewesen, sogar schon im dritten Semester, und der hatte mir immer aufgezählt, welche Paragraphen für welche Straftaten angewendet werden können oder müssen und warum, da gibt's nämlich auch Unterschiede. Jedenfalls war Heribert Krauss jun. schuld, dass ich seitdem niemals mit einem Juristen auch nur geflirtet habe. Ich kenne bloß den, in dessen Kanzlei ich seinerzeit den Hauskauf mit unterschreiben musste, und der ist Notar.

»Erlaubt oder nicht strafbar, das ist doch dasselbe«, murmelte Steffi und ließ die Tortenplatten nicht aus den Augen.

»Jetzt setz dich hin, bestell dir einen Likör, der ist auch süß, und dann gib endlich Ruhe!«

»Ich will nichts mehr trinken, schon gar keinen Likör, und wenn ich keinen Kuchen kriege, dann wenigstens eine Tafel Schokolade!« Sie betrat die eigentliche Gaststube und sah sich suchend um. »Wo ist eigentlich Hannes geblieben? Ist der schon raufgegangen?«

Nein, war er nicht! Er hatte einfach die Braut herausgewinkt, ihr gratuliert und kurz geschildert, woher wir gerade kamen und weshalb er jetzt gern zwei oder drei Stück Kuchen kaufen wollte.

Er habe freie Auswahl und solle sich ruhig bedienen, »das isst morgen sowieso keiner mehr!«, habe die Braut gesagt, aber leider sei die Sahne wohl schon abgeräumt worden.

Stefanie wollte den Frankfurter Kranz, auch wenn er schon ein bisschen »lätschig« aussah (ihre ureigene Wortschöpfung, steht nicht im Duden), und ich entschied mich für ein Vanillehörnchen. Nun lagen noch zwei Stück *Petits Fours* auf dem Teller. Fragend sah ich Hannes an. »Welches nimmst du?«

Er musterte uns schweigend, die wir munter drauflos kauten, dann schüttelte er den Kopf und rief der vorbeieilenden Bedienung zu: »Einen Kognak bitte, aber einen dreifachen!«

Zehn Minuten später lag ich im Bett. Die Kirchturmuhr schlug halb. Halb was? Keine Ahnung, ist ja auch egal, morgen ist Sonntag. Nein, stimmt überhaupt nicht, heute ist doch schon morgen. Warum schaukelt eigentlich das Bett? Muss an der hiesigen Gegend liegen, ist ja auch ein bisschen bergig. Kann man sich aber dran gewöh…

Pünktlich zehn Minuten vor neun fingen die Glocken an zu läuten. Sollten sie es schon vorher mal getan haben, dann hab ich's verschlafen, aber wenn vier oder fünf von diesen bronzenen Ungetümen auf einmal loslegen, und das nur ein paar Schritte vom Kopfkissen entfernt, dann wackelt das Bett! Also kroch ich aus demselben und schlurfte zum Fenster zwecks Begutachtung des Wetters und Besichtigung der zur Kirche eilenden Gläubigen.

Das Wetter war so, wie es gestern hätte sein sollen,

nämlich sonnig, und das Thermometer schien sogar um einige Grade gestiegen zu sein. Nur die Bewohner dieses reizvollen Städtchens hatten das wohl noch nicht bemerkt, denn nur vereinzelt fanden sie sich vor der Kirche ein; kann man auch verstehen, neun Uhr ist einfach zu früh. Wenn man wochentags immer zwischen sechs und sieben aufstehen muss, dann will man doch wenigstens sonntags mal richtig ausschlafen und nicht bloß bis acht. Da sind die Kirchenoberen einfach zu unflexibel.

Fest davon überzeugt, dass Steffi und Hannes noch schlafen würden – auch sie gehörten zwangsläufig zu den Wochentag- Frühaufstehern – trödelte ich herum und rubbelte gerade meine Haare trocken, als es an die Zimmertür klopfte. »Bist du fertig?«, wollte Stefanie wissen. »Wir gehen jetzt frühstücken.«

»Noch nicht ganz. Ich komme in fünf Minuten nach!«

Anziehen, Haare föhnen, Sachen zusammensuchen, in den Koffer packen – wieso geht derselbe Kram hinterher nie auf Anhieb rein, obwohl er doch vorher auch drin gewesen war? –, also umpacken, Koffer endlich zu, letzter Rundblick, vergessenes Buch – lag halb unterm Kopfkissen – schnell in die Handtasche gestopft, Tür auf, geht nicht, hatte ich ja gestern selber abgeschlossen, wenigstens steckt diesmal der Schlüssel drin, manchmal ziehe ich ihn auch ab … und dann rein in den Lift.

Im Frühstückszimmer, das gestern noch zur Hälfte der Festsaal gewesen war, löffelte Steffi Müsli, während Hannes Rühreier mit Schinken gabelte – ein ungewohnter Anblick, denn bei uns begnügen sich die beiden mit Orangensaft und Kaffee. Dabei habe ich ihnen schon oft genug versichert, dass wir uns auch Cornflakes leisten können, Eier und manchmal sogar Schinken. Inzwischen habe ich es aufgegeben und mir die Standardfrage vorbehalten, nämlich: »Ja oder nein?«

Die Antwort lautet regelmäßig »Nein«, variiert aber insofern, als die Begründungen wechseln zwischen »Sowieso schon zu spät!« – »Überhaupt kein Appetit!« – »Wichtiger Termin!« oder, und das ist relativ neu: »Keine Zeit, muss noch tanken!«

Diesmal war ich es, die keinen Appetit hatte, anscheinend hatten sich die vielen verschiedenen Weinsorten nicht mit dem Spargelsalat und vor allem nicht mit den mitternächtlichen *Petits Fours* vertragen, ich wollte bloß einen Tee, der im Gegensatz zum Kaffee erst frisch aufgebrüht werden musste, und als wir an der Rezeption die Rechnung bezahlten, kam Frau Dr. Dr. Herrlich die Treppe herunter. »Ach, Sie fahren schon ab? Das finde ich aber sehr schade, ich hatte mich nämlich auf ein gemeinsames Frühstück gefreut.«

Natürlich bedauerten wir lebhaft, auf dieses Vergnügen verzichten zu müssen, aber ... und jetzt wären wir uns beinahe in die Quere gekommen! Ich hatte nämlich vorgeben wollen, mit Freunden zum Mittagessen verabredet zu sein, während Hannes etwas vom Familientreffen faselte, das schon lange geplant sei, und spätestens in zwei Stunden würden die Ersten vor der Tür stehen.

»Schade«, meinte die Doppeldoktorin, »dann werden wir wohl mit unserem Wiedersehen bis zum nächsten Jahr warten müssen. Der Herr Professor Redlich wird auch da sein, er hat sogar versprochen, das nächste Mal pünktlich zu sein. Übrigens ein sehr sympathischer Mann, wir haben noch bis halb drei in der Hotelbar gesessen, und dann musste er ja noch ein Taxi für mich auftreiben! – Also dann, auf Wiedersehen und gute Heimfahrt!« Sie verschwand Richtung Frühstückszimmer und Hannes sah ihr aufatmend hinterher. *»Das* war's, was sie noch loswerden wollte!« Er griff zu den beiden Koffern. »Können wir endlich gehen?«

Auf dem Weg zum Parkplatz überlegte Steffi, weshalb Frau Dr. Dr. Herrlich überhaupt ein Taxi gebraucht habe, und mir fiel nichts Besseres ein als: »Die werden dort im Hotel kein freies Zimmer mehr gehabt haben!«

Weshalb Steffi und Hannes in schallendes Gelächter ausbrachen, habe ich erst eine ganze Weile später begriffen. Honny soit qui mal y pense!

Kapitel 21

Dideldideldidel – dideldideldidel – dideldideldidel.

»Kannst du nicht mal rangehen? Ich habe die Hände im Kuchenteig!«

»Würde ich ja, wenn ich wüsste, wo der Hörer liegt!«

Das war die Stimme des Hausherrn, und was sie mir mitteilen wollte, hieß nichts anderes als: Erstens bin ich zu faul zum Aufstehen, zweitens ist der Anruf sowieso nicht für mich, und drittens ... Mir fiel momentan kein weiterer Grund ein, weshalb Rolf jetzt nicht telefonieren wollte, aber es gab bestimmt noch welche. Außerdem lag der Hörer auf dem Flurtischchen und somit näher zur Küche als zum Wohnzimmer. Also riss ich schnell ein Blatt von der Küchenrolle ab, worauf sie natürlich runterfiel und nur noch halb so dick war, als ich sie nach Durchquerung von Küche und Essdiele an der Wohnzimmertür stoppte. »Verdammte Sch...!«

Mit Daumen und Zeigefinger griff ich zum Hörer, wollte mit dem kleinen Finger der anderen Hand auf das grüne Knöpfchen drücken, rutschte ab, und schon ertönte wieder das Freizeichen. Egal, es war garantiert Katja gewesen – dann allerdings zum fünften Mal an diesem Vormittag – und sie würde es bestimmt gleich wieder versuchen.

Zum Händewaschen reichte die Zeit noch, dann didelte es aufs Neue. »Erst gehste nicht ran, und dann legste gleich wieder auf! Was soll der Blödsinn?«

»Ich wollte zwischendurch nur mal Luft holen! – Was ist dir denn nun wieder eingefallen?« Immerhin hatte ich im Laufe des Vormittags bereits zur Kenntnis genommen, dass ich erstens alle vorhandenen Luftmatratzen, Decken und Kissen zusammensuchen und spätestens morgen nach Heidelberg fahren sollte; zweitens die schnell notierten Texte für alle, die des Stenografierens unkundig sind, in eine lesbare Schrift zu bringen und an den Brautvater weiterzureichen hatte, auf dass er so sinnvolle Schilder wie »Zur Toilette«, »Hier gibt's bloß Bier«, »Schlafzelt« usw. anfertigen und mit entsprechenden Karikaturen umrande würde: »Sonst hätten wir sie ja auf'm Computer drucken können!«; drittens Sven davon überzeugen musste, drei Tage Urlaub zu nehmen, um beim Aufbau des Polterhochzeitambientes zu helfen und später vielleicht auch beim Bierzapfen oder Gläserspülen; viertens die bunten Lichterketten aus dem Keller holen, kontrollieren und kaputte Birnen gegebenenfalls ersetzen sollte. »Und wo kriege ich jetzt bei Bedarf farbige Glühbirnen her? Fasching ist vorbei und Weihnachten noch nicht in Sicht!«

»Notfalls kannst du doch ganz gewöhnliche nehmen und einfach anpinseln!«

Nun kam also als »fünftens« dazu, doch bitte auch eine Schüssel mit meinem angeblich ach so beliebten Kartoffelsalat mitzubringen oder besser noch zwei. »Nimm die große blaue aus 'm Oma-Schrank, in die geht wenigstens genug rein!«

Ja, leider! Zum letzten Mal hatte ich diese halbe Waschwanne während der Studienzeit meiner Töchter benutzt, als ich für eine Gartenparty eine Kirsch-Kaltschale zusammenrühren musste. Soweit ich mich erinnere, wurde sie später in mehreren großen Milchkannen zum Ort des Geschehens transportiert. Und Oma-Schrank heißt dieses Möbel, weil es ein Erbstück von Rolfs Mutter ist – keineswegs ein Highlight der Schreinerkunst, aber mindestens hundertdreißig Jahre alt und sehr geräumig. In ihm werden kaum noch benutzte, weil längst überholte Haushaltsutensilien (»Kann man doch nicht einfach wegwerfen!«) so lange verstaut, bis sie bei der nächsten Entrümpelungsaktion dann doch im Sperrmüll landen. Seinerzeit türmten sie sich aber noch im Keller, der Oma-Schrank hätte woanders auch gar keinen Platz gefunden.

»Meinst du nicht, Katja, dass ich mit der Bereitstellung von drei Kuchen, zweimal buntem Wackelpudding einschließlich drei Liter Soße und einer großen Schüssel Erdbeerquark fürs Dessert-Buffet mein Pensum an freiwilligen Spenden erfüllt habe?«

»Von Margits Eltern kommt noch viel mehr!«, tönte es ungerührt aus dem Hörer.

»Margits Eltern haben auch nur ein Kind, für mich ist es inzwischen die vierte Hochzeit!«

»Und vermutlich auch vorläufig die letzte!«, kam es postwendend zurück. »Oder glaubst du wirklich, dass Sven in diesem Jahrhundert noch mal heiratet?«

»Natürlich nicht! Das ist in siebzehn Monaten und sechs Tagen zu Ende. Und was heißt überhaupt *noch mal?* Er hat doch noch nie gehei…«

»Ach, du weißt schon, was ich meine!«

»Nein, aber ich weiß, was er seinerzeit gesagt hat, als Saschas erste Ehe in die Brüche gegangen war: ›Früher hat man sich eine Frau gewünscht, die so kochen konnte wie ihre Mutter, und heute muss man aufpassen, dass man keine erwischt, die so säuft wie ihr Vater.‹«

»Siehste!«, trumpfte Katja auf. »Nun weißt du wenigstens, weshalb er damals seine Simone geschnickt hat. Und wenn du keine Fragen mehr hast, dann würde ich jetzt gern den Hörer auflegen. Ich habe nämlich noch ein bisschen was zu tun!«

»Aber du hast doch angeru…«, nur hörte sie das schon nicht mehr.

Ich erweiterte meinen Einkaufszettel um fünf Kilo Salatkartoffeln, ferner Tomaten, Zwiebeln, Delikatessgurken, Mayonnaise … und als ich bei den Radieschen angekommen war, läutete schon wieder das Telefon. Diesmal war Steffi dran. »Hast du eine kleine schmale Fußbank?«

»Nein, ich habe bloß eine große breite.«

»Die haben wir selber.«

»Wozu braucht ihr dann …«

»Für den Brautwagen!«

»Wofür?«

»Für das Auto, in dem Tom und Katja zum Standesamt fahren werden.«

»Ich denke, sie kriegen dein Kabrio?«

»Das bekommen Margit und Rainer. Für die anderen beiden hat sich Hannes was ganz Besonderes einfallen lassen. Zusammen mit Udo!«

Jetzt war mir alles klar! Oder vielmehr gar nichts, denn Udo ist immer für Überraschungen gut. Im Alphabet der nützlichen Freunde verkörpert er den Buchstaben M wie Möbelschreinerei, was äußerst vorteilhaft ist, wenn man mal irgendwo im Bad oder auch woanders einen schmalen Schrank braucht, den es wegen der seltsamen Maße 33 x 33 x 175 cm natürlich nirgendwo zu kaufen gibt.

Mit dem Problem vertraut gemacht, empfiehlt Udo zunächst den Verkauf des Hauses und den Umzug in eins mit normalen Ausmaßen, nimmt sich dann aber doch der Sache an und liefert ein paar Wochen später ein Möbelstück, das haargenau in die Lücke passt.

Wie die meisten Männer hat Udo natürlich auch ein Hobby, allerdings ein ziemlich teures. Nein, er besitzt keine Yacht, ist auch nicht Mitglied der einschlägigen Golf- und Tennisclubs, er segelfliegt nicht, und seitdem er mal vom Pferd gefallen ist, hat er den Reitsport ebenfalls abgehakt. Skilaufen in St. Moritz mag er schon überhaupt nicht, weil's dabei kalt ist. Also hat er sich auf etwas verlegt, mit dem man in geschlossenen Räumen hantieren und unerwünschte Zaungäste draußen lassen kann. Udo sammelt nämlich Autos. Alte Autos! Auch Motorräder, wenn sie betagt genug sind, also mindestens aus der Mitte des vergangenen Jahrhunderts stammen sollten, aber noch ältere sind ihm lieber.

Und Zubehör natürlich – je älter, desto besser. Dann gibt es nämlich mehr zum Reparieren und zum Schrauben.

Seine Schätze stehen, liegen und hängen in zwei kleineren Hallen, von außen unscheinbar, aber voll gestellt mit frühen Erzeugnissen der internationalen Automobilindustrie. Und alle Fahrzeuge sind betriebsbereit!

Nun bin ich kein Autofreak und würde jederzeit die Servolenkung eines heutigen Wagens der mühseligen Lenkradkurbelei bei einem Auto von vor vierzig Jahren vorziehen, aber dafür hat natürlich kaum ein Mann Verständnis; sie kriegen im Gegenteil glänzende Augen beim Anblick der Borgward Isabella oder eines VW Cabrios mit 24,5 PS Boxermotor aus dem Jahre 1951.

Und genau den hatte Hannes als Brautwagen ausgeguckt, musste sich aber von Udo überzeugen lassen, dass das Auto für diesen Zweck ungeeignet ist; das zurückgeklappte Verdeck sei zu ausladend, auch reichlich sperrig, die Rückbank relativ niedrig, also so richtig zur Geltung käme das Brautpaar da hinten gar nicht, außerdem müsse man zum Aussteigen die vorderen Sitze umlegen, das wär's ja wohl auch nicht, und was Hannes denn von einem original amerikanischen Jeep des Baujahrs 1942 halten würde einschließlich Klappspaten und Tarnnetz? »Das wäre mal etwas Ausgefallenes!«

Dieser Ansicht war Hannes allerdings auch, zumal selbstverständlich *er* den Wagen fahren würde.

Das Brautpaar wurde also dahingehend informiert, dass sich Hannes um den Wagen und Stefanie um die Dekoration desselben kümmern würden, und welche Blumen denn genehm seien beziehungsweise welche Farben zum Kleid passen könnten.

»Ich weiß noch gar nicht, was ich anziehe«, soll Katja gesagt haben, »aber garantiert nichts Weißes!«

Und nun plötzlich diese Frage von Stefanie nach einer Fußbank. Bis jetzt war ich ja davon ausgegangen, dass ihr Kabrio noch einmal herhalten würde, nachdem es doch schon vor einigen Jahren Saschas Nastassja über den steilen Schotterweg zur kleinen Burgkapelle transportiert hatte, auf dass mein Sohn zum zweiten Mal den Bund fürs Leben schließen konnte. Es sieht nun mal eleganter aus, wenn man aufrecht aus einem Auto steigen kann, als sich – Füße voraus – mit eingezogenem Kopf aus der Tür schieben zu müssen.

Nicht umsonst gehören zu Lieschen Windsors königlichem Wagenpark ein paar Autos mit besonders hohem Verdeck und vermutlich auch größeren Türen, jedenfalls verlässt Ihre Majestät stets in aufrechter Haltung das jeweilige Gefährt. Bei Staatsbesuchen wird immer mindestens eins davon vorausgeschickt, das konnte man in den Zeitungen nachlesen, wenn Lisbeth ihre hier stationierten Truppen besuchte.

Aber weshalb um alles in der Welt wurde für den Brautwagen eine Fußbank benötigt? Oder gehörte zu Udos Sammlung etwa auch ein altes Feuerwehrauto oder etwas Ähnliches mit Leiter außen dran? Ausgeschlossen war das nicht.

Natürlich nicht, beteuerte Stefanie, ein Jeep werde es sein, und zwar einer, der schon den letzten Krieg und sogar den D-Day mitgemacht habe, irgendwo sei sogar noch das Loch von einer Gewehrkugel zu sehen, »aber der Einstieg ist verflixt hoch, und da ich annehme, dass Katja ausnahmsweise mal hohe Absätze tragen wird, könnte es Schwierigkeiten beim Einsteigen geben. Vielleicht hat sie ja auch was an mit engem Rock oder so, dann käme sie schon überhaupt nicht rein. Wir brauchen also eine Fußbank, aber eine schmale, sie soll ja nicht gleich ins Auge fallen!«

»Na gut, ich höre mich mal um. Wie hoch muss das Ding denn sein?«

»Fünfundzwanzig Zentimeter müssten reichen.«

Da sich trotz intensiver Suche im weiteren Bekanntenkreis nirgends etwas Geeignetes gefunden hatte, musste schließlich Udos Azubi eine Fußbank nach genauen Maßangaben schreinern, was er zur Zufriedenheit seines Lehrherrn auch geschafft hat. Jetzt steht sie übrigens in Katjas Bad, weil die sonst nicht ans obere Schrankfach kommt, in dem die großen Handtücher liegen.

Ich hatte meine Hände gerade wieder im Kuchenteig versenkt, denn der war immer noch nicht genug durchgeknetet, als das Telefon erneut klingelte. »Nun geh du endlich mal ran!«, brüllte ich durch die geschlossene Wohnzimmertür. »In der nächsten halben Stunde bin ich für niemanden da!«

Offenbar hatte mein Tonfall jene Toleranzgrenze überschritten, unterhalb derer Rolf gern schwerhörig ist, denn ich bekam mit, wie er den Hörer abnahm. Allerdings hörte ich auch, was er wenig später dem unbekannten Anrufer mitteilte: »Doch, sie ist zu Hause, aber sie hat gerade gesagt, dass sie nicht da sein will. Ausnahmezustand? Wieso bei dir? Ich dachte, der herrscht nur bei uns! – Ja, ist gut, ich gebe dich mal weiter!« Und prompt hatte ich den Hörer wieder in den klebrigen Händen.

Diesmal war Nicki dran. »Könnt ihr Timmi nehmen? Nur für eine Stunde oder so, ich habe nämlich einen Zahnarzttermin und total vergessen, dass Omi und Opi heute auf Shoppingtour sind.«

Omi und Opi sind Nickis Schwiegereltern, die seinerzeit nur *ein* Kind großgezogen haben und nun bei ihrem Enkel mit Begeisterung Versäumtes nachholen. Als vorteilhaft erweist sich außerdem, dass Omi und Opi in der Parallelstraße wohnen, während wir am genau entgegengesetzten Ende des Ortes angesiedelt sind. Außerdem ist Opi bereits Rentner, und Omi hat auch mehr Zeit als ich, weil sie keine Bücher schreibt und vor allem keine Tochter verheiraten muss. Doch ab und zu übernehmen wir natürlich auch das Timmi-Sitting, aber musste das ausgerechnet an diesem Tag sein?

»Selbstverständlich kannst du ihn bringen«, täuschte ich Bereitwilligkeit vor. »Nur wird er sich diesmal mit einem männlichen Alleinunterhalter abfinden müssen, sonst kriege ich diesen verdammten Tortenboden nie in den Ofen. Außerdem sollte ich noch eine Runde auf dem Markt drehen, weil's nur dort die ganzen Küchenkräuter gibt, die kleinen Paprikas und frische Radieschen und vor allem kein Telefon, denn mein Handy werde ich garantiert zu Hause vergessen. Deine Schwester hängt nämlich alle fünf Minuten an der Strippe.«

»Bei dir auch? Heute früh hat sie mir ihr Hochzeitskleid beschrieben!«

»Ach nee! Gestern hatte sie doch noch gar keins.«

»Das hatte sie auch wirklich nicht. Jetzt kriegt sie eins von Svenja.«

»Ein richtiges Brautkleid?« Immerhin hatte Svenja erst vor einem halben Jahr geheiratet, und das in einer sehr eleganten weißen Seidenrobe.

»Na ja, wohl nicht so was Klassisches, mehr was Festliches«, vermutete Nicole, »gesehen habe ich es ja auch noch nicht, aber normalerweise heiratet man doch nicht unbedingt in Schwarz, oder?«

»Ich kenne eine Frau, die hat im grauen Hosenanzug geheiratet. Mit kurzen Hosen!«

»Stimmt! Die ziehe ich übrigens am Freitag wieder an! – Ist es euch recht, wenn ich Tim in einer Viertelstunde bringe?«

»Natürlich!« Wenigstens hatte ich noch genug Zeit, Opa auf seine verantwortungsvolle Tätigkeit vorzubereiten und Stefanie dahingehend zu informieren, dass der Blumenschmuck für den Brautwagen am besten aus Holunderzweigen bestehen sollte. »Aber nur, wenn schon Früchte dranhängen. Die Braut trägt Schwarz!«

»Na, das passt doch zusammen!«, jubelte Steffi los, »Margit kommt nämlich ganz in Weiß!«

Noch neunundvierzig Stunden bis X.

»Weshalb soll ich diesen Anzug nicht mehr anziehen?«, wollte Rolf wissen und betrachtete sich im Spiegel. »Den habe ich doch auch bei Nickis Hochzeit getragen!«

»Eben deshalb!« Deutlicher wollte ich eigentlich nicht werden. Allerdings endet unser Spiegel in Bauchnabelhöhe und verbirgt gnädig das, worauf es ankommt – nämlich den Bereich unterhalb der Taille. Und genau dort spannte das Jackett allzu sichtbar.

»Soll ich vielleicht im Smoking gehen?«

»Besser nicht, der sitzt bestimmt noch enger!« So, das war deutlich genug gewesen, doch offensichtlich war es nicht angekommen.

»Smoking wäre sowieso übertrieben«, wurde ich belehrt, während er vorsichtig einatmete. »Dieser dunkelgraue Anzug ist absolut passend.«

»Aber nur, wenn du die ganze Zeit stehen bleibst und

später auch aufs Essen verzichtest, denn das pflegt man bekanntlich sitzend einzunehmen. Mach doch mal die Knöpfe von der Jacke zu!«

»Weshalb? Die bleiben immer offen, wenn man sitzt.«

Er will's einfach nicht wahrhaben, ging es mir durch den Kopf, dabei sollte er doch im Laufe der Jahre gemerkt haben, dass auch ich inzwischen aus Größe achtunddreißig rausgewachsen war!

»Eigentlich hast du Recht!« Sichtlich erleichtert öffnete er den Hosenbund. »Wenn meine Tochter in Trauerkleidung heiratet und ihr Mann sich weigert, wenigstens zu seiner Hochzeit eine Krawatte umzubinden, dann könnte ich doch eigentlich in Trainingshose und Pantoffeln kommen!«

»Geht nicht, du besitzt weder das eine noch das andere!«

Wir einigten uns schließlich auf einen Anzug jüngeren Datums, bei dem die Knöpfe ohne Atemkontrolle geschlossen werden konnten, und damit war auch dieses Thema abgehakt. Zumindest für Rolf. Für mich fing es erst an.

Nun teile ich das Schicksal vieler Frauen, die genau wie ich einen ganzen Schrank voll nichts anzuziehen haben. Natürlich hängt genug drin, aber seltsamerweise nie etwas Richtiges für das jeweils bevorstehende Fest: Das hellgraue Taftkleid eignet sich nur für Konzert und Theater, aber bloß im Winter, und im Sommer sind eh Ferien, auch bei der Kultur … Dieses gestreifte Leinenkleid war sowieso ein Fehlkauf gewesen, es steht mir einfach nicht, und ich weiß auch gar nicht, weshalb es immer noch hier hängt. Der cremefarbene Hosenanzug sieht zwar schick aus, passt auch prima zu Geburtstagsfeiern, Housewarming-Partys und vierzigjährigem Dienstjubiläum, aber nicht zu einer Hochzeit, und der Schwarze mit dem Nadelstreifen ist viel zu steif, der kommt außer für hochoffizielle

Anlässe allenfalls noch für Beerdigungen in Betracht, außerdem ist er mindestens sechs Jahre alt und bestimmt zu eng … Alles andere, was da hängt, ist zu sportlich und einer Brautmutter keinesfalls angemessen. Vielleicht sollte ich doch etwas Neues …? Morgen wäre noch Zeit für einen Abstecher in die Kreisstadt! Auch wegen der bunten Glühbirnen, anpinseln geht nämlich nicht, hat Rolf gesagt, sobald die Lampen brennen, würde die Farbe nach kurzer Zeit rissig werden und sogar absplittern. Also moralische Unterstützung bei Stefanie holen, vielleicht kommt sie sogar mit. Sie war auch gleich nach dem ersten Läuten am Telefon. »Ich weiß nicht, was ich anziehen soll!«

»Ich auch nicht!«, kam es sofort zurück. »Aber irgendwas findet sich schon. So furchtbar förmlich wird diese Hochzeit sowieso nicht. Weißt du eigentlich, dass ich bei Margit trauzeugen muss?«

Nein, woher denn? Ich wusste lediglich, dass Nicki bei ihrer Zwillingsschwester diese Aufgabe übernehmen würde, während Tom von seiner Jugendfreundin Gunni moralisch unterstützt werden sollte, schon seit etlichen Jahren verheiratet und deshalb von Katja als ungefährlich eingestuft.

»Übrigens wird es noch einen Trauzeugen geben, für den näht Inge gerade einen Smoking.« (Nur zur Erinnerung: Auch Inge gehört auf die Liste der hilfreichen Freunde, ihr Name steht für N wie Nähen und Bügeln.)

»Ich weiß ja, dass Inge mal Schneiderin gelernt hat, doch wohl mehr für den Hausgebrauch und nicht für männliche Abendgarderobe?!«

»Aber wenn doch der Smokingträger bloß achtzig Zentimeter groß ist …?«

»Etwa ein Liliputaner?«

»Nein, ein lila Nilpferd!«

Natürlich, das Nili! Margit hatte dieses Stofftier vor etlichen Jahren von einem Tauchurlaub mitgebracht und damit indirekt die später grassierende und besonders bei Steffi chronisch gewordene Nilpferd-Seuche ausgelöst. Jedenfalls war Margits Nili zum Maskottchen des Taucher-Stammtisches ernannt worden, war immer und überall dabei gewesen, und nachdem ihm zwei talentierte Heimwerker eine komplette Ausrüstung gebastelt hatten, durfte Nili sogar einmal an einem Tauchgang teilnehmen. Hinterher hing es zwar tagelang zum Trocknen auf der Leine, aber der Ausflug in sein eigentliches Element ist fotografisch dokumentiert. Nili sitzt tatsächlich in einundzwanzig Meter Tiefe vor einem Korallenriff und flirtet mit einer Languste. Im Gegensatz zu Stefanies Resy, die ja nur platt auf dem Bauch liegt, ist Nili ein relativ bewegliches Nilpferd, kann also auch richtig sitzen und ist daher prädestiniert, einen Smoking zu tragen.

»Wie habt ihr denn das Vieh aus der Wohnung gekriegt?«

»Ich glaube, Rainer hat es im Mülleimer entführt.«

In diesem Augenblick kam ein unangenehm zischendes Geräusch aus der Küche, und da wusste ich, dass die Salatkartoffeln zum dritten Mal übergekocht waren.

Noch vierzig Stunden bis X.

Kapitel 22

Kann mir mal jemand sagen, wie ich den ganzen Krempel ins Auto kriegen soll? Ich fahre doch keinen Fünftonner!« Zweifelnd betrachtete Sven den Stapel Decken, den ich neben dem Wagen abgelegt hatte.

»Die müssen aber noch mit! Du stopfst sie einfach zwischen die anderen Sachen, damit verringert sich auch die Gefahr, dass die Stühle auf die Lichterketten kippen. Hast du die Schilder wenigstens so verstaut, dass sie nicht abknicken können?«

Ich sah ja ein, dass Svens Barbiemobil für den Transport dreier Klappstühle sowie diverser Luftmatratzen, Kissen und Decken nicht vorgesehen war, von den grafischen Kunstwerken seines Vaters gar nicht zu reden! Hinzu kamen noch einige meist zerbrechliche Kleinteile. Geschirr in größeren Mengen kann man sich bekanntlich leihen, und Gläser kriegt man von der Brauerei, irgendwo muss der Inhalt von drei Fässern Bier ja rein, aber Katja hatte mich auch noch um Blumenvasen gebeten. Man könne wohl mit einigen Sträußen rechnen, hatte sie gemeint, und an kleine Schüsseln für das Dessert habe sie sowieso nicht gedacht. »Notfalls tun's auch Untertassen, davon haben wir genug, bloß wenn man die nicht grade hält, rutscht doch die Hälfte von dem, was drauf ist, runter!«

Und prompt war ihr gleich noch etwas anderes eingefallen. »Natürlich haben wir einen Geschirrspüldienst organisiert, und es gibt auch genug Freiwillige, die sich abwechseln wollen, nur weiß ich nicht, wie lange die nüchtern bleiben. Würdest *du* vielleicht auch mal eine halbe Stunde …?«

»Nein!«, hatte ich sofort abgelehnt, denn nur zu gerne würde ich sogar heute noch nicht nur den Erfinder der Waschmaschine, sondern auch seinen Kollegen von der Küchenfraktion mit Lorbeer bekränzen. »Ich habe in meinem früheren Leben wirklich genug Tassen und Teller abgewaschen! Damals waren Geschirrspülautomaten für den Alleinverdiener einer Großfamilie nämlich noch unerschwinglich! Und überhaupt werden wir auf eurer Freiluftveranstaltung keine Wurzeln schlagen, denn auch diesmal wird sich an der üblichen Rollenverteilung nichts ändern – hin fährt dein Vater, zurück ich –, also muss ich nüchtern bleiben, und das erträgt man auf derartigen Veranstaltungen nicht länger als zwei oder maximal drei Stunden. Spätestens dann hat man das Gefühl, von lauter Schwachsinnigen umgeben zu sein.«

Worauf Katja etwas kleinlaut geworden war. »Ich kann doch auch nichts dafür, dass ausgerechnet an diesem Wochenende das Formel-Eins-Rennen nicht in Monza stattfindet, nicht in Monaco oder wo auch immer, sondern nebenan in Hockenheim!«

»Das hättest du aber gewusst, wenn ihr euch um die Zimmerreservierungen ein bisschen früher gekümmert hättet und nicht erst vor sechs Tagen!«

Sie war völlig entsetzt gewesen, als sie erfahren hatte, dass nicht nur in Schwetzingen, sondern auch in weitem Umkreis schon seit Wochen sämtliche Hotelzimmer für die kommenden Tage ausgebucht seien. »Wer denkt denn an so was?!«

Als Sven nach mehrmaligem Umschichten der von ihm als Sperrmüll bezeichneten Sachen endlich abgefahren war, räumte ich zwei liegen gebliebene Kissen und die größte der vier Luftmatratzen zurück in den Keller. Die Kissen waren ihm zu altmodisch erschienen, und die Luftmatratze hatte angeblich ein Loch. Oder auch mehrere, so genau wusste er das nicht mehr. »Die hatte ich doch auf Kreta mit, und da ist sie bei einer Windbö in die Kakteen gesegelt.«

»Das ist aber schon zwei Jahre her!«

»Seitdem hab ich sie ja auch nicht mehr gebraucht!«

Etwas Ähnliches hatte er schon mal vor ungefähr zwanzig Jahren vorgebracht, nur war es damals angeblich ein Dartpfeil gewesen, der die Richtung geändert hatte. Sie werden einfach nie erwachsen!

Zurück in der Küche stand ich vor einer schwierigen Frage: Sollte ich zuerst die Käsetorte backen, den Kartoffelsalat zusammenrühren oder in die Stadt fahren und ein Brautmutter-Kleid kaufen?

Die Entscheidung wurde mir erst einmal abgenommen, weil mein Handy dudelte. Sven war dran. »Wer zahlt eigentlich die Knolle, wenn mich die Polizei erwischt? Ich habe nämlich bloß Sicht nach vorne. Der Innenspiegel nützt mir nichts mehr, weil die Rückbank bis unters Dach zugestapelt ist, und den linken Außenspiegel habe ich gerade verloren. – Ja, ich weiß, der hat schon lange gewackelt, aber nun hätte er wenigstens noch die paar Kilometer bis Schwetzingen halten können. Der rechte sitzt fest, ich sehe ihn allerdings nur zur Hälfte wegen der Luftmatratzen und der dämlichen Schilder. – Was sagst du? – Nein, wie soll ich denn jetzt halten? Mitten auf der Autobahn!? – Aber weshalb ich eigentlich angerufen habe: Ich sollte doch mein Feiertags-Outfit mitnehmen. Habe ich leider vergessen, nun hängt es noch oben am Kleiderschrank. Vergiss es morgen bloß nicht, sonst muss ich in Jogginghosen aufs Standesamt. – Ach ja, am Blazer fehlt der oberste Knopf. Wenn du vielleicht so nett wärst … und das Hemd ist auch ein bisschen zerknautscht!«

»Ich hab schon verstanden! Jetzt sieh zu, dass du heil ankommst, und melde dich sofort, wenn du da …« Doch er hatte das Gespräch schon unterbrochen. Zurückrufen wollte ich nicht; ein weiteres Mal halb blind und einarmig im Auto – das würde das Schicksal zu sehr herausfordern!

Eigentlich hätte ich jetzt einen Kognak gebraucht, aber eine Tasse Kaffee würde es auch tun. Und bei der kam mir eine großartige Idee: Ich würde Anne anrufen, die wohnt nur drei Häuser weiter, und gemeinsam würden wir meinen Schrank nach einer brautmütterlichen Kostümierung durchstöbern. Und sollten wir wirklich nicht fündig werden: Anne hat dieselbe Konfektionsgröße wie ich und auch einen Kleiderschrank voll nichts anzuziehen.

Noch fünfundzwanzig Stunden bis X.

Anne brachte gleich die Kognakflasche mit – zwar nur in einer handlichen Größe für die Hosentasche, aber das genügte ja. »Du hast dich am Telefon angehört, als könntest du einen brauchen! Jetzt kipp ihn runter, und dann Kopf hoch! Nur Fledermäuse lassen sich hängen!«

Er half wirklich! Eine Stunde und einen weiteren Kognak später war Anne endlich mit meinem Aussehen zufrieden. Nachdem sie Hosen, Röcke (Letztere in nur geringer Menge vorhanden!) und Kleider (noch weniger!) zur Seite geschoben hatte, waren die Hosenanzüge an die Reihe gekommen, doch die hatte sie als »überhaupt nicht brautmütterlich« abgelehnt. »Sag mal, bist du eigentlich gar nicht ein bisschen mit dem ausgestattet, was Frauen im Rentenalter angeblich so gerne tragen? Man findet diese Kreationen doch immer in den Jahreskatalogen einschlägiger Versandhäuser, also Faltenrock mit

Schluppenbluse oder eine knöchellange Variante in lila Samt und um den Hals das Perlekettsche.«

»Die Perlenkette hätte ich ja – von meiner Mutter geerbt, von mir nie getragen, aber Lila ist nun wirklich nicht meine Farbe und Samt schon gar nichts für mich. Als Kind hatte ich ein schwarzsamtenes Bolerojäckchen und dazu eine weiße Bluse mit Rüschenkragen, einfach um-werfend! Und darin bin ich auch noch abgelichtet worden, in einem richtigen Fotoatelier, auf der Sofakante sitzend und mit einem Wollschaf auf dem Schoß! Kannst du dir das vorstellen?«

»Das Schaf schon, dich weniger. Ich habe dich ja erst als kinderreiche Mutter kennen gelernt!«

»Bei passender Gelegenheit zeige ich dir mal ein paar von diesen herzigen Bildern, aber jetzt finde endlich etwas zum Anziehen für mich, oder ich falle über deinen Kleiderschrank her! Ob mir eventuell das Hellgraue mit dem auffallenden Kragen stehen würde, das du am letzten Sonntag bei der Taufe von Ich-weiß-nicht-mehr-wem angehabt hast? Du hast darin richtig patentantenseriös ausgesehen!«

»Allerdings nur so lange, bis der Täufling draufgekotzt hat. Jetzt ist es in der Reinigung und erst nächste Woche fertig. Kann Katja die Hochzeit nicht verschieben?«

An das dunkelblaue Jackenkleid hatte ich überhaupt nicht mehr gedacht. Es war zeitlos und fristete wohl nur deshalb seit mindestens fünf Jahren ein unbeachtetes Dasein ganz hinten im Schrank, denn so richtig gefallen hatte es mir nie.

»Wieso passt du da heute noch rein?«, moserte Anne, nachdem ich ihr das ungefähre Herstellungsjahr dieses Kleides genannt hatte. »Mir ist das noch nie gelungen!«

Mir ja auch nicht, aber musste ich jetzt wirklich damit herausrücken, dass mir der Rock von Anfang an zu weit gewesen war und die Jacke eigentlich auch? Um eine Art Notkauf hatte es sich damals gehandelt, weil Rolf erst am späten Vormittag eingefallen war, dass ich ihn am frühen Nachmittag zu einer offiziellen Veranstaltung begleiten sollte und natürlich wieder nichts dem Anlass Angemessenes anzuziehen hatte. Ausnahmsweise war er der gleichen Meinung gewesen, denn alles, was ich ihm präsentierte, war ihm entweder zu elegant gewesen oder zu leger, oder es hatte ihm nicht gefallen. Also zusammen mit ihm als zahlende Institution ab in die Stadt zu den drei Modegeschäften der seriöseren Variante, doch erst im letzten blieb es schließlich bei dunkelblau Zweigeteilt und mehreren Sicherheitsnadeln, damit der Rock nicht rutschen konnte. Die Jacke sollte ich dieses eine Mal besser offen tragen, hatte jene sofort mit Maßband und Nadelkissen herbeigeeilte Dame aus der Änderungsschneiderei empfohlen. Sie hatte mich ja auch nur zögernd so unfertig gehen lassen, doch wir waren sehr spät dran gewesen.

Weshalb ich dieses Kleid nicht gleich nach seiner Premiere habe enger machen lassen, weiß ich nicht, es hatte mir einfach nicht gefallen, doch jetzt fand ich es ganz passabel. Vor allen Dingen saß es wie maßgeschneidert!

»Du solltest aber noch was drunter tragen«, empfahl Anne, während sie am Ausschnitt herumzupfte, »und nicht bloß das obligatorische Hemdchen mit dezenter Spitze. Morgen soll's wieder heiß werden, vielleicht willst du dann auch mal die Jacke ausziehen. Hast du kein Top?«

»Nein. Jedenfalls keins, das hierzu passen würde.«

Anne hatte natürlich, sogar eins aus Seide. Und mit Trägern, die immer rutschten, doch das merkte ich erst am nächsten Tag.

Nun war wenigstens mein größtes Problem gelöst. Das zweitgrößte erledigte sich, nachdem Anne in der Küche meinen etwas missglückten Zitronenkuchen begutachtet hatte. »Köche verstecken ihre Pannen unter Mayonnaise – du unter Puderzucker!«

Wenig später zog sie mit den Zutaten für Käsetorte und Bienenstich drei Häuser weiter. Sie ist eine prima Köchin, aber backen kann sie noch viel besser.

Noch zwanzig Stunden bis X.

Anruf von Sven. Drei Stunden nach seiner vermutlichen Ankunft. »Hallo, wollte bloß sagen, dass ich heil gelandet bin. Einen neuen Außenspiegel habe ich schon, schräg gegenüber ist eine Reparaturwerkstatt, und der Inhaber ist zum Polterabend eingeladen. Finde ich sehr vorausschauend von Tom, sein Auto hat nämlich auch schon die besten Jahre hinter sich. Und was ich noch sagen wollte: Die Lichterkette mit den roten Birnen ist offenbar kaputt!«

»Gestern war sie aber noch völlig in Ordnung.«

»Da war ja auch noch nicht der Klappstuhl draufgefallen ...« Kurze Pause für den Fall eines tadelnden Kommentars, doch als keiner kam, leitete Sven über zu positiverer Berichterstattung: »Also das sieht hier schon richtig professionell aus! Die Garagen sind bereits alle leer und sauber, ein paar Leute ziehen Strippen für Lautsprecher, ein großes Zelt ist schon da, dazu Stapel von Biertischen und Bänken, und wenn mich nicht alles täuscht, dann wird da drüben eine richtige Bühne aufgebaut für die Band. Der andere Bräutigam hat mir schon fünf Mark in die Hand gedrückt, weil ich ihm vorhin beim Schleppen geholfen habe. Vielleicht sollte ich ihn mal aufklären, dass ich ein Sippenmitglied bin und gratis arbeiten muss!«

»Tu das! Ist Katja irgendwo in der Nähe?«

»Nee, die machen oben in der Wohnung Modenschau. – Da fällt mir übrigens noch was ein: Ich habe die Krawatte vergessen. Tom kann ich nicht anpumpen, der besitzt gar keine, und Geschäfte gibt es hier nirgends. Bring bitte eine von Paps mit, aber nicht wieder die mit den roten Schrägstreifen, die habe ich schon zweimal gehabt. Tschüss bis morgen vorm Traualtar.«

»Den gibt's nur in der Kir…«, doch da hatte er schon abgeschaltet. Dafür ertönte in unmittelbarer Nähe eine andere männliche Stimme, und zwar live: »Gibt es heute eigentlich irgendwann irgendwas zu essen?«

Nein, natürlich nicht, zum Kochen hatte ich nun wirklich keine Zeit, und wieso war Rolf schon zu Hause? Er hatte doch heute Morgen was von »früher Nachmittag« erwähnt, und nun – kurzer Blick auf die Uhr – war es tatsächlich schon früher Nachmittag, präzise gesagt, halb drei.

»Warum kannst du nicht auch mal wie andere Männer zum Hähnchenwagen gehen oder in eine Frittenbude? Ich habe heute schon ohne Ende Kuchen gebacken und Pudding gekocht, Sven mit dem ganzen Gerödel auf den Weg gebracht, mein Kleid für morgen ist auch gefunden, aber nun muss ich noch den Kartoffelsalat machen und drei Liter Vanillesoße für den Wackelpudding kochen … glaubst du wirklich, ich hätte Zeit gehabt, an ein Mittagessen überhaupt nur zu denken? Was hat denn der Braut*vater* bis jetzt getan?«

»Unter anderem den Scheck für das Braut*paar* ausgestellt, und der hat mich einige Schweißtropfen gekostet!«

Eins zu null für Rolf!

Zum Abendessen gab es Tagliatelle al Pesto beim Italiener oben an der Ecke. Die angebrochene Flasche Wein durften wir mitnehmen. Wir haben sie zu Hause ausgetrunken und dabei in Fotoalben geblättert: Die ersten Bilder von den Zwillingen, noch in der Klinik aufgenommen; mit den viel zu großen Rollern am dritten Geburtstag, ihre Einschulung, dann die beiden ganz stolz neben den hässlichen, aber damals doch so aktuellen Bonanza-Rädern, eins in Blau, das andere in Grün, Schnappschüsse vom Zeltlager am Bodensee, Abschlussball in der Tanzschule, Abi-Feier, wenige Monate später als Studenten vor dem Heidelberger Schloss und schließlich der erste Schultag als Referendarinnen, übrigens wieder mit Schultüten, aber nur mit ganz kleinen!

Von da an wurden die gemeinsamen Fotos immer seltener und reduzierten sich auf Familientreffen zweimal jährlich: Weihnachten und mein Geburtstag.

Inzwischen gibt es aber schon zwei neue Alben, eins von Bastian und ein noch relativ dünnes von Tim. Denn wie heißt es doch immer bei Dreharbeiten in Film- und Fernsehstudios, wenn eine Szene wiederholt werden muss? »Alles zurück auf Anfang!«

Dann läutete das Telefon, und Katja wollte wissen, ob ich ihr für morgen meine Svarowski-Kette leihen würde. »Was Glitzerndes am Hals wäre nämlich ganz gut, sonst sehe ich am Ende doch noch aus wie auf der Trauerfeier vom Erbonkel!«

Noch dreizehn Stunden bis X.

Kapitel 23

Soll ich zum grauen Anzug auch graue Strümpfe anziehen?«

»Nein!«

»Warum nicht?«

»Weil du schwarze Schuhe tragen willst.«

»Und dazu passen keine grauen Strümpfe?«

»Nein!«

»Muss ich das verstehen?«

»Nein, es genügt, wenn du dich zu schwarzen Socken durchringen könntest!« Die Wahl von Hemd und Krawatte hatte mich schon viele besänftigende Worte gekostet, weil Rolf ein weißes anziehen wollte, das mache man nämlich bei Hochzeiten immer so (»Ja, früher mal!«), ließ sich dann aber doch zu einem hellen Blau überreden, zu dem nun wieder seine derzeitige Lieblingskrawatte nicht gepasst hätte, und bis er sich für eine andere entschieden hatte, war's fast neun Uhr geworden.

X minus zwei Stunden.

Aufgestanden war ich kurz nach halb acht, also gleich, nachdem Tom angerufen hatte. Auf keinen Fall solle ich nachher vergessen, die Kuchen mitzubringen und auch den Erdbeerquark wegen des Sättigungsfaktors.

»Eigentlich hatte ich vorausgesetzt, dass wir das heutige Essen in einem Restaurant einnehmen, und da wird es nicht gern gesehen, wenn man die Verpflegung schon dabei hat«, hatte ich zurückgeblafft, weil ich noch nicht richtig wach war und – viel schlimmer! – der Wecker sich erst in zwanzig Minuten gemeldet hätte.

»Musst du denn immer alles wörtlich nehmen? Ich hatte doch nur an dein Mitgefühl für unsere freiwilligen Helfer appellieren wollen, die am frühen Nachmittag hier einreiten und beim Aufbauen helfen. Mit irgendwas müssen wir die doch abends abfüttern!«

Hat der eigentlich so kurz vor seiner Hochzeit keine anderen Sorgen? »Für so was wurden die belegten Brötchen erfunden!«, erklärte ich ihm. »Mit einer Stunde Vorlaufzeit kriegt die jede Wurstfachverkäuferin hin, aber ich nicht meinen Erdbeerquark!« Ohnehin hätte ich keinen mitbringen können, weil ich schlichtweg vergessen hatte, ihn überhaupt anzurühren! Würde sich zum Glück nachholen lassen, denn inzwischen war mir klar geworden, weshalb man uns heute gleich nach dem Mittagessen an die frische Luft setzen würde: Da es sich bei den an die Hochzeitstafel Geladenen ohnehin nur um die beiden Familien handelte, würden die noch den ganzen Abend und die Hälfte des nächsten Tages Zeit haben, die kulinarische Versorgung der morgen einfallenden Poltergäste sicherzustellen.

Nachdem ich Tom versprochen hatte, von der noch vorhandenen Milch einschließlich der in Dosen konservierten einen Grießpudding zu kochen, denn der sättige noch viel mehr, war er beruhigt. Es wurde sowieso Zeit, dass die zwei im Keller vor sich hinstaubenden Flaschen mit Himbeersaft mal verbraucht wurden; so was hält ja nicht ewig, und inzwischen war Annes neuer Entsafter schon zwei Jahre alt.

Im Übrigen bestand kaum Gefahr, dass die zu erwartenden Helfer ihre Arbeit wegen Entkräftung vorzeitig abbrechen würden, denn Tom hatte dafür gesorgt, dass zumindest niemand verdursten musste, und Bier ist bekanntlich auch nahrhaft.

Ich kroch aus dem Bett, zog einen Jogginganzug an, weckte die Kaffeemaschine, und während die ihr morgendliches Reinigungsprogramm durchratterte, griff ich zur Bloß-nicht-vergessen-Liste. Die hatte ich nämlich gestern Abend noch an den Einfüllstutzen geklebt.

Vanillesoße stand an oberster Stelle. Fertig war sie ja, kühlte jedoch noch im Fünfliterkochtopf im Keller, weil ich erst von Anne Transportgefäße holen musste. Sie ist Tupperware-Fan und besitzt so ziemlich alles, was davon auf dem Markt ist, vom garantiert nicht fusselnden Kuchenpinsel bis zu fast schon waffenscheinpflichtigen Messern. Kannen mit Deckel hat sie natürlich in jeder Größe. Eine habe ich ja auch, da geht ein halber Liter rein. Ich muss aber morgen drei Liter nach Schwetzingen schaukeln. Und zweimal bunten Wackelpudding. Außerdem die Riesenschüssel Kartoffelsalat, für die Rolf schon gestern einen Transportkarton maßschneide(r)n wollte. Er vergisst immer ausgerechnet das, woran er sich sowieso nicht erinnern will!

Nun kommt noch dieser blöde Erdbeerquark dazu. Dabei weiß ich nicht mal, ob überhaupt genügend eingefrorene Früchte da sind. Muss gleich mal nachsehen, frische gibt's ja nicht mehr. Und wieso sollen ausgerechnet meine Kuchen nicht auf dem morgigen Buffet stehen, sondern bereits heute irgendwann von irgendwelchen Hilfskräften gegessen werden? Ja, ich weiß, schon Marie Antoinette hat gesagt, wenn sie kein Brot haben, dann sollen sie doch Kuchen essen, aber das ist mehr als zweihundert Jahre her, und überhaupt ziehen die meisten Männer zum Abendessen eine deftige Currywurst jedem Kuchen vor. Außerdem finde ich es diskriminierend, wenn meine Tortenplatten nicht zusammen mit allen anderen mehr oder weniger freiwillig gestifteten Desserts präsentiert werden. Nachdem sich Anne der Sache angenommen hatte, sahen Bienenstich und Käsetorte nämlich genau so aus wie die Abbildungen in Dr. Oetkers fünfundvierzig Jahre altem *Backbuch für die junge Ehefrau.* Katja würde sich meinetwegen wirklich nicht zu genieren brauchen!

Weiter in der Liste: Svens Outfit! Das Hemd hatte ich gestern noch gebügelt, aber den Knopf hatte ich nicht annähen können, weil er nicht da war. »Kann er auch nicht«, hatte sich Sven am Telefon entschuldigt, »der ist doch weg! Aber du hast in deiner Sammlung bestimmt einen, der so ähnlich aussieht.«

»Habe ich nicht …«

»Egal, dann lasse ich die Jacke einfach auf!«

»Trotzdem muss ein Knopf dran …«

»Warum denn?«

»Weil's auffällt, wenn einer fehlt.«

»Verstehe ich nicht.« (Wenn Männer sich immer wieder beklagen, sie verstünden die Frauen nicht – an mangelnder Information kann es nicht liegen!). Aber dann hatte er doch einen Lichtblick: »Kauf einfach welche, morgen früh hast du doch noch Zeit genug!«

Natürlich haben wir hier im Ort einen Laden, der von Perlgarn bis zu Baumwollstoffen für rustikalere Kleidungsstücke so ziemlich alles führt, was man in solch einem Geschäft erwartet, Knöpfe natürlich auch, doch das alles sind Artikel, für deren Auswahl man sich Zeit lässt; folglich stehen sie meist am Schluss der Einkaufsliste, und ebenso folgerichtig macht dieser spezielle Laden nicht um acht Uhr auf, wie allgemein üblich, sondern erst um zehn. Zu diesem Zeitpunkt sollte ich heute aber schon auf der Autobahn sein!

Anne hatte auch keinen Knopf gehabt, der zu dem noch Vorhandenen passen würde, doch immerhin drei ganz

Neue, die sie für Eddies Jackett gekauft hatte. Eigentlich! »Nun gib Svens Kaftan schon her, ich nähe sie schnell an.«

Es soll bloß noch mal jemand behaupten, unter den Menschen gäbe es keine Hilfsbereitschaft mehr!

Der nächste Programmpunkt auf dem Zettel lautete *Friseur,* aber den konnte ich sowieso gleich abhaken beziehungsweise nur das »e« davon wegstreichen, und das bedeutete, nachher beim Duschen auch noch die Haare zu waschen und dann zu versuchen, sie mithilfe von Stylingspray in Form zu bringen (früher hat das mal Fön-Festiger geheißen, doch seitdem speziell in der Kosmetikbranche die englische Sprache dominiert, empfiehlt es sich, in die Parfümerie eins dieser Miniatur-Wörterbücher mitzunehmen).

Unter Punkt vier stand Kette für Katja. Musste ich nachher gleich rauslegen, am besten das dazugehörige Armband auch. Ich glaube, sie hat die beiden Schmuckstücke schon öfter getragen als ich. Aber hatte ich mich vor etlichen Jahrzehnten nicht auch oft genug bei meiner Mutter bedient?

Punkt fünf auf der Liste lautete: Geschenk für Brautpaar. Damit war aber das andere gemeint, für das in einem Heidelberger Geschäft ein so genannter Hochzeitstisch aufgebaut worden war. Ist ja auch eine ganz vernünftige Einrichtung, die zumindest verhindert, dass das junge Paar schließlich drei Toaster hat, aber noch immer nur zwei Kochtöpfe mit unterschiedlichem Design.

Ein Nachteil derartiger Hochzeitstische besteht darin, dass sie meist nur dort besichtigt werden können, wo die wenigsten der potenziellen Käufer hinkommen, weil sie ganz woanders wohnen. Deshalb hatte Katja auch angeboten, den Rainer-Margit-Tisch zu begutachten und entsprechende Vorschläge zu machen. Die hatten sich – von

Handy zu Festnetz – ungefähr so angehört: »Also der Tisch ist zwar schon ziemlich abgegrast, aber irgendwas werde ich noch finden. Ich setze mal voraus, dass die beiden italienischen Tischlampen für jeweils dreihundertneunundvierzig Mark nicht in Betracht kommen, und knapp vierhundert Mark für das chinesische Essservice einschließlich Stäbchen aus Elfenbein dürfte auch etwas über eurem Limit liegen, aber wie wäre es mit einer Servierplatte plus Vorlegebesteck für toten Fisch? Sieht ganz dekorativ aus. Forelle passt drauf, Hecht und Makrele auch, aber bei einer Scholle wird's eng, da würden die Flossen schon seitlich übern Rand hängen.«

»Lass den Quatsch! Gibt es denn nichts Vernünftigeres?«

»Doch, jede Menge Glas von Leonardo, ferner eine Saftpresse, ein Kochbuch für Trennkost und eins für Cocktails, passt prima zusammen, Geschirrtücher im Sechserpack, einen akkubetriebenen Milchaufschäumer in Luxusausführung, meiner zu Hause sieht nicht viel anders aus, hat aber nur vier Mark zwanzig gekostet, oder wie wär's mit einem Käsebrett aus Teakholz einschließlich Handwerkszeug zum Schneiden und Hobeln? Macht rein optisch gesehen eine ganze Menge her!«

»Das glaube ich dir sogar, aber solch ein Teil wird nur rausgeholt, wenn Gäste da sind, und selbst dann stellt man es irgendwo seitlich ab, weil auf dem Tisch nie genug Platz dafür ist. Der Hobel schabt hauchdünne Scheibchen runter, die sehen hinterher aus wie diese komischen Butterröllchen, und das Messer funktioniert zwar problemlos bei Camembert und Roquefort, kriegt bei Emmentaler schon erste Schwierigkeiten und streikt spätestens bei mittelaltem Gouda, weil der härter ist.«

»Woher willst denn du das wissen?«, kam es leicht pikiert durch den Hörer.

»Weil so ein Ding bei uns im Oma-Schrank steht, und zwar ganz hinten! War übrigens auch mal ein Geschenk! – Gib's auf, Katja, ich besorge hier eine hübsche Tischdecke mit Umtauschrecht, irgendwas aus Leinen ...«

»Warum sagst du denn nicht gleich, dass es auch was anderes sein darf als Küchenkram? Hier liegen nämlich sechs handgewebte Sets mit passenden Servietten, die würden auf Margits Tisch mit der dunklen Glasplatte das Tüpfelchen auf'm i sein!«

»Dann nimm sie, lass sie aber gleich einpacken, ich habe nämlich bloß Weihnachtspapier.«

Wenig später klingelte das Telefon noch mal. »Willst du was haben mit kleinen Täubchen drauf? Es gibt auch hellblaues Papier mit Brautpaaren und welches mit lauter roten Herzen ...«

»Untersteh dich!«, warnte ich, aber sie kicherte nur und schaltete wieder ab.

Dieses in hoffentlich neutralem Papier verpackte Geschenk befand sich immer noch bei Katja, und ich durfte nachher nicht vergessen, es mitzunehmen.

Sprit!!! stand auch noch auf meiner Liste, sogar mit drei Ausrufezeichen, denn Rolf hatte gestern beiläufig erwähnt, er wisse nicht, wie viel Benzin noch im Tank sei und er deshalb rate, vor der Abfahrt nachzusehen.

»Vielleicht könntest du das heute noch erledigen und dabei einen Abstecher durch die Waschanlage machen«, hatte ich vorgeschlagen, doch da hatte er gleich abgewinkt. »Wozu? Wir haben fünfundvierzig Kilometer Fahrt vor uns, müssen dann auf einen tributpflichtigen Parkplatz und von dort zu Fuß weiter. Also weiß doch kein Mensch, welcher Wagen uns gehört, und überhaupt ist er nicht dreckig, sondern nur ein bisschen staubig. Die sechs Mark kann ich sparen.«

(Hoffentlich kommt er nicht auf die Idee, unsere »Blätterpuste« doch noch mal einzusetzen. Korrekt heißt dieses Gerät Gartenlaubsauger, man kann es aber auch umschalten, dann saugt es die Blätter nicht auf, sondern bläst sie vor sich her, und mein ach so praktisch veranlagter Ehemann hatte daraus gefolgert, dass sich auf diese Weise der doch viel leichtere Straßenstaub auch vom Auto wegblasen ließe. Das Unternehmen war auch ein voller Erfolg gewesen – allerdings nur für unsere Nachbarn, die hatten Slapstick-Komik frei Haus bekommen!)

»Wann genau müssen wir nachher weg?«, kam eine Stimme von oben, und mit dieser Frage wurde die bereits erwähnte Debatte über weiße und blaue Oberhemden eingeläutet. Während Rolf im Bad war, kochte ich Grießpudding, rührte fünf Eigelb rein und hinterher den Schnee von den fünf Eiweiß, holte von Anne drei Schüsseln mit Deckel für den Pudding, nahm auch gleich die Kannen mit für die Vanillesoße, dann trabte ich noch mal los, um Svens Blazer zu holen, denn Anne hatte sich doch tatsächlich geweigert, mir beim Tragen zu helfen und in ihrem durchsichtigen Babydoll-Hemdchen über die Straße zu laufen!

Nur noch eindreiviertel Stunden, langsam wurde es eng.

Also hauswirtschaftliche Tätigkeiten abschließen und alles, was nachher ins Auto muss, auf dem Küchentisch aufreihen. Svens Blazer hängt an der Haustürklinke, Hemd und Hose an der vom Wohnzimmer. Krawatte kann ich erst organisieren, wenn Rolf da oben verschwunden ist. Was noch? Schuhe aus dem Keller holen! Schuhe mit hohen Absätze trage ich nur, wenn ich muss, und da ich ziemlich selten muss und der Schuhschrank im Flur ohnehin zu klein ist, stehen die hochhackigen im Keller bei den Winterschuhen. – Apropos Schuhe: Abgefahren war Sven gestern mit Turnschuhen an den Füßen, hatte er überhaupt andere mitgenommen? Also achtundzwanzig Stufen nach oben ins Gästezimmer, kurzen Überblick verschafft, ist sogar ziemlich aufgeräumt, bloß Schuhe sehe ich nirgends. Der kann doch nicht zu hellen Hosen dunkelgrüne Sneakers, oder wie immer diese Treter heißen, an die Füße ziehen! Blick auf die Uhr: Fünf vor halb zehn, keine Zeit mehr zum Suchen, hoffentlich sind die Hosenbeine lang genug, dann sieht man nicht so viel vom Schuh.

Von draußen sind Motorengeräusche zu hören, Rolf fährt den Wagen vor. Na gut, bis er den ganzen Kram verstaut hat, dauert's ein Weilchen. Die beiden Renommier-Kuchen von Anne bleiben übrigens hier, nur die Zitronentorte geht mit. Die wird heute Abend mit Sicherheit auch ohne vorherige Begutachtung gegessen.

Viele Menschen haben ihre besten Ideen angeblich unter der Dusche, aber das klappt wahrscheinlich nur, wenn sie lange genug druntersteben. Dazu hatte ich nun überhaupt keine Zeit, es reichte gerade zum Haarewaschen, und dabei musste ich auch noch überlegen, woher ich eventuell Schuhe für Sven kriegen könnte. Von Rolf passen ihm keine, die sind zu klein, und von Eddie weiß ich, dass er genau wie Hannes auf großem Fuß lebt, irgendwo zwischen vierundvierzig und fünfundvierzig. Ob Tom vielleicht ...? Nein, der könnte ja auch mit jedem Schritt eine Flunder tot treten, und sonst fiel mir niemand ein. Und überhaupt war ich nun wirklich nicht mehr verantwortlich für die äußere Erscheinung meines Sohnes, er war doch vorgestern auch schon ganz freiwillig zum Friseur gegangen.

Als ich mich zehn Minuten später im Spiegel betrachtete, beneidete ich zum ersten Mal Michael Jackson. Nicht etwa, weil er so viel Geld hat, sondern wegen seiner Perücken. Ich hätte ja gar keine davon haben wollen, schwarze Haare stehen mir nicht, aber bei Bedarf so ein Ding einfach auf den Kopf stülpen zu können und sofort fertig frisiert zu sein, wird immer dann zu einem Wunschtraum, wenn meine eigene Frisur aussieht, als sei der Fön explodiert.

»Wirst du heute noch mal fertig?«, klang es von unten. »Es wird langsam Zeit!«

Weiß ich ja selber, aber dafür weiß Rolf noch nicht, dass wir erst zur Wohnung fahren müssen, und das nicht nur wegen der Fressalien hinten im Kofferraum. Sven kann sich ja schlecht auf der Toilette im Standesamt umziehen, und Katja würde den Schmuck bestimmt auch lieber vorher haben wollen.

Kurze Handtaschenkontrolle, ob alles drin ist, dann Treppe runter, Haustür zugeknallt und – Anne in die Arme gelaufen.

»Bleib mal einen Moment stehen!« Und schon hatte sie abgedrückt. »Dieser Augenblick ist es wirklich wert, fotografisch festgehalten zu werden!«, meinte sie und winkte Rolf an meine Seite, »Oma und Opa fahren zur Hochzeit ihrer jüngsten Tochter! Das gehört einfach ins Familienalbum!«

Kapitel 24

Jetzt wird's aber wirklich Zeit, dass ihr aufkreuzt«, begrüßte uns die Braut, schon im kleinen Schwarzen mit gerade noch schwiegermutterverträglichem Ausschnitt und Bolerojäckchen darüber. »Habt ihr für Sven was zum Anziehen mitgebracht? Der arme Kerl sitzt geduscht im Bad und traut sich nicht mehr raus!«

»Dem Manne kann geholfen werden!« Rolf kämpfte sich mit erhobener Hand und dranhängendem Bügel die Treppe hoch, auf deren Stufen immer irgendwas steht, das entweder ganz nach oben muss oder nach unten oder nur mal eben abgestellt wird, ständig bemüht, die hellen Hosenbeine nicht über den Boden schleifen zu lassen. »Wo war das Bad noch mal?«

»Immer noch eine Treppe höher!« Katja nahm mir die Kuchenplatte aus der Hand. »Die muss ich vorübergehend im Schlafzimmer deponieren, und wenn du noch was hast, stell alles auf die Betten, ich habe extra ein großes Laken drübergelegt, woanders ist momentan einfach kein Platz mehr. Soll dir jemand tragen helfen?«

»So viel ist es ja gar nicht, das schaffe ich schon allein. Sind Steffi und Hannes noch nicht da?«

»Hannes ist angeblich unterwegs nach hier, und Steffi holt gerade das andere Paar ab. Wenn schon Doppelhochzeit, dann aber auch Vorfahrt im Konvoi. – Hast du schon einen Blick auf den Hof geworfen?« Sie zog mich zum Seitenfenster: »Guck mal runter!«

Viel war von hier oben eigentlich noch nicht zu sehen, außer den blitzsauberen leeren Garagen und dem großen Zelt ganz hinten auf der Wiese. Der eigentliche Aufbau sollte ohnehin erst am Abend beginnen, wenn die freiwilligen Hilfskräfte nicht mehr dort beschäftigt waren, wo sie ihr Geld verdienen – hier würden sie ja nur Brötchen kriegen und Grießpudding.

»Wo ist eigentlich dein künftiger Ehemann?«

»Der fährt Porsche!«

»Der macht – was?

»Na ja, Gunni ist doch vorhin gekommen, seine Trauzeugin, und weil nachher bestimmt keine Zeit mehr ist, habe ich die beiden auf die Autobahn geschickt. Aber sie müssten eigentlich gleich zurück sein.«

Nun wusste ich zwar, dass eben jene Gunni nicht nur leidenschaftliche Porschefahrerin, sondern darüber hinaus auch in der glücklichen Lage ist, sich alle paar Jahre einen neuen kaufen zu können, und ich verstehe auch, dass Tom als bekennender Autofreak lieber mit zweihundertfünfzig über die Autobahn brettert als mit hundertfünfzehn, mehr schafft sein schon betagter Hobel nämlich nicht, *aber doch nicht eine Stunde vor der eigenen Hochzeit!*

Katja schien das allerdings völlig in Ordnung zu finden. »Hier sind sie doch sowieso bloß im Weg ...«

»Sag mal, Määm, wo hast du denn *das* ausgegraben?« Mit anklagender Miene hielt Sven mir das beanstandete Teil entgegen. »Dieser Strick stammt doch mit Sicherheit aus dem zweiten Drittel des letzten Jahrhunderts, als die Krawatten noch Schlipse hießen!«

»Es war aber die einzige, die zu Hemd und Hose gepasst hat. Mintgrün klein kariert hätte ich allenfalls noch anbieten können als Pendant zu deinen Schuh…« Mein Blick war automatisch nach unten gegangen, aber da sah ich nichts Grünes mehr, sondern auf Hochglanz polierte Lederschuhe. »Wo hast du die denn gehabt?«

»Na, wo wohl? Im Auto natürlich!«

»Dann bist du jetzt ja gehfähig und kannst den Grießpudding aus dem Wagen holen und was sonst noch im Kofferraum steht – sofern sich nicht schon jemand anderes erbarmt hat.«

»Wer denn wohl?«, brummelte er vor sich hin. »Seit gestern bin ich doch hier der Nigger!«

Rolf schien inzwischen die Aufbauarbeiten begutachtet zu haben, jedenfalls ich hatte ihn einmal flüchtig neben einem Mann mit Schubkarre auftauchen sehen, doch nun standen beide ohne Schubkarre, aber mit Zigarette in der Hand neben dem großen Wasserhahn und schienen sich angeregt zu unterhalten. »Wer ist das, Katja?«

»Herr Sperling, unser Hauswirt. Seit neuestem sagen wir aber Georg zu ihm.«

Georg also redete mit weit ausholenden Bewegungen auf Rolf ein, der nickte auch ein paarmal, deutete dann aber auf seine Uhr und schüttelte Georg die Hand, worauf man sich freundlich lächelnd trennte. Auch Katja warf einen flüchtigen Blick auf den Wecker neben ihrem Bett und meinte: »Ihr solltet euch allmählich auf den Weg machen, wir dürfen nachher direkt vorfahren, ihr müsst aber ein ganzes Stück laufen! – Hast du übrigens an die Kette gedacht?«

»Die kriegst du nur im Tausch gegen das Geschenk für Brautpaar Nummer zwei.«

»Hoffentlich finde ich das noch, ich habe nämlich keine Ahnung mehr, wo ich …«

Sie verschwand, kam aber schnell zurück mit einem

aufwändig verpackten Karton, und dann standen wir uns beide gegenüber, kämpften mit den Tränen, und keine wusste so recht, weshalb eigentlich. Es blieb doch alles beim Alten! Nachher würde Katja lediglich ein paar Urkunden mit ihrem neuen Namen unterschreiben, und sonst würde sich gar nichts ändern außer ihrer Steuerkarte. Und das zweite Schild am Briefkasten käme weg. Aber dann umarmten wir uns doch ganz fest, bis Sven die Tür aufriss. »Willst du hier Wurzeln schlagen? Wir müssen los!«

»Wieso wir? Fährst du denn bei uns mit?«

»Nein, aber euch hinterher. Ich habe doch keine Ahnung, wo das Standesamt ist!«

Das wusste Rolf allerdings auch nicht. »Ein Amt ist was Städtisches, und so etwas ist immer ausgeschildert«, behauptete er und trat aufs Gas. Zuerst landeten wir bei einem Reitstall und dann vor dem Friedhof, aber dort gab es wenigstens einen Wegweiser zur Innenstadt und ein Plakat, das für die Schwetzinger Schlossfestspiele warb. »Schloss ist gut!«, fiel mir ein. »Daneben ist der Park, in dem wir nachher lustwandeln sollen, und der wiederum soll ganz nahe beim Restaurant sein.«

»Und wo ist das Restaurant?«

»Was soll ich denn noch alles wissen? Fahr doch erst mal los!« Es kam sowieso nur eine Richtung infrage, also immer schön langsam den Kurven folgen bis zu einer schönen breiten Straße mit einer Tankstelle auf der rechten Seite, und in genau diesem Augenblick fiel Rolf ein, dass er keine Zigaretten mehr hatte!

Danach war alles klar: Erst mal bis zur Kreuzung, dann schräg rechts immer weiter geradeaus, auch noch am Schloss vorbei, und dann käme ein Parkplatz. »Da fragen Sie am besten noch mal!«

Der ältere Herr mit Strohhut und Spazierstock schien

mir am besten geeignet, er sah so einheimisch aus. »Standesamt? Da gehen Sie jetzt geradeaus und dann gleich die erste Straße links, dann sehen Sie schon das große weiße Gebäude. Und viel Glück.«

»Danke, aber ich bin noch verheiratet!«

Rolf studierte die Gebührentafel. »Was meinst du, wie lange das nachher dauern wird? Eine Stunde müsste doch reichen, oder? Die haben hier nämlich gesalzene Preise!«

»Es sind immerhin zwei Trauungen und …«

»Aber doch hoffentlich nur *eine* Ansprache!«, unterbrach er mich, fummelte einen Zehnmarkschein in den Schlitz und staunte, weil nur ein paar Münzen zurückkamen. »Das sollte sich unser Bürgermeister mal ansehen! Wir haben bekanntlich auch ein jahrhundertealtes Schloss, nicht umsonst prangt das auf jeder Ansichtskarte, aber eine so schöne Einnahmequelle wie die hier gibt's im ganzen Ort noch nicht.«

»Warum denn auch?«, sagte Sven. »Da läuft doch immer der Stadtbüttel mit seinen Strafzetteln rum, auf Dauer gesehen ist der billiger als die Reparaturkosten für aufgebrochene Parkscheinautomaten.« Dann nahm er ungerührt die Markstücke aus dem Rückgabefach und warf sie oben wieder ein. »Sorry, Paps, aber ich habe meinen Geldbeutel in der anderen Hose vergessen.«

Das Standesamt war leicht zu finden, weil mehrere Leute davor standen, offensichtlich in Warteposition und wohl dem anderen Paar zugehörig. Wir sagten höflich »Guten Tag« und »Nun ist es ja bald so weit« oder was man in solch einer Situation von sich zu geben pflegt, wenn man nicht genau weiß, wen man da eigentlich gegrüßt hat, aber dann sahen wir etwas abseits Jörg und Nicki neben dem Kinderwagen stehen, sichtlich bemüht, ihren Sohn in den Schlaf zu schaukeln. Da fiel dem Brautvater doch tatsächlich ein, dass die Familie ja gar nicht komplett sein würde. »Wieso ist Sascha nicht da, wenn seine Lieblingsschwester heiratet?

»Weil er irgendwo in Frankreich ein dreitägiges *meeting* hat!«

»Ein was?«

»Wenn man für eine amerikanische Firma arbeitet, dann wird man nicht zu einer Konferenz beordert, sondern zu einem *meeting,* was im Grunde genommen das Gleiche ist. Es wird viel geredet, wenig gesagt, aber den meisten gelingt es trotzdem, ihre jeweiligen Vorträge so in die Länge zu ziehen, bis sie die zur Verfügung stehende Zeit ausfüllen. Im Gegensatz zu den Nächten, die zum Abbau der abendlichen Promillezufuhr meistens zu kurz sind.« Ich fand, dass ich Saschas Abwesenheit hinreichend erklärt hatte.

Rolf sagte nichts mehr, denn auch er hatte früher an Tagungen teilgenommen und hinterher sechsunddreißig Stunden gebraucht, bis sich Schlafbedürfnis und Blutalkoholspiegel wieder normalisiert hatten.

Nun warteten wir also links neben dem Eingang, denn auf der rechten Seite stand die andere Verwandtschaft. Erst später stellte sich heraus, dass Toms Vater und dessen Mutter auch schon da gewesen waren, nur hatten sie überhaupt niemanden gekannt und erst mal aus einiger Entfernung abgewartet, wer zu wem gehörte und wie sich dieser ganze Auftrieb entwickeln würde.

Opa Rolf machte killekille bei Enkel Tim, der aber mit einem unwilligen Schnauben reagierte, und Oma Evelyn machte Mama Nicole darauf aufmerksam, dass der Knopf an ihrer Jacke nur noch an zwei Fädchen hing.

»Habe ich schon gesehen. Wenn wir drin sind, ziehe ich sie gleich aus, mir ist sie sowieso zu warm.«

Und dann bogen sie endlich um die Ecke, die beiden

Brautwagen, wie sie unterschiedlicher nicht sein konnten. Vorneweg der hellblaue mit offenem Verdeck natürlich und einem großen Blumengesteck auf der Kühlerhaube. Und dahinter fuhr, von amüsierten Passanten lebhaft beklatscht, der rundherum offene Jeep. Vor dem Kühler steckte ein dickes rotes Plastikherz, flankiert von zwei wollenen Schäfchen, und von der Windschutzscheibe zog sich rechts und links ein breites weißes Band schräg nach vorne und endete am Kotflügel mit riesigen Schleifen. Auch hier gab es Blumen auf dem Kühler, leuchtend gelbe sogar und überall noch bunte Luftballons. Hinten am Reserverad klebte ein rundes Kürbisgesicht aus Sackleinen und zeigte allen eine lange Nase. Auf dem erhöhten Rücksitz hatte Tom versucht, seine langen Beine irgendwie zusammenzufalten, er saß nämlich da wie auf einem gewissen Örtchen, während Katja ganz brav daneben hockte und nur bemüht war, nicht aus dem Wagen zu kippen, denn hochgezogene Seitenwände gibt's bei einem Jeep nicht und erst recht keine Griffe zum Festhalten. Seine mögliche Zweckentfremdung als zivile Brautkutsche hatten die Konstrukteure dieses Fahrzeugtyps offensichtlich nicht in Betracht gezogen.

Ich muss ja zugeben, dass Margit mithilfe ihres Bräutigams wesentlich eleganter aus dem Auto gestiegen ist als Katja, die schließlich herausgehoben werden musste, weil sich die maßgefertigte Fußbank unter dem Beifahrersitz verklemmt hatte, aber am meisten fotografiert wurden der Jeep und sein doch reichlich unkonventionell gekleidetes Brautpaar. Tom trug zwar schwarze Hosen nebst Weste, dazu jedoch ein leuchtend blaues Hemd, ein graues Jackett und *keine Krawatte!* Stattdessen prangte zwischen drittem und viertem Hemdenknopf eine Anstecknadel in Gestalt des Uli-Stein-Raben, der in seinen

Händen ein großes gelbes Schild hielt: *Dagegen!* stand drauf.

Margit sah auch viel bräutlicher aus als Katja, nämlich ganz in Weiß, das allerdings oberhalb vom Knie endete und später, ohne Jäckchen, sogar die Schultern frei ließ, also auch bei späteren Gelegenheiten einsetzbar sein würde, während Rainer wohl von vornherein praktisch gedacht hatte und helle Farben trug.

Zunächst also Begrüßung jener, die sich noch nicht begrüßt hatten, aber das dauerte nur so lange, bis Stefanie kam mit Nili auf dem Arm! Dieses lila Vieh steckte doch tatsächlich in einem richtigen Smoking mit weißem Hemd, schwarzer Schleife und fünf Millimeter Ziertaschentuch oben links. Margit wischte sich zwei Tränchen der Rührung aus den Augen, die Kameras begannen wieder zu klicken, und dann erschien ein Herr im dunklen Anzug und wollte wissen, ob denn das Brautpaar schon da sei.

Wir formierten uns: Zuerst die Hauptpersonen, dann das Fußvolk. Jörg mit Kinderwagen folgte als Letzter.

Warum sehen diese städtischen Räume, in denen geheiratet wird, oft so fantasielos aus? Dieser hier zeichnete sich jedenfalls nicht durch ein besonderes Ambiente aus. An der Wand das gerahmte Stadtwappen, flankiert von zwei grünen Hängepflanzen, in der Ecke etwas Ähnliches, nur aufrecht stehend und entsprechend größer. Das Pendant dazu in der gegenüberliegenden Ecke, und außerdem noch ein bisschen Kunst an den Wänden, ein großer Tisch mit Vase samt Sonnenblumen und viele Stühle.

»Die Brautpaare nehmen bitte hier vorne Platz«, sagte der Herr im dunklen Anzug, »dahinter die Trauzeugen, und die anderen Herrschaften können sich ja beliebig verteilen.«

Das taten die Herrschaften auch, allerdings schön nach

Familien getrennt, obwohl das doch gar nicht vorgegeben war.

Plötzlich hatte ich Tim auf dem Schoß. »Ich hatte gehofft, er würde einschlafen«, sagte Nicki. »Er denkt aber nicht daran, und ich muss doch da vorne sitzen und nachher unterschreiben.«

»Kein Problem!« Wonnig sah er aus in seinem Hemdchen mit Button-down-Kragen und der blau-weiß gestreiften Trägerhose, sogar weiche Lederschuhe hatte er an. Ein halbes Jahr später hätte er wahrscheinlich schon Blumen streuen können!

Ein letzter Blick in die Runde, dann verschwand der Herr im dunklen Anzug durch eine hinter dem Tisch befindliche Tür, und in diesem Moment setzte Stefanie das Nili auf den Tisch. »Der war schließlich von Anfang an dabei!«

Der Standesbeamte war weiblich und hatte Humor. Ein kurzer Blick auf das Nilpferd, dann die Frage: »Heiratet der heute auch noch?«

Der Rest war Routine und schon oft genug erlebt, nur dauerte die Zeremonie diesmal etwas länger, denn das vorgeschriebene »Wollen Sie, Herr Thomas H., die hier anwesende Frau Katja S.« und so weiter musste ja zweimal abgespult werden, und die Zeugen brauchten auch länger zum Unterschreiben. Danach musste noch gratuliert werden, immer quer durcheinander, und dann hatte Tim endgültig genug von dem ganzen Auftrieb und fing an zu brüllen.

»Geht denn das schon wieder los?«, flüsterte Rolf, seinem Enkel einen finsteren Blick zuwerfend.

»Wieso schon wieder? Der ist doch bis jetzt mäuschenstill gewesen.«

»Ich meine doch dich mit einem schreienden Baby auf dem Schoß! Das haben wir eigentlich lange genug gehabt!«

»Ja, aber mit einem Unterschied! *Dieses* hier kann ich nachher wieder abgeben!«

Plötzlich stand Hannes vor mir. »Weißt du, wo Stefanie ist?«

»Mit Sicherheit auf der Toilette! Warum? Ihr seid doch schon verheiratet!«

»Ich brauche den Schlüssel vom Kabrio, da sind die Eimer drin!«

Nun muss ich nicht immer alles verstehen, was mein Schwiegersohn sagt, aber hier wurde ich misstrauisch, zumal er von mir verlangte, Tom und Katja noch ein paar Minuten festzuhalten. »Sag ihnen, dass es draußen regnet, dass gerade die Müllabfuhr kommt oder was auch immer, nur lass sie nicht raus!« Und schon war er wieder weg.

Sie wollten ja gar nicht gehen, die nunmehr gesetzlich Verheirateten, unterhielten sich vielmehr mit jenem Herrn, der sein ausgedünntes Haupthaar unter einem farblich abweichenden Toupet zu verbergen suchte, und als der sich abgewandt hatte, stellte uns Tom seine Oma vor, schon weit über achtzig und mehr an Timmi interessiert als an mir. Tom ist nämlich ihr einziger Enkel, und nun bestand ja wohl eine berechtigte Hoffnung für sie, auch noch Urgroßmutter zu werden. »Der Thomas ist doch schon viel zu groß für einen Enkel.«

Das allerdings war richtig, mit seinen hundertdreiundneunzig Zentimetern lichte Höhe überragte er uns alle.

Und dann stand Hannes wieder in der Tür, signalisierte Entwarnung, also durfte ich endlich aufstehen und bei dieser Gelegenheit Timmi an seinen Vater weiterreichen; für seine sieben Monate hatte der Knabe schon ein beachtliches Gewicht.

Der Saal leerte sich, und als wir auch endlich draußen waren, hatte Brautpaar Nummer eins bereits in seinem Wagen Platz genommen, während Hannes der Braut Nummer zwei behilflich war; der Bräutigam musste nämlich seiner Oma beim Einsteigen helfen, weil die noch nie in einem Porsche gefahren war.

»Ihr geht jetzt einfach zum Parkplatz zurück«, informierte uns Katja, »löst neue Parkscheine, und halb links schräg gegenüber seht ihr dann schon das Restaurant.«

Langsam setzte sich das blaue Auto in Bewegung, noch langsamer fuhr auch Hannes an, damit Tom noch in den Jeep springen konnte, ihnen folgte Gunni mit der stolz um sich blickenden Oma, wir winkten hinterher … und dann setzte ein Höllenkrach ein, weil die vorhin unter dem Jeep versteckte Überraschung zu scheppern begann. Und das waren nicht etwa die üblichen Blechdosen, sondern Gurkeneimer, und davon gleich fünf Stück, sorgfältig mit einem halben Meter Abstand hintereinander aufgefädelt.

Ich glaube, in ganz Schwetzingen hat man diesen kleinen Konvoi gehört, denn wir hatten uns alle schon längst vor dem Restaurant eingefunden, als die drei Wagen nach ihrer Stadtrundfahrt endlich auf den Parkplatz fuhren. »Hat richtig Spaß gemacht!«, sagte Hannes und delegierte die Demontage der Eimer an Sven. »Du bist jünger als ich!«

Der weitere Ablauf dieses Tages spielte sich genauso ab, wie ich es erwartet hatte. An einer Hälfte der sehr liebevoll gedeckten Tafel saßen wir, die andere Hälfte belegten die Familien von Margit und Rainer. Natürlich prosteten wir einander zu, wenn wieder jemand eine Rede gehalten hatte, gelegentlich kam zwischen den einzelnen Gängen auch mal Bewegung in den Saal, die Kommunikation zwischen den Familien wurde lebhafter, und sogar Nicki konnte ungestört das Essen genießen, denn für Tim fand sich immer jemand, der ihn auf den Schoß nahm oder mit ihm herumalberte. Und fast jeder stellte fest, dass der Knabe doch ganz dem Vater ähnelte. Bis Gunni der Kragen platzte. »Wieso denn? Das Kind ist doch hübsch!«

Betretenes Schweigen, verstohlene Blicke zu Jörg, doch der zeigte Haltung und lächelte verständnisvoll. Im Übrigen stimmt es wirklich, Tim hat große Ähnlichkeit mit seinem Vater und ist immer noch ein hübsches Kerlchen …

Nachdem alle gesättigt waren, die zum Autofahren Verdammten den Kognak abgelehnt, den Kaffee jedoch getrunken hatten und Tim nun auch in den Schlaf des rundum Zufriedenen gefallen war, läutete Tom den Aufbruch ein. Er stand nämlich auf, bedankte sich in wohl formulierten Sätzen für unsere Anwesenheit und natürlich auch für die Geschenke, gab das Wort an Rainer weiter, und der sagte dann noch das, was Tom nicht gesagt hatte.

Ich hatte schon befürchtet, die jungen Ehepaare würden uns allein durch den Schlosspark schicken, aber das taten sie dann doch nicht, sie kamen mit. Inzwischen bewegten sich die Temperaturen so um die dreißig Grad herum, es gab viel Sonne im Park und wenig Schatten, die Wege sind nämlich sehr breit und die Bäume rechts und links sehr kunstvoll beschnitten, jedenfalls hatten wir allesamt nach einer guten halben Stunde Lustwandeln genug von Rosen und Zypressen, suchten den kürzesten Weg zurück zum Eingang und verabschiedeten uns ziemlich formlos. Morgen schon würden wir uns ja alle wieder sehen!

Oder vielleicht doch nicht?

»Du glaubst ja wohl nicht wirklich, dass ich morgen wieder hier rauffahre, um einen Abend lang auf einer harten

Bank ohne Lehne zu sitzen, Brötchen mit Klops drin zu essen oder fette Grillwürstchen und dazu warmes Bier zu trinken, während mir aus vier Lautsprechern die Ohren voll gedröhnt werden mit etwas, das fälschlicherweise als Musik bezeichnet wird?!«

Wir befanden uns auf der Heimfahrt, momentan im dritten Stau, denn freitags ist unsere Autobahn immer voll, ganz besonders zwischen sechzehn und neunzehn Uhr, wenn die Vertreter-Rallye heimwärts rollt und die ersten Wochenendurlauber auch schon unterwegs sind.

Rolf räkelte sich auf dem Beifahrersitz – er hatte natürlich den Kognak getrunken und auch mehr als nur ein Glas Tischwein – und schilderte nun in lebhaften Worten, worauf er morgen offenbar zu verzichten bereit war. »Der Herr Sperling hat mir nämlich erzählt, was da abgehen soll! Mit fünfzig bis sechzig Besuchern wird gerechnet, es können aber auch mehr werden, und dieser Rainer hat wohl irgendwas mit Musik zu tun, jedenfalls wird morgen früh eine große Musikanlage installiert und abends kommt eine richtige Kapelle …«

»… das heißt nicht mehr Kapelle, so eine spielt bei uns sonntags auf der Kurhausterrasse; was du meinst, nennt man Bääänd!«, warf ich ein, aber so etwas überhört er grundsätzlich.

»… getanzt wird natürlich auch, und ab zwei Uhr morgens gibt es einen Taxi-Shuttle zum Selbstkostenpreis, aber nur für jene, die später nicht auf einer mitzubringenden Luftmatratze im Zelt schlafen wollen.« Er schüttelte nachdrücklich den Kopf. »Für solchen Rummel bin ich nicht mehr jung genug! Außerdem wird morgen Abend das Länderspiel übertragen, und Klaus hat schon gefragt …«

»Du wirst tatsächlich alt!«

»Wieso? Weil ich Fußball gucken will?«

»Nein, weil du mit zwei Möglichkeiten konfrontiert wirst und dich für die entscheidest, bei der du um zehn im Bett liegen kannst!«

Die restlichen elf Kilometer bis nach Hause legten wir schweigend zurück.

Kapitel 25

Die Salate und die Brötchen könnt ihr in der ersten Garage abladen, die Desserts in der zweiten! – Schön, dass ihr doch mitgekommen seid!«, sagte Katja und signalisierte jemand Unsichtbarem irgendwo weiter hinten, dass der oder die Betreffende etwas hochzuziehen habe.

»Nur zur Erinnerung: Ich bin deine Mutter!«

»Weiß ich, hab im Moment aber keinen Kopf dafür! Hier läuft zurzeit alles schief! Die Zapfanlage funktioniert nicht so, wie sie soll, Tom ist verschwunden, dabei muss er dringend noch mehr Grillkohlen auftreiben, die vorhandenen reichen garantiert nicht, außerdem soll er Oma abholen und bis spätestens sieben Uhr die Roggenbrötchen.«

»Also die Oma und die Brötchen könnte ich ja übernehmen«, schlug ich vor, obwohl ich nicht die geringste Ahnung hatte, wo denn Oma und danach die Brötchen einzusammeln wären, mein Orientierungssinn in fremden Gegenden ist nicht gerade ausgeprägt, doch da hatte Katja schon abgewinkt. »Lieber nicht, du findest in Stuttgart doch nicht mal den Fernsehturm!«

»Das ist überhaupt nicht wahr! Ich habe immer gewusst, wo er ist, ich hatte nur keine Ahnung, wie man dort hinkommt!«

In diesem Moment dröhnte die Musik los, Katja hielt sich die Ohren zu, bewegte die Lippen, schüttelte den

Kopf, und was Anne sagte, war zwar nicht zu verstehen, ließ sich aber unschwer ihrem Gesicht ablesen: Wenn ich nicht endlich den Krempel hier irgendwo abstellen kann, dann lasse ich ihn einfach fallen! Immerhin hielt sie im linken Arm zwei Kannen mit Vanillesoße, in der Hand noch einen Teller mit belegten Brötchen und in der anderen die Platte mit der Käsetorte – mit einem schon beängstigenden Neigungswinkel.

Karen schleppte mit beiden Händen die Oma-Schüssel samt etlichen Kilo Kartoffelsalat, und ich hatte mich mit dem Wackelpudding bewaffnet, rechts grün, links rot. Alles andere stand noch im Kofferraum. Zumindest hoffte ich, dass es stand, denn den Höhenunterschied zwischen Straße und der zum Parkplatz ernannten Wiese mit dem schönen grünen Gras drauf hatte ich etwas unterschätzt, folglich hatte es hinten im Kofferraum recht laut geklappert, aber reingeguckt hatten wir noch nicht. Das, was wir gerade hundert Meter weit durch die Pampa schleppten, hatten wir nämlich im Fond verteilt, wo Anne und Karen unter vollem Körpereinsatz und nahezu akrobatischen Verrenkungen das Umkippen oder Wegrutschen während der Fahrt verhinderten.

»Wenn dein Erdbeerquark unterwegs tatsächlich eine Verbindung mit dem Bienenstich eingegangen sein sollte, dann ernennen wir ihn zu Biscuit rosé und stellen ihn dort auf den Tisch, wo am wenigsten Licht hinfällt«, hatte Karen gemeint, ein mögliches Auslaufen in ihren Heringsalat allerdings heftig bestritten. »Kann gar nicht sein, da ist ein Deckel drauf!«

»Auf meinem Quark auch!«

»Ja, aber der hat nicht gepasst!«

Karen ist eine jener Nachbarinnen, die dreißig Jahre jünger sind als man selbst, die man aber trotzdem kennt, weil sie schon mit den eigenen Kindern zusammen in die

Schule gegangen sind. Gewohnt hatte sie damals zwar in einem drei Kilometer entfernten Ortsteil unserer Großen Kreisstadt, doch es gab ja außer der Schule noch den Sportverein, das Freibad und die gemeinsamen Übungsstunden auf der Blockflöte zwecks vorweihnachtlicher Auftritte im Seniorenheim und bei den Adventnachmittagen vom Roten Kreuz, die ja auch gern musikalisch umrahmt werden. Die Zwillinge waren immer dabei gewesen und Karen auch, weniger aus altruistischen Gründen, sondern wegen der Nikolaustüten, die es hinterher zur Belohnung gegeben hatte. Und da Eltern bei sportlichen Veranstaltungen als Zuschauer und speziell Mütter für den jeweiligen Fahrdienst gebraucht werden, kennen sie meist auch die anderen Kinder, denn die haben sie natürlich wechselseitig abgeholt oder wieder heimgebracht.

Später hatten sich die Mädchen aus den Augen verloren. Karen hatte eine Hauswirtschaftslehre begonnen, unsere beiden waren nach Heidelberg übergesiedelt, Karen hatte gleich ihre erste Liebe geheiratet, die Zwillinge wollten aber noch nicht mal ihre jeweils dritte Liebe heiraten, und entsprechend groß war denn auch die Überraschung gewesen, als Karen nicht nur mit Ehemann Siggi ins Nebenhaus zog, sondern gleich mit zwei Kindern, die sogar schon aus dem Windelalter heraus waren.

»Selbst wenn ich mal heiraten sollte ...«, hatte Katja philosophiert, nachdem sie einen Abend lang Babysitter gewesen war, damit Karen und Siggi ihren fünften Hochzeitstag im Nobelrestaurant mit einem intimen Diner à deux feiern konnten, »ich glaube, auf Nachwuchs verzichte ich besser. Das erste Drittel unseres Lebens wird uns schon von unseren Eltern verdorben und das zweite offenbar von unseren Kindern!«

»Bleibt immer noch ein Drittel übrig!«, hatte ich sie erinnert.

»Stimmt! Aber das ist dann der so genannte Ruhestand; ein angenehmes Leben mit unangenehm wenig Geld.«

Anne wiederum hatten wir kennen gelernt, als Ehemann Eddie an einem lauen Sommerabend im Garten Gitarre gespielt und völlig akzentfrei Countrylieder gesungen hatte. Bis dato war in der Nachbarschaft nur deutsches Liedgut zu hören gewesen, besonders nach gewonnenen Länderspielen, als die Siege erst mit Bier und dann mit der schwarzbraunen Haselnuss und dem Ännchen von Tharau gefeiert worden waren.

Neugierig geworden hatte ich hinten übern Gartenzaun gelinst, war entdeckt und auf die Terrasse gebeten worden, hatte ein frisch gegrilltes Steak essen und Budweiser aus der Dose trinken müssen, und nach anderthalb Stunden hatte sich Rolf auf die Suche nach seiner abhanden gekommenen Ehefrau gemacht … Seitdem steht Eddie gelegentlich zum Fußballgucken oder bei Formel eins auf der Matte und Anne auch ohne einen bestimmten Grund. Oder ich bei ihr.

Schon damals bei Nickis Polterabend hatten Anne und Karen mitgeholfen, vom Lkw herunter die angeschlagenen beziehungsweise unverkäuflichen Restbestände an Keramik und Porzellan zu zertrümmern, die Hannes und Steffi herangekarrt hatten (es war ein sehr erfolgreicher Auftritt gewesen!), und nach der Hochzeit, als das junge Paar ins Flitter-Wochenende gefahren war, hatten wir gemeinsam einen halben Tag lang die Wohnung der beiden dekoriert – ebenfalls sehr erfolgreich!

Also war es nur logisch, dass meine zwei Nachbarinnen auch bei Katja poltern würden – diesmal ganz bescheiden mit einem angeschlagenen Milchtopf beziehungsweise einer sehr hässlichen Blumenvase aus der Adenauer-Ära, das Geschenk einer unlängst verstorbenen Tante und nunmehr zum Entsorgen freigegeben. »Als antik geht sie noch nicht durch!«, hatte Anne bedauert. »Und bei eBay bin ich sie nicht losgeworden.«

Noch zweimal pendelten wir zwischen Auto und Garagen, dann hatten wir unsere Platten und Schüsseln endlich herangeschleppt, von Deckeln und Folien befreit, erleichtert festgestellt, dass ihr jeweiliger Inhalt keine Mesalliance mit anderen Salaten eingegangen war, und schließlich dort aufgebaut, wo sowieso kaum noch Platz gewesen war. Offenbar hatte es in diesem Jahr eine Tomatenschwemme gegeben, denn Tomatensalat war recht häufig vertreten und der mit dem gekochten Schinken und den niedlichen Hörnchen-Nudeln drin ebenfalls.

»Ich hatte mir erst überlegt, ob ich statt Heringssalat nicht besser einen aus Champignons machen soll«, sinnierte Karen beim Anblick der geballten Kalorienmenge in Form von Wurst und Käse mit ein bisschen Brot drunter, »es gibt doch immer Leute, die kein Fleisch mögen.«

»Vegetarier essen zwar keine Tiere, aber dafür fressen sie ihnen das Futter weg!«, sagte eine Stimme hinter mir, und die kannte ich recht gut!

»Wann wird denn endlich das Buffet offiziell eröffnet?« Mit der rechten Hand angelte Hannes eine Brötchenhälfte von der Platte ganz hinten, schob mit der linken Hand die Lücke wieder zu und biss herzhaft in die Salamischeiben. »Jetzt funktioniert die Zapfanlage einwandfrei, aber bis es so weit war, habe ich immer wieder probieren müssen, ob das Bier auch keinen Beigeschmack gekriegt hat!«, entschuldigte er sich kauend. »Und das alles auf beinahe nüchternen Magen!«

»Wie lange probierst du denn schon?« Diese Frage, zusammen mit dem leicht hinterhältigen Lächeln, kam von Anne, vermutlich in Erinnerung an Nickis Polterabend. Der war nämlich sehr promilleträchtig gewesen und erst irgendwann morgens zu Ende gegangen, weshalb bei einigen Teilnehmern kleinere Gedächtnislücken bis heute nicht geschlossen werden konnten. Stefanie behauptet immer noch, sie habe die Sonne aufgehen sehen, und zwar genau hinter der Bank am Feldweg, wohin man gemeinsam spaziert war zwecks Besichtigung des Vogelnestes dort irgendwo im Mostapfelbaum. Dass sie auf der Bank liegend eingeschlafen war, bestreitet sie entschieden, sonst hätte sie ja nicht den beginnenden Flirt zwischen Anne und Hannes mitgekriegt, was wiederum die so Beschuldigten als alkoholbedingte Fata Morgana bezeichneten. Immerhin sei ja der Bauer auf seinem Traktor dauernd vorbeigetuckert, hatte Hannes gesagt, und wie man mit einer Frau flirten soll, die – Kopf an seine Schulter gelehnt – sanft vor sich hin schnarcht, solle ihm mal jemand vormachen. Was nun wieder Anne abstreitet, denn in Gegenwart eines mit ihr flirtenden Mannes sei sie noch nie eingeschlafen!

Es steht auch heute noch Aussage gegen Aussage, was der Freundschaft allerdings keinen Abbruch getan hat, zumal der mögliche Zeuge auf seinem Traktor nie ermittelt werden konnte.

»Ich muss zurück zu meiner Tankstelle, bevor sie sich ein anderer unter den Nagel reißt!«, sagte Hannes, der die Zapfanlage nicht aus den Augen gelassen hatte. »An der Quelle saß der Knabe! Hat schon Schiller gesagt!«

»Ich bezweifle nur, dass da von Weizenbier die Rede war …« Das hatte er allerdings nicht mehr mitbekommen, weil er unter Mitnahme einer weiteren Brötchenhälfte davongestürmt war. »Da will doch jemand tatsächlich … He! Finger weg! Selbstbedienung is nich!«

»Diesmal wird es garantiert keinen gemeinsam zu betrachtenden Sonnenaufgang geben«, prophezeite ich Anne, »erstens geht sie jetzt viel später auf als damals im

Juni, zweitens sind alle Jungvögel dieses Sommers längst flügge, und drittens bin ich es, die euch zurückfahren muss, und das ganz bestimmt nicht erst morgen früh. Überhaupt wird es heute Nacht noch anfangen zu regnen! Ist vorhin durchs Radio gekommen.«

»Irren ist meteorologisch!«, behauptete eine junge Frau dicht hinter uns, den einen Arm voll Chipstüten, im anderen drei übereinander getürmte Blechbüchsen mit Knabbergebäck. »Zum Salate machen habe ich einfach kein Talent, und wenn man das Zeug hier offen zwischen die Schüsseln streut, wird's bestimmt auch gegessen. Könnt ihr mir mal was davon abnehmen? Ich bin übrigens Andrea.«

Wir griffen zu, und dann war Andrea auch schon wieder weg.

»Kennst du die?«, wollte Karen wissen.

»Nein.«

»Das habe ich mir beinahe gedacht.«

»Wieso denn?«

»Du hast so unintelligent geguckt.«

Sehr viel intelligenter habe ich bestimmt auch nicht ausgesehen, als ein junger Mann mit Nickelbrille auf mich zukam. »Sind Sie nicht Katjas Mutter?«

»Doch.«

Anscheinend reichte ihm das nicht, denn er blieb stehen und sah mich erwartungsvoll an. Folglich hatte ich ihn zu kennen, aber woher? Und seit wann? Schulzeit? Studienzeit? Referendariat? Speziell während dieser letzten Ausbildungsphase hatten oft genug Männlein und/oder Weiblein auf unserer Terrasse gesessen und zusammen mit den Zwillingen die Welt oder wenigstens die gegenwärtigen Unterrichtsmethoden verbessern wollen, aber musste ich von der ganzen Meute auch jetzt noch jeden einzelnen namentlich kennen?

Mein Gegenüber hatte wohl ähnliche Überlegungen angestellt, denn er half mir über die erste Klippe. »Ich bin Schorsch!«

Aha! Doch wo um alles in der Welt hatte ich diesen Schorsch einzuordnen?

»Eigentlich bin ich doch mitschuldig, dass Hannes und Stefanie geheiratet haben, denn hätte ich damals nicht meinen Campingbus dabeigehabt, als wir beide bei dem komischen Straßenfest waren, dann wären wir doch abends nach Hause gefahren, Steffis verschnarchter Horst-Heinrich wäre wieder in Gnaden aufgenommen ...«

»Hermann!«, korrigierte ich.

»Wie bitte?«

»Der hat Horst-Hermann geheißen!«

»Ach so. Also wenn Hannes damals nicht in meinem Bus hätte übernachten können ...«

»... dann hätte er vermutlich schon am Abend die Hängematte requiriert und im Garten geschlafen, statt erst im Morgengrauen umzuziehen, weil der Parkplatz angeblich von Spätheimkehrern als Fußballplatz missbraucht wurde. Eine Woche lang hatte ich damals damit zu tun gehabt, meinen Nachbarn das nächtliche Treiben in unserem Garten halbwegs glaubhaft zu erklären.«

Jetzt wusste ich natürlich, wen ich vor mir hatte! Schorsch! Ich habe noch immer keine Ahnung, wie er eigentlich mit Nachnamen heißt, er hat bestimmt einen, nur habe ich den nie erfahren. Er hatte immer nur Schorsch geheißen! Basta!

Wir wechselten ein paar belanglose Sätze; nein, er sei noch nicht verheiratet, habe zurzeit nicht mal eine feste Freundin, die heutigen Frauen seien ja alle so selbstbewusst, so zielorientiert, wollen berufstätig sein und Hausfrau nur nebenbei – also da habe er doch etwas andere Vorstellungen von der Ehe. Und nun wolle er mich nicht länger aufhalten, meinte er und verschwand Richtung Bierbar.

Anne und Karen hatten sich allerdings auch taktvoll verkrümelt, egal, ich wollte ohnehin sehen, wo ich die einzelnen Mitglieder meiner Sippe finden würde, denn außer Katja und Hannes hatte ich noch niemanden gesehen.

Sven entdeckte ich am kleinen Zelt hinten rechts, wo er mit einem Vorschlaghammer Eisenstäbe in den Grasboden rammte. »Kannste das Ding mal festhalten? Ich krieg's einfach nicht gerade rein!«

»Dann lass es eben schief stehen! Meine Hände brauche ich noch!«

»Es geht nicht ums Schiefstehen, sondern ums Zusammenklappen! Isses nämlich schon mal, lagen aber bloß Jacken und Schlafsäcke drin, Tote hat's nich gegeben!« Er wischte sich die Schweißtropfen von der Stirn und sah mich vorwurfsvoll an. »Wenn jetzt noch mal jemand gegen die Zeltwand rennt, dann isse nämlich endgültig im Ar… Eimer!«, verbesserte er sich. »Ich habe Tom gleich gesagt, dass das nicht gut gehen kann, wenn hier alles offen ist und dahinter bloß Wiese. Freie Fahrt für freie Bürger!«

Ganz Unrecht hatte er nicht, aber Katja hatte gemeint, sie würden ihre Gäste ja alle kennen und die Unerwünschten kurzerhand rausschmeißen.

»Und was ist mit denen von Margit und Rainer?«

»Die beiden kennen ihre Leute doch auch!«, hatte sie schon etwas unwillig gesagt. »Und überhaupt haben wir viele gemeinsame Freunde, da ist es doch egal, zu wem sie offiziell gehören!«

Trotzdem würde es mich nicht wundern, wenn sich die erwarteten ungefähr hundertfünfzig Gäste im Laufe des Abends verdoppeln würden. Was dann ja auch tatsächlich passiert sein soll.

Endlich lief mir Stefanie über den Weg. »Wo steckst du eigentlich? Wir suchen dich schon die ganze Zeit!«

»Wer sucht mich?«

»Tom! Du sollst dich mal ein bisschen um Oma kümmern, bis sein Vater kommt, weil du altersmäßig am besten zu ihr passt und sie doch hier niemanden kennt!«

»Ich auch nicht! Nicht mal Oma! Wir haben gestern auf dem Standesamt kaum zwei Sätze gewechselt.«

»Das ist mehr als jeder andere. Komm, ich bringe dich zu ihr!«

Davon war ich alles andere als begeistert. Oma ist eine wirklich liebe und nette Frau, aber sie ist weit über achtzig und spricht nun mal unverfälschten Darmstädter Dialekt, von dem ich schon am Vortag nur einzelne Worte verstanden hatte, und die auch noch falsch.

»Sie bleibt ja nicht lange«, versicherte Steffi. »Eigentlich wollte sie überhaupt nicht kommen, aber Tom ist nun mal ihr einziger Enkel, und sie ist so froh, dass jetzt alles seine Ordnung hat und er endlich richtig verheiratet ist.«

Stimmt! Großmütter haben was gegen ungeordnete Verhältnisse! Meine hatte genauso wenig wahrhaben wollen, dass wir erst eine gemeinsame Wohnung hatten und erst Monate später aufs Standesamt gingen. Vor einem halben Jahrhundert war diese Reihenfolge allerdings noch weitgehend unüblich, und speziell in ländlichen Hotels hatte man entweder den Trauschein vorlegen oder zwei Einzelzimmer nehmen müssen, obwohl man ein Doppelzimmer haben wollte – ich spreche da aus Erfahrung!

Wenigstens muss der Bräutigam seine frisch angetraute Ehefrau heute nicht mehr unbedingt über die Schwelle tragen, die hatte sie nämlich als seine Mitbewohnerin schon oft genug mit dem Scheuerlappen bearbeitet. Außerdem sieht diese Demonstration männlicher Kraft nur dann gut aus, wenn die Schleppe des Brautkleids so richtig dekorativ über den Fußboden und die besagte Schwelle schleift, was bei Minirock oder Hosenanzug natürlich nicht der Fall ist.

Oma saß etwas verloren in der für die ältere Generation bestimmten Garage, dort gab es nämlich richtige Stühle und kleine runde Tische, während in den Zelten weitgehend Bierbänke dominierten. Wie mir später mitgeteilt wurde, hätte auch ich Anspruch gehabt auf einen Plastiksessel nebst Kissen, doch da hatte ich mich schon an »Zwar-keine-Rückenlehne-aber-dafür-eventuell-Splitter-im-Hintern« gewöhnt.

Nun weiß ich aus leidvoller Erfahrung, dass Großeltern am liebsten über ihre Enkel reden. Ich hatte nämlich nicht nur zwei Großeltern-Paare gehabt, sondern noch eine Urgroßmutter und mehrere Großtanten, die zum Teil gar nicht echt gewesen waren, sich aber als so fühlten, und alle hatten immer alles von mir, über mich und mein Leben fern der Heimat wissen wollen, um es dann bei geeigneten Gelegenheiten weiterzugeben und Vergleiche zu ziehen mit den Enkeln von Nachbarn, Kränzchenschwestern und Skatbrüdern. Von meinem väterlichen Großvater weiß ich, dass er meine damaligen Briefe an ihn bei den regelmäßigen »Herrenabenden« vorzulesen pflegte, während meine Großmutter sie bei ihren Kränzchen-Nachmittagen zum Besten gab. Diese Briefe scheinen so eine Art Grundstein meiner literarischen Ambitionen gewesen zu sein!

Nun lagen die Verständigungsschwierigkeiten zwischen Toms Oma und mir nicht etwa nur daran, dass ich sie kaum verstand, umgekehrt gab es wohl ähnliche Probleme, obwohl ich mir einbilde, einwandfreies Hochdeutsch zu sprechen. Der Berliner Dialekt war bei uns zu Hause immer verpönt, und wenn mir doch mal ein »Nee« oder ein »Weeß ick nich« rausrutschte, dann kam prompt ein »Wie heißt das?« zurück, und ich musste das jeweilige Wort in »richtigem« Deutsch wiederholen.

Leider kam auch das richtige Deutsch bei Oma nicht an, es sei denn, ich sprach gaaanz langsam und prononciert, aber das hält man nicht lange durch, und so bat ich Oma, sie möge doch mal erzählen, wie Tom als Kind gewesen war. »Ist – er – ein – liieebes – Kind – gewesen?«

Er war's offenbar nicht, denn Oma erzählte sehr viel und sehr schnell, unterstrich manche Sätze mit beziehungsreichen Handbewegungen, schüttelte häufig den Kopf und blickte manchmal richtig finster drein. Allmählich verstand ich sogar schon halbe Sätze, konnte mir den Rest zusammenreimen und kam zu dem Schluss, dass mein Schwiegersohn nicht gerade das gewesen ist, was man einen lieben netten Jungen nennt.

Er sah auch jetzt nicht wie ein solcher aus, als er sein Bierglas schwingend auf uns zukam. »Weshalb sitzt ihr denn hier auf dem Trockenen?«

»Weil uns niemand was gebracht hat!«,

»Hier bedient man sich selber ... Oma, was willst du denn trinken?«

Oma wollte aber gar nicht, vielmehr zog sie seinen Kopf zu sich herunter, was bei annähernd zwei Metern Restlänge gar nicht so einfach ist, und flüsterte ihm etwas ins Ohr.

»Wo die Toiletten sind? Lass mal gut sein, Oma, die findest du doch nicht, ich bringe dich besser hin!«

Worauf Oma und Enkel von dannen schritten und ich ihnen in mäßigem Abstand folgte, denn die zwei gemieteten Dixi-Klos, die mich immer, wenn ich mal eins sehe, an die Schilderhäuschen vor dem Buckingham-Palast erinnerten, hatte ich auch noch nicht entdeckt. Allerdings waren alle beiden besetzt, ein Zustand, der sich im Laufe des Abends niemals änderte, bis ich mich schließlich an meine enge Verwandtschaft mit dem Brautpaar erinnerte und um den Wohnungsschlüssel bat.

Inzwischen war es längst dunkel geworden, überall waren Lichter aufgeflammt, die in Form von alten Stalllaternen, Scheinwerfern, Spotlights und meterlangen Lichterketten alles beleuchteten, was beleuchtet werden musste, und das waren in erster Linie die beiden Fresstempel und natürlich jene Zelte, in denen man sich mit Teller, Besteck, Glas oder Flasche und Papierserviette – sofern nicht unterwegs weggeflogen – niederlassen konnte. Dort fand ich auch Anne und Karen wieder und gleich daneben Nicki und Jörg. Allein! Omi und Opi waren, obwohl ebenfalls geladen, auffallend bereitwillig zu Hause geblieben und sitteten Baby.

»Wo warst du denn die ganze Zeit? Wir haben dich überall gesucht!«, behauptete Nicki nicht so ganz glaubhaft, aber wenigstens rückten sie zusammen, ich quetschte mich noch auf die Bank, und als ich gerade Karens Heringsalat auf der Gabel hatte, hielt mir jemand von hinten die Augen zu. Es waren weibliche Hände, und zwar sehr schmale, gepflegte, unberingte – ich hatte nicht die mindeste Ahnung, wem sie gehören könnten. »Hände weg, oder ich steche zu!«

»Ist bei einer Plastikgabel wenig effektiv!«, bekam ich zur Antwort, und dann wusste ich, wer mich am Essen hindern wollte. »Susanne!«

Sie war es tatsächlich. Seit ihrem etwas übereilten Aufbruch aus unserem gemeinsamen Zimmer im sechzehnten Stock hatte ich sie nicht wieder gesehen. Telefoniert hatten wir ein paarmal, doch mit einem Treffen hatte es nie geklappt. »Wie kommst du denn auf den Polterabend meiner Tochter?«

»Mit'm Auto!«

Falsche Fragestellung, ganz klar. Also noch mal von vorne:

»Woher wusstest du von diesem Auftrieb? Steffi behauptet nämlich, du würdest dich ziemlich rar machen.«

»Man kann's auch umgekehrt sehen. Die beiden brauchen im Haus bloß fünfzehn Stufen runterzugehen, ich muss sie jedes Mal hochsteigen! – Du darfst übrigens weiteressen.«

Sie rückte dann doch damit heraus, dass Olaf ihr von dem heutigen Auftrieb erzählt hatte, als man sich vor zwei Tagen mit jeweils einer vollen Tüte in der Hand vor der gemeinsamen Restmülltonne getroffen hatte. »Der müsste eigentlich auch hier sein, denn wo es Freibier gibt, ist Olaf doch nie weit.«

Olaf ist wiederum mit Ecki verbandelt, die eigentlich Erika heißt, und beide wohnen parterre unten links. Ich kenne sie alle, die Bewohner von Haus Nummer achtundzwanzig, und Katja kennt sie natürlich auch, weil sie Stefanie und Hannes kennt ... Ich habe sogar schon mitgemacht beim vorweihnachtlichen Schmücken der Hausfassade, immer am ersten Adventsamstag, wenn Hannes mit mehreren Kisten Dekomaterial aus der Firma kommt, und die Hausbewohner schon mit Leitern und Glühwein auf ihn warten. Hinterher wird grundsätzlich auf der »Gemeinschaftswiese« gegrillt, egal, welche Temperaturen gerade herrschen, und am nächsten Morgen wird alles das neu dekoriert, was im Laufe der Nacht wieder runtergefallen ist.

»Schön, dass ich dich in diesem Trubel doch noch gefunden habe«, sagte Susanne, nachdem ich sie zum Wiesen-Parkplatz begleitet hatte, »und schade, dass ich schon weg muss, aber morgen um elf geht mein Flieger, und ich hab noch nicht gepackt!«

»Erfahrungsgemäß dauert das bei dir doch höchstens eine halbe Stunde. – Schon wieder Urlaub?«

»Nee – Hochzeit!«

»Etwa deine?«

»Sehe ich so aus? Meine Kusine heiratet. Auf Mallorca!«

»Einen Spanier?«

»Dann könnte ich den Aufwand sogar verstehen, aber nein, es ist ein Deutscher aus Neustadt an der Wein- oder was weiß ich welcher Straße, und weil er ein Haus auf der Insel hat, will er dort heiraten. Hätte er das nicht in Neustadt tun können?«

»Weshalb sollte er? Mallorca hat doch auch seinen Charme.«

Sie sah mich ganz entsetzt an. »Mallorca im Juli ist so was Ähnliches wie Köln im Karneval und München beim Oktoberfest – und da will ich auch nie wieder hin!« Sie öffnete die Wagentür. »Von Neustadt nach hier sind's drei Autostunden, da hätte ich am nächsten Morgen zurückfahren können.«

»Mit'm Flieger nach Frankfurt dauert's halb so lange, wo liegt das Problem?«

»In der Jahreszeit! Ich hab erst für Mittwochabend ein Rückflugticket gekriegt. Ahnst du, was das bedeutet?«

»Ja, nämlich faulenzen, schwimmen, sonnenbaden am Strand und abends in einer Bodega Tapas und mallorquinischen Rotwein – das hält man doch ein paar Tage lang aus?!«

»Mein anzuheiratender Cousin hat sein Haus irgendwo bei Valdemossa, also oben in den Bergen, wo nur eine einzige Straße rauf- beziehungsweise runterführt. Ich glaube, das Meer kann man von dort aus nicht mal sehen! – Sonst noch Fragen?«

»Nein. Ich wünsche dir trotzdem ein paar schöne Tage und bin froh, dass meine Eltern Einzelkinder waren.«

»Du Glückliche!«, sagte Susanne, stieg ins Auto und schloss die Tür. Dann ließ sie kurz das Fenster herunter. »Wir sollten uns nicht ganz aus den Augen verlieren!«

Der Wagen sprang an, ein kurzes »Auf bald mal!«, und dann waren nur noch die Rücklichter zu sehen.

Langsam tastete ich mich über die Wiese zurück, und weil sie nicht beleuchtet und sowieso sehr uneben war, stolperte ich prompt und landete in irgendwas, was ekelhaft piekte. Brennnesseln waren's nicht, wahrscheinlich ein den Disteln zuzuordnendes Gewächs – klein, heimtückisch und mit Stacheln, die man nicht sieht, sondern bloß fühlt.

»Der Erste-Hilfe-Kasten hängt in der kleinen Garage«, hatte Katja – bar jeglichen Mitleids – gesagt, und dort würde ich eine Pinzette finden und vielleicht auch eine kühlende Salbe, aber ich fand nur sehr viele Menschen, die sich zwecks Besichtigung der Geschenke drängten beziehungsweise selber etwas dazustellten. Zwei Tische gab es, gekennzeichnet mit den Namen der Braut … nein, der Ehepaare, und bewacht von dem auf einem Podest thronenden Nili, immer noch im Smoking, aber doch schon etwas zusammengesunken, was zweifellos auf die beiden leeren Sektflaschen zurückzuführen war, die umgekippt zu seinen Füßen lagen.

Es gab große Päckchen und kleine Päckchen und ganz kleine Päckchen mit Schleifen und mit Kräuselband, darunter auffallend viel Grünzeug mit Wurzeln unten dran, zweifellos sehr nützlich für Paare, die noch wenig Möbel und viel Platz in der Wohnung haben; bei Tom und Katja war jedoch eher das Gegenteil der Fall.

Auf der Suche nach einem Familienmitglied oder wenigstens nach einem bekannten Gesicht lief ich Heike in die Arme, auch eine jener Kommilitoninnen, die entweder mal bei uns auf der Terrasse gesessen oder die ich in der

Heidelberger Studentenbude kennen gelernt hatte. »Na, auch schon verheiratet?«, wollte ich wissen, nachdem wir uns begrüßt hatten.

»Noch nicht. Ich heirate ihn erst, wenn ich abgestillt habe, sonst kann ich ja gar nicht richtig mitfeiern. Also frühestens in drei Monaten.«

Wieder was gelernt! Man richtet sich mit seiner Hochzeit nicht mehr unbedingt nach der Jahreszeit oder dem Einzugstermin in die neue Wohnung, sondern nach dem Ernährungsplan des bereits vorhandenen Nachwuchses.

Und meine Großmutter hatte sich doch tatsächlich aufgeregt, weil Sven ein Achtmonatskind gewesen war!

Langsam wurde es kühl. Und laut. Die inzwischen eingetroffene dunkelhäutige Band machte sehr laute Musik und auch sehr gewöhnungsbedürftige, und wenn nicht gerade die blonde Sängerin sang oder der Saxophonist ein Solo saxophonierte, dann wurde getanzt. Nur reichte die dafür vorgesehene Betonplatte, auf der normalerweise die zu reinigenden Straßensäuberungsgeräte von Herrn Sperling abgespritzt werden, bei weitem nicht aus, und so wurde auch drumherum getanzt, was wiederum den reibungslosen Zugang zur Bierzapfanlage behinderte, hinter der Hannes im Schweiße seines Angesichts so lange zapfte, bis es nichts mehr zu zapfen gab. Die Weißbier-Quelle war versiegt. Bier in Flaschen gab es noch in ausreichender Menge, aber das wollte kaum jemand.

Und dann kam Olaf ins Spiel, jener Hausbewohner, der Susanne über das heutige Spektakel informiert hatte, bekennender Weißbier-Fan und angeblich in der Lage, Nachschub aufzutreiben. Und das sogar ganz in der Nähe.

Als Olaf losmarschierte, war es kurz vor Mitternacht, und danach ward er nicht mehr gesehen. Kleinere Suchtrupps, die ihn nicht ganz zu Unrecht schlafend in Feld oder Wiese vermuteten beziehungsweise in einer der beiden nicht allzu weit entfernten Kneipen, kehrten unverrichteter Dinge zurück. Versuche, ihn übers Handy zu erreichen, blieben ergebnislos, und der nahe gelegene Friedhof, durch den breite Kieswege führen und einen nicht mehr so ganz nüchternen Menschen in die Irre leiten können, war durch ein großes Tor verschlossen. Olaf blieb verschwunden und soll sich erst im Laufe des nächsten Tages wieder in seiner Wohnung eingefunden haben, wobei die Zeitangaben zwischen elf Uhr morgens und fünf Uhr nachmittags schwankten – erstere stammte von Olaf selber, die andere von seinen Wohnungsnachbarn.

Aber so weit sind wir ja noch gar nicht. Es war ja erst kurz nach Mitternacht, aber wenn man als eine der wenigen nüchtern bleiben muss, weil man zwar kein Kind mehr stillen oder am nächsten Tag arbeiten muss, sondern nur zwei Nachbarinnen heil nach Hause bringen soll, dann fühlt man sich nach ein paar Stunden absolut fehl am Platz. Und einen ganzen Abend lang bloß alkoholfreien Calvados trinken zu müssen, hebt auch nicht gerade die Laune. Was das ist? Man bezeichnet dieses Getränk gemeinhin als Apfelsaft, die andere Variante klingt aber interessanter und nicht ganz so nach minderjährig oder magenkrank. Außerdem fing ich an zu frieren, mir fehlte die innere Erwärmung.

Inzwischen war ich schon mehrmals gefragt worden, wie es mir »da im Orient oder wo Sie gewesen sind« gefallen hat, ob es wirklich so heiß ist und ob ich auch einen richtigen Scheich gesehen hätte. Hatte ich, mindestens zwei sogar, einen im Wüstenzelt und einen auf der Dhau, aber das zu erzählen wäre viel zu zeitaufwändig gewesen. Die andere Variante war bequemer: »Die Orientalen sind ausnahmslos nette freundliche Leute, die sich in zwei

Gruppen einteilen lassen: in Scheichs und in solche, die einen Scheich kennen. Mir sind leider nur jene begegnet, die zur zweiten Gruppe gehören.«

»Um ein Uhr Treffpunkt am Eingang«, hatte ich mit Anne und Karen vereinbart, aber um viertel nach eins waren sie noch immer nicht da. »Zehn Minuten wartest du noch«, redete ich mir selber gut zu. »Wenn sie dann nicht kommen, müssen sie eben im Zelt schlafen, und wie sie später nach Hause kommen, ist ihr Problem!«

Natürlich hätte ich auf die Suche gehen können, aber statt weniger wurden die Besucher immer mehr, zeitweilig sah es aus wie beim Sommerschlussverkauf drei Minuten vor acht, und sogar die Gastgeber schienen allmählich den Überblick verloren zu haben. »Die gehören bestimmt zu Rainer und Margit!«, hatte Katja vermutet, als ich sie nach der Herkunft zweier schon ziemlich abgefüllter Spätpubertierender gefragt hatte, nur hatte Margit sie auch nicht gekannt. »Nie gesehen! Frag mal Tom oder Katja.«

Das ging aber nicht, denn als ich mich etwas später von ihr verabschieden wollte, fand ich sie sanft schlummernd in einem Liegestuhl, Nili im Arm und sorgfältig zugedeckt mit einem Lodenmantel, der mit Sicherheit nicht ihr eigener war.

Wie jemand bei derart lauter Musik, die rundherum sämtliche Fensterscheiben zum Klirren brachte, in einen Tiefschlaf fallen kann, wird mir ein ewiges Rätsel bleiben.

Pünktlichkeit ist bekanntlich die Fähigkeit, auf die Unpünktlichen zu warten, und Geduld ist, wenn man's tatsächlich tut. Um halb zwei war meine Geduld allerdings ausgereizt, doch als ich den Wagen rückwärts aus der stockdunklen Wiese rangieren wollte, hätte ich Karen beinahe unterm Hinterrad begraben. »Wo kommst du denn plötzlich her?«

»Plötzlich?!«, bellte sie zurück. »Wieso plötzlich? Wir warten seit einer halben Stunde auf dich!«

»Kann überhaupt nicht sein! So lange hab ich nämlich schon am Eingang gestanden!«

»Warum denn dort?«, kam Annes Stimme irgendwo aus der Dunkelheit. »Bei dem Getümmel da vorne wird man beinahe über den Haufen gerannt, und finden kann man erst recht niemanden. Außerdem musste ich mal für kleine Mädchen ...« Im Licht der Scheinwerfer betrachtete sie ihre Schuhe. »Weißt du zufällig, ob hier manchmal Kühe weiden?«

»Nein«, konnte ich sie beruhigen, »nur Schafe. Katja hatte schon Angst gehabt, die würden noch länger bleiben, aber der Schäfer ist vorgestern weitergezogen.«

Zu Hause angekommen sind wir übrigens gegen vier Uhr morgens. Es hatte einen Unfall auf der Autobahn gegeben mit einem Lkw und einem Pferd und dann noch zwei Lastwagen hinten dran, von denen der mittlere umgekippt war und seine Ladung gleichmäßig über vier Fahrbahnen verteilt hatte – lauter Autofelgen, und alle vom falschen Hersteller!

Sonntag. Irgendwann zwischen achtzehn und neunzehn Uhr. Anruf von Katja:

»Guten Morgen – oder eigentlich ja wohl guten Abend, ich wollte nur mal hören, ob ihr gut nach Hause gekommen seid. Wie spät war's eigentlich?«

»Bei der Abfahrt oder bei der Ankunft?«

»Ist doch egal. Aber wenn du so pingelig bist ... also wann seid ihr zu Hause gewesen?«

»So um vier Uhr herum, die Sonne war noch nicht aufgegangen.«

Pause. Dann etwas zögernd: »Wo um alles in der Welt seid ihr denn noch gewesen? Hast du dich wieder verfahren?«

»Auf der Autobahn?«

»Hier war nämlich um drei Uhr Schluss, da haben wir die Letzten rausgeschmissen, aber ihr wart doch schon lange weg?!«

»Den Autobahnabschnitt zwischen Walldorf und Sinsheim bin ich bisher immer entlanggerast, jetzt hatte ich endlich mal Gelegenheit, ihn ganz genau von Kilometerstein zu Kilometerstein kennen zu lernen. Und viele andere Autofahrer auch. Steht morgen bestimmt in der Zeitung! – Und wie geht's euch beiden? Alles gut überstanden? Wann seid ihr denn aufgestanden?«

»Aufgestanden? Du meinst wohl, geweckt worden! Fünf vor sieben haben die Ersten auf der Matte gestanden und wollten bei uns duschen! Und vielleicht auch noch 'nen Kaffee kriegen, sie würden auch Brötchen holen, falls sie in der Nähe eine Tankstelle fänden …«

Es fiel mir schwer, das Lachen zu unterdrücken. »Also haben tatsächlich ein paar Unerschrockene im Zelt übernachtet?«

»Einige? Das waren mindestens zwanzig, aber die meisten sind ohne Abstecher in unser Bad gleich nach Hause gefahren. Leider! Ein bisschen mehr Hilfe wäre nicht schlecht gewesen. Georg braucht seine Garagen wieder, die Zelte haben wir bloß bis morgen acht Uhr, die Biertheke hat Hannes schon abgebaut und weggekarrt, und das sonstige Mobiliar muss auch noch heute Abend raus.«

Ein richtig theatralisches Stöhnen kam durch den Hörer.

»Eins ist sicher! Noch 'nen Polterabend gibt's nicht. Wenn ich ein zweites Mal heiraten sollte, dann garantiert ohne!«

Den Hörer hatte ich kaum aufgelegt, da bimmelte das Telefon schon wieder. »'tschuldigung, aber das Wichtigste hätte ich beinahe vergessen! Ich glaube, ich bin schwanger!«

Nachwort

Natürlich war Katja nicht schwanger, sonst würde Sohn Luca jetzt sieben Jahre alt sein und nicht erst fünf. Und Oma hätte zwei Jahre früher stolze Urgroßmutter sein und die verblüffende Ähnlichkeit zwischen Enkel und Urenkel feststellen können. Tom hofft allerdings, diese Ähnlichkeit möge sich wirklich nur auf das Äußere beschränken, denn er wünscht sich einen lieben, netten und friedlich veranlagten Sohn. Ist er auch – bis jetzt jedenfalls.

Seine Eltern haben unlängst ihr Eigenheim bezogen – Schule schräg gegenüber, was auf der einen Seite natürlich praktisch ist, auf der anderen aber die Kommunikation zwischen Elternhaus und Klassenlehrer erleichtert, und das wiederum ist aus Sicht eines Schülers nicht immer erstrebenswert. Die Folgen bleiben abzuwarten, Luca geht noch in den Kindergarten.

Sein Cousin Tim ist inzwischen acht Jahre alt, der Längste in seiner Klasse, nicht ganz der Beste, aber fast, begeisterter Sportler und Sammler aller Autotypen mit maximaler Kantenlänge von neun Zentimetern. Derzeitiger Berufswunsch: Profi-Fußballer. Vielleicht aber auch Rennfahrer oder Konstrukteur. So genau will er sich noch nicht festlegen.

Der Senior meiner drei Enkel (mehr werden es auch nicht, damit habe ich mich abgefunden!) ist der zehnjährige

Bastian, auch so eine Leuchte in der Schule, doch das kann er nicht vom Papa haben, das wüsste ich nämlich. Dafür ist er in anderer Hinsicht vorbelastet, und zwar von Oma Evelyn. Bastian »frisst« Bücher! Die Schulbibliothek hat er längst durch, und in der Kinderbuchabteilung der städtischen Bücherei werden Neuerscheinungen erst einmal für ihn reserviert. *Ich* habe in seinem Alter *Nesthäkchen* gelesen, er liest *Harry Potter,* alles über die Kreuzritter und die Entstehung der Erde oder so ähnlich. Zwischendurch auch mal *Mickymaus,* aber nur auf langen Autofahrten, zum Beispiel ins Schwäbische.

Bekanntlich soll man aufhören, wenn es am schönsten ist, was immer *Es* auch sein mag. In diesem Fall ist *Es* die »Sanders'sche Familienchronik«. Sie erstreckt sich über nunmehr neun Bücher, und ich finde, das ist genug. Die mittlere Generation, unsere fünf Kinder, war schon nach dem zweiten Buch zu dieser Erkenntnis gelangt – mit der Begründung, es würde sowieso das meiste nicht stimmen, es sei maßlos übertrieben (diese Behauptung beweist ihren Mangel an Objektivität!) und ich solle mir gefälligst andere »Hauptdarsteller« suchen.

Damit habe ich doch schon vor etlichen Jahren angefangen, nur haben sie es bis heute nicht gemerkt …